KB075806

SHER
LOCK
A Study in Scarlet

"왓슨, 난 그 남자를 잡을 거야.
내가 그 남자를 잡을 거라는 데
내기를 걸어도 좋아.
이건 다 네 덕분이야.
네가 아니었으면 안 갔을지도 모르는데,
그랬으면 지금까지 본 것 중에
가장 훌륭한 사례를 놓칠 뻔했어.
주홍색 연구, 어때?"

A Study in Scarlet
주홍색 연구

아서 코넌 도일 지음
최현빈 옮김

열림원

Contents

주홍색 연구

일러두기

1. 열림원 「셜록」 시리즈는 영국 BBC 채널에서 방영된 드라마 《셜록》(이하 BBC 《셜록》)의 시즌1~4(2010년 7월~2017년 1월 방영) 에피소드를 제작하며 드라마 제작진이 참고한 작품을, 각 시즌별로 모아 번역한 것입니다. (각 시즌의 주요 장편을 맨 앞에 배치하고, 관련이 있는 단편들을 함께 수록했습니다.)
2. 『The New Annotated Sherlock Holmes』(2005, 2006, W. W. Norton & Company)의 원문 텍스트를 번역 대본으로 삼고, The complete Sherlock Holmes Canon(https://sherlock-holm.es/) 텍스트 또한 참조해 번역했습니다.
3. 인명, 지명 등의 발음 표기는 외래어표기법을 따랐으나 '홈스Holmes'는 독자들에게 친숙한 '홈즈'로 표기했습니다.
4. 이 책에 나오는 모든 주석은 옮긴이의 주입니다. 아서 코넌 도일의 원작 「셜록 홈즈」 시리즈와 BBC 《셜록》을 비교한 주석은 본문 아래에 표기했고, 그 밖에 단어 설명과 같은 간단한 주석은 대부분 본문 안에 표기했습니다.
5. 본문에서는 원작에서의 호칭을 따라 홈즈/왓슨으로, BBC 《셜록》 관련 주석에서는 드라마에서의 호칭을 따라 셜록/존으로 표기했습니다.
6. 간행된 책, 단행본, 잡지는 겹낫표(『 』)로, 그 하위 항목이나 단편, 신문, 시리즈 등은 홑낫표(「 」)로 묶어 표시했으며, TV 드라마는 쌍꺾쇠(《 》)로, 그 하위 항목이나 음악 곡은 홑꺾쇠(〈 〉)로 묶어 표시했습니다.

A Study in Scarlet

주홍색 연구

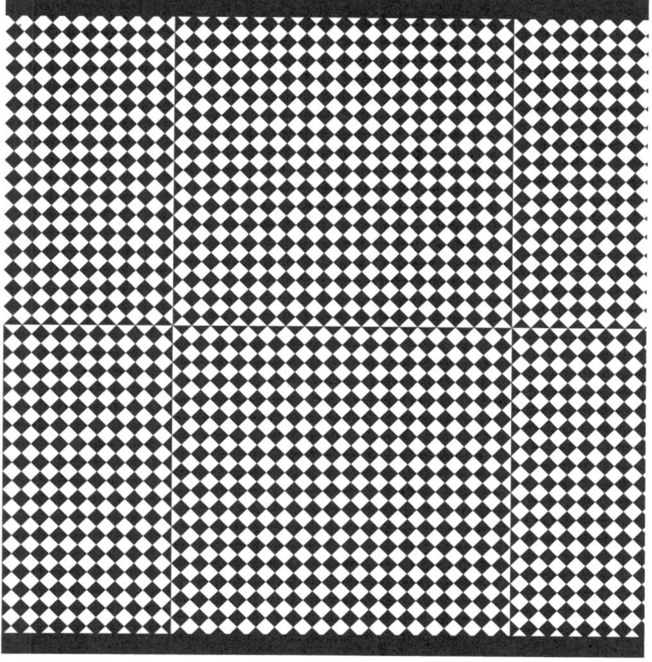

1부

퇴역 군의관 존 H. 왓슨의 회상록에서

1장

셜록 홈즈와 만나다

1878년, 나는 런던대학교에서 의학박사 학위를 딴 후, 네틀리로 가서 군의관이 되는 과정을 밟았다. 그곳에서 교육을 받고 노섬벌랜드 제5보병연대에 외과의 조수로 발령받았다. 그때까지 5연대는 인도에 주둔하고 있었는데, 내가 도착하기 전에 두 번째 아프간전쟁이 터졌다. 봄베이에 도착하고 보니, 내가 속한 군단은 이미 주둔지를 한참 지나 적진 깊숙이 진입한 상황이었다. 그래도 나는 비슷한 처지였던 다른 여러 장교들과 함께 부대를 뒤따라갔고, 칸다하르에 안전하게 도착할 수 있었다. 그곳에서 나는 우리 연대를 찾았고, 바로 새로운 임무들을 수행하기 시작했다.

그 당시 군사작전으로 많은 군인들이 훈장을 받기도 하고 진급도 했지만, 나에겐 재난과 불운만 계속될 뿐이었다. 나는 내

연대를 떠나 버크셔 소속으로 발령받아, 그 처절했던 마이완드 전투에 참여했다. 그 전투에서 난 제자일 탄환을 맞아 어깨뼈가 부서졌고, 탄환은 쇄골 밑 동맥을 스치고 지나갔다.♦ 그때 충성스러운 당번병 머리가 용기 내지 않았다면, 나는 냉혹한 가지스 Ghazis, 이슬람교도 전사들에게 주어지는 칭호 전사들에게 잡혔을 것이다. 머리는 나를 짐 나르는 말에 던져 싣고 영국 진지까지 무사히 돌아왔다.

나는 통증에 기진맥진하고 계속되는 고난에 쇠약해진 채로, 부상자로 꽉 찬 기차를 타고 페샤와르에 있는 주둔지 병원까지 옮겨졌다. 이곳에서 기력을 회복해 병원 안을 돌아다니고 베란다로 나가 볕을 쬘 정도로 나아졌지만, 곧 영국이 인도를 점령해 받은 저주라고 할 수 있는 장티푸스에 걸리고 말았다. 그 후 몇 달이나 생명이 위독한 상태였는데, 겨우 정신이 들어 회복기에 들어섰을 때는 너무 마르고 쇠약해져 의료진은 나를 즉각 영국으로 돌려보내기로 결정했다. 나는 수송선 오론테스호를 탔고, 한 달 후 포츠머스 부두에 내렸다. 몸이 처참하리만큼 병약해져 있었기에 정부로부터 9개월 동안 몸을 회복하라는 허락을 얻었다.

♦『주홍색 연구』에서 왓슨은 어깨에 부상을 당했다고 하는데, 『네 사람의 서명』에서는 제자일 탄환이 다리를 관통했다고 말한다. BBC 드라마 《셜록》에서는 이러한 원작의 모순을 둘 다 활용한다. 존은 어깨에 총을 맞아 제대하며, 목발을 짚고 다리를 절뚝이지만 이는 전쟁에서 당한 부상이 아니라 심리적인 문제라는 것이 밝혀진다.

영국에는 친구도 친척도 없었던지라 나는 공기처럼 자유로웠다. 아니 그렇다기보다는 하루 11실링 6펜스의 예산만큼만 자유를 만끽했다. 이런 상황에서 자연스레 런던으로 발길이 끌렸다. 제국의 한량이나 놈팡이 들을 죄다 빨아들이는 위대한 수채통, 런던 말이다.◆ 런던에서 한동안은 스트랜드에 있는 프라이빗 호텔에서 쓸쓸하고 무의미하게 생활했다. 그나마 있던 돈도 분별없이 쓰다 보니 재정 상태가 말도 못 하게 악화되어, 곧 이 대도시를 떠나 시골에 정착하거나 생활 방식을 완전히 바꿔야 한다는 걸 깨달았다. 나는 생활 방식을 바꿔보기로 마음먹고, 호텔을 떠나 덜 화려하고 저렴한 곳으로 거처를 옮기기로 했다.

이렇게 마음먹은 바로 그날, 크라이티어리언 술집 앞에서 누군가 어깨를 두드려 돌아보니 세인트 바르톨로뮤 병원에서 내 조수로 일했던 스탬퍼드였다.◆◆ 넓디넓은 런던 땅에서 외로이 살아가던 사람에게 친숙한 얼굴과 마주치는 건 정말 기쁜 일이다. 스탬퍼드와 특별히 친한 사이는 아니었지만, 그 순간에는

◆ BBC 《셜록》 시즌3 첫 번째 에피소드 〈빈 영구차(The Empty Hearse)〉에서 셜록은 지하철 테러 사건을 조사하며 런던에 대해 똑같이 말한다. 시즌3과 시즌4 중간에 나온 특별편 〈유령 신부(The Abominable Bride)〉의 도입부에서는 『주홍색 연구』에서 왓슨이 아프가니스탄 전쟁과 자신의 상태, 런던에 대해 한 말을 거의 그대로 옮긴다.

◆◆ BBC 《셜록》 시즌1 첫 번째 에피소드 〈핑크색 연구(A Study in Pink)〉에서 존과 스탬퍼드는 크라이티어리언 술집 앞이 아닌 공원에서 만나며 크라이티어리언 (criterion)이라고 쓰인 커피잔을 들고 벤치에 앉아 이야기를 나눈다. 첫 방영 전 시험용으로 촬영한 60분짜리 파일럿 에피소드에는 크라이티어리언 술집에서 실제로 촬영을 했지만, 한 시간 반짜리 정규 에피소드로 재촬영하면서 촬영 장소를 변경했다.

스탬퍼드가 아주 반가웠고 스탬퍼드도 나를 만나 굉장히 기쁜 눈치였다. 나는 즐거움에 겨워 홀번 레스토랑에서 같이 점심을 먹자고 했고, 우리는 이륜마차를 타고 출발했다.

"왓슨 박사님, 요즘 도대체 어떻게 지내십니까? 몸은 꼬챙이처럼 마르고 피부는 밤색이네요."

복잡한 런던 시내를 덜컹덜컹 달려가면서, 스탬퍼드가 호기심을 감추지 않고 물었다.

스탬퍼드에게 그간의 일들을 간략히 얘기해주고 오늘 결심한 것까지 말하는 중에 목적지에 도착했다.

"정말 안타깝습니다! 이젠 어떻게 하실 거예요?"

내 불운한 사연을 듣고 스탬퍼드가 위로했다.

"세를 얻어야지. 적당한 가격에 괜찮은 곳을 구할 수 있을지, 그게 문제야."

"그것참 신기하네요. 오늘 그런 얘기를 한 사람이 또 있었거든요."

"그 사람은 누군데?"

내가 물었다.

"병원의 화학 연구실에서 일하는 사람이에요. 오늘 아침에 하는 얘기가, 좋은 곳을 찾았는데 세가 비싸서 나눠 쓰려 해도, 그럴 사람을 못 찾겠다고 한탄하더라고요."

"잘됐어! 정말로 같이 방을 얻어서 반씩 월세를 낼 사람을 찾는 거라면 내가 바로 적임자야. 난 혼자 지내는 것보단 누구랑 같이 사는 편이 좋거든."

스탬퍼드는 와인 잔 너머로 나를 좀 묘하게 쳐다봤다.

"아직 셜록 홈즈 씨를 모르시죠. 계속 같이 지내고 싶은 사람은 아닐 수도 있어요."

"왜, 무슨 문제라도 있는 사람이야?"

"아뇨, 무슨 문제가 있는 건 전혀 아니에요. 생각하는 게 좀 특이하고, 과학 분야들 중에 어떤 데에는 굉장히 심취해 있어요. 제가 아는 한은 괜찮은 사람이죠."

"의대생인가 보지?"

"아뇨. 뭘 하려는 사람인지 전혀 모르겠어요. 해부학을 잘 아는 것 같고 화학에는 정통해 있지만, 의학을 공부한 적은 없다고 알고 있어요. 연구 분야가 두서없고 특이하긴 하지만, 일반적인 학문 이외의 분야에서 학자들도 놀랄 만큼 많이 알고 있기도 해요."

"뭘 하려고 하는지 그 사람한테 물어본 적 있어?"

"아뇨. 쉽게 본인을 드러내는 사람이 아니에요. 본인이 그럴 마음이 있을 때면 또 대화가 잘되지만요."

"그 사람을 만나보고 싶어. 누구랑 같이 살 거면 학구적이고 조용한 사람이 낫겠어. 아직은 시끄러운 소리나 흥분을 견딜 만한 상태가 아니거든. 그런 거라면 아프가니스탄에 있는 동안 살아생전 겪을 것은 다 겪어본 것 같아.♦ 그 친구를 어떻게 만나볼 수 있을까?"

"분명히 연구실에 있을 거예요. 몇 주씩 나타나지 않다가 아침부터 밤까지 거기서 일하고 그래요. 생각 있으시면 점심 먹고 같이 들르시죠."

"좋아."

그러고 나선 대화가 다른 방향으로 흘러갔다.

홀번 레스토랑을 나와서 병원으로 향하는 길에, 스탬퍼드는 내가 룸메이트로 지내길 자청한 이 남자에 대해서 몇 가지를 더 얘기해줬다.

"그분이랑 지내는 게 힘들어도 절 탓하지 마세요. 저도 가끔 연구실에서 마주치는 것 말고는 그분에 대해서 아는 게 없으니까요. 왓슨 박사님이 제안해서 이렇게 된 것이니, 저는 책임 없습니다."

"사이가 틀어지면 집을 나오면 그만이야. 근데 스탬퍼드, 이제 보니 이 문제에서 손을 떼고 싶어 하는 것 같네. 그 남자 성질이 고약하거나 그래? 입 꾹 다물고 있지 말고 말해줘."

스탬퍼드를 유심히 보며 내가 말했다.

♦ BBC 《셜록》 〈핑크색 연구〉에서 존은 좀 더 위험을 가까이 하는 인물로 그려진다. 셜록이 처음으로 존에게 사건 현장에 함께 가자고 권하며 폭력적인 죽음을 동반한 사건들을 많이 보았느냐고 물을 때 존은 평생 겪을 것을 다 겪었다고 답하지만, 셜록이 좀 더 겪고 싶으냐고 다시 묻자 강하게 긍정한다.

"뭐라 설명하기 정말 힘든 사람이에요. 저 같은 사람한텐 너무 과학도 같은 사람이라 냉혹하게 느껴질 정도죠. 악의가 있어서가 아니라 순수한 탐구심으로 친구에게 새로운 마약을 살짝 놓아볼 사람이에요. 그냥 효과가 어떤지 정확히 알려고요. 홈즈 씨 편을 들자면, 자기한테도 얼마든지 투약해볼 사람이죠. 정확하고 분명한 지식을 열정적으로 추구하는 사람인 것 같아요."

스탬퍼드가 웃으며 대답했다.

"그건 옳다고 생각해."

"네, 그렇지만 너무 과할 때도 있거든요. 해부실에서 막대기로 시체를 때리는 지경까지 가면, 이상하단 생각을 안 할 수가 없죠."

"시체를 때린다고?"

"네, 사망 이후에 멍이 얼마만큼 드는지 보려고요. 그러고 있는 홈즈 씨를 직접 봤어요."♦

"그렇지만 의학을 연구하는 건 아니고?"

"네. 무슨 목적으로 연구하는 건지는 누가 알겠어요. 이제 도착했으니 직접 만나보고 판단하시죠."

스탬퍼드와 함께 오솔길을 돌아 작은 옆문을 통과해서 커다

♦ BBC 《셜록》 〈핑크색 연구〉에서도 시체를 채찍으로 때리는 셜록이 등장한다. 이 장면은 셜록의 모습이 드라마에 처음 등장하는 장면으로, 법의학 연구를 위해서 기행이라 여겨질 행동도 서슴지 않는 셜록의 성격이 첫눈에 드러나는 강렬한 장면이다.

란 병원의 부속 건물로 들어왔다. 나에게는 익숙한 곳이라 안내는 필요 없었다. 우리는 적막한 돌계단을 올라가 회반죽벽에 회갈색 문들이 줄지어 있는 기다란 복도를 걸었다. 복도 끝에 다다르자 낮은 아치형 길이 또 나왔고, 그 길은 화학 연구실로 이어졌다.

연구실은 천장이 높고, 셀 수 없이 많은 병들이 줄지어 있거나 흩어져 있었다. 널찍하고 낮은 책상들이 여기저기 놓여 있었고, 그 위는 증류기, 시험관, 푸른 불꽃이 타오르는 작은 분젠등 독일 화학자 분젠이 고안한 가스등으로 온통 꽉 차 있었다. 연구실 안에는 한 사람밖에 없었는데, 멀찍이 놓인 책상 위로 몸을 굽히고 연구에 열중해 있었다. 우리 발소리에 그 남자는 흘깃 돌아보더니 벌떡 몸을 일으키고 기쁘게 외쳤다.

"찾았어! 찾았다고. 헤모글로빈에만 침전반응을 보이는 시약을 발견했어!"

그는 스탬퍼드를 향해 소리치며 시험관을 손에 들고 우리 쪽으로 달려왔다. 금광을 발견한 사람도 이것보다 더 기뻐하지는 않을 것 같았다.

"이쪽은 왓슨 박사님이시고, 이쪽은 셜록 홈즈 씨입니다."

스탬퍼드가 우리를 서로에게 소개했다.

"안녕하세요? 보니까, 아프가니스탄에 있었군요."◆◆

그가 따뜻하게 인사하며 악수하는데, 보기보다 손아귀 힘이 훨씬 셌다.

"도대체 어떻게 알았어요?"

나는 놀라서 물었다.

"신경 쓰지 마세요. 지금 문제는 그게 아니라 헤모글로빈이에요. 이게 얼마나 중요한 발견인지는 당연히 아시겠죠?"

그가 혼자 쿡쿡대며 말했다.

"물론 재밌네요. 화학적으로요. 하지만 실용적인……."

"아니, 이건 이 근래 들어 가장 실용적인 법의학적 발견이란 말입니다. 혈흔을 확인하는 데 절대적으로 확실한 방법이 될 거라고요. 모르겠어요? 여기, 이리로 와보세요! 일단 신선한 피가 필요해요."

그는 몸이 달아 내 소매를 잡아끌고 그가 실험을 하고 있던 책상으로 데리고 갔다. 그러더니 기다란 바늘로 자기 손가락을 찔러 흘러나오는 핏방울을 피펫 안에 넣었다.

"자, 이제 이 피 한 방울을 물 1리터에 넣을 겁니다. 그러면 보기에는 순수한 물만 있는 것처럼 보이죠. 피와 물의 비율이 1 대 100만은 될 거예요. 그렇지만 분명히 특징적인 반응을 얻을 수 있을 겁니다."

그는 그렇게 말하며 유리 용기 안에 흰색 결정체를 몇 개 넣

◆◆ 원작에서는 아프가니스탄이라고 바로 맞히지만, 배경을 현대로 각색한 BBC 드라마에서는 셜록이 존에게 아프가니스탄과 이라크 중 어디에 주둔했었는지 묻는다.

고 투명한 액체를 몇 방울 떨어뜨렸다. 용기 안의 액체는 곧바로 탁한 적갈색을 띠었고, 바닥에는 갈색 먼지 같은 침전물이 생겼다.

"하하! 어떻게 생각해요?"

그는 새 장난감이 생긴 어린아이처럼 기쁜 표정으로 손뼉을 치며 외쳤다.

"굉장히 정밀한 방법이군요."

내가 말했다.

"예술이죠, 예술! 기존에 송진을 이용하던 방식은 오류가 많고 불확실했어요. 현미경으로 혈구를 찾는 것도 마찬가지였죠. 현미경은 혈흔이 몇 시간 이내 것이 아니면 아무 소용이 없거든요. 여기 이 방식은 혈액이 오래되었건 신선하건 잘 작용하는 듯합니다. 이 검사법이 있었으면 지금 거리를 자유롭게 활보하는 사람들 중에 수백 명은 진작 죗값을 치렀을 거예요."

"정말 그렇겠군요!"

나는 거의 혼잣말처럼 중얼거렸다.

"형사사건들은 보통 이 한 가지 증거로 죄의 유무가 갈리거든요. 어떤 남자가 범죄가 일어난 지 몇 달이나 지나서 용의자로 의심을 받는다고 치죠. 그 남자의 옷가지나 침대보를 검사하니 갈색 얼룩이 발견되었습니다. 이게 혈흔일까요, 아니면 진흙이나 녹물, 과즙이 남긴 얼룩일까요? 어떤 전문가도 이 문제를 해결하기는 힘들었습니다. 신뢰할 만한 검사법이 없었으니까요. 이제 이 셜록 홈즈 검사법이 있으니 그런 문제는 없을 겁니다."

이렇게 말하는 그의 눈이 반짝거렸다. 말을 마치자, 그는 눈앞에 박수갈채를 보내는 군중이라도 있는 것처럼 손을 가슴 위에 얹고 머리를 숙여 인사했다.

"정말 박수를 받을 만하네요."

내가 말했다. 그의 열정에 적잖이 놀란 터였다.

"작년에 프랑크푸르트에서 폰 비숍 사건이 있었죠. 이 검사법만 있었으면 교수형을 당했을 겁니다. 그리고 브래드퍼드의 석공 사건도 있고, 악명 높은 뮐러나 몽펠리에의 르페브르, 뉴올리언스의 샘슨 사건도 있었습니다. 이 방법만 있었으면 유죄가 확실했을 사건을 스무 개도 넘게 댈 수 있어요."

"걸어 다니는 범죄 사전 같네요. 그런 쪽으로 간행물을 내도 되겠어요. '지나간 범죄 사건'이라고 이름 붙여서요."

스탬퍼드가 웃으며 말했다.

"그러면 아주 재밌는 잡지가 될 거야."

셜록 홈즈가 대답하며 아까 찔렀던 손가락에 반창고를 붙였다.

"조심해야 하거든요. 독성 물질을 꽤 많이 다루니까요."

그렇게 말하며 손을 내미는데, 여기저기 비슷한 반창고가 붙어 있었고 강한 산성 물질로 변색된 곳도 많았다.

"우리는 용무가 있어서 왔어요. 여기 제 지인분이 하숙을 구하고 있는데, 홈즈 씨도 같이 세 들 사람을 찾는다고 했었잖아요. 제가 두 사람을 만나게 해줘야겠다고 생각했죠."

스탬퍼드가 말하며 높은 의자에 앉더니, 내 쪽으로도 의자 하나를 발로 밀었다.

셜록 홈즈는 나와 집을 나눠 쓸 수 있게 돼서 기쁜 것 같았다.

"베이커 스트리트에 집을 하나 봐둔 게 있습니다. 우리에겐 딱 맞는 곳이죠. 담배 냄새가 독해도 괜찮겠죠?"

"저도 늘 '해군 스타일'로 독하게 피워요."

내가 대답했다.

"그럼 됐어요. 전 보통 화학약품들을 늘어놓고, 가끔은 실험을 하기도 해요. 그게 거슬릴까요?"

"전혀요."

"어디 보자, 다른 결점이 또 뭐가 있나. 가끔 우울해지면 며칠씩 말 한 마디 안 하기도 합니다. 그렇다고 제가 화났다고 생각하지는 마세요. 그냥 혼자 내버려 두면 금방 괜찮아져요. 이제 왓슨 박사님 차례예요. 두 남자가 같이 살기 전에 서로 안 좋은 점들은 다 알고 있는 게 좋을 거예요."

그의 반대신문에 웃음이 터졌다.

"전 불도그 강아지♦를 키워요. 그리고 심신이 쇠약해져서 소란스러운 건 싫어요. 일어나는 시간이 제멋대로고, 심하게 게으른 편이죠. 몸이 건강할 때는 또 다른 안 좋은 점들이 줄줄이 있지만, 지금은 이런 것들이 결점이에요."

"바이올린을 켜는 것도 소란에 들어갈까요?"

그가 걱정스레 물었다.

"연주자에 달려 있겠죠. 훌륭한 연주라면 바이올린 소리가 천상의 선물같이 들릴 테고, 서툰 연주는……."

"아, 그럼 괜찮아요. 그렇게 결정된 걸로 알죠. 아니, 집이 마음에 드시면요."

그가 기분 좋게 웃으며 외쳤다.

"언제 보러 가죠?"

"내일 정오에 여기로 오세요. 같이 가서 결론을 내죠."

"알겠어요. 그럼 내일 정각 정오에."

홈즈와 악수하며 내가 말했다.

화학약품에 파묻혀 일하는 홈즈를 뒤로하고, 우리는 내가 묵고 있던 호텔 쪽으로 함께 걸어갔다.

"참, 그러고 보니 그 사람은 내가 아프가니스탄에 갔던 걸 도대체 어떻게 안 거야?"

나는 가던 발걸음을 멈추고 스탬퍼드 쪽으로 돌아서 물었다.

◆ 이 불도그 강아지가 다시 언급되는 일이 없기 때문에, 이 부분에 대한 의견이 분분하다. 실제 불도그 강아지가 있었지만 곧 죽었거나 누군가에게 줬을 것이라는 해석, 작은 권총을 가리키는 것이라는 해석, 존 왓슨의 급한 성미를 가리키는 말이라는 해석 등등이 있다.

스탬퍼드는 의미를 알 수 없는 미소를 지었다.

"그냥 홈즈 씨의 특이한 점이에요. 홈즈 씨가 그런 걸 어떻게 알아내는지 궁금해하는 사람들이 정말 많아요."

"아, 아무도 모른다 이거지? 이거 흥미진진한데. 우리를 만나게 해줘서 고마워. '인류를 이해하려면 사람을 연구하라'는 말도 있잖아."

나는 두 손을 비비며 말했다.

"그럼 홈즈 씨를 연구하시면 되겠네요. 그런데 아주 풀기 어려운 숙제가 될 겁니다. 제가 장담하는데, 왓슨 박사님께서 홈즈 씨에 대해서 알아내는 것보다 홈즈 씨가 왓슨 박사님에 대해 알아내는 게 더 많을 거예요. 그럼 들어가세요."

"잘 들어가."

나는 인사를 하고 호텔로 향했다. 오늘 처음 만난 그 남자가 상당히 궁금했다.

2장

추론의 과학

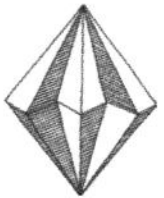

다음 날, 우리는 그가 말했던 시간에 만나서 베이커 스트리트 221B번지의 집을 보러 갔다. 그 집에는 쾌적한 침실이 두 개 있었고, 응접실은 넓고 바람도 잘 통하는 데다 가구도 밝은 분위기에 커다란 창이 두 개나 나 있었다. 방이 여러모로 마음에 들기도 하고 월세를 반으로 나누면 집세도 굉장히 싼 것 같아 그 자리에서 결론을 짓고 바로 계약을 했다. 나는 그날 저녁에 바로 호텔에서 짐을 옮겨 왔고, 그다음 날 아침에 셜록 홈즈가 내 뒤를 따라 상자 몇 개와 여행용 가방 몇 개를 가지고 왔다. 우리는 하루 이틀 동안 짐을 풀고 가능한 한 살기 좋게 짐을 정리했다. 그러고 나서 둘 다 서서히 새로운 거처에서의 생활에 적응하고 맞춰가기 시작했다.

홈즈는 같이 살기에 전혀 까다로운 사람이 아니었다. 생활 습관도 조용하고, 하루 일과도 규칙적이었다. 밤 10시 이후에 깨어 있는 일이 드물었고, 내가 아침에 일어날 때쯤이면 언제나 아침을 먹고 집을 나선 상태였다. 그는 어떤 때는 화학 연구실에서 하루를 보내기도 했고, 어떤 때는 해부실에서 시간을 보냈다. 가끔은 오래 산책을 하기도 했는데, 그럴 때는 도시의 빈민가를 돌아다니는 듯했다. 일에 열중할 때는 힘이 말도 못 하게 넘쳤지만, 가끔씩 반작용이 일어나 며칠이고 한 마디도 안 한 채 손 하나 까딱하지 않고 아침부터 밤까지 응접실 소파 위에 누워 있기도 했다. 그럴 때 홈즈의 눈은 멍하고 텅 비어 보였다. 약에 중독된 것은 아닐까 의심해볼 수도 있었겠지만, 홈즈의 성격이나 생활 방식을 봤을 때 전혀 그럴 것 같지는 않았다.

그렇게 몇 주가 지났고, 홈즈가 어떤 사람인지, 뭘 목표로 하는 건지, 관심도 궁금증도 더욱더 커졌다. 셜록 홈즈라는 사람 자체가, 아무리 무심한 사람이라도 눈길이 갈 정도로 눈에 띄는 외모를 가지고 있었다. 키는 180센티미터가 훌쩍 넘었는데, 너무 말라서 실제보다 더 커 보였다. 눈은 앞서 말했던 무기력할 때를 빼고는 날카롭고 매서웠고, 코는 좁은 매부리코라 전체적으로 빈틈없고 분명해 보였다. 턱도 의지가 강한 남자의 상징처럼 앞으로 나오고 각진 모양이었다. 그의 손은 잉크와 약품 자국으로 언제나 얼룩덜룩했지만, 깨지기 쉬운 실험 도구들을 다루는 모습을 보면 놀랄 만큼 섬세하게 움직였다.

홈즈는 내 호기심을 자극했고, 나는 자기 얘기는 절대 하지 않는 홈즈의 과묵함을 깨려고 엄청나게 노력했다. 이렇게 이야기한다면, 독자들은 나를 지나치게 남 일에 끼어들기 좋아하는 사람이라 생각할 수도 있을 것이다. 그렇게 생각하기 전에, 그 당시는 내 인생에 목표라고는 없었고 관심이 가는 것도 거의 없었던 때였다는 것을 알아줬으면 좋겠다. 드물게 온화한 날이 아니고서는 외출할 몸 상태가 아니었고, 그렇다고 나를 찾아와 지루한 일상을 잊게 해줄 친구가 있는 것도 아니었다. 그런 상황이라 내 룸메이트에게 알 수 없는 구석이 있다는 것이 반가웠고, 그 수수께끼를 푸는 데 많은 시간을 쏟았다.

홈즈는 의학을 연구하는 것이 아니었다. 내가 물어보니 스탬퍼드가 얘기했던 대로 홈즈도 그건 아니라고 했다. 그렇다고 과학 분야에서 학위를 따거나 학자 반열에 낄 만한 공부를 하는 것처럼 보이지도 않았다. 그렇지만 특정 분야에 있어서 홈즈의 열정은 대단했고, 몇몇 분야에는 그 지식이 그야말로 방대하고도 정밀해서 입이 딱 벌어질 정도였다. 그 누구도 아무런 목적 없이 그렇게 힘들게 일하거나 정확한 지식을 얻고자 하지는 않을 것이다. 닥치는 대로 읽고 공부하는 사람은 보통 그만큼 꼼꼼하지는 않다. 그럴 만한 이유가 뚜렷하게 있지 않고서야 아무도 그렇게 사소한 일까지 모두 기억하지는 않는다.

홈즈는 아는 것만큼 모르는 것도 놀랄 정도로 많았다. 현대 문학이나 철학, 정치에 대해서는 아는 것이 거의 없었다. 내가 토머스 칼라일의 말을 인용하자, 홈즈는 난생처음 듣는다는 듯 칼라일이 누구고 무엇을 한 사람인지 물었다. 그렇지만 내가 가장 놀랐던 건 셜록이 코페르니쿠스의 지동설과 태양계에 대해 모른다는 걸 알았을 때였다. 19세기의 교양인이 지구가 태양을 돈다는 것을 모를 수 있다는 게 도대체가 상상도 잘 가지 않았다.♦

"놀란 얼굴이네. 이제 알았으니 난 다시 잊어버리려고 최선을 다할 거야."

홈즈가 놀란 내 표정을 보고 웃으며 말했다.

"잊어버릴 거라고?"

"사람의 뇌는 텅 비어 있는 조그만 다락방 같은 거야. 각자가 선택한 가구로 그 방을 채워야 하지. 멍청한 사람들은 눈에 닿는 온갖 잡동사니를 다 긁어모아서 정작 유용한 지식은 밖으로 밀려나게 돼. 잘해도 다른 것들과 뒤섞여서 다시 찾는 게 힘들어지지. 반면에 숙련된 기술자는 뇌의 다락방에 무엇을 놓을지를 아주 신중하게 결정해. 자기가 일을 하는 데 필요한 도구들만 놓아두는 거야. 물론 이 도구들은 방대하게 보유되어 있고, 모두 완벽하게 정리가 되어 있어. 그 작은 방의 벽이 한없이 늘

♦ BBC 《셜록》 시즌1 세 번째 에피소드 〈잔혹한 게임(The Great Game)〉에서 셜록이 태양계에 대해 모른다는 것을 알고 존이 놀라는 장면이 나온다. 그러나 같은 에피소드에서 셜록은 천문학 지식을 사용해 문제를 해결하기도 한다.

어나서 어디까지라도 넓어진다고 생각하면 오산이야. 언젠가는 무엇을 새로 알게 되면 그전에 알았던 건 잊게 되는 시기가 와. 그러니 쓸모없는 사실들이 유용한 지식을 밀어내지 않도록 하는 건 아주 중요한 일이야."♦

"그렇지만 태양계는 심하잖아!"

내가 반론을 펼쳤다.

"그게 도대체 나랑 무슨 상관인데? 지금 우리가 태양 주위를 돈다는 건데, 우리가 달 주위를 돈다고 해도 나나 내 일에는 눈곱만큼도 상관없잖아."

홈즈가 답답하다는 듯이 내 말을 끊고 대꾸했다.

그 일이라는 게 뭔지 물어보려 했지만, 홈즈의 말투 어딘가에서 그 질문을 반기지 않을 것 같은 느낌이 들었다. 그렇지만 난 우리의 짧은 대화를 되새기며 거기서 답을 추론해보려 했다. 홈즈는 자기 목적에 부합하지 않는 지식은 구하지 않을 거라 말했다. 그 말은 홈즈가 아는 모든 것은 홈즈에게 쓸모가 있다는 말이다. 나는 머릿속으로 홈즈가 유별나게 잘 알고 있는 분야들을 모두 헤아려보았다. 심지어는 연필을 들고 모두 적어보았다. 다 적고 나서 읽어보는데 헛웃음이 절로 나왔다. 목록은 다음과 같다.

♦ BBC 《셜록》 〈잔혹한 게임〉에서 어떻게 태양계에 대해 모를 수 있느냐는 존의 말에 셜록은 자신의 머릿속 하드 드라이브에 필요한 정보만을 채워 넣어야 한다고 대꾸한다.

셜록 홈즈의 지식 범위

1. 문학 지식: 전무
2. 철학: 전무
3. 천문학: 전무
4. 정치: 미미함.◆◆
5. 식물학: 편차가 심함. 독이나 벨라도나, 아편 전반에 대해서는 잘 알지만, 실용적인 원예에 대해서는 전무.
6. 지질학: 실용적이지만 제한되어 있음. 한 번 보기만 해도 각기 다른 토양을 구별함. 산책 후 자기 바지에 튄 흙 자국을 보여주며 그 색과 농도로 런던의 어느 지역에서 튄 것인지 이야기해줌.
7. 화학: 정통해 있음.
8. 해부학: 정확하지만 체계는 없음.
9. 선정 문학: 방대함. 19세기에 일어난 모든 끔찍한 사건을 상세히 알고 있는 듯함.
10. 바이올린을 잘 켬.

◆◆ BBC 《셜록》 〈잔혹한 게임〉에서 존은 블로그에 셜록이 어떤 분야에 있어서는 놀랍게 무지하다고 쓰는데, 셜록은 그 부분에 대해 불만을 표하면서 누가 수상인지는 중요하지 않다고 대꾸한다. 또한 시즌4 첫 번째 에피소드 〈여섯 개의 대처상(The Six Thatchers)〉에서도 셜록은 마거릿 대처가 누구인지 모르고, 대처가 영국의 첫 여성 수상이었다는 것도 모른다.

11. 목검술♦과 복싱, 칼을 다루는 데 뛰어남.

12. 영국의 민법을 잘 알고 있음.

여기까지 쓰고 난 후, 난 자포자기해 목록을 난롯불에 던져 넣고는 혼잣말로 중얼거렸다.

"이 친구가 이런 자질들로 뭘 하려는 거지? 이런 것들을 전부 필요로 하는 직업이 도대체 뭐지? 알고 싶은데, 그냥 포기해야 하나……."

앞에서 홈즈가 바이올린을 잘 켠다고 말했다. 홈즈는 바이올린 실력이 굉장하긴 했지만, 홈즈의 다른 능력들과 마찬가지로 체계가 없었다. 내가 부탁하면 멘델스존의 가곡이나 내가 좋아하는 다른 곡들도 곧잘 연주해주었다. 그런 걸 보면 홈즈가 연주곡들, 그것도 어려운 곡을 켤 줄 안다는 것은 잘 알 수 있었다. 그렇지만 자기 마음대로 연주할 때는 연주곡이나 귀에 익숙한 곡은 거의 켜지 않았다. 홈즈는 저녁이면 안락의자에 기대 앉아 바이올린을 무릎에 올려두고 눈을 감은 채 아무렇게나 활을 움직였다. 그 소리가 어떤 때는 듣기 좋고 감성적이었고, 가끔은 환상적이고 경쾌했다. 그때그때 홈즈가 생각하는 것에 따라 선율이 달라진다는 것은 분명했지만, 음악이 홈즈가 생각하

♦ BBC 《셜록》 시즌1 두 번째 에피소드 〈눈먼 은행원(The Blind Banker)〉의 서두에서 셜록은 자신을 공격해 오는 사람을 목검술로 방어한다.

는 것을 도와주는지, 아니면 그냥 기분이나 마음에 따라 바뀌는 것인지는 알 길이 없었다. 그 짜증 나는 독주곡들에 분통을 터뜨렸을 수도 있지만, 홈즈는 내 인내심을 시험한 걸 보상이라도 해주듯이 그다음에는 내가 좋아하는 곡들을 연달아 모두 연주해주곤 했다.

이사하고 일주일 정도는 아무도 우리를 찾아오지 않아서, 나는 내 룸메이트도 나만큼이나 친구가 없는 사람이라 생각했다. 그렇지만 머지않아, 홈즈가 아는 사람들도 꽤 많고 그들의 배경도 정말 다양하다는 것을 알게 되었다. 나에게 레스트레이드 씨라고 소개해준 남자는 키가 작고 얼굴은 누런 쥐 상에 눈동자가 어두운 색이었는데, 일주일에 서너 번은 찾아왔다. 어느 날 아침에는 옷을 세련되게 차려입은 젊은 아가씨가 찾아와서 30분 정도 있다 갔다. 같은 날 오후에는 유대인 행상처럼 보이는 회색 머리의 지저분한 손님이 찾아왔는데, 내가 보기엔 꽤 흥분해 있는 것 같았다. 그 뒤를 이어 곧바로 차림이 남루한 나이 든 아주머니도 찾아왔다. 한번은 머리가 하얗게 센 신사가 이 친구와 만났고, 또 한번은 벨벳 제복을 입은 철도 짐꾼이 찾아오기도 했다. 이렇게 정체불명의 사람이 나타날 때면 홈즈는 나에게 응접실을 사용하게 해달라고 부탁했고, 나는 보통 내 방에 들어가 있었다. 홈즈는 이런 일이 있을 때마다 날 불편하게 한 걸 미안해했다.

"난 일을 하는 데 응접실을 사용해야 하거든. 이 사람들은 내 고객이고."

홈즈에게 대놓고 물어볼 기회가 다시 왔지만, 내 성격상 상대가 비밀을 억지로 털어놓게 하고 싶지는 않았다. 그 당시엔 홈즈가 자기 얘기를 하지 않는 이유가 있을 거라고 생각했다. 하지만 머지않아 자기가 직접 이야기를 꺼냈고, 나는 내 생각이 잘못되었다는 걸 알게 되었다.

3월 4일이었다. 그날은 기억할 수밖에 없는 날이다. 그날 나는 평소보다 일찍 일어났는데 홈즈는 아직 아침을 먹고 있었다. 하숙집 아주머니는 평소 늦게 일어나는 내 습관에 익숙해져 있던 터라, 아직 아침도 차려져 있지 않았고 커피도 준비되어 있지 않았다. 가끔 사람이 말도 안 되게 무례해지듯이, 나는 종을 울리고 아침 먹을 준비가 됐다고 퉁명스레 알렸다. 그러고 나서 시간을 때우기 위해 탁자 위에 있던 잡지 한 권을 들고 읽기 시작했다. 그러는 동안 이 친구는 조용히 토스트를 먹고 있었다. 잡지 기사 중 하나에 연필로 제목에 표시가 된 게 있어서, 난 자연스럽게 그 기사를 훑어보았다.

「인생의 책」이라는 글이었는데, 어쩐지 제목이 좀 번지르르하다 싶었다. 관찰력이 뛰어난 사람이 눈앞에 보이는 것들을 정확하고 체계적으로 관찰해 얼마나 많은 것을 알아낼 수 있는지 보여주는 글이었다. 나에게는 절묘하게 치밀하면서도 터무니없는 글처럼 읽혔다. 추론 과정은 정밀하고 치밀했지만 그 결론이 너무 얼토당토않고 과장된 것 같았다. 글쓴이는 순간적인 표정이나 근육의 떨림, 흘깃 쳐다보는 눈빛으로 사람의 깊숙한 속마음을 읽을 수 있다고 주장했다. 그의 말에 따르면 그렇게 관찰과 분석이 훈련된 사람에게는 거짓말이 통하지 않는다는 것이다. 그가 내린 결론들은 유클리드의 명제들처럼 절대적이었다. 모르는 사람이 보기에는 그 결론들이 너무 갑작스러워서 결론에 이른 과정을 알기 전까지는 그를 주술사라고 생각할 수도 있을 것 같았다.

물 한 방울만으로도 논리학자는 그게 대서양에서 온 것인지 나이아가라에서 온 것인지, 그 둘 중 어느 곳에도 가보지 않고 알 수 있다.♦ 모든 생명은 유기적으로 연결되어 있고, 그중 하나의 고리만 가지고도 그 본성을 알 수 있다. 다른 모든 학문처럼 추론과 분석의 과학은 지난하고 오랜 공부를 거쳐야만 얻을 수 있고, 그 누구도 거기에 완벽해질 만큼 오래 살 수는 없을 것이다. 이 문제에 있어 가장 어려운 윤리나 심리적인 부분은 차치하고, 초심자는 보다 기본적인 문제부터 익히도록 해야 한다. 우선 마주치는 사람을 한 번 보는 것만

♦ 19세기를 배경으로 하는 특별편 〈유령 신부〉의 마지막 부분에서 홈즈는 미래 세계와 미래의 자신들의 모습을 충분히 추측할 수 있다며, 논리학자는 물 한 방울에서도 추론해낼 수 있어야 한다고 똑같이 말한다.

으로도 그 사람의 과거나 직종, 직업 등을 알아내는 연습을 하는 것이다. 유치하게 보일 수도 있겠지만, 이런 훈련을 통해 관찰에 필요한 능력을 배양하고 어디를 보고 무엇을 살펴야 하는지를 배울 수 있다. 누구든 그 사람의 손톱, 외투 소매, 구두, 바지의 무릎, 검지와 엄지의 굳은살, 표정이나 셔츠 커프스를 보면 그 하나하나로 그 사람의 직업을 쉽게 알 수 있다. 일정 수준이 되는 사람이라면 그런 사실들을 종합적으로 판단해 명확한 결론에 이를 수 있다.

"도대체 말도 안 되는 소리군! 이런 헛소리는 난생처음 들어보네."

난 잡지를 탁자에 던지며 외쳤다.

"뭐 말이야?"

홈즈가 물었다.

"아, 이 기사 말이야."

나는 탁자 앞으로 다가가 앉으며 달걀용 숟가락으로 잡지를 가리켰다.

"제목에 표시를 해놓은 걸 보니 그 기사를 벌써 읽었나 봐. 글을 아주 잘 쓰긴 했는데, 짜증 나는 이야기야. 이런 건 분명히 자기 서재에 틀어박혀 답도 없는 수수께끼 같은 문제나 푸는 할 일 없는 놈이 세운 이론일 거야. 실용적이지가 않아. 이 글을 쓴 사람을 열차 삼등칸에 묶어놓고 같이 탄 사람들 직업을 다 맞춰보라고 하고 싶어. 이 사람이 못 맞춘다는 데 내 돈 전부를 걸 수 있어."

"그럼 돈을 잃겠는데. 그 기사는 내가 썼거든."

홈즈가 침착하게 말했다.

"네가?"

"그래. 난 관찰과 추론을 하는 데 타고난 재능이 있어. 넌 그 기사의 이론들이 터무니없다 하지만 사실은 굉장히 유용해. 내가 먹고살 수 있게 해주거든."

"어떻게?"

나도 모르게 물었다.

"아, 내가 하는 일이 있어. 아마 전 세계에서 나만 하는 일일걸. 나는 수사 자문을 맡고 있어. 그게 뭔지 알까 모르겠네. 여기 런던엔 정부 소속 수사관들도 많고 사설탐정들도 많아. 이 사람들이 막다른 길에 닿으면 날 찾아오고, 난 다시 길을 찾아주지. 그 사람들이 가지고 있는 증거를 나한테 전부 보여주면 난 그 증거랑 내가 알고 있는 범죄의 역사를 기반으로 답을 줄 수 있어. 범죄 사건들 사이엔 언제나 강한 유사성이 있어서 1,000가지 사건을 속속들이 알고 있으면 1,001번째 범죄를 못 풀 이유가 없어. 레스트레이드는 유명한 수사관인데, 최근에는 위조 사건 때문에 골머리를 앓고 있어. 그 일 때문에 이곳을 방문했지."

"그럼 다른 사람들은?"

"거의 사설탐정업체에서 소개받고 온 사람들이야. 다들 뭔가 곤란한 일이 생겨서 도움이 필요한 사람들이지. 그 사람들 이야기를 들어주고, 그 사람들은 내 의견을 듣고, 난 수당을 챙겨."

"그럼 네 말은 이 집 안에 앉아서 다른 사람들은 눈으로 일일이 보고도 못 푸는 사건을 해결한다는 거야?"

"그렇다고 할 수 있지. 난 그런 쪽으로 직감이 뛰어나. 간혹 가다 조금 더 복잡한 사건이 일어나기도 하는데 그러면 내가 바쁘게 움직이면서 직접 관찰을 해야 해. 난 특수 분야에 대한 지식이 많아서, 그걸 사건에 적용하면 문제를 해결하기 한결 수월해져. 넌 그 기사에서 설명하고 있는 추론의 규칙들을 비웃지만, 내가 내 일을 하는 데에는 아주 유용하게 쓰여. 나에게 관찰은 몸에 밴 습성이거든. 우리가 처음 만났을 때 내가 왓슨 선생이 아프가니스탄에서 왔다고 하니까 놀란 표정이던데."

"당연히 누구한테 들은 거겠지."

"전혀 아니야. 난 왓슨 선생이 아프가니스탄에서 왔다는 걸 그저 알았을 뿐이야. 오랜 습관이라 머릿속에서는 생각이 아주 빨리 지나가서 중간 과정은 의식하지 않고도 알 수 있지. 그렇지만 그 사이에 과정들이 있어. 생각의 단계들은 이렇지. '여기 의료계 종사자로 보이는 남자가 있는데, 어딘가 군인 분위기도 난다. 그럼 군의관일 테지. 얼굴은 어두운 색이지만, 손목이 하얀 걸 보니 그게 원래 피부 색깔은 아니야. 열대 지역에서 돌아온 지 얼마 되지 않은 거지. 초췌한 얼굴을 보니 힘든 일도 겪었고 병에도 걸렸었어. 왼팔을 다친 적이 있군. 왼팔이 뻣뻣하고 부자연스러워. 영국의 군의관이 고생하고 팔에 상처를 입을 만한 열대 지방이 어디인가? 당연히 아프가니스탄이다.' 이런 생각들을 하는 데 1초도 안 걸려. 그러고는 네가 아프가니스탄에서 왔다고 얘기한 거야. 넌 놀랐고."♦

"그렇게 설명하니 그리 어렵지 않게 들리긴 하네. 에드거 앨런 포가 쓴 뒤팽 시리즈가 생각나. 그런 사람이 현실에도 존재할 줄 몰랐어."

셜록 홈즈는 일어나서 파이프에 불을 붙였다.

"나랑 뒤팽을 비교해서 날 칭찬하려나 본데, 내 생각에 뒤팽은 한참 모자란 친구야. 15분 동안 말없이 있다가 뒤늦게 지인들의 생각을 읽어내는 수법은 그저 보여주기 위한 거고, 속이 뻔히 들여다보이는 술수야. 물론 분석에는 천재적이란 건 틀림없지만, 작가인 포가 생각했던 것만큼 비범한 사람은 전혀 아니었지."

"그럼 에밀 가보리오의 작품들은 읽었어? 르코크 탐정은 네

♦ BBC 《셜록》 〈핑크색 연구〉에서 셜록은 존의 다리와 얼굴색을 보고 군인이었다는 것을 알아내며, 존의 형(실제로는 누나)이 알코올중독이라는 것을 존의 휴대전화를 보고 안다. 또한 샐리 도노번의 바지 무릎과 데오도런트 향기로 샐리 도노번 형사와 법의학자 앤더슨이 만나고 있다는 것을 알아내기도 한다.

가 말하는 탐정의 요건을 갖췄나?"

셜록 홈즈는 가소롭다는 듯이 코웃음을 쳤다.

"르코크는 덜떨어지고 서투른 놈이지. 칭찬할 만한 것이라고는 열정밖에 없어. 그 책을 읽는데 병이 날 것 같더군. 핵심은 신원을 알 수 없는 죄수의 정체를 밝히는 것이었는데, 나라면 24시간 안에 할 수 있었을 거야. 르코크는 6개월인가 걸렸지. 수사에서 뭘 경계해야 하는지 가르치는 교본으로 써도 될 거야."

홈즈가 화난 목소리로 대꾸했다.

내가 대단하다고 생각했던 두 인물을 홈즈가 아무렇지도 않게 깎아내리자 나는 기분이 좀 상했다. 나는 창가로 다가서서 복잡한 거리를 내다보며 생각했다.

'이 친구 머리가 아주 좋긴 해도 잘난 척이 엄청나네.'

홈즈가 못마땅한 투로 말을 이었다.

"요즘 시대에는 범죄도 없고 범죄자도 없어. 이런 일에 뛰어난 머리를 가지면 뭐하나. 나에게 이 일로 이름을 날릴 만한 능력이 있다는 건 잘 알고 있어. 지금 살아 있는 사람이나 지금껏 살았던 사람 중에 나보다 연구를 많이 하거나 범죄 수사에 타고난 재능을 쏟아부은 사람은 없을 거야. 그런데 그게 무슨 소용이람? 밝혀낼 범죄가 없는데. 있어봤자 서투른 놈들이 빤한 동기로 저지른 일들이라 스코틀랜드 야드영국 런던 경찰국의 별칭. 창설 당시 런던에 있는 옛 스코틀랜드 국왕의 궁전터에 있었기 때문에 이런 이름이 붙었다.의 경찰 눈에도 보일 정도야."

나는 아직도 잘난 척하는 홈즈의 말투에 별로 기분이 좋지 않았다. 화제를 바꾸는 게 낫겠다고 생각했다.

"저 사람은 뭘 찾는 걸까?"

나는 수수한 옷을 입은 건장한 남자를 가리키며 물었다. 그 남자는 길 건너편에서 천천히 길을 걸어 내려오며 불안한 표정으로 번지수를 확인하고 있었다. 커다란 푸른색 봉투를 손에 들고 있는 것으로 보아 무언가를 전달하려는 것이 분명해 보였다.

"제대한 해군 하사 말이야?"

셜록 홈즈가 말했다.

'허세가 심하네! 내가 그 말이 맞는지 확인할 수 없으니 저렇게 말하지.'

그렇게 생각하고 있는데, 우리가 보고 있던 남자가 우리 집 문의 번지수를 보더니 재빨리 길을 건넜다. 문을 두들기는 소리가 크게 들린 다음 굵은 목소리가 울리더니, 계단을 오르는 묵직한 발소리가 들렸다.

"셜록 홈즈 씨에게 온 겁니다."

그 남자가 방 안으로 들어서서 내 친구에게 편지를 건넸다.

홈즈의 오만함을 꺾어줄 기회가 왔다. 아까 홈즈는 이 사람이 올 걸 생각 못 하고 되는대로 말했을 것이다.

"저, 실례가 안 된다면 직업이 뭔지 물어봐도 되겠습니까?"

나는 무미건조한 목소리로 물었다.

"수위 일을 합니다. 제복은 수선을 맡겼어요."

남자가 무뚝뚝하게 대답했다.

"그전에는 무슨 일을 했죠?"

나는 내 친구를 살짝 짓궂게 쳐다보며 물었다.

"하사였습니다. 영국 해군의 경보병대 소속이었죠. 답신은 없습니까? 그럼 이만."

남자는 발뒤꿈치를 붙여 차렷하고 거수경례를 하더니 방을 나갔다.

3장

로리스턴 가든 미스터리

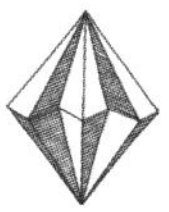

솔직히 내 친구의 이론이 실제로 유용하다는 증거를 눈앞에서 보게 되자 꽤 놀랐다. 홈즈의 능력에 감탄이 절로 터져 나왔다. 그래도 마음 한편에 여전히 미심쩍은 부분이 남아 있었다. 이 모든 게 나를 놀라게 하려고 미리 말을 맞춘 것이 아닐까 싶었다. 하지만 도대체 나를 속여 뭘 한단 말인가. 홈즈를 보니 편지를 다 읽고서는 빛을 잃은 멍한 눈빛으로 무언가를 바삐 생각하고 있었다.

"도대체 어떻게 추론해낸 거야?"

내가 물었다.

"뭘 추론해내?"

홈즈가 퉁명스레 되물었다.

"아니, 그 남자가 제대한 해병 하사라는 거 말이야."

"그런 걸 일일이 설명할 시간 없어."

홈즈가 무뚝뚝하게 답하더니 금세 미소를 띠고 말했다.

"말이 좀 심했네. 생각의 흐름이 끊겨버렸거든. 그렇지만 더 잘된 걸 수도 있어. 그러니까 그 남자가 해군 하사였다는 걸 정말 몰랐다는 거지?"

"그래, 전혀."

"내가 그걸 알아낸 것보다 어떻게 알았는지 설명하는 게 더 어렵겠어. 2 더하기 2는 4라는 걸 증명해보라고 하면 정답은 틀림없이 알고 있어도 설명하기는 어렵잖아. 길 건너편에서도 그 남자 손등에 커다란 푸른 닻 문신이 있는 게 보였어. 거기서 바다 느낌이 났지. 하지만 몸놀림은 군대 느낌이 났고 구레나룻도 규격대로 다듬어져 있었어. 그럼 해군이라는 답이 나오지. 그 남자는 자존심이 센 느낌도 좀 있고 권위적인 데도 있었어. 너도 그 남자가 고개를 드는 방식이나 지팡이를 흔드는 모습을 분명 봤겠지? 얼굴을 보면 믿음이 가고 점잖은 중년 남자야. 그 모든 걸 종합해보면 해군 하사였다는 것을 알 수 있지."

"대단해!"

내가 외쳤다.

"별거 아니야."

홈즈가 말했지만, 표정을 보니 내가 놀라고 감탄하자 만족한 듯했다.

"조금 전에 이제 범죄자는 없는 것 같다고 했지. 내가 틀렸어. 이걸 봐!"

홈즈가 그 수위가 가지고 온 편지를 나에게 던져주었다.

"아니, 이거 끔찍한 일이잖아!"

편지를 훑어보며 내가 외쳤다.

"흔하게 일어나는 일은 아니지. 소리 내어 읽어주겠어?"

내가 홈즈에게 읽어준 편지는 다음과 같았다.

친애하는 셜록 홈즈 씨께

어제 브릭스턴 로드 3번지의 로리스턴 가든 근처에서 좋지 않은 일이 발생했습니다. 순찰을 돌던 우리 쪽 형사가 새벽 2시쯤 거기서 불빛을 보았습니다. 그 집이 비어 있는 걸 알고 있었기 때문에 뭔가 이상한 낌새를 느꼈다고 합니다. 문이 열려 있었고, 아무 가구도 없는 응접실에서 잘 차려입은 신사의 시신을 발견했다고 합니다. 그 신사의 주머니에는 "미국 오하이오주 클리블랜드, 이넉 J. 드레버"라고 적힌 명함이 들어 있었습니다. 훔쳐 간 물건도 없고, 이 남자가 어떻게 죽었는지 알 수 있을 만한 증거도 없었습니다. 방 안에 핏자국이 있지만, 이 사람에게는 상처가 없습니다. 이 빈집에 이 남자가 어떻게 들어오게 됐는지 도저히 풀 수 없는 상태입니다. 그보다 이 사건 전체가 미궁에 빠져 있습니다. 오전 중 아무 때나 이곳에 들르시면 제가 여기 있을 겁니다. 홈즈 씨가 연락 주시기 전까지는 모든 것을 있는 그대로 두겠습니다. 만약 오실 수 없다면 더 자세한 정황들을 전달해드리겠으니, 홈즈 씨의 의견을 들려주신다면 매우 감사히 생각할 것입니다.

토비아스 그레그슨

"그레그슨은 스코틀랜드 야드에서도 가장 똑똑한 친구야. 그레그슨과 레스트레이드는 형편없는 놈들 중에선 그래도 나은 형사들이지.♦ 둘 다 머리 회전이 빠르고 추진력이 있지만, 깜짝 놀랄 만큼 틀에 박혀 있어. 게다가 서로를 원수 보듯이 해. 그 둘은 예쁜 여자 둘이 싸우는 것처럼 서로를 질투하지. 둘 다 이 사건을 맡게 된다면 재미가 좀 있을 거야."

나는 홈즈가 그렇게 차분히 이야기를 이어가는 게 신기했다.

"지금 이렇게 낭비할 시간이 없지 않아? 마차를 부를까?"

"갈지 말지 아직 마음을 못 정했어. 인류가 신발을 신기 시작한 이래로 나만큼 구제불능인 게으름뱅이도 없을 거야. 아니, 게을러질 때가 있는 거지. 반대로 꽤 부지런해질 때도 있으니까."

"아니, 네가 딱 기다리던 사건이잖아."

"이봐, 그게 나한테 무슨 득이 되겠어. 내가 이 사건을 해결한

♦ BBC 《셜록》에서 토비아스 그레그슨은 등장하지 않지만, 레스트레이드의 이름이 그레그이다. 하지만 19세기를 배경으로 하는 특별편 〈유령 신부〉에서는 레스트레이드와 그레그슨이 각기 존재한다. 그레그슨이 직접 등장하지는 않지만, 홈즈가 레스트레이드의 발소리를 분간하면서 그레그슨의 발소리는 더 무겁다고 말하는 장면이 나온다.

다고 해도 그레그슨이나 레스트레이드 같은 떨거지가 공을 다 차지하지 않겠어? 그게 비공식적 인력으로 일하는 대가지."

"그렇지만 와달라고 부탁한 건 그레그슨 쪽이잖아."

"그렇지. 그레그슨은 내가 자기보다 낫다는 걸 알고 있고, 내 앞에선 그걸 인정하지만, 다른 사람 앞에서도 인정하느니 자기 혀를 깨물 거야. 그렇지만 한번 가서 보기나 할까. 난 내 방식대로 사건을 해결할 거야. 그걸로 내가 얻는 건 없어도 그 사람들을 비웃어줄 수는 있겠지. 가보자고!"

홈즈는 서둘러 외투를 입더니 분주하게 돌아다녔다. 좀 전의 무기력한 상태에서 벗어나 힘이 넘치는 상태가 된 것이다.

"모자 챙기지그래."

홈즈가 말했다.

"나도 같이 가자고?"

"그래, 별다른 일 없으면."

1분 후 우리는 이륜마차를 타고 브릭스턴 로드를 향해 맹렬하게 달리고 있었다.

안개가 끼고 구름이 많은 아침이었다. 흙바닥이 반사되기라도 한 것처럼 지붕 위로 칙칙한 누런색 장막이 드리워져 있었다. 홈즈는 기분이 매우 좋아 보였다. 그는 크레모나의 바이올린이나, 스트라디바리우스 바이올린과 아마티 바이올린의 차이점에 대해 쉬지 않고 떠들어댔다. 나는 조용히 침묵을 지켰다.

안 좋은 날씨도, 우리가 향하고 있는 곳에서 일어난 우울한 사건도 내 기분을 암울하게 했다.

"이 사건에 대해서 별로 생각하지 않는 것 같네."

숫제 음대 논문을 쓰고 있는 홈즈의 말을 끊고 내가 겨우 말했다.

"아무 자료도 없으니까. 증거를 모두 확인하기 전에 가설을 세우는 건 아주 큰 실수야. 판단을 흐리게 만들지."

홈즈가 대답했다.

"곧 자료를 볼 수 있을 거야. 여기가 브릭스턴 로드고, 저기가 그 집인 것 같아. 내가 맞게 본 거면."

내가 손가락으로 밖을 가리키며 말했다.

"맞네. 멈춰요, 아저씨. 멈춰요!"

그 집까지는 아직 100미터쯤 남았지만, 홈즈가 내려야 한다고 우겨서 우리는 그 집까지 걸어서 갔다.

3번지의 로리스턴 가든은 불길하고 위협적인 분위기를 풍기는 집이었다. 도로에서 조금 떨어진 곳에 모여 있는 집 네 채 중에 한 채였는데, 두 채에는 사람이 살고 있고 둘은 비어 있었다. 비어 있는 두 채에는 아무 장식 없이 텅 빈 창문이 세 층에 을씨년스럽게 나 있었다. 뿌연 유리창 여기저기에는 "임대"라고 쓰인 종이만 백내장처럼 피어나 있었다. 도로와 집 사이를 가르는 작은 정원에는 죽어가는 식물들이 아무렇게나 흩뿌려져 있었고, 정원을 가로지르는 황토색 좁은 길은 진흙과 자갈을 뒤섞어 만든 듯했다. 밤사이 내린 비로 온통 질척거리는 상태였다. 정원은 1미터 높이 정도 되는 벽돌담으로 둘러싸여 있었는데, 담 위에는 나무로 만든 울타리가 둘러져 있었다. 건장한 경찰 하나가 벽돌담에 기대서 있었고, 그 경찰 주변에는 구경꾼 무리가 안에서 무슨 일이 벌어졌는지 보려는 듯이 눈을 찌푸리며 목을 빼고 있었다.

나는 셜록 홈즈가 도착하자마자 집 안으로 서둘러 들어가 사건을 해결하기 위해 뛰어들 것이라 생각했다. 하지만 홈즈는 그럴 의도가 전혀 없어 보였다. 상황을 아는 내가 보기에는 홈즈가 일부러 무관심한 척하는 것으로 보일 정도였다. 홈즈는 그냥 길을 오르락내리락 걷고 땅과 하늘, 맞은편의 집과 담 위의 울타리를 멍하니 쳐다보았다. 그렇게 관찰을 끝낸 다음, 길을 따라 천천히 걸었다. 길이라기보다는 길 가장자리에 난 풀을 따라 땅에서 눈을 떼지 않고 걸어갔다. 홈즈는 두 번 멈춰 서고 한 번은 미소 짓더니, 뭔가 기쁜 듯한 탄성을 질렀다. 젖은 진흙땅에 발자국이 많이 찍혀 있었지만, 그것은 경찰들이 그 위를 계속 왔다 갔다 하면서 찍힌 것들이었다. 이 친구가 뭘 찾으려 땅을 본 건지는 알 수 없었다. 그래도 나는 홈즈가 얼마나 빠른 속도로 주변을 관찰하는지는 똑똑히 볼 수 있었고, 나에게는 보이지 않는 많은 것들을 그가 보고 있다는 것도 분명히 알 수 있었다.

그 집의 현관에서 우릴 맞이한 남자는 키가 크고 금발에 얼굴이 하얀 남자였다. 그 남자는 손에 노트를 하나 든 채로 앞으로 달려 나와 홈즈의 손을 잡고 힘차게 흔들었다.

"와주셔서 정말 감사합니다. 아무것도 건드리지 않고 그대로 두었습니다."

내 친구가 길을 가리키며 대꾸했다.

"저것만 빼고요. 들소 떼가 여길 지나갔다고 해도 믿겠어요. 물론 이 지경이 되기 전에 그레그슨 경위가 내린 결론이 분명히 있겠죠."

"집 안에서 할 일이 너무 많아서요. 레스트레이드 경위도 여기 와 있어요. 이쪽은 레스트레이드가 맡아줄 거라 생각했죠."

그레그슨이 얼버무리며 대답했다.

홈즈는 나를 흘깃 보더니 우습다는 듯이 눈썹을 올려 보였다.

"그레그슨 경위나 레스트레이드 경위 같은 분들이 여기 계신데, 다른 사람이 뭘 더 찾아낼 수 있을까요."

홈즈가 말했다.

그레그슨은 만족스럽다는 듯이 두 손을 비볐다.

"우리가 할 수 있는 것은 다 한 것 같아요. 그렇지만 기묘한 사건이라, 홈즈 씨가 흥미로워하실 거라 생각했습니다."

"여기로 올 때 이륜마차를 타시진 않았나요?"

홈즈가 물었다.

"아니요."

"레스트레이드 경위도요?"

"안 탔어요."

"그럼 들어가서 방을 보죠."

영문 모를 말을 남기고 홈즈가 집 안으로 들어갔다. 그 뒤로 그레그슨이 놀란 표정으로 따라 들어갔다.

먼지투성이 나무 마룻바닥을 따라 짧은 복도를 지나자 부엌과 서재가 나왔다. 방문 두 개가 하나는 왼쪽으로, 하나는 오른쪽으로 나 있었다. 그중 하나는 닫혀 있은 지 여러 주가 지난 것이 분명했다. 다른 하나는 식당으로 이어져 있었는데, 바로 이곳에서 이 수수께끼 같은 사건이 일어난 것이었다. 홈즈가 안으로 들어갔고 내가 그 뒤를 따랐다. 죽음과 마주칠 때마다 늘 그렇듯이 마음이 가라앉았다.

그 방은 넓은 직사각형 모양이었는데, 가구가 없어서 실제보다 더 넓어 보였다. 조잡한 싸구려 벽지가 발라져 있었고, 곰팡이로 여기저기 얼룩이 져 있는 데다 벽지 조각들이 떨어지면서 늘어져서 그 아래로 노란 회반죽벽이 보였다. 문 반대쪽에 있는 현란한 벽난로 위에는 하얀 모조대리석 선반이 얹혀 있었고, 선반 한쪽 구석에 붉은 양초 토막이 눌어붙어 있었다. 하나 있는 창문은 너무 더러워서 빛이 흐릿하게 어른거렸다. 그 탓에 방 안에 있는 것들이 다 침침한 회색빛이 났다. 집 전체적으로 먼지가 두껍게 내려앉아 있어서 더 그래 보였다.

이런 세세한 모습은 나중에 관찰한 것들이었다. 그 당시에는 마룻바닥 위에 미동도 없이 길게 뻗어 있는 암울한 몸뚱이에만 온 신경이 쏠렸다. 아무것도 보지 못하는 텅 빈 눈이 색이 바래가는 천장을 올려다보고 있었다. 마흔서너 살쯤 되어 보이는 남자로, 보통 키에 어깨가 넓고, 검은 곱슬머리에 짧고 억센 수염이 나 있었다. 그 남자는 브로드 천으로 된 긴 프록코트 안에 조끼를 걸치고 밝은색 바지를 입고 있었다. 옷깃과 소매에는 먼지 하나 없었다. 손질이 잘된 실크 재질 정장 모자가 남자 옆 바닥에 놓여 있었다. 남자는 주먹을 꽉 쥐고 팔은 활짝 벌린 채 누워 있었다. 다리도 꼬고 있는 것을 보니 고통스럽게 죽어간 것 같았다. 얼굴은 경악하는 표정으로 굳어져 있었는데, 내가 보기에는 증오로 가득 찬 표정 같았다. 사람이 그렇게 증오에 차 있는 것은 본 적이 없었다. 악의적이고 끔찍하게 뒤틀린 표정에 이마는 좁고 코는 뭉뚝하고 턱은 나와 있어서 원숭이나 유인원 같은 모습이었다. 뒤틀리고 부자연스러운 자세 때문에 더 그렇게 보였다. 나는 수많은 죽음을 목격했지만, 런던 교외의 큰 도로 바로 가까이 있는 이 어두컴컴하고 더러운 집에서 본 것만큼 무시무시한 죽음은 처음 보았다.

호리호리하고 족제비 같은 레스트레이드가 문간에 서서 홈즈와 나를 맞이했다.

"이 사건 때문에 시끄러워질 겁니다. 전 겁쟁이가 아니지만, 지금껏 이렇게 심한 건 본 적이 없어요."

레스트레이드가 말했다.

"아무 증거도 없나?"

그레그슨의 물음에 레스트레이드가 답했다.

"전혀."

홈즈는 시체 가까이 다가가 무릎을 꿇고 자세히 관찰했다.

"외상이 없는 것이 분명한가요?"

홈즈가 주변에 온통 튀어 있는 핏자국을 가리키며 물었다.

"확실합니다!"

두 수사관이 동시에 외쳤다.

"그렇다면 이 피는 당연히 다른 사람 피겠네요. 아마도 범인의 피일 겁니다. 이게 살인 사건이라면요. 1834년 네덜란드 위트레흐트에서 일어났던 반 얀센 살인 사건이 생각납니다. 그레그슨 씨, 그 사건을 기억하나요?"

"아뇨, 모릅니다."

"읽어보세요. 꼭 읽어봐야 합니다. 하늘 아래 새로운 것은 없습니다.◆ 다 누군가 예전에 했던 일이죠."

말을 하면서도 홈즈는 손가락으로 여기저기를 다 만져보고

◆ 특별편 〈유령 신부〉에서는 모리아티가 홈즈에게 같은 대사를 말한다.

눌러보고, 단추를 풀고, 세세히 살폈다. 눈은 내가 앞서 말했던 것처럼 먼 데를 보는 듯 예의 그 멍한 표정을 하고 있었다. 홈즈가 어찌나 빨리 관찰을 끝냈는지, 아무도 홈즈가 얼마나 꼼꼼하게 관찰했는지 거의 알아채지 못할 정도였다. 홈즈는 마지막으로 죽은 남자의 입술 냄새를 맡더니, 에나멜가죽으로 만든 구두의 밑창을 보았다.

"이 사람을 움직이지 않았다고요?"

홈즈가 물었다.

"조사하는 데 필요한 만큼만 움직였습니다."

"이제 안치소로 옮겨도 돼요. 알아낼 수 있는 것은 다 알아냈습니다."

그레그슨이 대기하고 있던 사람들을 부르자 네 사람이 들어와 남자를 들것에 실었다. 그 사람들이 남자를 들어 올리는데, 반지 하나가 쨍그랑하고 떨어져서 바닥을 가로질러 굴렀다. 레스트레이드가 반지를 잡아채 들고 혼란스러운 표정으로 바라보았다.

"여기 여자가 있었어요. 이건 여자의 결혼반지예요."

레스트레이드는 외치며 손바닥 위에 반지를 펼쳐 보였다. 우리는 레스트레이드 주위로 몰려들어 반지를 관찰했다. 이 민무늬 금반지는 한때 신부의 손에 껴 있었던 것이 분명해 보였다.

"이거 문제가 복잡해지는군요. 그전에도 충분히 복잡했는데 말이죠."

그레그슨이 말했다.

"더 간단해지는 것은 아니고요? 그걸 쳐다본다고 뭘 알 수 있겠어요? 그 남자 주머니에선 뭘 찾았습니까?"

홈즈가 물었다.

"여기 다 있습니다."

그레그슨이 계단 맨 아래에 놓인 잡동사니를 가리켰다.

"런던 바로드사社 금시계 하나. 일련번호 97163. 앨버트 스타일 금줄에 아주 무겁고 단단합니다. 프리메이슨 문장이 새겨진 금반지 하나. 루비 눈을 박은 불도그 머리 모양 금 넥타이핀. 러시아제 가죽 명함지갑. 안에는 이넉 J. 드레버의 이름이 새겨진 명함들이 들어 있고요. 옷에도 E. J. D.라고 수놓여 있습니다. 지갑은 없지만, 돈은 7파운드 13실링이 있었습니다. 보카치오의 『데카메론』 문고판. 속지에는 조지프 스탠거슨이라는 이름이 적혀 있었고요. 편지 두 장이 있었는데, 하나는 E. J. 드레버 앞으로, 다른 하나는 조지프 스탠거슨 앞으로 온 것입니다."

"어떤 주소로요?"

"스트랜드의 아메리칸 익스체인지 주소로 보냈습니다. 찾으러 갈 때까지 보관해달라고 되어 있어요. 둘 다 기온 증기선 회사에서 보낸 편지인데, 리버풀에서 출항하는 배에 대한 내용입니다. 이 운 나쁜 남자는 뉴욕으로 돌아가려 했던 것이 분명해요."

"스탠거슨이란 남자에 대해서는 조사해보셨나요?"

"제가 바로 조사에 들어갔습니다. 모든 신문사에 광고를 냈어요. 아메리칸 익스체인지로 제 밑의 사람을 보냈는데, 아직 돌아오지 않았네요."

"클리블랜드로도 전갈을 보냈나요?"

"오늘 아침에 전보를 보냈습니다."

"어떤 내용으로 보냈죠?"

"그냥 상황을 설명하고 사건에 도움이 될 만한 정보가 있으면 좋겠다고 했습니다."

"사건에 결정적일 것이라 생각되는 특정 정보를 요청한 것은 아니고요?"

"스탠거슨에 대해 물어봤습니다."

"다른 질문은 안 했나요? 이 사건 전체를 풀어줄 만한 정황은 없고요? 다시 전보를 보내진 않을 건가요?"

"내가 할 말은 다 했습니다."

그레그슨이 언짢은 목소리로 대답했다.

셜록 홈즈는 혼자 쿡쿡 웃더니 무슨 말을 하려는 것처럼 보였다. 그때 레스트레이드가 다시 현장으로 돌아왔다. 그는 우리가 복도에서 이야기하는 동안 응접실에 있었는데, 아주 만족스럽고 거만한 모양새로 두 손을 마주 비비며 다가왔다.

"그레그슨, 지금 아주 중대한 발견을 했어! 내가 벽을 자세히 살피지 않았더라면 틀림없이 모르고 넘어갔을 거라고."

그렇게 말하는 키 작은 레스트레이드의 눈이 반짝거렸다. 동료보다 한발 앞섰다는 생각에 의기양양해진 기분을 겨우 억누르고 있는 것 같았다.

"이쪽으로 오세요."

레스트레이드가 법석을 떨며 방 안으로 다시 들어갔다. 섬뜩한 시신을 치우고 나자 방 분위기가 한결 밝아진 느낌이었다.

"자, 거기 서보세요!"

레스트레이드가 구두에 성냥을 그어 불을 붙이더니 벽 쪽으로 갖다 댔다.

"저걸 봐요!"

그가 의기양양하게 말했다.

내가 앞에서 말한 대로 벽에는 벽지가 군데군데 떨어져 있었는데, 방의 한쪽 구석에 벽지가 커다랗게 떨어져 누렇고 거친 회반죽벽이 드러난 곳이 있었다. 그 빈 곳에 핏빛 글씨로 단어가 하나 쓰여 있었다.

RACHE

"어떻습니까? 방에서 가장 어두운 구석에 있어서 모르고 지나쳤는데, 아무도 여길 볼 생각은 하지 못했죠. 살인자가 자기 피로 쓴 겁니다. 벽을 타고 흘러내린 핏자국을 보세요! 이로써 자살은 아니라는 것이 분명해졌습니다. 왜 굳이 저 구석에 글씨를 썼을까요? 제가 말씀드리죠. 저 벽난로 위의 초를 보세요. 그때는 초가 켜져 있었고, 만약 켜져 있었다면 이 구석이 가장 어두운 게 아니라 가장 밝은 곳이었을 겁니다."

"그래서 자네가 **발견**한 이 글자가 뭘 의미한다는 거지?"

그레그슨이 자못 깎아내리는 말투로 말했다.

"의미? 봐봐, 이걸 쓴 사람은 여자 이름 레이철(RACHEL)을 쓰려고 했는데, 미처 다 쓰기 전에 방해를 받은 거야. 장담하는데, 이 사건이 해결되면 레이철이란 이름의 여자가 관련이 있다는 것이 밝혀질 거라고. 셜록 홈즈 씨, 웃으셔도 좋습니다. 하지만 홈즈 씨가 아무리 똑똑하고 영리해도 결국은 구관이 명관이라고 하지 않습니까."

"이거 정말 죄송스럽습니다!"

홈즈가 사과했다. 내 친구가 폭소를 터뜨려 이 키 작은 남자의 기분을 상하게 했던 것이다.

"우리 중에 이걸 가장 먼저 발견한 사람은 틀림없이 레스트레이드 경위입니다. 말씀하신 대로 간밤의 사건과 관련된 사람이 썼다는 것도 틀림없는 사실 같습니다. 지금까진 이 방을 조사할 시간이 없었지만, 허락하신다면 이제 돌아보겠습니다."

홈즈는 그렇게 이야기하면서 줄자와 커다란 돋보기 하나를 주머니에서 꺼냈다. 이 두 가지 도구를 가지고 홈즈는 방을 조용히 돌아다녔다. 이따금 멈춰 서고, 가끔은 무릎을 꿇었고, 한 번은 납작 엎드렸다. 얼마나 조사에 열중했는지 홈즈는 우리가 옆에 있는 것도 잊은 것 같았다. 그러는 내내 혼잣말로 뭐라 중얼거리면서 연이어 감탄을 하고, 끙 소리를 내고, 휘파람을 불고, 무언가 고무적이거나 희망이 보인다는 듯이 작게 외치기도 했다. 그런 홈즈를 보니, 사라진 사냥감의 흔적을 찾을 때까지 몸이 달아 낑낑거리며 은신처를 맹렬히 맴도는 훈련 잘된 순종 폭스하운드가 생각났다. 홈즈는 20여 분 이상 조사를 계속하면서 나에게는 전혀 보이지 않는 흔적들 사이의 거리를 정확하게 재는 데 열중했다. 가끔은 벽에도 줄자를 갖다 대 쟀는데, 이해가 안 되기는 마찬가지였다. 한 곳에서는 바닥에 작게 쌓인 회색 먼지 더미를 조심스럽게 모아서 봉투에 챙겨 넣었다. 마지막으로 돋보기를 가지고 벽에 쓰인 글씨를 하나하나 철저하고 꼼꼼하게 살펴보았다. 이걸 끝내고 나자, 홈즈는 만족한 듯이 줄자와 돋보기를 다시 주머니에 넣었다.

"천재성이란 귀찮은 일을 무한대로 견디는 능력이라고들 하죠. 형편없는 정의지만 수사하는 데는 적용할 수 있겠군요."

홈즈가 미소를 띠며 말했다.

그레그슨과 레스트레이드는 이 아마추어 수사관이 하는 일들을 한편으로는 상당한 호기심을 가지고, 얼마간은 업신여기듯이 지켜보았다. 홈즈의 사소한 행동 하나에도 분명하고 실질적인 목적이 있다는 것이 나에겐 보였지만, 두 수사관은 전혀 알아차리지 못하는 것 같았다.

"어떻게 생각하십니까, 홈즈 씨?"

두 사람이 같이 물었다.

"제가 두 분을 돕는다고 한다면 이 사건을 해결하는 두 분의 공을 깎는 일일 겁니다. 지금 아주 잘하고 계시니 누가 간섭한다는 건 안 될 말이지요."

그렇게 말하는 홈즈의 목소리에 냉소가 가득했다.

홈즈는 다시 말을 이었다.

"조사가 어떻게 이루어지고 있는지 저에게 알려주신다면 제가 할 수 있는 한 모든 도움을 드리겠습니다. 그 전에 시신을 발견한 순경을 만나고 싶습니다. 이름과 주소를 주시겠습니까?"

레스트레이드가 수첩을 들여다보았다.

"존 랜스. 지금은 비번입니다. 케닝턴 파크 게이트의 오들리 코트 46번지로 가면 만날 수 있을 겁니다."

홈즈가 주소를 받아 적었다.

"왓슨 선생, 갑시다. 가서 이 순경을 만나보자고."

그러고는 두 수사관을 향해 돌아서며 말했다.

"이 사건에 도움이 될 만한 것을 한 가지 알려드리지요. 이건 살인 사건이고 범인은 남자예요. 180센티미터가 넘는 키에, 한

창때의 남자고, 키에 비해서는 발이 작습니다. 앞이 네모진 싸구려 구두를 신었고 인도산 티루치라팔리 엽궐련을 피웠습니다. 여기에 피해자와 함께 사륜마차를 타고 왔고요. 그 마차를 끈 말의 편자 세 개는 오래되었고 앞발굽 중 한쪽은 새로 단 편자입니다. 아마도 범인은 얼굴이 붉고 오른손 손톱이 보통 이상으로 길 거예요. 몇 개 안 되는 단서이지만 도움이 될 수도 있겠죠."

레스트레이드와 그레그슨은 믿을 수 없다는 듯이 웃으며 서로 쳐다보았다.

"이 남자가 살해된 게 맞는다면, 어떻게 된 거죠?"

레스트레이드가 물었다.

"독살입니다. 레스트레이드 씨, 한 가지 더요. 'RACHE'는 독일어로 복수를 의미하니, 레이철을 찾으려고 시간 낭비하지 마세요."◆

셜록 홈즈는 마지막 독설을 날리고는, 입을 딱 벌리고 선 두 경쟁자를 뒤로한 채 걸어 나갔다.

◆ BBC 《셜록》 〈핑크색 연구〉에서는 살인자가 아닌 피해자가 바닥에 'RACHE'라는 단어를 남긴다. 드라마에서는 원작을 다시 한 번 재미있게 비트는데, 원작과 반대로 경찰이 'RACHE'를 독일어로 '복수'라고 해석하지만, 셜록은 비웃으며 당연히 레이철이라는 여자 이름이라고 말한다.

4장

존 랜스의 이야기

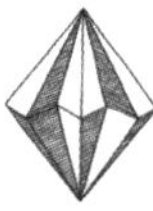

우리가 로리스턴 가든 3번지를 나선 것은 오후 1시 무렵이었다. 셜록 홈즈는 나를 데리고 가장 가까운 전신국으로 가더니 긴 전보를 보냈다. 그러고는 이륜마차를 불러 마부에게 레스트레이드가 준 주소로 가달라고 했다.

"증거는 직접 수집해야 해. 사실은 머릿속에서 사건을 완전히 재구성했지만 알 수 있는 것은 다 알아두는 것도 좋을 거야."

홈즈가 말했다.

"정말 놀라워, 홈즈. 그렇지만 너도 아까 말했던 부분들을 완전히 확신하는 건 아니겠지?"

"틀릴 리가 없어. 그곳에 도착해서 가장 먼저 눈에 띈 건 도로변 가까이 마차 바퀴자국이 두 줄로 나 있었다는 거야. 어젯밤에 비가 오기까지 일주일 동안 비가 오지 않았었으니까, 그렇게 깊게 팬 바큇자국은 어젯밤에 생긴 거란 말이야. 말굽 자국도 하나만 다른 세 개보다 자국이 선명했어. 하나만 새로 단 편자라는 거지. 비가 오고 난 다음에 마차가 지나간 거고, 그레그슨의 말이 맞는다면 아침나절 중엔 다른 마차가 지나가지 않았으니까, 밤사이에 마차가 그곳에 갔다는 거야. 두 사람이 마차를 타고 와서 그 집으로 들어간 거지."

"그렇게 복잡하진 않네. 그렇지만 같이 있던 사람 키는 어떻게 알아낸 거야?"

"아, 사람 키는 보폭을 보면 열에 아홉은 맞힐 수 있어. 간단한 계산이지만, 숫자를 늘어놔서 지루하게 하고 싶지는 않아. 그 사람의 발자국은 바깥의 진흙에서도 발견했고 안의 먼지 위에도 있었어. 그리고 그게 맞는지 확인할 수 있는 방법도 있었지. 사람이 벽에 무언가 적을 때는 본능적으로 눈높이 정도에 글을 적게 돼. 그 글자는 땅에서 180센티미터 좀 넘는 곳에 있었어. 단순하기 그지없지. 애들도 알 수 있을 거야."

"나이는?"

내가 물었다.

"글쎄, 135센티미터쯤 되는 넓이를 별로 힘들이지 않고 건너갈 수 있으면 늙어 쭈그러든 사람은 아니겠지. 정원에 물웅덩이가 있어서 그만큼 뛰어서 건너야 했거든. 에나멜가죽 구두는 돌아서 갔지만, 네모 각진 구두는 뛰어넘었어. 신기할 게 아무것도 없는 일이야. 단순히 그 기사에서 설명했던 관찰과 추론의 수칙을 현실에 적용한 것에 불과해. 더 궁금한 게 있어?"

"손톱과 티루치라팔리 엽궐련."

내가 말했다.

"벽의 글씨는 검지에 피를 묻혀서 쓴 거야. 돋보기로 보니까 글씨를 쓰면서 회반죽이 살짝 긁힌 게 보였지. 손톱을 짧게 깎았다면 그럴 일이 없었을 거야. 그리고 바닥에 흩어진 담뱃재를 주워 모았더니 색이 어둡고 얇은 꽃잎 모양이었어. 그런 재는 티루치라팔리 담배에서만 나와. 난 담뱃재에 관해 계속 연구를 해왔지. 사실 그 주제로 논문도 썼어. 시가든 파이프 담배든 재를 한 번 쳐다보기만 해도 담배 상표를 알아맞힐 수 있어. 유능한 탐정은 그레그슨이나 레스트레이드 같은 수사관이랑 그런 세세한 부분에서 차이가 나는 거야."

"얼굴이 붉다는 건?"

"아, 그건 좀 과감하게 맞혀본 거긴 한데 틀림없이 맞을 거야. 지금은 왜인지 묻지 말아줘."

나는 손으로 이마 위를 훑었다.

"머리가 빙빙 도는군. 생각하면 할수록 더 모르겠어. 두 남자가 있었던 게 맞는다면, 어떻게 하다가 이 두 남자가 빈집으로 들어가게 된 걸까? 이 두 남자를 데려다준 마부는 어떻게 된 거지? 한 사람이 다른 사람에게 어떻게 독약을 먹였을까? 피는 어디서 난 거고? 뭘 훔치려고 한 게 아니라면, 범인은 동기가 뭐였을까? 여자 반지는 왜 거기 있었던 걸까? 이런 것들보다 도대체 그 다른 남자가 떠나기 전에 왜 독일어로 복수라고 쓴 거지? 이 모든 의문을 다 풀어줄 답을 도저히 생각해낼 수가 없어."

홈즈가 만족스럽단 듯이 미소 지었다.

"이 사건의 어려운 지점들을 간결하게 잘 요약했어. 아직 명확하지 않은 부분도 많긴 하지만 주요한 사실들은 내 머릿속에서 결론을 내렸지. 불쌍한 레스트레이드가 발견한 건, 그저 경찰이 사회주의나 비밀단체를 의심하라고 만든 장치에 불과해. 이건 독일인의 소행이 아니야. 알아챘는지 모르겠지만, A 자가 어딘가 독일식으로 쓰여 있었지. 하지만 진짜 독일인은 라틴식으로 알파벳을 써. 그러니까 이것은 독일인이 아니라 어설프게 독일인인 척하는 사람이 쓴 거라고 확실하게 결론을 내릴 수 있어. 수사를 다른 방향으로 돌리려고 속임수를 쓴 거야. 너한테 사건에 대해 더 이야기하지 않을 거야. 마술을 설명해주고 나면 마술사가 신뢰를 잃잖아. 내가 일하는 방식을 너무 많이 알게 되면, 나도 결국은 아주 평범한 사람이라 여기게 될 거야."

"그럴 일은 절대 없을 것 같은데. 지금껏 수사를 이런 정밀한 과학의 수준으로 끌어올린 사람은 아무도 없었어."

홈즈는 진심을 담은 내 말을 듣고 얼굴이 기쁨으로 붉어졌다. 마치 예쁘다는 칭찬을 받는 여자아이만큼이나 홈즈가 자기 능력을 칭찬하는 말에 약하다는 건 이미 관찰한 바였다.

"하나 더 알려주지. 에나멜가죽이랑 네모진 구두는 같은 마차를 타고 와서 좁은 길을 아주 다정하게 걸어갔어. 팔짱이라도 낀 것처럼 말이야. 집 안에 들어가서는 방 안을 왔다 갔다 했지. 아니, 에나멜가죽은 가만히 서 있었고, 네모 구두가 왔다 갔다 했어. 먼지를 보면 다 알 수 있거든. 그리고 걸으면서 네모 구두가 점점 더 흥분했다는 것도. 보폭이 점점 넓어지거든. 그동안 계속 말을 하면서 점점 더 격분한 것이 분명해. 그리고 비극적인 사건이 일어났지. 내가 지금 아는 건 전부 다 말했어. 나머지는 그저 짐작하고 추측한 것뿐이야. 그렇지만 수사를 시작하기엔 충분하지. 서두르자고. 오늘 오후에 할레의 공연에 가서 노먼 네루다의 바이올린 연주를 듣고 싶으니까."

이런 이야기를 나누는 동안, 우리가 탄 마차는 길게 이어진 우중충한 거리와 음울한 샛길을 따라 달려갔다. 그러다가 그중에서도 가장 우중충하고 음울해 보이는 길에 마부가 갑자기 마차를 세웠다.

"저기에 오들리 코트가 있습니다. 돌아오실 때까지 여기서 기다리겠습니다."

마부가 거무칙칙한 벽돌 건물 사이로 좁게 난 틈을 가리켰다.

오들리 코트는 끌리는 구석이라곤 없는 곳이었다. 좁은 길을 따라가자 깃발과 지저분한 집들이 늘어서 있는 네모진 안뜰이

나왔다. 더러운 아이들 무리를 지나고 빛바랜 옷가지가 널린 빨랫줄을 지나자 "랜스"라는 이름이 새겨진 작은 놋쇠 문패가 붙어 있는 46번지가 나왔다. 안에 물어보니 랜스 순경은 자고 있다고 했다. 우리는 작은 응접실로 안내를 받아 그를 기다렸다.

얼마 되지 않아 랜스 순경이 나타났다. 쉬는 데 방해를 받아 조금 짜증이 난 얼굴이었다.

"서에 보고를 했는데요."

그가 말했다.

홈즈는 주머니에서 10실링짜리 금화를 꺼내더니 손에서 신중하게 놀렸다.

"랜스 순경 입으로 직접 듣고 싶어서 왔습니다."

홈즈가 말했다.

"말씀드릴 수 있는 건 뭐든 다 말씀드릴게요."

순경이 작은 금화에서 눈을 떼지 않고 대답했다.

"그냥 일어난 그대로를 평소 말투대로 들려주세요."

랜스는 인조 말 털 소파에 앉아서 하나도 빠뜨리지 않겠다는 듯이 이마를 잔뜩 찌푸렸다.

"처음부터 말씀드릴게요. 제 순번은 밤 10시부터 새벽 6시까지예요. 밤 11시쯤 화이트 하트 술집에서 싸움이 일어났지만, 그것 말고는 순찰하는 데 조용한 편이었어요. 새벽 1시쯤 비가 오기 시작했고, 홀랜드 그로브 순찰을 돌고 있던 해리 머처를 만났죠. 우리는 헨리에타 스트리트 한편에 서서 이야기를 나눴어요. 얼마 안 돼서, 아마 새벽 2시가 좀 더 지나서였을 거예요. 브릭스턴 로드 쪽이 괜찮은지 한 바퀴 돌아봐야겠다고 생각했어요. 정말 지저분하고 외딴곳이거든요. 거기까지 가는 동안 아무도 못 봤어요. 마차 한두 대는 지나갔지만요. 길을 따라 걸으면서 뜨거운 물을 섞은 진 4펜스어치만 마실 수 있으면 얼마나 좋을까 생각하고 있는데, 갑자기 그 집 창문에 불빛이 비치는 게 눈에 들어왔죠. 로리스턴 가든 집들 중에 두 채가 비어 있다는 걸 알고 있었어요. 마지막 세입자가 장티푸스로 죽었는데도 집주인이 배수 시설 수리를 안 했거든요. 창문에 불빛이 비치는 걸 보고 깜짝 놀랐죠. 뭔가 이상한 일이 일어난 건 아닐까 생각했어요. 현관에 다다랐을 때……."

"멈춰 섰다 다시 정원 입구 대문으로 걸어갔죠. 왜 그랬죠?"

내 친구가 끼어들었다.

랜스는 화들짝 놀라더니 식겁한 얼굴로 홈즈를 쳐다보았다.

"아, 맞습니다. 선생님이 그걸 어떻게 아셨는지는 하늘만 아실 거예요. 그게, 문까지 갔는데 너무 조용하고 인기척이 없어서 누구랑 같이 들어가는 게 낫겠다고 생각했어요. 저승 반대편 이승에서는 무서운 게 없지만, 장티푸스로 죽은 그치가 자기를 죽인 배수로를 살펴보고 있는 건 아닐까 하는 생각이 들었거든요. 그 생각이 나서 다시 대문으로 걸어가서 머처가 들고 있던 랜턴이 보이나 봤는데, 머처도 안 보이고 다른 인기척도 전혀 없었어요."

"길에 아무도 없었나요?"

"아무도 없었어요. 개 한 마리도 안 보였죠. 다시 용기를 내 돌아가서 문을 열었어요. 집 안은 아주 조용했어요. 그래서 불이 비치던 방으로 가봤는데, 벽난로 위에 촛불이 깜빡이고 있었어요. 그 빨간 초요. 그리고 그 불빛에 제가 본 건……."

"네, 랜스 씨가 뭘 봤는지 다 알아요. 방을 여러 번 돌고, 시체 옆에 꿇어앉았다가 걸어 나가 부엌문을 열어보았다가, 그리고……."

존 랜스는 두려움에 찬 얼굴로 벌떡 일어나 홈즈를 의심스럽게 쳐다보았다.

"어디 숨어서 그걸 다 보신 건가요? 너무 많은 걸 알고 계신 거 같은데요."

홈즈가 웃더니 순경에게 탁자 위로 명함을 던져주었다.

"살인 사건의 범인이라고 날 체포하진 마요. 난 늑대가 아니라 사냥개 중 하나니까요. 그레그슨 경위나 레스트레이드 경위가 말해줄 거예요. 계속해보세요. 그러고 나선 뭘 했죠?"

랜스는 다시 자리에 앉았지만 여전히 혼란스러운 표정이었다.

"다시 정원 입구로 나가서 호루라기를 불었어요. 그러자 바로 머처랑 다른 순경 두 사람이 더 왔어요."

"그때도 길에 아무도 없었어요?"

"그렇죠. 사람이라고 볼 수 있을 만한 건요."

"무슨 말이죠?"

순경이 얼굴을 펴며 씩 웃었다.

"지금까지 일하면서 취한 사람을 정말 많이 봤는데, 그놈만큼 취한 사람은 본 적이 없어요. 내가 나왔을 때 그 남자는 대문 울타리에 기대서서 목이 터져라 컬럼바인의 새로운 깃발애국적인 내용의 미국 노래 몇 개를 혼동한 제목이다.인지 뭔지 하는 노래를 부르고 있었어요. 우릴 돕기는커녕 서 있을 수도 없는 상태였죠."

"그 남자는 어떤 사람이었죠?"

셜록 홈즈가 물었다.

랜스는 이야기가 주제를 벗어나자 좀 짜증이 난 것 같았다.

"말도 못 하게 취한 남자였어요. 그 사건만 없었다면 서로 데리고 갔을 거예요."

"그 사람의 얼굴이나 옷차림 같은 건 못 보셨고요?"

홈즈가 갑갑하다는 듯이 끼어들었다.

"못 봤을 리가 없죠. 그 사람을 일으켜야 했으니까요. 나랑 머처 둘이 같이요. 키가 큰 사람이었어요. 얼굴은 붉었는데, 얼굴 아래쪽은 목도리를 둘러매고 있어서……."

"그 정도면 됐어요. 그 남자는 어떻게 됐죠?"

"그 사람 말고도 신경 써야 할 일이 많았어요. 알아서 집에 잘 찾아갔겠죠."

랜스 순경이 억울한 목소리로 말했다.

"그 남자는 뭘 입었던가요?"

"갈색 외투요."

"손에 채찍을 들고 있었나요?"

"채찍, 아니요."

"뒤에 남겨두고 갔나 보군."

내 친구가 중얼거렸다.

"그다음에 마차를 보거나 소리를 듣지는 못했고요?"

"아뇨."

"여기 10실링이 있어요. 안타깝지만, 랜스 씨는 경찰로 출세하기는 힘들 거예요. 머리는 장식으로나 쓰는 게 좋겠어요. 어젯밤에 경사로 진급할 수도 있었는데. 어젯밤 일으켜줬던 그 남자가 우리가 쫓고 있는 남자예요. 이 사건의 실마리를 쥐고 있는 남자 말입니다. 지금은 뭐라고 말할 것도 없어요. 내 말이 틀림없을 거예요. 왓슨 선생, 가자고."

내 친구는 일어서서 모자를 들었다.

우리는 마차로 향했고, 우리 정보원은 믿지 못하겠단 표정으로 서 있었다. 누가 보아도 찜찜해하는 기색이 역력해 보였다.

"저런 바보를 봤나. 말도 안 되게 좋은 기회를 눈앞에 두고도 놓치다니."

집에 돌아가는 마차에서 홈즈가 씁쓸하게 말했다.

"난 아직도 뭐가 뭔지 잘 모르겠어. 그 남자 인상착의와 피해자랑 같이 있었던 사람에 대해 네가 한 말이 일치하긴 하는데……. 그렇다면 집에서 나갔다가 도대체 왜 다시 돌아온 거지? 범인이라면 그러지 않을 텐데."

"반지야, 반지. 그걸 찾으러 다시 돌아온 거야. 그 남자를 잡을 방법을 못 찾으면 그 반지로 함정을 파볼 수 있겠어. 왓슨, 난 그 남자를 잡을 거야. 내가 그 남자를 잡을 거라는 데 내기를 걸어도 좋아. 이건 다 네 덕분이야. 네가 아니었으면 안 갔을지도 모르는데, 그랬으면 지금까지 본 것 중에 가장 훌륭한 사례를 놓칠 뻔했어. 주홍색 연구♦, 어때? 미학 용어를 좀 써보자면 생의 무색 실타래 사이로 살인 사건의 주홍색 실이 흐르고 있는 거야. 그걸 풀어내고, 따로 떨어뜨려 모든 면을 낱낱이 드러내는 게 우리가 할 일이고. 이제 점심을 먹고 노먼 네루다의 연주를 들으러 가자고. 네루다가 음을 내고 현을 다루는 방식은 대단해. 네루다가 굉장히 장엄하게 연주하는 쇼팽의 그 짧은 곡이 뭐였더라. 트랄-라-라-리라-리라-레이."

♦ 원작에서는 홈즈가 '주홍색 연구'를 이 사례의 제목으로 먼저 제안한다. 무수히 많은 일상의 흔적들 중 살인 사건과 관계된 '주홍색' 흔적들을 찾아내고 사건을 해결하는 것이 홈즈와 왓슨의 일이라는 것이다. BBC 《셜록》에서는 '핑크색 연구'라고 이름 붙이는데, 이는 피해자가 입고 들었던 모든 것이 핑크색이라는 것에 착안해 존이 생각해낸 제목이다. 〈잔혹한 게임〉에서 존은 블로그에 '핑크색 연구'라는 제목으로 글을 올린다.

이 아마추어 사냥개가 마차에 기대앉아 종달새처럼 즐겁게 노래하는 동안, 나는 다재다능한 인간의 정신세계에 대해서 깊이 숙고해보았다.

5장

광고를 보고 찾아온 사람

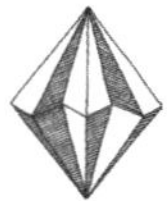

쇠약해진 몸으로 아침에 바삐 움직인 게 무리였는지, 오후가 되자 나는 녹초가 되어 늘어졌다. 홈즈가 연주회를 보러 나가자, 나는 소파에 누워 두어 시간 자려고 해봤다. 아무 소용이 없었다. 일어났던 일들로 너무 흥분이 된 상태라 온갖 추측과 상상으로 머릿속이 꽉 찼다. 눈을 감을 때마다 눈앞에 뒤틀린 개코원숭이 같은 피해자의 모습이 떠올랐다. 그 얼굴이 정말 악마 같아서, 그런 사람을 이 세상에서 사라지게 해준 사람에게 고마울 뿐 다른 생각은 하기 힘들었다. 이넉 J. 드레버의 얼굴은 사람이라 믿기 힘들 정도로 악독한 얼굴이었다. 그래도 정의는 실현되어야 한다고 생각했고, 피해자가 악하다고 법의 눈에 범죄가 용납될 수 있는 것은 아니었다.

그 남자가 독살됐다고 했던 내 친구의 추리는 생각하면 생각할수록 신기했다. 홈즈가 그 남자의 입술 냄새를 맡던 걸 생각해봤다. 분명 독살이란 걸 뒷받침해줄 만한 증거를 발견했을 것이다. 독살이 아니라면, 아무런 외상도 없고 목을 조른 흔적도 없으니 어떻게 죽은 걸까? 또 생각해보면, 바닥에 잔뜩 뿌려져 있던 피는 누구 피였을까? 다툰 흔적도 없었고, 피해자가 같이 있던 사람을 해쳤을 만한 무기를 가지고 있었던 것도 아니었다. 이 의문점들이 풀릴 때까지 홈즈나 나나 잠이 쉽게 오지 않을 것 같았다. 자신만만한 태도로 입 다물고 있는 홈즈를 보면 벌써 모든 걸 설명해줄 수 있는 가설을 세웠다는 건 분명해 보였지만, 그게 뭔지는 전혀 알 수가 없었다.

홈즈는 아주 늦게 돌아왔다. 너무 늦게 와서 연주회가 끝나고 바로 돌아온 건 아니란 것을 알 수 있었다. 저녁 식사는 홈즈가 돌아오기 전에 이미 식탁에 차려져 있었다.

"정말 굉장했어. 다윈이 음악에 대해서 한 말을 기억해? 다윈은 인류가 말을 시작하기 한참 전부터 음악을 만들고 즐겼다고 주장하지. 그래서 우리가 이렇게 음악에 민감하게 반응하나 봐. 우리 영혼 깊숙한 곳에 이 세상의 아주 오래전 시절의 희미한 기억들이 있는 거야."

"너무 멀리 간 것 같은데."

내가 말했다.

"대자연을 해석하려는 사람이라면 생각도 대자연만큼 크게 해야지. 그보다 넌 괜찮아? 평소 같지 않아 보이는데. 브릭스턴 로드 일 때문에 많이 놀랐나 봐."

"솔직히 말하면, 그래. 아프간에서 겪은 일을 생각하면 무뎌질 만도 한데 말이야. 마이완드에서는 전우들이 조각조각 난도질당하는 것도 겁내지 않고 봤는데."

"이해할 수 있어. 이 사건에는 어딘가 상상력을 자극하는 부분이 있지. 상상의 여지가 없으면 두려울 것도 없는데. 오늘 석간신문 봤어?"

"아니."

"이 사건에 대해서 꽤 잘 기술했어. 시체를 들어 올렸을 때 여자 결혼반지가 떨어졌다는 것은 언급되지 않았어. 그게 안 나와서 다행이야."

"왜지?"

"이걸 봐. 오늘 아침에 사건이 일어나자마자 모든 신문에 이 광고를 냈어."

홈즈는 신문을 내 쪽으로 던져주었고 나는 그가 가리킨 곳을 보았다. '습득물' 칸에 첫 번째로 실려 있는 광고였다. 광고는 다음과 같았다.

오늘 아침 브릭스턴 로드. 민무늬 결혼반지. 화이트 하트 술집과 홀랜드 그로브 사이의 길에서 발견. 오늘 저녁 8시에서 9시 사이 베이커 스트리트 221B 왓슨 박사에게 문의 바람.

"네 이름을 쓴 건 미안. 내 이름을 쓰면 그 머저리들 중 하나가 알아보고 간섭하려고 할 거라서."♦

"괜찮아. 그렇지만 누가 찾아와도 나한텐 반지가 없는데."

"아, 있어. 이거면 충분할 거야. 거의 똑같이 생겼거든."

홈즈는 말하며 나한테 반지를 하나 건넸다.

"그럼 광고를 보고 찾아오는 게 누구일 거라고 생각해?"

"물론 그 갈색 외투를 입은 남자지. 얼굴이 붉은 네모진 구두코 남자. 직접 오는 게 아니라면 사람을 보낼 거고."

"너무 위험하다고 생각하지 않을까?"

"전혀. 이 사건에 대한 내 생각이 맞는다면, 이 남자는 반지를 위해서라면 그 어떤 위험도 무릅쓸 거야. 그리고 난 모든 정황상 내 생각이 옳다고 생각하고 있고. 아마 그 남자는 드레버의 시신 위로 몸을 숙였을 때 반지를 떨어뜨리고 그 당시에는 잃어버린 줄 몰랐을 거야. 집을 나서고 나서 반지가 없어진 걸 알고 서둘러 돌아갔지만, 촛불을 켜두는 실수를 저지른 바람에 경찰이 벌써 도착해 있었던 거지. 그래서 대문 주변에서 의심을 피

♦ BBC 《셜록》 〈핑크색 연구〉에서는 범인이 피해자의 휴대전화를 가지고 있다는 것을 알고 함정을 판다. 셜록은 피해자의 휴대전화로 범인에게 문자를 남기는데, 이때 셜록은 자기 번호가 인터넷에 올라가 있어서 알아차릴 수 있다며 존의 휴대전화로 문자를 보내게 한다.

하려고 취한 척을 해야 했고. 이제 네가 그 남자라고 생각해봐. 기억을 더듬어보다가 집을 나오고 나서 길에서 반지를 잃어버렸을 수도 있겠다고 생각하겠지. 그럼 어떻게 하겠어? 석간신문 습득물 칸에 혹시나 반지를 주웠다는 사람이 있지 않나 샅샅이 살피겠지. 그럼 당연히 이 광고를 봤을 거고, 그 남자는 뛸 듯이 기뻐하고 있을 거야. 왜 함정이라고 의심하겠어? 반지를 찾는 거랑 살인 사건을 연결할 수 있는 건 아무것도 없다고 생각할 거야. 그 남자는 올 거야. 꼭 올 거라고. 한 시간 내면 그 남자를 볼 수 있을 거야."

"그러고 나면?"

내가 물었다.

"아, 그 사람이 오면 내가 상대하게 두면 돼. 뭔가 무기가 있어?"

"예전에 쓰던 군용 권총♦이랑 탄약 몇 발."

"닦아서 장전해두는 것이 좋겠어. 그 사람이 아무것도 모르는 상태라 해도 만반의 준비를 해두는 게 나을 거야. 그 남자 상황이 아주 절박하거든."

나는 내 방으로 들어가 홈즈가 말한 대로 준비했다. 권총을

♦ BBC 《셜록》 〈핑크색 연구〉에서도 존은 권총을 무기로 준비한다. 존은 마이크로프트와 처음 만나고 돌아가는 길에 자신이 살던 곳에 들러 권총을 챙긴다. 존은 이 에피소드의 마지막에서 이 권총을 사용한다.

가지고 돌아오자 탁자가 치워져 있었고, 홈즈는 자기가 가장 좋아하는 일인 바이올린 연주를 하고 있었다.

내가 들어서자 홈즈가 입을 열었다.

"얘기가 점점 재밌어지는군. 방금 미국으로 보낸 전보에 답신을 받았어. 이 사건에 대한 내 생각이 맞았어."

"뭔데?"

내가 궁금해하며 물었다.

"바이올린 줄을 새로 갈아야겠어. 권총은 주머니에 넣어둬. 남자가 들어오면 평소 말투로 말을 걸어. 나머지는 나에게 맡겨 두고. 너무 빤히 쳐다봐서 겁주지는 마."

"이제 8시야."

시계를 들여다보며 내가 말했다.

"그래. 이제 금방 들어올 거야. 문을 살짝 열어둬. 그 정도면 됐어. 열쇠는 안쪽에 꽂아두고. 고마워! 이건 어제 좌판에서 산 특이한 고서야. 『국가 사이의 법』이라고 1642년에 로랜즈Lawlands, 벨기에의 옛 지명의 리에주에서 라틴어로 출판되었지. 이 조그만 갈색 표지 책이 인쇄됐을 때는 찰스 1세 어깨 위에 머리가 아직 단단히 붙어 있었을 거야."

"누가 출판한 건데?"

"필리프 드 크로이. 그게 누군지는 모르겠지만. 책 속표지에 바래서 희미한 잉크로 '귈리올미 화이트 소장서'라고 쓰여 있어.

이 윌리엄 화이트라는 자가 누군지 궁금하군. 아마 17세기의 어떤 민법 변호사가 썼겠지. 글에서 법률가의 느낌이 나. 아, 문제의 그 남자가 왔나 봐."

홈즈가 말하는데 초인종 소리가 날카롭게 울렸다. 홈즈는 조용히 일어나 의자를 문 방향으로 옮겼다. 하녀가 복도를 지나가는 소리가 들렸고, 걸쇠를 탁 하고 여는 소리가 들렸다.

"여기 왓슨 박사님이 계십니까?"

또렷하지만 좀 거친 목소리가 들렸다. 하녀가 뭐라고 하는지는 안 들렸지만, 문이 닫히고 누군가 계단을 오르기 시작했다. 발소리가 불안한 듯했고, 발을 끌며 걸었다. 내 친구는 그 소리를 듣고 놀란 기색이었다. 발소리가 복도를 천천히 지나더니 문을 두드리는 소리가 작게 들렸다.

"들어오세요."

내가 외쳤다. 그러자 우리가 생각했던 것처럼 폭력배 같은 남자가 아니라 늙어빠지고 주름진 할머니가 집 안으로 절뚝거리며 들어왔다. 할머니는 갑자기 밝은 불빛을 보자 눈이 부신 것 같았다. 할머니는 무릎을 굽혀 인사를 하더니 흐릿한 눈을 깜빡이며 서서, 긴장해 떨리는 손으로 주머니를 뒤적였다. 내 친구를 흘깃 보니 어찌나 낙담한 표정이던지, 나는 간신히 표정 관리를 할 수 있었다.

그 노파는 석간신문을 꺼내서 우리가 낸 광고를 가리켰다.

"젊은 양반들, 이것 때문에 여기까지 왔어요."

노파가 다시 한 번 무릎을 굽히더니 말을 이었다.

"브릭스턴 로드에서 발견된 금반지요. 그 반지는 내 딸 샐리 거예요. 이제 결혼한 지 겨우 1년밖에 안 됐어요. 남편은 유니언 증기선에서 승무원으로 일하는데 집에 돌아와서 반지가 없어진 걸 알면 뭐라고 하겠어요. 평소 기분이 좋을 때도 성미가 급한데 술을 마시면 더하단 말이지. 그게, 어젯밤에 샐리가 서커스를 보러 갔는데……."

"이게 그 반지인가요?"

내가 물었다.

"하느님 감사합니다! 샐리가 정말 다행이라고 할 거요. 바로 그 반지예요."

노파가 외쳤다.

"그럼 주소가 어떻게 되시죠?"

내가 연필을 집어 들고 물었다.

"하운즈디치 덩컨 스트리트 13번지. 여기서는 꽤 멀지요."

"하운즈디치에서 서커스를 보러 갈 때 브릭스턴 로드는 지나지 않는데요."

셜록 홈즈가 날카롭게 말했다.

노파는 돌아보더니 붉게 충혈된 작은 눈으로 홈즈를 뚫어져라 보았다.

"여기 신사분이 **제** 주소를 물어서요. 샐리는 페컴의 메이필드 플레이스 3번지에 살지요."

"할머니 이름은 어떻게 되시죠?"

"내 성은 소여고 샐리 성은 데니스예요. 톰 데니스가 샐리랑 결혼했다오. 똑똑하고 깔끔한 사내이긴 하지. 바다에 나가 일할 때는. 회사에서는 더할 나위 없는 승무원이지만, 뭍에만 나오면 여자에 술에……."

내 친구가 신호를 보내서 내가 곧바로 끼어들었다.

"여기 반지 받으세요, 소여 부인. 이건 따님 것이 분명하군요. 주인을 찾는 데 도움이 될 수 있어 다행입니다."

노파는 신의 가호를 비는 말과 감사의 인사를 줄줄이 웅얼거리더니 반지를 싸서 주머니에 넣고 발을 끌며 계단을 내려갔다. 홈즈는 노파가 방을 나서자마자 벌떡 일어나서 자기 침실로 들어갔다. 그러고는 몇 초 후에 얼스터코트와 크라바트넥타이처럼 매는 남성용 스카프로 몸을 감싸고 나왔다.

"할머니를 따라가야겠어. 분명 저 할머니는 공범일 거야. 따라가면 그 남자한테 가겠지. 내가 돌아올 때까지 기다리고 있어."

손님이 나가고 현관문이 닫히자마자 홈즈는 계단을 내려갔다. 창문으로 보니 노파는 길 반대편에서 힘없이 걷고 있었고, 홈즈는 조금 떨어져서 뒤를 쫓고 있었다.

'홈즈의 생각이 완전히 틀리지 않았다면, 이제 이 비밀의 핵

심을 보게 되겠군.'

나한테 굳이 기다리라고 하지 않아도 됐을 것이다. 일이 어떻게 됐는지 들을 때까지 자는 건 불가능할 테니까.

홈즈가 집을 나섰을 때는 9시가 다 되어가고 있었다. 얼마나 오래 걸릴지 전혀 알 수 없었지만, 나는 미동도 없이 앉아 파이프 담배를 빨면서 앙리 뮈르제가 쓴 『보헤미안 생활의 정경』의 책장을 건성으로 넘겼다. 10시가 지나고, 침실로 향하는 하녀의 발소리가 타닥타닥 들렸다. 11시가 되자 주인아주머니가 좀 더 무게감 있는 발소리를 내며 내 방을 지나 침실로 향했다. 12시가 다 되어서야 현관문에서 열쇠 돌아가는 소리가 날카롭게 들렸다. 홈즈가 들어서는 순간 얼굴을 보고 일이 잘 풀리지 않았다는 걸 알 수 있었다. 홈즈는 웃음을 터뜨리고 싶은 기분과 분한 기분이 뒤섞여 엎치락뒤치락하다가 결국 전자가 이겼는지 갑작스레 호탕한 웃음을 터뜨렸다.

"스코틀랜드 야드의 경찰들은 이 일을 절대 몰라야 할 텐데. 온 세상을 준다 해도 절대 말하지 않을 거야. 그동안 얼마나 그 사람들을 비웃어댔는데, 아마 이걸로 평생 날 우려먹겠지. 그래도 난 웃을 수 있어. 결국에 가선 내가 옳다는 게 드러날 테니까."

홈즈는 의자에 털썩 앉으며 말했다.

"어떻게 된 건데?"

내가 물었다.

“그래, 내가 실수한 이야기도 기꺼이 할 수 있지. 걷기 시작한 지 얼마 안 돼서 그 할머니가 절뚝거리며 발이 아프단 티를 내더군. 그러더니 멈춰 서서 지나가는 사륜마차를 불러 세웠어. 주소를 들으려고 가까이 다가갔는데, 그럴 필요도 없었어. 길 반대편에서도 들릴 만큼 큰 소리로 주소를 외쳤거든. ‘하운즈디치 덩컨 스트리트 13번지로 가주시오.’ 하고 소리쳤어. 그 노파가 마차 안으로 들어가는 걸 보고 난 ‘이거 진짜 같은데?’ 하고 생각하면서 마차 뒤에 몰래 탔지. 이건 탐정이라면 반드시 할 줄 알아야 하는 기술이야. 아무튼 마차는 덜컹거리며 출발해서 문제의 그 주소에 도착할 때까지 한 번도 멈추지 않았어. 마차가 문 앞에 멈춰 서기 전에 난 뛰어내려서 아무렇지도 않게 느긋한 걸음걸이로 길을 걸어갔지. 마차가 멈추더니 마부가 뛰어내려서는 문을 열고 서서 기다리는 게 보였어. 그런데 아무도 내리질 않았어. 가까이 가보니 마부는 빈 마차 안을 마구 휘저으며 난생처음 들어보는 차진 욕설로 분을 풀고 있었지. 마차에 탔던 승객은 흔적도 없었어. 안타깝지만 마차 요금을 받으려면 꽤 오래 걸릴 거야. 13번지를 찾아가 보니 케스윅이란 이름의 성실한 도배공이 살고 있었거든. 거기 사는 사람 중에 소여나 데니스라는 이름을 가진 사람은 아무도 없었어.”♦

“그러니까 비틀거리며 걷던 힘없는 할머니가 움직이는 마차에서 너나 마부도 모르게 뛰어내렸다는 거야?”

내가 놀라움에 소리쳤다.

"할머니는 무슨! 그렇게 속아 넘어가다니 우리야말로 할머니들이었어. 틀림없이 젊은 남자야. 그것도 아주 원기 왕성한. 훌륭한 배우이기도 하지. 그런 분장은 아무나 할 수 없어. 그 남자는 누군가 따라오는 것을 알고 나를 따돌리려 수를 쓴 거야. 우리가 쫓는 남자는 내가 생각했던 것처럼 혼자 일을 벌이는 게 아니야. 자길 위해서 위험을 무릅쓸 동료들이 있는 거지. 왓슨, 지쳐 보이네. 이제 그만 들어가서 자."

아닌 게 아니라 나는 굉장히 피곤했다. 홈즈가 권하는 대로 쉬기로 하고 응접실을 나서는데, 홈즈는 불길이 잦아든 채 타고 있는 벽난로 앞에 앉아 있었다. 밤늦도록 홈즈의 바이올린이 낮고 우울하게 울린 것을 보면, 홈즈가 해결하겠다고 장담한 이 기이한 사건을 계속 생각하고 있다는 것을 알 수 있었다.

◆ BBC 《셜록》 〈핑크색 연구〉에서도 셜록은 범인을 놓치는 실수를 저지른다. 범인에게 노섬벌랜드 스트리트 22번지로 와달라는 문자를 보낸 후, 그곳에 정차해 있던 수상해 보이는 택시를 쫓아가지만 범인을 밝혀내지는 못한다. 택시를 탄 승객이 범인인 줄 알고 쫓았지만 알고 보니 택시 기사가 범인이었던 것이다.

6장

토비아스 그레그슨이 실력을 발휘하다

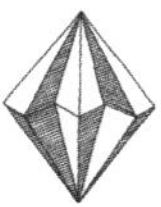

그다음 날 신문에는 온통 "브릭스턴 미스터리"라고 이름 붙인 이야기들뿐이었다. 신문마다 그 사건에 대한 기사를 길게 냈고, 어떤 신문은 사설도 덧붙였다. 처음 듣는 이야기도 있었다. 나는 스크랩북에 그 사건과 관련된 기사를 발췌해 보관해놓았다. 주요 기사들을 요약해보면 다음과 같다.

「데일리 텔레그래프」는 범죄의 역사에서 이렇게 이상한 사건은 몇 되지 않는다고 말했다. 피해자의 독일식 이름, 그 어떤 범행 동기도 없는 점, 그리고 벽에 쓰인 불길한 단어들을 전부 종합해보면 정치적 망명자와 혁명당원의 소행이 틀림없다는 것이다. 미국에는 여러 사회주의 정파가 있는데, 피해자는 틀림없이 그들만의 불문율을 어겼을 것이고, 단체가 그 남자를 찾아낸 것이다. 기사는 펨게리히트중세 독일의 비밀 형사 법정, 아쿠아 토파나토파나라는 이름의 여성이 만들었다고 전해지는 비소로 만든 독, 카르보나리19세기 초 남이탈리아에서 시작된 비밀결사 조직, 브랑빌리에 후작 부인애인과 함께 자신의 아버지와 남자형제, 남편을 죽일 음모를 꾸몄던 프랑스 여인, 다윈 이론, 맬서스의 인구론과 랫클리프 하이웨이 살인 사건에 대해서 가볍게 언급하고는, 이 사건에 대해서 정부를 책망하고 영국 내 외국인들을 철저히 감시해야 한다고 주장했다.

「스탠더드」는 주로 진보적인 정부 밑에서 이런 무법의 천인공노할 일이 일어난다고 논평했다. 대중이 불안정한 상태일 때 이런 범죄가 일어나는데, 권위가 모두 무너지고 있기 때문에 이런 일이 발생했다는 것이다. 피해자는 이 대도시에서 몇 주간 머물고 있던 미국 신사였다. 그는 캠버웰의 토키 테라스에 있는 샤르팡티에 부인의 하숙집에 머물고 있었다. 그는 개인 비서 조지프 스탠거슨과 함께 왔다. 둘은 4일♦ 화요일에 집주인인 샤르팡티에 부인에게 인사를 고하고 리버풀행 급행열차를 타러 유스턴 역으로 간다고 했다. 후에 둘이 함께 승강장에 있는 것이 목격되었다. 그다음부터 드레버 씨의 시신이 기록된 바와 같이 유스턴 역에서는 한참 떨어진 브릭스턴 로드의 빈집에서 발견되기까지는 더 알려진 바가 없다. 어떻게 거기에 가게 된 것인지, 어떻게 죽음을 맞이한 것인지는 아직도 베일에 싸여 있다.

♦ 사실 3일이 맞다. 코넌 도일이 신문의 부정확한 보도를 강조한 것이라는 의견과 왓슨의 실수, 혹은 코넌 도일 자신의 실수라는 등의 의견이 있다.

스탠거슨이 어디로 갔는지에 대해서도 역시 알려진 바가 없다. 신문은 스코틀랜드 야드의 레스트레이드 경위와 그레그슨 경위가 이 사건을 맡았다는 것을 기쁘게 생각하며, 명성 높은 이 경찰들이 사건을 조속한 시일 내에 해결할 것이라 믿어 의심치 않는다고 했다.

「데일리 뉴스」는 이 범행이 정치적인 사건이 틀림없다고 평했다. 유럽 대륙의 정부들에 독재가 팽배하고 진보주의에 대한 혐오감이 높아져, 훌륭한 시민으로 살 수 있었을 사람들이 대륙에서 쓰라린 경험을 하고 삐뚤어진 채로 이 나라에 떠밀려 온다는 것이다. 이런 사람들은 명예에 아주 엄격한 잣대를 들이대기 때문에 명예를 해치면 죽음으로 갚아야 한다. 그리고 비서 스탠거슨을 찾는 데 총력을 기울여야 하며, 그가 고인의 생전 상황이 어땠는지 밝혀주어야 한다고 했다. 그가 머물고 있던 집의 주소를 발견한 것은 사건 수사에 큰 진전이며, 이것은 전적으로 스코틀랜드 야드 그레그슨 경위의 예민한 감각과 열정 덕분이라고 평했다.

셜록 홈즈와 나는 아침을 먹으며 이런 기사들을 함께 읽었다. 홈즈는 이 기사들이 상당히 우스운 모양이었다.

"말했잖아. 일이 어떻게 돼도 레스트레이드나 그레그슨이 공을 차지한다고."

"사건이 어떻게 되느냐에 따라 달라지겠지."

"그거랑은 아무 상관이 없을 거야. 범인이 잡히면 그 사람들이 **잘해서** 잡힌 거고, 도망치면 **잘했는데도** 도망간 게 되지. 그들이 뭘 하건 추종자들이 있을 거야. '멍청한 자에겐 언제나 더 멍청한 추종자가 있다(Un sot trouve toujours un plus sot qui l'admire).'라는 말도 있잖아."

"대체 무슨 일이지?"

바로 그때 내가 외쳤다. 복도와 계단에서 탁탁거리는 발소리가 잔뜩 들려왔기 때문이다. 집주인 아주머니가 싫은 티를 내는 소리도 들렸다.

"베이커 스트리트 관할 수사관들 소리야."

내 친구가 사뭇 진지하게 답했다. 그렇게 말하는데 방 안으로 거리의 고아들 여섯 명이 몰려 들어왔다. 지금까지 본 것 중에 가장 더러운 누더기 옷을 입은 아이들이었다.♦

"차렷!"

홈즈가 날카롭게 외치자 여섯 명의 부랑아들은 작은 싸구려 조각상들처럼 일렬로 죽 섰다.

"앞으로는 대표로 위긴스♦♦만 올려 보내 보고하도록. 나머지는 밖에서 기다리고. 위긴스, 찾았어?"

♦ BBC 《셜록》에서는 거리의 아이들 대신 '노숙자 네트워크'가 등장한다. 시즌1 세 번째 에피소드 〈잔혹한 게임〉에서 노숙자 네트워크는 셜록의 지시를 받고 범인이 있는 장소를 알려주기도 하고, 시즌2 세 번째 에피소드 〈라이헨바흐 폭포(The Reichenbach Fall)〉에서는 납치된 아이들이 있는 장소를 밝히는 데 큰 역할을 하기도 한다.

"아뇨, 아직 못 찾았어요."

아이들 중 하나가 말했다.

"찾을 거라곤 생각 안 했어. 찾을 때까지 계속하도록 해. 여기 수당이야. 자, 이제 가서 다음엔 좀 더 듣기 좋은 소식을 가지고 오라고."

홈즈는 아이들 각자에게 1실링씩 주었다.

홈즈가 손을 흔들자 아이들은 쥐 떼가 흩어지듯이 계단을 내려가더니, 곧 거리에서 아이들의 높은 목소리가 들려왔다.

"경찰 열두 명보다 저 애들 하나가 하는 일이 더 나아. 사람들은 경찰 냄새만 나도 입을 다무니까. 저 애들은 어디든 갈 수 있고 뭐든 다 들을 수 있지. 또 다들 눈치가 얼마나 빠른지. 체계만 좀 잡아주면 끝이라니까."

"저 아이들을 브릭스턴 사건에 쓰는 거야?"

내가 물었다.

"그래. 확실히 하고 싶은 게 있거든. 이젠 시간문제야. 아! 이제 맹렬한 기세로 뭔가 새로운 소식을 듣게 되겠어. 저기 그레그슨이 걸어오는데, 얼굴에 온통 축복이라도 받은 것처럼 티를 내고 있어. 여기로 오는 게 분명해. 맞아, 멈춰 섰어. 왔군!"

◆◆ BBC 《셜록》 시즌3 세 번째 에피소드 〈마지막 서약(His Last Vow)〉에서 마약을 하는 사람들이 모여 있던 곳에서 만난 노숙자의 이름이 빌 위긴스이다. 위긴스는 뛰어난 관찰력으로 셜록을 놀라게 하고, 셜록의 조력자가 되어 셜록이 지시하는 일들을 처리한다.

초인종 소리가 요란하게 울리더니, 몇 초 되지 않아 금발의 경위가 계단을 세 개씩 뛰어올라 응접실 문을 벌컥 열고 들어왔다.

"여봐요, 홈즈 씨. 축하해주세요! 제가 이 사건을 속 시원하게 풀었습니다."

그레그슨이 아무 반응 없는 홈즈의 손을 잡고 마구 흔들었다.

보니까 내 친구의 얼굴에 그늘이 살짝 드리우는 것 같았다.

"수사 방향을 잘 잡았다는 말인가요?"

홈즈가 물었다.

"수사 방향이요? 아니, 홈즈 씨, 그 남자를 잡아넣었다고요."

"이름은요?"

"아서 샤르팡티에, 영국 해군 소위입니다."

그레그슨이 통통한 손을 마주 비비며 가슴을 한껏 부풀린 채 자랑스럽게 외쳤다.

셜록 홈즈는 안도의 한숨을 내쉬며 얼굴을 풀고 미소를 지었다.

"여기 앉아서 이 시가를 한번 피워보시죠. 어떻게 그 일이 가능했는지 참 궁금합니다. 위스키에 물을 타드릴까요?"

홈즈가 말했다.

"그것도 좋겠네요. 지난 하루 이틀간 얼마나 고생을 했는지 아주 지쳤습니다. 아시다시피 몸이 그렇게 힘들었던 것은 아니지만, 정신적으로 스트레스가 심했지요. 우리 둘 다 머리를 쓰는 사람들이잖아요."

"저를 너무 높이 평가해주시는군요. 어떻게 이런 반가운 결말을 맺게 됐는지 들어보죠."

경위는 안락의자에 앉아서 만족스럽게 시가를 빨았다. 그러더니 갑자기 우습다는 듯이 허벅지를 철썩 때렸다.

"재밌는 건 자기가 똑똑한 줄 아는 멍청한 레스트레이드는 완전히 잘못된 방향으로 수사하고 있다는 거예요. 레스트레이드는 비서 스탠거슨을 쫓고 있어요. 이 사건이랑은 아무 관련이 없을 거예요. 그자는 아직 태어나지도 않은 아기보다 더 이 사건과 관련이 없는데 말이죠. 지금쯤이면 아마 스탠거슨을 잡았겠네요."

이 생각에 그레그슨은 웃음을 참을 수가 없었는지 숨이 막힐 때까지 웃어댔다.

"그럼 어떻게 단서를 잡았나요?"

"아, 다 말씀드릴게요. 그리고 왓슨 선생님, 아시겠지만 이건 철저히 우리끼리 하는 얘깁니다. 가장 어려웠던 건 그 미국인의 행적을 찾는 일이었어요. 보통은 신문에 낸 광고에 답이 오거나 누군가 와서 정보를 주기를 기다리지요. 그렇지만 이 토비아스 그레그슨은 그런 식으로 일하지 않습니다. 죽은 남자 옆에 있던 모자 생각나시나요?"

"네. 존 언더우드 앤드 선즈, 캠버웰 로드 129번지였죠."

홈즈가 대답하자 그레그슨은 좀 김이 샌 얼굴이었다.

"그걸 보셨는지 전혀 몰랐네요. 거기 가보셨나요?"

"아뇨."

"하! 증거가 아무리 사소해 보여도 놓쳐서는 안 돼요."

그레그슨이 안심한 목소리로 외쳤다.

"위대한 정신에 사소한 것이란 없지요."

홈즈가 훈계조로 말했다.

"아무튼, 전 언더우드를 찾아가서 그런 크기와 모양의 모자를 판 적이 있느냐고 물어보았어요. 그는 장부를 보더니 바로 찾더군요. 그 모자를 토키 테라스의 샤르팡티에 하숙집에 머물고 있는 드레버 씨라는 사람에게 보냈다는 겁니다. 그래서 그 주소로 찾아갔어요."

"대단해요, 아주 대단해!"

홈즈가 중얼거렸다.

"그러고는 샤르팡티에 부인을 찾아갔지요. 부인은 안색이 아주 창백하고 괴로워 보였어요. 부인의 딸도 방에 있었는데, 아주 보기 드물게 참한 아가씨였어요. 제가 말을 거는데 그 아가씨는 눈도 충혈돼 있고 입술도 떨리더라고요. 그걸 유심히 봤어요. 뭔가 이상한 느낌이 들기 시작한 거죠. 그 느낌 아시죠, 홈즈 씨. 뭔가 수사 방향이 잡힐 때 짜릿한 그 느낌요. '여기 하숙집에 머물던 클리블랜드에서 온 이녁 J. 드레버 씨가 의문의 죽임을 당한 걸 아십니까?' 하고 제가 물었어요.

부인이 고개를 끄덕였어요. 말은 한 마디도 못 하더군요. 딸은 울음을 터뜨렸고요. 이 사람들이 뭘 알고 있는 게 분명하다는 생각이 들었어요.

'드레버 씨가 기차를 타러 몇 시에 이 집을 나섰죠?'

제가 물었어요.

'저녁 8시에요. 그분 비서 스탠거슨 씨가 9시 15분과 11시 기차 두 대가 있다고 했어요. 앞 기차를 탈 거라고 했고요.'

딸이 동요를 잠재우려 울음을 꿀꺽 삼키고 답했어요.

'그때 드레버 씨를 마지막으로 본 건가요?' 하고 묻자 여자의 안색이 무섭게 변했어요. 숫제 흙빛이 되었죠. '네.' 이 한 마디를 하는 데 몇 초가 걸렸어요. 겨우 대답했을 때, 목소리도 쉰 듯이 낮고 부자연스러웠고요.

잠시 침묵하다가 딸이 또렷한 목소리로 침착하게 말했어요.

'엄마, 거짓말해봐야 좋을 게 없어요. 이분께 솔직히 말해요. 우리는 드레버 씨를 다시 보았어요.'

그러자 샤르팡티에 부인이 '하느님 맙소사! 네가 기어코 네 오빠를 죽이는구나.' 하며 두 손을 들고 의자에 가라앉듯이 앉더군요.

'오빠도 우리가 솔직하게 말하길 원할 거예요.' 하고 딸이 단호하게 대답했어요.

'어떻게 된 건지 이제 다 이야기해주시죠. 이렇게 반만 털어놓는 건 아무 말도 안 하는 것만 못합니다. 게다가 우리가 얼마나 알고 있는지도 모르시잖아요.' 하고 제가 말했죠.

그러자 샤르팡티에 부인이 말했어요.

'이건 다 네 책임이야, 앨리스! 제가 다 말씀드릴게요. 이렇게 불안해하는 게 그 아이가 이 끔찍한 사건과 관련이 있을 것 같아서 그러는 거라고는 생각하지 마세요. 그 아이는 결백해요. 다만 경위님이나 다른 사람들 눈에는 정황상 그렇게 보일 수도 있을까 봐 걱정돼서 그래요. 하지만 그럴 일은 절대 없을 거예요. 평소 그 애의 성품이나 직업이나 그간의 행동거지를 보면 그런 생각은 들 수가 없어요.'

'지금 가장 좋은 것은 알고 있는 모든 것을 말하는 거예요. 그걸 믿으시죠. 아들이 결백하다면 안 좋을 건 아무것도 없어요.'

'앨리스, 넌 우리 둘을 남겨두고 나가는 게 어떻겠니. 경위님, 이런 이야기를 다 할 생각이 전혀 없었지만, 가엾은 내 딸이 말을 꺼낸 이상 다른 방도가 없네요. 말을 하기로 한 이상 아무것도 빼지 않고 다 말씀드릴게요.'

'현명하신 선택입니다.' 제가 말했죠.

그렇게 부인이 말을 시작했어요.

'드레버 씨는 우리 집에 거의 3주간 있었어요. 드레버 씨와 비서 스탠거슨 씨는 유럽을 여행하고 있었어요. 그 둘의 여행 가

방에 코펜하겐 꼬리표가 붙은 걸 봤거든요. 직전에 여행했던 곳이 코펜하겐이었던 거죠. 스탠거슨은 조용하고 말이 없는 사람이었지만, 그 사람 고용주는, 이런 말 하기는 좀 그렇지만 완전히 반대인 사람이었죠. 습관도 거칠고 행동거지도 야만스러웠어요. 도착한 날 밤에도 심하게 술에 취해 있었죠. 그다음 날 정오가 지나서도 술이 깨지 않을 정도였어요. 하녀들에게도 아무 거리낌 없이 집적거리곤 했어요. 가장 싫었던 건 앨리스한테도 똑같이 굴었다는 거예요. 추잡한 말을 한 게 한 번뿐만이 아니었어요. 하지만 다행히 앨리스는 그런 말을 알아듣기에는 너무 순진하죠. 한번은 앨리스의 팔을 잡고 안았어요. 그 사람 비서가 왜 그런 비신사적인 행동을 하느냐고 한마디 할 정도였죠.'

'그렇지만 왜 그걸 다 참으셨나요? 원한다면 언제든 손님한테 나가라고 할 수 있을 텐데요.'

샤르팡티에 부인은 제 날카로운 질문에 얼굴을 붉혔어요.

'그 사람이 온 날 바로 그러지 않은 게 정말 후회돼요. 그렇지만 유혹이 너무 강했어요. 매일 각자 1파운드씩 냈거든요. 일주일이면 14파운드인데, 요즘 비수기잖아요. 전 과부고, 아들은 해군에 있어서 돈이 많이 들어가요. 돈을 포기하기가 아까웠어요. 전 꾹 참고 최선을 다했어요. 그렇지만 마지막 일은 너무 심했죠. 그래서 그 일로 나가달라고 했어요. 그래서 여길 떠난 거예요.'

'그러고는요?'

'마차를 타고 떠나는 모습을 보자 마음이 정말 가벼워졌어요. 그때 아들이 막 휴가를 받아 왔는데, 아들에겐 아무 말도 하지 않았어요. 아들 성격이 급하고, 여동생을 끔찍이 아끼거든요. 떠나는 둘 뒤로 문을 닫는데 마음의 짐을 한결 던 것 같았죠. 그런데 한 시간도 안 돼서 초인종이 울렸어요. 그리고 드레버 씨가 다시 돌아온 걸 봤지요. 굉장히 흥분해 있는 데다 술에 취해 있었어요. 드레버 씨는 제가 딸과 함께 앉아 있던 방 안으로 밀고 들어오더니, 기차를 놓쳤다고 뭐라 알아듣지 못할 말을 했어요. 그러고선 제가 있는 앞에서 앨리스한테 청혼을 하더니 자기랑 같이 사랑의 도피를 하자지 뭐예요. 드레버 씨는 〈당신도 나이가 찼으니 법으로도 당신을 막을 순 없습니다. 나에겐 돈이 쓰고 남을 만큼 있어요. 여기 늙은이는 신경 쓰지 말고 나랑 지금 함께 떠납시다. 공주처럼 살게 해줄게요.〉 하고 말하더군요. 가엾은 앨리스는 너무 두려워서 그 남자를 피했지만, 드레버 씨는 앨리스의 손목을 잡더니 문 쪽으로 끌고 가려 했어요. 내가 소리를 지르자 아들 아서가 방 안으로 들어왔어요. 그러고는 무슨 일이 일어났는지 모르겠어요. 욕설이 들리고 뭔가 어지럽게 다투는 소리가 들렸어요. 너무 겁이 나 고개를 못 들었어요. 고개를 들었을 땐 아서가 문간에 서서 막대기를 손에 들고 웃고 있었어요. 〈이제 저 자식이 우릴 귀찮게 하진 못할 거예요. 따라

가서 어쩌는지 보기만 할게요.〉 그 말만 남기고 아서는 모자를 쓰고 밖으로 나갔어요. 그리고 그다음 날 아침에 드레버 씨가 의문의 죽임을 당한 걸 알게 됐죠.'

이 증언을 하는 동안 샤르팡티에 부인은 연신 탄식을 하고 중간에 말도 자주 끊었어요. 어떤 때는 너무 낮은 목소리로 말해서 잘 못 알아들을 정도였죠. 그래도 어떤 실수도 없게끔 부인이 말한 모든 걸 속기로 다 적어놓았어요."

"꽤 흥미진진한 전개군요. 그러고는 어떻게 됐죠?"

셜록 홈즈가 하품을 하며 말했다.

"샤르팡티에 부인이 말을 마치자 이 사건의 쟁점은 하나에 달려 있다는 걸 알게 됐어요. 저는 부인의 눈을 똑바로 쳐다보면서 아들이 몇 시에 돌아왔느냐고 물었죠. 이 방법은 여자들에게 항상 통하거든요.

'전 모르겠어요.' 부인이 대답했어요.

'모르신다고요?'

'네. 아들은 현관문 열쇠를 가지고 있어서 혼자 알아서 들어오거든요.'

'부인이 잠드신 다음에요?'

'네.'

'몇 시에 잠자리에 드셨죠?'

'11시쯤에요.'

'그럼 아드님은 적어도 두 시간은 나가 있었던 거네요?'

'네.'

'네다섯 시간일 수도 있고요?'

'네.'

'그동안 뭘 한 거죠?'

'전 몰라요.'

부인은 입술까지 하얗게 질려 대답했어요.

물론 그다음에는 더 할 수 있는 일이 없었어요. 전 아서 소위가 어디 있는지 알아낸 다음에 경관 두 명과 함께 가서 그를 체포했어요. 그 남자 어깨에 손을 얹고 조용히 우리를 따라오라고 하니 대담하게 말하더군요.

'그 불한당 드레버가 죽은 것 때문에 나를 체포하는군요.'

우리는 그에게 아무 말도 하지 않았는데 그 말을 꺼낸 거예요. 그게 가장 수상했죠."

"정말 그러네요."

홈즈가 말했다.

"샤르팡티에 소위는 드레버를 따라갈 때 들고 있었다던 무거운 막대기를 가지고 있었어요. 탄탄한 참나무 곤봉이었죠."

"그럼 당신은 어떻게 된 거라 생각하죠?"

"내 가설은 그 남자가 드레버 씨를 브릭스턴 로드까지 따라갔다는 겁니다. 거기 갔을 때 다시 언쟁이 붙어서 드레버가 막대기로 한 대 맞은 거예요. 어쩌면 명치 있는 데를 맞았겠죠. 그래서 아무 자국도 없이 죽은 겁니다. 그날은 비가 너무 많이 와서 아무도 주변에 없었고, 샤르팡티에는 피해자의 시신을 빈집으로 끌고 들어간 거죠. 양초나 피, 벽의 글씨나 반지는 전부 경찰을 따돌리려 남긴 장치들이고요."

"잘했어요! 그레그슨 경위, 잘하고 있어요. 아주 대단한 자리까지 올라갈 수 있겠어요."

홈즈가 격려하는 목소리로 말했다.

"제가 깔끔하게 일을 처리하긴 했죠. 그 젊은 소위는 드레버를 뒤따라가는데 그가 눈치를 채고 마차를 잡아타고 도망갔다고 진술하더군요. 집으로 돌아오는 길에 예전 동료 선원을 만나서 같이 산책을 오래 했다고 합니다. 그런데 예전 동료 집이 어디냐고 묻자 시원하게 답을 하지 못하더군요. 이 모든 것이 보기 드물게 잘 맞아떨어지는 것 같습니다. 지금 우스운 건 엉뚱한 방향으로 수사하고 있는 레스트레이드예요. 그가 이 이야기를 썩 좋아할 것 같진 않군요. 아니, 저기 바로 그 양반이 오시네요!"

정말 레스트레이드가 방으로 들어섰다. 우리가 이야기하는 동안 계단을 올라온 것이다. 보통 때에는 행동거지나 옷차림에도 확신이 넘쳤지만 지금은 의기양양한 모습이 보이지 않았다. 표정은 동요하고 있었고 옷차림은 엉망진창으로 흐트러져 있었다. 레스트레이드는 셜록 홈즈와 이야기를 나누러 온 것이 분명했지만, 자기 동료를 보자 김이 샌 것 같았다. 레스트레이드는 방 한가운데 서서 불안하게 모자를 만지작거렸는데, 어떻게 해야 할지 모르는 눈치였다.

"이건 상식적으로 말이 안 되는 사건이야. 정말 이해가 안 돼."

레스트레이드가 겨우 입을 열었다.

"아, 자네한텐 그렇군! 그렇게 생각할 줄 알았지. 그 비서 조지프 스탠거슨은 찾았나?"

그레그슨이 의기양양하게 물었다.

레스트레이드가 어두운 목소리로 대답했다.

"조지프 스탠거슨은 오늘 아침 6시쯤 할리데이 프라이빗 호텔에서 살해됐어."

7장

어둠 속의 빛

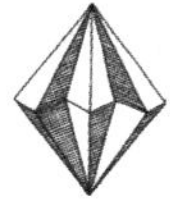

레스트레이드가 가져온 정보가 워낙 엄청나고 예상치 못했던 터라 우리 셋 다 말문이 막히고 말았다. 그레그슨은 의자에서 벌떡 일어서다가 남아 있던 위스키를 엎질렀다. 나는 말없이 친구를 쳐다봤고, 홈즈는 입술을 굳게 다물고 눈을 잔뜩 찌푸렸다.

"스탠거슨도! 일이 복잡해지는군."

홈즈가 중얼거렸다.

"그 전에도 충분히 복잡했어요. 이거 긴급 대책 회의 중간에 내가 들어온 것 같군요."

레스트레이드가 자리에 앉으며 불만스럽게 말했다.

"그게…… 지금 정확한 정보야?"

그레그슨이 말을 더듬거렸다.

"지금 그 남자 방에서 오는 길이야. 내가 이 사건의 첫 번째 목격자고."

레스트레이드가 말했다.

"우리는 그레그슨 경위가 세운 가설에 대해 듣고 있었어요. 당신이 뭘 목격하고 뭘 했는지 알려주시겠어요?"

홈즈가 말했다.

레스트레이드가 의자에 고쳐 앉으며 이야기를 시작했다.

"얼마든지요. 이제 와 고백하지만, 난 스탠거슨이 드레버를 죽였다고 생각하고 있었어요. 일이 이렇게 된 걸 보니 내가 완전히 잘못 짚은 게 분명하네요. 이 한 가지 가설에 사로잡혀서 비서가 어떻게 됐는지 찾아보려 했어요. 그 둘은 3일 저녁 8시 반쯤 유스턴 역에서 목격되었어요. 그리고 새벽 2시에 드레버가 브릭스턴 로드에서 발견되었고요. 여기서 제가 궁금했던 건 스탠거슨이 8시 반부터 범죄가 발생한 시각까지 뭘 했고 그다음은 어떻게 됐느냔 거죠. 전 리버풀에 전보로 그 남자의 인상착의를 보내면서, 미국에서 들어오는 배들을 잘 감시하라고 했죠. 그러고 나서는 유스턴 역 근처에 있는 호텔과 하숙집들을 다 방문했어요. 드레버와 스탠거슨이 각자 행동했다면, 스탠거슨은 근처에서 하룻밤을 보낸 다음에 그다음 날 아침에 다시 역에 갔을 거라 생각했죠."

"그 전에 미리 만날 장소를 정해두었겠죠."

홈즈가 말했다.

“그렇더군요. 어제 저녁 내내 아무 소득 없이 수사를 하고 다녔죠. 오늘 아침 아주 일찍 출발해서 8시쯤에 리틀 조지 스트리트에 있는 할리데이 호텔에 도착했어요. 스탠거슨이 머물고 있느냐고 묻자 바로 그렇다고 대답하더군요.

‘그분이 기다리시던 신사분이시군요. 이틀이나 기다리셨습니다.’ 호텔 측에서 말했어요.

‘지금 어디 계신가요?’ 제가 물었죠.

‘위층 침실에 계십니다. 9시에 깨워달라고 하셨어요.’

‘지금 올라가서 바로 만나보겠습니다.’ 제가 말했어요.

제가 갑자기 나타나면 스탠거슨이 놀라서 뭔가 하면 안 되는 얘기도 하지 않을까 싶었어요. 호텔 직원이 안내해주겠다고 자청했죠. 방은 2층에 있었는데 방까지 짧은 복도가 이어져 있었어요. 직원이 방문을 가리키고 다시 아래층으로 내려가려는 순간, 제 20년 경력에도 구역질이 날 것 같은 광경이 보였어요. 방문 밑으로 피가 얇은 띠 모양으로 흘러나와 복도를 지나 건너편에 웅덩이를 이루고 있었어요. 제가 소리를 지르자 직원이 다시 왔어요. 그걸 보는데 거의 기절할 것 같더군요. 문은 안쪽에서 잠겨 있었는데, 우리가 어깨로 문을 들이받아 열었어요. 방 창문은 열려 있었고, 창문 옆에는 잠옷을 입은 남자가 웅크리고 있었어요. 남자는 확실히 사망한 상태였고, 죽은 지 좀 된 것 같았어요. 팔다리가 차고 굳어 있었거든요. 우리가 남자를 바로 눕히자 직원이 바로 그를 알아봤어요. 조지프 스탠거슨이라는 이름으로 방을 빌린 남자라고요. 사인은 몸 왼쪽에 난 깊은 자상이었는데, 심장을 뚫은 것 같았어요. 이상한 건 이것뿐만이 아니었어요. 피해자의 몸 위에 뭐가 있었을 것 같아요?"

나는 갑자기 소름이 끼치면서 셜록 홈즈의 대답을 듣기도 전에 끔찍한 예감이 들었다.

"피로 쓴 'RACHE'라는 단어겠지요."

홈즈가 말했다.

"바로 그거예요."

레스트레이드가 두려움 섞인 목소리로 말했다. 우리는 모두 아무 말이 없었다.

이 정체를 알 수 없는 범인의 행적은 무언가 체계적이면서도 이해할 수가 없었다. 그래서 이 범죄가 더욱 섬뜩하게 느껴졌다. 전쟁터에서도 떨리지 않았던 내 마음이 이런 생각을 하자 요동을 쳤다.

레스트레이드가 말을 이었다.

"범인이 목격되었어요. 우유 배달하는 아이가 우유 배급소로 가는 길에 호텔 뒤편에서 마구간으로 이어지는 길로 걸어갔나 봐요. 그런데 보통 때는 땅에 놓여 있던 사다리가 활짝 열린 2층 창문 밑에 세워져 있는 것이 보였대요. 지나가고 나서 돌아보니 한 남자가 사다리를 내려오고 있더랍니다. 아주 침착하고 당당하게 내려와서 그 아이는 목수나 수리공이 호텔에서 일을 하는 줄 알았대요. 일하기 너무 이른 시간이 아닌가, 하는 것 말고는 아무 신경도 쓰지 않았답니다. 그 남자는 큰 키에 얼굴이 붉은 편이고, 긴 갈색 외투를 입었다는 것 같다더군요. 남자는 살인을 저지른 다음에 방에 좀 머물렀던 것 같아요. 손을 씻은 대야 안의 물이 피로 물들어 있고, 침대보에는 칼을 닦은 흔적이 있었어요."

용의자의 인상착의가 홈즈의 예측과 완전히 일치하는 걸 듣고 나는 홈즈를 흘깃 쳐다보았다. 그렇지만 홈즈는 기뻐하거나 만족하는 표정이 전혀 아니었다.

"방 안에서 살인자가 누군지 알려줄 만한 증거를 찾지 못하셨나요?"

홈즈가 물었다.

"아무것도요. 스탠거슨의 주머니 안에 드레버 씨의 지갑이 있었지만, 보통 그렇게 가지고 다니는 것 같았습니다. 스탠거슨이 항상 계산을 했으니까요. 지갑 안에는 80파운드쯤 있었는데 없어진 건 하나도 없었어요. 이 기이한 범행의 동기가 뭐든 간에, 돈이 목표가 아닌 건 확실해요. 피해자의 주머니 안에는 서류도 메모도 없었고, 클리블랜드에서 한 달 전에 온 전보 한 장만 있었어요. 'J. H.가 유럽에 있음.' 이게 다였죠. 누가 보냈는지도 써 있지 않았습니다."

"그리고 다른 건 아무것도 없었어요?"

홈즈가 물었다.

"중요한 건 아무것도 없었어요. 침대 옆에는 잠들기 전에 읽는 소설이 한 권 놓여 있었고, 남자 옆의 의자 위에는 파이프 담배가 놓여 있었어요. 탁자 위에는 물 한 잔이 놓여 있고, 창가에 있던 조그만 약상자 안에 알약이 두 개 들어 있었고요."

그 말을 듣자 셜록 홈즈가 기쁨의 탄성을 지르며 의자에서 벌떡 일어났다.

"마지막 연결 고리군. 사건 종결이야."

홈즈가 득의양양하게 외쳤다.

두 경위가 놀라서 홈즈를 쳐다보았다.

"내 손 안에 꼬인 실타래 뭉치의 가닥들이 다 들어왔습니다. 물론 세부적인 사항이야 채워 넣어야 하지만 중요한 부분들은 모두 확실합니다. 드레버가 역에서 스탠거슨과 헤어진 다음 스탠거슨의 시체가 발견되기까지의 일들을 내 눈으로 직접 본 것처럼 말할 수 있어요. 그 증거를 보여드리죠. 그 알약을 좀 볼 수 있을까요?"

내 친구는 자신 있게 말했다.

"여기 있습니다. 경찰서의 안전한 곳에 놔두려고 지갑과 전보와 함께 약상자도 가져왔어요. 제가 이 알약을 가져온 건 순전히 우연이에요. 사건과 아무 관련 없을 거라 생각하거든요."

레스트레이드가 흰색 작은 상자를 꺼내며 말했다.

"이쪽으로 가져오세요. 왓슨 선생, 이건 평범한 알약인가?"

홈즈가 나를 향해 말했다.

전혀 아니었다. 진줏빛이 도는 회색에 작고 동그란 알약으로, 빛에 비추니 거의 투명했다.

"가볍고 투명한 걸 보니 물에도 녹을 것 같아."

내가 말했다.

"바로 그렇지. 괜찮다면 내려가서 계속 상태가 좋지 않았던 그 불쌍한 테리어를 데리고 와주지 않겠어? 어제 주인아주머니가 안락사를 시켜주었으면 했던 강아지 말이야."

나는 내려가서 개를 안아 들고 올라왔다. 개의 거친 숨소리와 뿌연 눈을 보니 살 날이 얼마 남지 않은 것 같았다. 눈처럼 하얀 주둥이도 그 개가 보통 개의 수명을 한참 지나 살고 있다는 표시였다. 나는 그 개를 깔개 위에 있는 방석에 올려놓았다.

"이 알약 중 하나를 둘로 쪼개겠습니다."

홈즈가 말하더니 주머니칼을 꺼내 바로 실행에 옮겼다.

"절반은 향후 수사를 위해 다시 상자에 넣어놓지요. 다른 하나는 이 와인 잔에 물 한 스푼과 함께 넣겠습니다. 이 친구, 왓슨 선생의 말처럼 벌써 녹는 것이 보이시죠."

"이거 아주 흥미롭군요. 그렇지만 이게 조지프 스탠거슨의 죽음과 무슨 상관이 있는지 모르겠네요."

레스트레이드가 자신이 웃음거리가 되었다고 느꼈는지 기분 상한 목소리로 말했다.

"기다리세요, 경위님. 기다리세요! 모든 게 이 알약과 관련이 있다는 걸 알게 되실 겁니다. 여기에 우유를 조금 섞어 먹을 만하게 만들겠습니다. 이 개가 잘 핥아 먹을 수 있도록요."

홈즈가 말하면서 와인 잔에 든 것을 접시에 쏟아 테리어 앞에 놓았다. 테리어는 금방 접시를 깨끗하게 핥았다. 홈즈가 어찌나 열성적으로 움직이는지 우리 모두 조용히 앉아 갑작스러운 일이 일어나길 기대하며 개를 유심히 지켜보았다. 그렇지만 아무 일도 일어나지 않았다. 개는 계속 방석 위에 누워 거칠게 숨을 쉬었다. 그걸 먹어 더 좋아지지도 나빠지지도 않은 것 같았다.

홈즈가 시계를 꺼내 들었다. 아무 결과 없이 시간이 점점 지나가자, 표정에 깊은 유감과 실망의 빛이 차례로 지나갔다. 홈즈는 입술을 깨물고 손가락으로 탁자를 두들기며 온통 예민해져 조바심이 난 사람처럼 굴었다. 홈즈가 어찌나 크게 실망한 것처럼 보이던지 나는 진심으로 유감스럽게 생각했다. 다른 경위 두 명은 홈즈가 벽에 부딪힌 것이 전혀 기분 나쁘지 않은 듯 비웃고 있었다.

"이건 우연일 리가 없어요. 이게 그냥 우연이라는 건 불가능하단 말입니다. 드레버 사건 때 예상했었던 바로 그 약이 스탠거슨이 죽은 후에 실제로 발견되었어요. 그러나 효과가 없습니다. 이건 무슨 의미일까요? 내 추론이 전부 틀렸다고는 생각할 수 없어요. 그건 불가능합니다! 그렇지만 이 빌어먹을 개는 아무렇지도 않아요. 아, 알았어요, 알았어!"

셜록 홈즈는 기쁨 가득한 비명을 지르며 상자로 뛰어가더니, 다른 알약 하나를 둘로 나눠 녹인 다음 우유를 넣고 테리어에게 주었다. 그 불쌍한 생명은 미처 혀를 다 축이기도 전에 사지가 발작하듯 떨리고 번개에 맞은 것처럼 딱딱하게 굳더니 곧 움직이지 않았다.

홈즈는 길게 한숨을 쉬며 이마에서 땀을 닦았다.

"좀 더 자신을 믿어야겠어요. 이건 오랜 추론의 결론과 눈앞의 증거가 다를 때, 언제나 다른 해석이 존재한다는 것을 증명합니다. 그 상자 안의 두 알약은 하나는 치명적인 맹독이고 다른 하나는 완전히 무해하죠. 그 상자를 보기 전에 다 알았어야 했어요."

이 마지막 말이 나에겐 너무 놀라워서 홈즈가 제정신인지 믿기 힘들 정도였다. 그렇지만 개가 죽었다는 건 홈즈의 추론이 옳다는 걸 증명했다. 내 머릿속의 안개도 서서히 걷혀가면서 점점 흐릿하고 막연한 진실이 보이기 시작했다.

홈즈가 말을 이었다.

"이 모든 것이 이상하게 보이겠죠. 그건 수사의 시작 단계부터 눈앞의 가장 중요한 단서를 놓쳤기 때문입니다. 전 다행히 그 증거를 놓치지 않아서, 그 후부턴 모든 증거가 기존 가정을 뒷받침해줬습니다. 그 증거에서부터 논리적인 단계들을 차근차근 쌓아갈 수 있었죠. 사건을 더 복잡하게 만들고 당신들을 당황하게 만든 것들이 저에겐 사건을 더 확실하게 보이게 했고 제 추리를 뒷받침해줬습니다. 알 수 없는 것과 기이한 것을 혼동해서는 안 됩니다. 추론을 할 수 있는 새롭거나 특별한 증거들이 없을 때 가장 흔한 범죄도 가장 알 수 없게 느껴질 수 있지요. 이 사건은 기괴하거나 자극적인 요소들로 유독 특이해 보이는 사건입니다. 이 사건도 이런 기괴한 요소들 없이 시체가 단순히 길가에서 발견되었으면 해결이 훨씬 더 어려웠을 겁니다. 기이하게 보이는 요소들이 사건을 더 어렵게 만든 게 아니라 풀기 쉽게 만들어준 거죠."

그레그슨 경위는 이 연설을 제법 인내심을 갖고 듣고 있었지만, 더는 입을 다물고 있을 수가 없는 모양이었다.

"여기 보세요, 셜록 홈즈 씨. 당신이 똑똑한 사람이라는 것도, 당신만의 수사 방식이 있다는 것도 우리 모두 인정합니다. 그렇지만 이젠 설교나 이론 말고 다른 이야기를 듣고 싶어요. 이건 범인을 체포해야 하는 문제예요. 전 수사를 결론지었지만, 제가 틀렸던 것 같습니다. 샤르팡티에 소위가 이 두 번째 사건에 관련됐을 리가 없어요. 레스트레이드도 스탠거슨을 용의자로 생각하고 쫓았지만 틀렸고요. 홈즈 씨는 여기 찔끔 저기 찔끔 힌

트를 주는 걸 보니 우리보다 더 많이 아는 것 같습니다. 그런데 이제는 이 사건에 대해 얼마나 아시는지 직접 물어봐야 할 때가 온 것 같군요. 이 사건의 범인을 아시나요?"

레스트레이드도 맞장구쳤다.

"홈즈 씨, 그레그슨 경위의 말에 동의할 수밖에 없군요. 우리 두 사람 모두 노력했지만 실패했습니다. 홈즈 씨는 제가 이 방에 들어선 다음에도 몇 번이나 필요한 증거는 모두 다 갖고 있다고 했어요. 더 입 다물고 계시진 않겠지요."

"살인범 체포를 지체한다면 새로운 범죄를 저지를 시간을 더 주는 건지도 모르잖아."

나도 입을 열어 거들었다.

우리 세 사람 모두 압박하자 홈즈는 어찌할까 생각하는 것 같았다. 홈즈는 생각에 잠겨 있을 때면 늘 그러듯이 고개를 푹 숙이고 눈썹을 찌푸린 채로 방을 계속 왔다 갔다 했다.

"살인 사건은 더 없을 겁니다. 그런 경우는 생각하지 않아도 돼요. 살인범의 이름을 아느냐고 물어보셨지요. 압니다. 그렇지만 이름을 아는 건 중요한 문제가 아니에요. 우리가 그자를 잡을 수 있는지가 문제지요. 이제 곧 잡겠지만요. 제가 마련해놓은 방법으로 잡을 수 있을 거라 생각하지만, 아주 조심스럽게 접근해야 합니다. 우리가 잡아야 하는 사람은 상황 판단도 빠르고 절박한 상황에 있습니다. 더군다나 그자만큼이나 똑똑한 조력자가 있어요. 제게 증명할 기회도 있었는데 실패하고 말았죠. 살인범이 아무도 단서를 잡지 못했다고 여기는 한은 잡을 여지가 있지만, 그자가 조금이라도 의심을 품는다면 이름을 바꾸고 인구 400만 명의 이 거대한 도시 속으로 사라져버릴 겁니다. 두 분의 기분을 상하게 하고 싶지는 않지만, 전 이자들은 경찰이 상대하기 버거운 상대라고 봅니다. 그래서 도움을 요청하지 않았던 거고요. 제가 실패한다면, 말하지 않은 것에 대한 모든 책임을 질 준비가 되어 있습니다. 현재로서는 제 수사에 방해가 되지 않는 순간이 오면 바로 말씀드리겠다고 약속드리겠습니다."

그레그슨과 레스트레이드는 이 약속이나 경찰 수사를 깎아내리는 홈즈의 말에 심기가 불편한 기색이 역력했다. 그레그슨은 금발 바로 밑까지 얼굴이 시뻘게졌고, 레스트레이드의 작은 눈은 호기심과 분노로 번쩍였다. 그렇지만 두 사람 다 입을 열 새도 없이 문 두드리는 소리가 울렸다. 그러더니 길거리 고아들 중 하나인 보잘것없고 너저분한 위긴스가 들어와 인사했다.

"저, 선생님, 밑에 마차가 있습니다."

위긴스가 앞머리를 만지작거리며 말했다.

"잘했어."

홈즈가 무심히 대꾸했다. 그러더니 책상 서랍에서 강철 수갑 한 짝을 꺼내며 말을 이었다.

"경찰에서도 이런 수갑을 사용하는 게 어때요? 이 용수철이 얼마나 훌륭하게 작동하는지 보세요. 순식간에 채워집니다."

"예전 수갑도 충분해요. 그걸 채울 남자만 잡을 수 있다면요."

레스트레이드가 말했다.

"좋아요, 좋아. 마부가 내 짐을 옮기는 것을 도와줄 수 있겠죠. 위긴스, 마부한테 올라오라고 좀 말해줘."

홈즈가 웃으며 말했다.

나는 이 친구가 나한텐 미리 말도 없이 어디 여행이라도 갈 것처럼 이야기하기에 놀랐다. 방에 작은 여행 가방이 있었는데, 홈즈는 그걸 꺼내 짐을 싸기 시작했다. 마부가 방에 들어서는데도 홈즈는 가방을 꾸리느라 분주했다.

"마부 양반, 이 버클을 채우는 걸 도와주겠어요?"

홈즈는 여행 가방 쪽으로 무릎을 굽히고 있었고, 고개도 돌리지 않았다.

그 남자는 어딘가 무뚝뚝하고 뻣뻣한 태도로 다가와서 홈즈를 도우려 손을 내밀었다. 바로 그때 날카로운 찰칵 소리와 쟁그랑하는 쇳소리가 나더니, 셜록 홈즈가 벌떡 일어섰다.

"여러분, 여기 이넉 드레버와 조지프 스탠거슨을 살해한 제퍼슨 호프 씨를 소개합니다."

이 모든 게 순식간에 일어나서 무슨 일이 벌어지는지 알아차릴 틈도 없었다. 그 순간 생생히 기억나는 것은 홈즈의 득의양양한 표정과 울리던 목소리, 어디선가 마술처럼 나타나 손목에 걸려 있는 번쩍이는 수갑을 노려보는 마부의 놀라고 사나운 얼굴이다. 우리는 1, 2초간 동상처럼 서 있었다. 그러더니 용의자는 뭐라 알아들을 수 없는 말을 외치며 홈즈의 손아귀를 뿌리치고 창문 쪽으로 몸을 던졌다. 나무틀과 유리가 부서졌지만, 창문 밖으로 떨어지기 전에 그레그슨과 레스트레이드, 홈즈가 사냥개 무리처럼 그에게 달려들었다. 호프는 다시 방 안으로 끌려들어왔고 엄청난 몸싸움이 벌어졌다. 그 남자가 얼마나 힘이 세고 사납던지 우리 네 사람을 다 뿌리치고 또 뿌리쳤다. 그 남자는 간질병 환자가 발작을 일으킬 때처럼 힘을 썼다. 얼굴과 손이 유리창에 긁혀 엉망이 되었지만, 피를 아무리 흘려도 좀처럼 저항을 그치지 않았다. 레스트레이드가 넥타이 안쪽으로 간신히 손을 넣어 거의 반쯤 목을 조르고 나서야 자기가 저항해봐야 아무 소용이 없다는 것을 깨달은 듯했다. 우리는 그자의 손은 물론이고 발까지 묶고서야 안심을 할 수 있었다. 그러고 나서 우리는 숨이 차서 헐떡거리며 일어섰다.

"이 사람 마차가 있으니 경찰서까지 데려갈 수 있을 겁니다. 자 여러분, 이제 미스터리가 모두 다 풀렸습니다. 이제 어떤 질문을 해도 좋습니다. 뭐든지 답해드릴게요."

셜록 홈즈가 기분 좋게 웃으며 말했다.

2부

성도의 나라

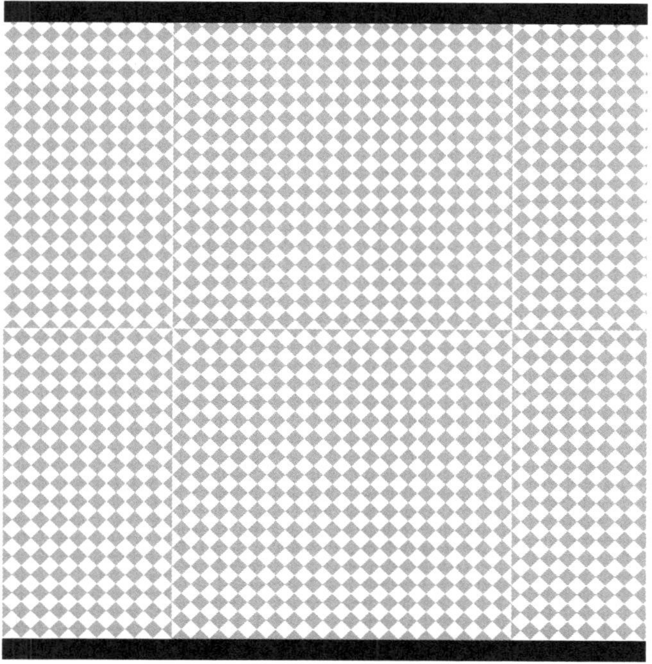

1장

알칼리 대평원에서

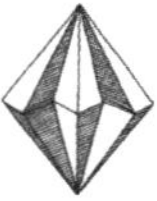

거대한 북미 대륙의 중심부에는 마르고 척박한 사막이 있어, 오랫동안 문명이 나아가지 못하게 막아서고 있었다. 시에라네바다산맥에서 네브래스카주까지, 그리고 북으로는 옐로스톤강에서 남쪽으로는 콜로라도주까지, 황량하고 적막한 땅이 펼쳐져 있다. 그렇다고 이 암울한 지역에서 대자연이 항상 한 가지 표정만을 짓고 있는 것도 아니다. 만년설이 쌓인 높은 산맥과 어둡고 음울한 골짜기들이 있고, 험악한 협곡들 사이로는 강이 빠르게 흐른다. 겨울에는 눈으로 뒤덮이고 여름에는 회색 소금기 섞인 알칼리 흙먼지로 뒤덮이는 광활한 대평원도 있다. 그렇지만 모두 척박하고, 생명이 없고, 메마른 땅이라는 점에서는 같다.

이 절망의 땅에는 사람이 살지 않는다. 포니족이나 블랙풋족이 다른 사냥터로 이동하기 위해 어쩌다가 건너기는 하지만, 이들 중 가장 용맹한 자들도 이 거대한 평원에서 빨리 벗어나서 익숙한 대초원으로 이동하고 싶어 한다. 낮은 덤불들 사이로 코요테가 어슬렁거리고 공중에서는 대머리독수리가 무겁게 날갯짓을 한다. 어두운 산골짜기에서는 회색 곰이 거대한 몸을 이끌고 느릿느릿 움직이면서 바위 사이에서 찾을 수 있는 것은 모조리 다 먹어치운다. 이 황량한 땅에 사는 것들은 이런 동물들뿐이다.

이 세계에서 시에라 블랑코알칼리 대평원이나 시에라 블랑코는 실제 지명이 아니다.의 북쪽 지역보다 더 척박한 땅은 없을 것이다. 눈이 닿는 곳은 모두 알칼리 흙먼지로 낮게 뒤덮여 있고 가끔 난쟁이 같은 수풀 더미만 듬성듬성 보일 뿐 광활한 평원이 펼쳐져 있다. 지평선의 맨 끝 구석에는 봉우리가 눈으로 하얗게 뒤덮인 산맥이 이어져 있다. 이 광활하게 펼쳐진 땅에는 생명의 흔적도 없고, 생명을 살릴 수 있는 것도 없다. 새파란 하늘에는 새 한 마리도 없고, 칙칙한 회색 땅 위에는 아무 움직임도 없다. 그 어떤 곳보다 적막하고도 적막한 땅이었다. 누군가 귀를 기울여본들, 이 황량하고 드넓은 땅에서는 그 어떤 소리도 들리지 않았다. 침묵뿐이었다. 절대적인, 심장을 짓누르는 침묵이었다.

앞서 이 드넓은 평원에 생명이라고는 아무것도 없다고 했지만, 꼭 그렇다고는 할 수 없다. 시에라 블랑코에서 내려다보면 사막을 구불구불 가로질러 저 멀리 사라지는 길이 하나 보인다. 그 길은 바퀴자국과 모험을 좇는 많은 이들의 발걸음으로 깊이 패어 있다. 태양 아래 여기저기 밝고 하얀 것들이 칙칙한 알칼리 흙과는 대조적으로 빛나고 있다. 가까이 가서 그것들을 보라! 모두 뼈다. 어떤 것은 굵고 크고, 어떤 것은 작고 약하다. 큰 것들은 황소의 뼈고, 작은 것은 인간의 뼈다. 2,400킬로미터의 이 끔찍한 마찻길 위에 쓰러져간 자들의 뼈가 흩어져 있다.

1847년 5월 4일, 이런 광경이 내려다보이는 곳에 한 여행자가 서 있었다. 그 모습은 이곳의 정령이라거나 악마라고 해도 될 정도였다. 누군가 그 남자를 봤다면, 그가 40대에 가까운지 60대에 가까운지조차 가늠하기 힘들었을 것이다. 얼굴은 바짝 말라 초췌했고, 툭 불거진 뼈를 갈색 양피지 같은 피부가 간신히 덮고 있었다. 긴 갈색 머리와 수염은 여기저기 하얗게 세어 있었고, 눈은 깊게 쑥 들어가 있는데도 이상할 정도로 번뜩였다. 라이플총을 든 손은 해골보다 나을 것이 없었다. 그 남자는 총에 기대서 있었는데, 큰 키와 거대한 뼈대로 보면 억세고 건장한 체구라는 것을 알 수 있었다. 하지만 수척한 얼굴과 쭈그러든 팔다리 위로 헐렁하게 떨어진 옷을 보면 남자는 나이 들고 쇠약해 보였다. 남자는 죽어가고 있었다. 배고픔과 갈증으로 죽어가고 있었던 것이다.

남자는 협곡을 따라 힘겹게 내려와, 낮게 솟은 암벽 위에 서서 물이 있는지 살펴보았다. 소금기 있는 거대한 평원이 눈앞에 펼쳐져 있었고 저 멀리 황량한 산맥이 보였지만, 식물이나 나무 같이 물이 있다는 증거는 아무 데도 보이지 않았다. 그 드넓은 풍경 어디에도 희망은 보이지 않았다. 남자는 북쪽, 동쪽 그리고 서쪽으로 절박하게 눈을 돌리다가 마침내 자신의 방랑도 끝에 다다랐음을 알았다. 그곳, 그 메마른 바위 더미 위에서 자신은 죽음을 맞이하게 될 것이다.

"여기라도 상관없지. 20년 후에 푹신한 침대 위에서가 아니면 어때."

그가 중얼거리며 바위 그늘 아래 앉았다.

남자는 자리에 앉기 전에 쓸모없는 라이플총과 회색 천으로 묶은 커다란 보퉁이를 땅에 내려놓았다. 쿵 하고 땅으로 떨어지는 것을 보니 남자가 들기엔 너무 무거웠던 것 같았다. 회색 보퉁이가 떨어지자마자 작게 앓는 소리가 들리더니 밝은 갈색 두 눈에 두려운 표정을 한 작은 얼굴이 나타났다. 곧이어 얼룩지고 통통한 작은 주먹 두 개가 드러났다.

"아프잖아요!"

아이의 원망스러운 목소리가 들렸다.

"그랬니? 그러려고 한 건 아니야."

남자가 미안하다는 듯이 대답했다. 남자가 회색 천을 풀어내자 다섯 살 정도 되는 예쁜 여자아이가 나왔다. 아이는 앙증맞은 신발에 깨끗한 분홍색 치마를 입고 조그만 리넨 앞치마까지 두르고 있었다. 모든 것에서 엄마의 손길이 느껴졌다. 아이는 창백하고 말라 있었지만, 팔다리가 건강한 것을 보니 아이의 동반자보다는 덜 힘든 생활을 했다는 걸 알 수 있었다.

"지금은 어떠니?"

남자가 걱정스레 물었다. 아이는 머리를 뒤덮고 있는 헝클어진 금발 곱슬머리 위를 아직 문지르고 있었다.

"여기에 뽀뽀해서 낫게 해줘요. 엄마가 그렇게 해줬어요. 그런데 엄마는 어디 있어요?"

아이가 아픈 쪽을 남자에게 들이밀며 사뭇 진지하게 말했다.

"엄마는 갔어. 하지만 곧 만나게 될 것 같구나."

"갔다고요? 이상하네. 안녕 인사도 안 했는데. 이모네에 차 마시러 갈 때도 맨날 했거든요. 엄마를 못 본 지 3일이나 됐어요. 그런데 엄청 목말라요. 그렇지 않아요? 물이나 뭐 먹을 거 없어요?"

"아니, 없단다, 아가야. 조금만 참으면 이제 괜찮아질 거다. 이렇게 내 쪽으로 머리를 두면 기분이 조금 나아질 거야. 입술이 가죽처럼 느껴지면 말하기가 쉽지 않을 테지. 너도 곧 알게 될 거다. 그런데 손에 뭘 쥐고 있는 거니?"

"예쁜 거요! 좋은 거! 집에 돌아가면 밥 오빠한테 줄 거예요."

작은 아이는 반짝이는 운모 돌 조각 두 개를 들어 보이며 신이 나서 말했다.

"얼마 안 있으면 그것보다 더 예쁜 걸 보게 될 거야. 조금만 기다리렴."

남자가 자신 있게 대꾸하더니 다시 말을 이었다.

"네게 말해주려던 게 있는데……, 우리가 강을 떠나던 때를 기억하니?"

"응, 그럼요."

"그래, 우리는 다른 강이 곧 또 나올 거라고 생각했어. 그런데 뭐가 잘못됐는지, 나침반인지 지도인지, 강이 나오지 않았지. 물도 다 떨어졌고. 네가 마실 물 조금이랑……."

"그래서 씻을 수가 없었죠."

아이가 심하게 더러운 남자의 얼굴을 올려다보며 끼어들었다.

"그래, 마실 물도 없으니. 그리고 벤더 씨가 가장 먼저 갔고, 그다음엔 인디언 피트, 그리고 맥그레거 부인, 그러고는 조니 혼즈, 그리고 아가, 네 엄마가 갔어."

"그럼 엄마도 죽었다는 거네요."

아이는 그렇게 외치더니 앞치마에 얼굴을 묻고 엉엉 울기 시작했다.

"그래, 너와 나 말고는 모두 갔어. 그러고는 이쪽으로 오면 물이 좀 있을까 해서 널 짊어지고 여기까지 온 거란다. 그렇지만 더 나아진 건 없는 것 같구나. 우리 운도 이제 다한 것 같다."

"아저씨 말은 이제 우리도 죽을 거라는 거예요?"

아이가 울음을 좀 그치고 눈물로 얼룩진 얼굴을 들고 물었다.

"그래, 그럴 것 같구나."

"그럼 왜 진작 그렇게 말 안 했어요? 정말 무서웠잖아요. 우리가 죽으면 이제 엄마랑 다시 만날 거잖아요."

아이는 즐겁게 웃으며 말했다.

"그래, 그럴 거다, 아가야."

"아저씨도요. 아저씨가 나한테 얼마나 잘해줬는지 엄마한테 말해줄게요. 엄마는 분명히 하늘나라 문 앞에서 커다란 물병을 가지고 우릴 기다리고 있을 거예요. 오빠랑 내가 좋아하는 메밀케이크도 앞뒤로 따끈따끈하게 구워서요. 엄마를 만나려면 얼마나 걸릴까요?"

"글쎄, 그렇게 오래 걸리지는 않을 거다."

남자가 북쪽 지평선에서 눈을 떼지 않고 말했다.

푸른 하늘에 점 세 개가 나타나더니 빠른 속도로 점점 커졌다. 곧 그 점들의 정체가 커다란 갈색 새들이라는 것을 알 수 있었다. 새들은 두 방랑자의 머리 위를 빙빙 돌더니 그들 머리 위쪽 바위에 자리를 잡았다. 서쪽에서 온 갈색 대머리독수리, 죽음을 예고하는 존재였다.

"수탉이랑 암탉이네."

그 불길한 새들을 가리키며 아이가 즐겁게 외쳤다. 아이가 박수를 치자 새들이 날아올랐다.

"그런데 이곳은 하느님이 만들었어요?"

아이의 갑작스러운 질문에 남자는 놀란 것 같았다.

"물론 만드셨지."

"하느님은 일리노이주도 만들고, 미주리주도 만들었어요. 그런데 여기는 다른 사람이 만든 것 같아요. 그렇게 잘 만들지 않았잖아요. 물이랑 나무를 잊어버렸어요."

"기도를 올리는 건 어떻겠니?"

남자가 힘없이 물었다.

"아직 밤이 아닌데요?"

"상관없어. 평소라면 그렇게 안 하겠지만, 하느님도 괜찮다고 할 거야. 우리가 평원에서 마차에 있던 동안 네가 밤마다 하던 그 기도를 해보렴."

"아저씨는 안 하고요?"

아이가 의아한 눈으로 물었다.

"난 기억이 나지 않아. 난 키가 저 총 반만 했을 때부터 기도를 하지 않았어. 아직도 늦진 않았겠지. 네가 소리 내어 말하면 난 듣고 있다가 후렴을 같이 할게."

"그럼 무릎을 꿇어야 해요. 나도 그렇고. 이렇게 손을 올려요. 기분이 좀 괜찮아질 거예요."

아이가 천을 바닥에 깔면서 말했다.

누군가 보았다면 이상한 광경이었겠지만, 주변엔 독수리들뿐이었다. 폭 좁은 천 위에 두 방랑자가 꿇어앉아 있다. 끊임없이 말을 하는 작은 아이와 거칠고 억센 남자. 아이의 통통한 얼굴과 남자의 초췌하고 앙상한 얼굴은 구름 한 점 없는 하늘을 향했고, 둘은 이제부터 닥쳐올 끔찍한 죽음에 대해 진심 어린 탄원을 올렸다. 높고 분명한 목소리와 깊고 거친 목소리 두 개가 용서와 자비를 구하는 간청으로 하나가 되었다. 기도가 끝나자 둘은 다시 바위 그늘에 앉았다. 아이는 자신을 보호해주는 남자의 넓은 가슴 안에서 잠이 들었다. 남자는 아이가 자는 모습을 잠시 지켜보았지만 본능을 거스르기가 힘들었다. 남자는 3일 밤낮을 쉬지도 자지도 않았다. 남자의 눈꺼풀이 천천히 무거워지고 머리는 가슴 위로 점점 떨어졌다. 얼마 지나지 않아 희끗희끗한 남자의 수염이 아이의 금발과 섞였고 둘은 함께 꿈도 꾸지 않는 깊은 잠에 빠져들었다.

남자가 30분만 더 깨어 있었다면 이상한 광경을 보았을 것이다. 알칼리 평원의 저 먼 지평선에 작은 먼지바람이 아주 작게 피어올랐다. 처음에는 먼 곳의 안개와 거의 구별이 되지 않았지만 점점 형태가 뚜렷한 구름이 되었다. 구름이 점점 커지자, 무언가 커다란 무리가 이동하고 있는 모습이 분명하게 보였다. 조금 더 비옥한 땅이었다면 아마 대초원에서 풀을 뜯는 엄청난 들소 떼가 다가오는 거라고 생각했을 것이다. 그렇지만 이 건조한

황야에서는 당연히 불가능한 일이었다. 먼지의 소용돌이가 이 두 조난자들이 쉬고 있는 외딴 바위 더미 쪽으로 다가오자, 캔버스 천으로 덮은 포장마차의 지붕과 무기를 들고 말을 탄 남자들이 아지랑이 사이로 보였다. 그것은 서쪽으로 이동하는 거대한 포장마차 행렬이었다. 그렇지만 보통 행렬이 아니었다! 선두가 산 아래쪽에 당도했을 때 그 끝이 지평선에 가려져 보이지 않을 정도였다. 대평원 맞은편까지 포장마차와 짐수레, 말을 탄 남자들, 걷는 남자들의 행렬이 이어졌다. 수많은 여자들이 짐을 이고 비척거리며 걸었고, 아이들은 포장마차 옆에서 걷거나 하얀 천 아래로 고개를 내밀고 있었다. 이들은 평범한 이주자들이 아니라, 좋지 않은 상황에 떠밀려 새로운 땅을 찾아 나선 방랑자들이었다. 조용하던 하늘 위로 엄청난 사람 행렬이 내는 덜커덩거리고 달가닥거리는 소리와 바퀴가 삐걱대고 말이 우는 소리가 섞여 들려왔다. 소리가 크긴 했지만, 저 위에서 지쳐 잠든 두 여행자를 깨울 만큼 크지는 않았다.

행렬의 선두에는 심각하고 험악한 얼굴의 남자 수십 명이 집에서 짠 칙칙한 천으로 만든 옷과 라이플총으로 무장을 한 채 말을 달리고 있었다. 남자들은 바위 더미의 아래쪽에 도착해서 그들끼리 짧게 회의를 했다.

“형제들, 샘은 오른쪽으로 가면 있습니다.”

반백의 머리에 깔끔하게 면도를 한 남자가 딱딱한 입매로 말했다.

"시에라 블랑코의 오른쪽이죠……. 그러면 리오그란데 강에 이를 겁니다."

다른 하나가 말했다.

"물이 없다고 두려워하지 마시오. 바위에서도 물을 끌어내는 분께서 자신이 선택한 사람들을 버리시지는 않을 겁니다."

세 번째 사람이 말했다.

"아멘! 아멘!"

모두가 함께 외쳤다.

그들이 다시 길을 떠나려고 하는데, 가장 어리고 밝은색 눈을 가진 남자가 뭐라 외치고는 그들 머리 위의 험준한 바윗덩이를 가리켰다. 그 꼭대기에는 분홍색의 아주 작은 무언가가 뒤의 회색 바위에 대비되어 밝고 힘차게 휘날리고 있었다. 그 광경에 모두 말고삐를 잡고 총을 꺼내 들었고, 뒤에 오던 남자들은 선두를 보강하려 말을 달렸다. 모두 '레드스킨당시 아메리카 대륙의 원주민을 가리키던 말. 현재는 금기어이다.'이라는 말을 입에 올렸다.

"여기 인디언들이 있을 리가 없는데. 포니족도 지나왔고, 다시 산맥을 지날 때까지는 다른 부족도 없어."

통솔자인 듯한 나이 있는 남자가 말했다.

"제가 먼저 가서 볼까요, 스탠거슨 형제."

무리 중 하나가 물었다.

"저도요."

"저도."

십여 명의 목소리가 들렸다.

"말들은 밑에 남겨두고 우리는 여기서 기다리지."

나이 든 사람이 대답했다.

순식간에 젊은이들이 말에서 내려 말고삐를 매어두고 날카로운 절벽을 올랐다. 그러고는 눈에 띄었던 물체로 아주 빠르고 조용하게 다가갔다. 그들의 모습은 자신감이 넘쳤고 아주 잘 훈련된 정찰대 같았다. 그들은 바위 사이를 훽훽 뛰어서 올라갔고, 곧 평원에서 그들을 보고 있던 사람들 눈에는 하늘을 배경으로 검은 윤곽만 보였다. 처음 위험을 알렸던 청년이 그들 무리를 이끌었다. 그 청년 뒤를 따르던 젊은이들은 그가 갑자기 소스라치게 놀랐다는 듯이 두 손을 번쩍 드는 것을 보았다. 그 옆으로 다가서자, 그들도 눈앞의 광경에 똑같이 놀랐다.

황량한 돌산 위, 작은 평지 위에 거대한 바위 하나가 서 있었고, 바위 밑에는 수염이 길고 험한 인상이지만 몸이 꼬챙이같이 마른 키 큰 남자가 누워 있었다. 차분한 얼굴과 규칙적인 숨소리로 봤을 때 남자는 깊이 잠들어 있는 것 같았다. 그 옆에는 작은 아이가 금발 머리를 남자의 면벨벳 상의 가슴께에 두고 남자의 그을린 근육질 목에 팔을 감은 채 누워 있었다. 아이의 장밋빛 입술이 살짝 벌어져 입안에는 눈처럼 하얗고 고른 이가 보였고, 아직 어린 얼굴에는 장난스러운 미소가 어려 있었다. 하얗고 통통한 다리 끝에는 흰 양말과 윤이 나는 버클이 달린 단정한 신발이 신겨 있었는데, 아이의 옆에 있는 길고 말라빠진 남자의 팔다리와는 이상할 정도로 대조적인 모양새였다. 영 어울리지 않는 두 사람 위로 대머리독수리 세 마리가 근엄하게 바위에 앉아 있다가 다른 사람들이 나타나자 실망한 듯 요란한 소리를 내며 침울하게 날아갔다.

이 역겨운 새들의 울음소리에 자고 있던 두 사람이 깨어났다. 남자는 당혹스러운 표정으로 주변을 두리번거리다가 비틀대며 일어나 평원을 내려다보았다. 잠이 몰려오기 전에는 황량하기만 하던 평원이 이제는 엄청난 사람들과 짐승의 행렬로 붐비고 있었다. 남자는 믿을 수 없다는 듯한 표정으로 행렬을 바라보다가 뼈만 남은 손을 눈 위로 가져갔다.

"이제 헛것이 보이는 모양이구나."

남자가 중얼거렸다. 아이는 아무 말 없이 남자 옆에 서서 남자의 옷자락을 붙잡고 있었다. 그러고는 어린아이가 곧잘 그러듯이 호기심이 가득 찬 눈으로 주변을 둘러보았다.

구조대는 재빨리 자신들이 환영이 아니라고 두 조난자를 설득했다. 그중 한 사람이 아이를 들어 어깨에 둘러멨고, 다른 두 사람은 수척해진 남자를 부축해 마차 쪽으로 데려갔다.

"내 이름은 존 페리어입니다. 나랑 이 아이가 스물한 명 있던 사람 중 살아남은 전부입니다. 나머지는 굶주림과 갈증으로 남쪽에서 모두 다 죽었어요."

방랑자가 설명했다.

"저 아이는 당신 아이인가요?"

누군가 물었다.

"이제는 내 아이죠. 내가 이 아이를 구했으니 내 아이입니다. 아무도 이 아이를 빼앗아 갈 수는 없어요. 오늘부터 이 아이는 루시 페리어요. 그런데 당신들은 누굽니까? 엄청나게 많은 것 같은데."

남자가 건장하고 볕에 그을린 구조대를 궁금한 눈초리로 쳐다보며 물었다.

"거의 만 명 가까이 있죠. 우리는 박해받는 하느님의 자녀입니다. 모로나이 천사의 선택을 받은 이들이죠."

청년 중 하나가 말했다.

"한 번도 그 이름을 들어본 적이 없소. 그 천사가 꽤 많은 사람들을 선택했나 보군요."

남자가 말했다.

"성스러운 존재에 대해 농담하지 마시오. 우리는 이집트의 글자로 금판에 새겨진 성스러운 말씀을 믿는 사람들입니다. 팔미라의 선지자 조지프 스미스가 이 금판을 받았죠. 우리는 교회를 세웠던 일리노이주의 노부에서 왔어요. 사막 한가운데로 갈지라도 폭력적인 인간과 신을 믿지 않는 자들이 없는 안식처를 찾아 떠나왔습니다."

청년이 엄격하게 말했다.

노부라는 이름을 듣자 존 페리어는 떠오르는 것이 있었다.

"아, 당신들은 모르몬교도들이군요."

"우리는 모르몬교도들입니다."

동행했던 사람들이 한목소리로 답했다.

"그럼 어디로 가는 거요?"

"모릅니다. 신의 손이 우리의 선지자를 통해 인도하고 있습니다. 당신도 그분 앞에 서야 합니다. 당신을 어떻게 해야 할지 그분이 말해줄 겁니다."

이제 그들은 언덕 아래로 다 내려와서 순례자들 무리에 둘러싸였다. 온순해 보이는 창백한 얼굴의 여자들, 건강하게 웃고 있는 아이들, 불안한 얼굴에 성실한 눈을 한 남자들이 있었다. 많은 사람들이 낯선 두 사람을 보고 놀라움에 소리를 질렀다. 그 둘이 얼마나 어리고 얼마나 말랐는지를 보자 모두 동정심을 가지고 두 사람을 바라보았다. 그러나 일행은 엄청난 모르몬교도 무리를 뒤에 단 채 멈추지 않고 나아가 한 포장마차 앞에 멈춰 섰다. 그 마차는 엄청나게 크고 화려했으며 모양새도 말끔해 눈에 띄었다. 다른 마차들은 말 두 마리나 많아봤자 네 마리가 끄는데, 그 마차 앞에는 말 여섯 마리가 매여 있었다. 마부 옆에 앉은 남자는 나이가 서른도 안 되어 보였지만, 커다란 머리나 단호한 표정에서 지도자 태가 났다. 남자는 갈색 표지의 책을 읽고 있었는데, 무리가 다가가자 책을 옆에 내려놓고 이야기에 귀를 기울였다. 그러더니 두 조난자들에게로 몸을 돌렸다.

"우리와 함께 가시려거든 우리와 같은 믿음을 가져야 합니다. 무리 중에 늑대를 두지는 않을 거예요. 이 황량한 사막 한가운데 당신들 뼈가 하얗게 말라가는 게, 썩은 것을 놔둬서 결국은 전체를 썩히는 것보다 낫습니다. 이런 조건이라도 우리와 함께 가시겠습니까?"

남자가 엄숙한 목소리로 말했다.

"무슨 조건이든 같이 가겠소만."

페리어가 얼마나 단호하게 말했는지, 심각한 표정의 장로들마저 미소를 지었다. 지도자만이 엄숙하고 강한 인상을 풀지 않았다.

"스탠거슨 형제, 남자를 데리고 가세요. 그에게 먹을 것과 마실 것을 주세요. 아이에게도요. 그에게 우리의 믿음을 가르치는 것이 당신의 임무입니다. 시간이 이미 많이 지체되었어요. 출발! 시온을 향하여!"

지도자가 말했다.

"시온을 향하여!"

모르몬교도들이 외치자, 목소리가 긴 행렬을 따라 파도처럼 입에서 입으로 전해지더니 저 멀리 둔탁한 울림이 되어 사그라졌다. 채찍을 휘두르는 소리와 마차가 움직이며 바퀴가 삐걱대는 소리가 울리더니 곧 전체 행렬이 다시 구불구불 움직이기 시작했다. 두 조난자를 맡은 장로는 자기 마차로 둘을 데리고 갔다. 벌써 두 사람을 위한 식사가 준비되어 있었다.

"여기서 머물게 될 겁니다. 며칠이면 그간의 피로가 회복될 겁니다. 이제부터는 지금도 앞으로도 영원히 당신들은 우리와 같은 종교를 믿는다는 사실을 기억하시오. 브리검 영께서 그렇게 말씀하셨고, 그분의 말씀은 조지프 스미스의 말씀, 그리고 곧 하느님의 말씀입니다."

그가 말했다.

2장

유타의 꽃

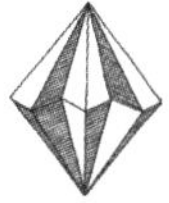

모르몬교도들이 마지막 보금자리에 당도하기 전까지 어떤 시련과 궁핍을 견뎠는지, 굳이 여기서 기릴 필요는 없을 것이다. 미시시피강에서 로키산맥의 서쪽 산기슭에 이르기까지 그들은 엄청난 끈기로 힘겹게 전진했다. 야만스러운 자들, 야생동물, 굶주림, 갈증, 피로, 그리고 질병 등 대자연은 그들이 가는 길마다 방해할 수 있는 온갖 요소들을 다 내놓았지만, 그들은 그 모든 것을 앵글로색슨족의 끈기로 이겨냈다. 그렇지만 이 기나긴 순례와 연이은 악재들에 이들 중 가장 강한 자들도 심약해졌다. 저 아래로 유타의 드넓은 골짜기가 햇빛에 반짝이며 드러나고, 그들의 지도자가 이곳이 바로 약속된 땅이라고, 이 미개척지가 앞으로 영원히 이들의 땅이 될 거라고 말했을 때, 절로 무릎을 꿇고 가슴에서 우러나오는 기도를 올리지 않은 자는 한 사람도 없었을 것이다.

지도자 영은 자신이 심지 굳은 우두머리일 뿐만 아니라 뛰어난 행정가이기도 하다는 것을 빠르게 증명했다. 그의 명령에 따라 지도와 도표가 제작되었고, 미래의 도시 청사진이 완성되었다. 주변 땅들은 각 개인의 지위에 비례해 농장들로 분배되었다. 상인들과 기술을 가진 사람들도 각기 재능에 맞는 일을 하기 시작했다. 마을에 길과 광장이 마법처럼 솟아났다. 배수 공사를 하고, 울타리를 만들고, 농작물을 심고, 땅을 정리했다. 다음 해 여름에는 농지 전체가 황금빛 밀로 뒤덮였다. 이 낯선 정착지에서는 모든 것이 번성했다. 무엇보다 이들이 도시 한가운데 세운 커다란 교회는 점점 더 높아지고 커졌다. 교회는 이주자들이 그들을 위험에서 보호하며 안전한 곳으로 인도한 신에게 바친 기념물이었다. 동이 막 터 오를 무렵부터 땅거미가 질 때까지, 이곳에서는 망치 소리와 톱질 소리가 들리지 않는 때가 없었다.

두 조난자들, 존 페리어와 그와 운명을 같이해 양녀가 된 꼬마는 이 모르몬교도들의 위대한 순례에 끝까지 동참했다. 어린 루시 페리어는 스탠거슨 장로의 세 아내와 열두 살짜리 고집 센 아들과 함께 스탠거슨의 포장마차를 타고 편안하게 이동했다. 루시는 어린아이다운 유연함으로 어머니의 죽음으로 받은 충격에서 금방 회복했고, 곧 세 여자들의 사랑을 받으며 캔버스 천으로 덮인 움직이는 집에서 사는 것을 받아들였다. 페리어는 쇠약해진 몸을 회복한 후, 유용한 길잡이이자 지칠 줄 모르는 사냥꾼으로 이름을 날렸다. 그가 새로운 무리에서 얼마나 빨리 높은 평가를 받았는지, 순례가 끝났을 때 정착민들 중 지도자 영과 네 장로 스탠거슨, 켐볼, 존스턴과 드레버 다음으로 페리어에게 가장 넓고 비옥한 땅을 주기로 만장일치로 결정했다.

존 페리어는 그렇게 얻은 농장에 상당한 크기의 통나무집을 지었는데, 해가 지나면서 조금씩 증축해 곧 방이 많은 대저택이 되었다. 페리어는 실용적인 사고방식을 지녔고, 거래에 셈이 빨랐으며, 손재주가 좋았다. 거기에 무쇠 같은 체력으로 아침저녁으로 일을 하며 땅을 개간하고 가꾸었다. 그래서 페리어의 농장도, 그가 소유한 것들도 모두 엄청난 기세로 번성했다. 3년 만에 페리어는 이웃들보다 잘살게 되었고, 6년 만에 부족한 것이 없게 되었다. 9년이 지나자 부유해졌고, 12년이 지난 후에는 솔트레이크시티 전체에서 페리어보다 부유한 사람은 여섯 명도 채 되지 않았다. 이 거대한 내륙의 호수부터 저 멀리 워새치산맥까지 존 페리어보다 더 잘 알려진 사람은 없었다.

존 페리어가 민감한 형제 성도들의 심기를 건드리는 건 딱 한 가지 문제뿐이었다. 무슨 말로 설득을 해도 존 페리어는 다른 모르몬교도들처럼 아내를 얻으려 하지 않았다. 페리어는 끈질기게 거절하는 이유에 대해 아무런 말도 하지 않았고, 단호하게 자신의 결정을 굽히지 않았다. 개종한 종교에 뜨뜻미지근하기 때문이라고 비난하는 사람도 있었고, 어떤 이들은 그가 재물 욕심이 많아 지출을 늘리지 않으려고 결혼하지 않는다고 말하기도 했다. 또 다른 사람들은 오래전 사랑 이야기를 들먹이며, 대서양 건너편에서 상사병으로 죽어간 금발 아가씨에 대해 이야기하기도 했다. 그게 무슨 이유든지 간에, 페리어는 독신 생활을 엄격하게 이어갔다. 페리어는 새로운 정착지의 종교를 다른 면에서는 모두 지켰고, 정통 종교인이자 올바른 사람이라는 평판을 얻었다.

루시 페리어는 이 통나무집에서 성장하며 양아버지가 하는 모든 일을 도왔다. 산맥의 맑은 공기와 소나무의 발삼 향기가 어린 소녀에게 어머니이자 유모 역할을 해주었다. 해가 지나면서 루시는 점점 키가 크고 건강해져서, 뺨은 더욱 붉어지고 걸음에 탄력이 생겼다. 나긋한 소녀의 몸을 한 루시가 밀밭을 경쾌하게 건너가거나 아버지의 무스탕 말에 올라타 진정한 서부의 아이처럼 쉽고 우아하게 말을 다루는 모습을 보고, 페리어의 농장 주변 길을 걸어가던 많은 여행자들은 사라진 줄 알았던 아스라한 옛 기억을 떠올리곤 했다. 그렇게 꽃봉오리는 꽃으로 피어났고, 아버지가 농장주들 중 가장 부유한 사람이 되던 해에 루시는 태평양 가까운 미 대륙 전체에서 가장 아름다운 소녀로 자라났다.

그렇지만 아이가 여자로 자라났다는 것을 처음 알아차린 것은 아버지가 아니었다. 보통 그런 경우는 거의 없다. 이 신비한 변화는 아주 미묘하고 너무 조금씩 일어나서 날짜로 헤아릴 수 있는 것이 아니다. 더더군다나 어떤 계기가 있기 전까지 그녀 자신도 모르게 마련이다. 누군가의 목소리나 손길에 심장이 뛰게 되면, 그때서야 자기 안에 새롭고 더 커다란 자연이 깨어났음을 자부심과 두려움이 섞인 마음으로 알아차리는 것이다. 그렇게 새로운 삶이 동튼 날을 기억 못 할 여자는 몇 없을 것이다. 루시 페리어의 경우에는 그 사건이 그 자체로도 중요했지만, 루시 자신과 다른 여러 사람의 운명에 끼친 영향을 생각했을 때 더욱 그러했다.

따뜻한 6월의 아침이었다. 후기 성도들은 그들 종교의 상징인 벌집의 벌처럼 바쁜 날을 보내고 있었다. 들판에도, 거리에도, 모두 일하는 사람들의 소리가 들려왔다. 먼지가 날리는 주요 도로들에는 무겁게 짐을 지운 노새들이 줄을 지어 길을 더럽히며 서부를 향해 가고 있었다. 캘리포니아에서 금광이 발견되어 많은 사람들이 대륙을 횡단하는 도로를 따라갔는데, 이 도로가 선택받은 자들의 도시를 가로지르고 있었기 때문이다. 도시 밖 초원에서는 양 떼와 황소 떼 무리가 줄지어 들어왔고, 이민자들과 말을 탄 남자들 모두 끝나지 않는 여행에 지쳐 도시로 들어왔다. 다양한 무리의 행렬 사이로 루시 페리어가 능숙하게 말을 몰고 있었다. 하얀 얼굴은 몸을 움직이느라 달아올랐고, 긴 밤색 머리는 뒤로 날리고 있었다. 루시는 시내에 아버지 심부름을 하러 가는 길이었다. 루시는 젊음에서 오는 대담함으로 매번 그러듯 저돌적으로 달려갔다. 머릿속에는 오직 아버지가 맡긴 일과 그걸 어떻게 처리해야 하는지만 생각하고 있었다. 여행으로 지친 모험가들이 놀라서 루시를 쳐다보았다. 가죽옷을 걸치고 멀리 떠나는 무표정한 원주민들도 하얀 얼굴을 한 처녀의 아름다움에 평소의 굳은 표정을 풀곤 했다.

루시가 시내 외곽에 도착했을 때, 인상이 사나운 소몰이꾼 여섯 명이 평원에서 몰고 온 엄청난 소 떼로 길이 막혀 있었다. 기다리다 못한 루시가 소들 틈으로 말을 들이밀고 지나가려고 했다. 하지만 소들 사이로 들어가자마자 루시 뒤에서 소 떼들이 다시 길을 막아, 루시는 사나운 눈에 긴 뿔이 달린 수소 떼에 갇혀버리고 말았다. 루시도 소 떼를 다루는 데 익숙했기 때문에 놀라지는 않았지만, 이 짐승 무리 사이에서 벗어나려고 기회가 보일 때마다 연신 말을 재촉했다. 하지만 사고였는지 운명이었는지, 운이 나쁘게도 소 한 마리의 뿔이 무스탕 말의 옆구리와 맞부딪혀 말이 흥분해 날뛰기 시작했다. 성이 난 말은 콧김을 뿜으며 순식간에 뒷다리로 서더니, 아무리 말타기에 능숙한 사람이라도 떨어질 만큼 날뛰며 뒷발질을 해댔다. 굉장히 위험한 상황이었다. 말은 날뛸 때마다 다시 주위의 소뿔에 받혀 더욱더 흥분했다. 루시가 할 수 있는 건 안장 위에 앉아 있는 것밖에 없었다. 자칫 떨어지기라도 한다면 통제도 안 되고 공포에 날뛰는 짐승들의 발굽에 밟혀 처참하게 죽게 될 것이었다. 루시는 처음 겪는 갑작스러운 위기 상황에 당황한 나머지 고삐를 잡고 있던 손에 점점 힘이 풀려갔다. 피어오르는 먼지구름에 숨이 막히고, 날뛰는 짐승들이 뿜는 뜨거운 열기에 절망해 모든 것을 포기해 버리려는 그때, 루시의 팔꿈치 언저리에서 루시를 돕는 상냥한 목소리가 들려왔다. 동시에 억세고 그을린 팔 하나가 공포에 질린 말의 재갈을 잡더니, 소 떼 사이를 뚫고 금세 루시를 밖으로 끌어냈다.

"아가씨, 다치진 않으셨나요?"

루시를 구해준 남자가 공손하게 물었다.

루시는 남자의 그을리고 거친 얼굴을 올려다보고는 짓궂게 웃었다.

"엄청 무서웠어요. 소가 많다고 판초가 그렇게 놀랄 줄 누가 알았겠어요?"

"말에서 떨어지지 않은 게 정말 다행이에요."

남자가 진지하게 말했다. 남자는 키가 크고 거칠게 살아온 듯한 인상의 청년이었다. 그는 털이 얼룩덜룩 섞인 힘센 말을 타고, 거친 사냥꾼 복장에 어깨에는 긴 라이플총을 메고 있었다.

"존 페리어 씨의 딸인가 보군요. 그 집에서 말을 타고 내려오는 걸 봤어요. 집에 가면 아버지에게 세인트루이스의 제퍼슨 호프 가족을 기억하느냐고 물어봐요. 제가 아는 페리어 씨가 맞는다면, 우리 아버지와 페리어 씨는 꽤 친했거든요."

"직접 오셔서 물어보시는 게 낫지 않겠어요?"

루시가 얌전을 떨며 물었다.

청년은 루시의 초대가 기분 좋은 듯 검은 눈동자를 기쁘게 반짝였다.

"그렇게 하죠. 그런데 산에서 두 달이나 있다 와서 누구를 방문할 차림새는 아니에요. 지금 이대로 페리어 씨께 갈 순 없잖아요."

"아버지는 당신께 정말 감사해할 거예요. 나도 그렇고요. 아버진 절 굉장히 아끼거든요. 그 소 떼들에 내가 밟히기라도 했다면, 아버진 무너지셨을 거예요."

"나도 마찬가지고요."

남자가 말했다.

"당신이요? 뭐, 그랬어도 당신이랑 아무 상관 없었을 텐데요. 우리랑 친분이 있는 것도 아니잖아요."

루시의 말에 젊은 사냥꾼의 그을린 얼굴이 어찌나 우울해지던지 루시 페리어는 크게 웃음을 터뜨렸다.

"저기, 진심은 아니에요. 당연히 지금은 우리와 친구죠. 우리 집에 꼭 오셔야 해요. 이제 전 가봐야겠어요. 아니면 아버지가 앞으로 심부름을 맡기지 않을 테니까요. 그럼 안녕히 가세요!"

"안녕히 가세요."

남자는 대답을 하고는 멕시코 모자의 넓은 챙을 들어 올리며 루시의 손 위로 몸을 굽혔다. 루시는 말 머리를 돌려 승마용 채찍으로 말을 살짝 치고는, 넓은 길을 따라 먼지구름을 일으키며 달려갔다.

청년 제퍼슨 호프는 우울한 표정으로 아무 말 없이 일행과 함께 말을 달렸다. 그들은 네바다주의 산맥에서 은광을 찾다가 솔트레이크시티로 돌아가는 중이었다. 그들이 발견한 광맥을 개발할 돈을 마련하기 위해서 일을 찾으려는 것이었다. 호프는 일행들만큼이나 이 은광 사업에 열을 올리고 있었지만, 이 갑작스러운 사건으로 마음에 변화가 생겼다. 앳되고 아름다운 소녀의 모습, 시에라의 바람만큼이나 솔직하고 건강한 모습에 호프의 길들지 않은 활화산 같은 심장이 밑바닥부터 움직인 것이다. 루시가 시야에서 사라졌을 때, 호프는 자기의 삶에 위기가 찾아왔다는 것을 깨달았다. 은광도, 그 어떤 다른 질문도, 그를 송두리째 빠져들게 한 이 새로운 사건보다 더 중요하지는 않다는 걸 깨달은 것이다. 그의 심장에서 솟아난 사랑은 갑작스럽고 변덕스러운 소년의 사랑이 아니라, 자존심이 세고 단호한 의지를 가진 남자의 거칠고 길들지 않는 열정이었다. 호프는 자신이 하고자 하는 것을 다 이루는 데 익숙했다. 호프는 인간의 의지와 노력으로 가능한 것이라면 이 사랑도 절대 실패하지 않을 거라고 마음 깊이 다짐했다.

그날 밤, 호프는 존 페리어의 집을 찾았고, 그 후에도 여러 차례 방문해 페리어의 농장에서 호프는 익숙한 사람이 되었다. 골짜기의 집에 틀어박혀 일만 하던 존 페리어는 지난 12년간 바깥세상이 어떻게 변했는지 알 기회가 거의 없었다. 제퍼슨 호프는 바깥에서 일어난 모든 소식들을 존에게 들려주었다. 루시도 호프의 이야기를 재미있게 들었다. 호프는 캘리포니아의 개척자로 살았던 터라 이 거칠고도 평온하던 시대에 재산을 모았거나 전부 잃은 사람들의 이야기를 재미있게 들려줄 수 있었다.♦ 호프는 정찰대원, 사냥꾼, 은광 개발자, 그리고 목동으로도 일했었다. 어디든 새로운 도전이 기다리는 곳에 가서 그 도전을 받아들였다. 나이 든 존은 금세 호프가 마음에 들었고, 호프의 좋은 면들을 곧잘 이야기했다. 그럴 때면 루시는 아무 말도 하지 않았지만, 행복으로 밝게 빛나는 눈을 보면 루시가 그 앳된 마음을 이미 빼앗겼다는 것을 알 수 있었다. 순수한 존 페리어는 이런 루시의 마음을 눈치채지 못했을 수 있겠지만, 루시의 마음을 가져간 남자는 루시의 눈길을 알아채고 모두 받아들였다.

♦ BBC 《셜록》 〈핑크색 연구〉에서 셜록이 범인인 줄 알고 쫓았던 택시의 승객이 캘리포니아에서 온 미국인이었다. 또한 범인으로 밝혀진 택시 기사의 이름이 엔딩 크레디트에 "제프"로 표기된 것을 봤을 때 원작의 제퍼슨 호프에서 모티브를 가져왔다는 것을 알 수 있다.

어느 여름 저녁, 호프가 말을 타고 달려와서 루시네 대문 앞에 멈춰 섰다. 루시는 현관에 있다가 호프를 마중하러 나왔다. 호프는 고삐를 던져 울타리에 매어놓고 오솔길을 성큼성큼 걸어 올라왔다.

"루시, 난 이제 떠나요. 지금 나랑 함께 떠나자고 하지는 않겠어요. 하지만 내가 다시 올 때 나와 함께 떠나줄래요?"

호프는 손을 내밀어 루시의 두 손을 잡고 그녀의 얼굴을 부드러운 눈길로 내려다보았다.

"그게 언제인데요?"

루시가 발그레한 얼굴로 웃으며 물었다.

"적어도 두 달은 걸릴 거예요. 그때 와서 루시 당신을 데려갈게요. 우리 사이를 갈라놓을 수 있는 사람은 아무도 없어요."

"그럼 아버지는요?"

루시가 물었다.

"아버님은 허락을 해주셨어요. 은광 일이 잘된다는 전제하에. 그 일은 걱정 없어요."

"아, 그럼, 물론이죠. 아버지와 당신이 벌써 얘기가 다 됐다면, 더 바랄 게 없어요."

루시가 속삭이며 호프의 넓은 가슴에 뺨을 갖다 댔다.

"하느님 감사합니다!"

호프가 쉰 목소리로 말하고, 몸을 굽혀 루시에게 키스했다.

"그럼, 그렇게 하기로 한 거예요. 여기 더 있으면 있을수록 떠나기 힘들어질 것 같아요. 다른 사람들은 모두 협곡에서 날 기다리고 있어요. 안녕, 나의 사랑, 안녕. 두 달 후면 날 볼 수 있을 거예요."

호프는 그렇게 말하고 억지로 루시한테서 몸을 돌려 말 위로 몸을 던지더니 성난 듯이 말을 달렸다. 한 번이라도 뒤돌아보면 단호한 의지가 꺾여버리기라도 할 것처럼 단 한 차례도 돌아보지 않았다. 루시는 울타리 문에 서서 호프가 눈에 보이지 않을 때까지 그 뒷모습을 바라보았다. 그러고는 유타에서 가장 행복한 여자가 된 기분으로 집으로 다시 걸어 들어갔다.

3장

존 페리어가 지도자와 대화하다

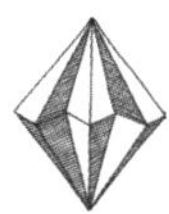

제퍼슨 호프와 그 일행이 솔트레이크시티에서 떠난 지 3주가 지났다. 존 페리어는 이 청년이 돌아오면 양딸을 떠나보내야 한다는 생각에 깊숙한 곳부터 마음이 아파왔다. 그렇지만 루시의 밝고 행복한 얼굴이 그 어떤 말보다 페리어를 위로해주었다. 페리어는 언제나 마음속 깊이, 그 어떤 이유로도 루시를 모르몬교도와 결혼시키지 않겠다고 결심하고 있었다. 그는 그런 결혼은 진정한 결혼이 아니며 부끄럽고 치욕스러운 것이라 여겼다. 그가 모르몬교의 교리를 어떻게 생각하든지 간에, 그 점에 있어서만큼은 양보할 수가 없었다. 그렇지만 그 당시 성도들의 땅에서 교리에 어긋나는 생각을 입 밖에 내는 것은 위험했기 때문에 그 부분에 있어서는 입을 다물어야 했다.

그렇다, 위험한 문제였다. 너무 위험해서 가장 신실한 사람들도 혹시나 입 밖으로 내뱉은 말이 오해를 사 순식간에 보복을 당할까 봐 종교에 대한 생각을 말할 때는 숨을 죽여 말했다. 박해를 당했던 이들이 이제 박해를 하는 자들로 돌아서니, 가장 무자비한 박해자들이 되었다. 스페인 이단 심문이나 중세 독일의 비밀 형사재판, 이탈리아의 비밀결사 단체도 유타주를 드리운 구름보다 더 강력한 조직을 구축하진 못했을 것이다.

이 조직은 눈에 보이지 않는 데다 신비감까지 있어 배로 무섭게 느껴졌다. 어디에나 존재하고 전지전능한 것 같았지만, 보이지도 들리지도 않았다. 교회에 반기를 든 사람이 사라져도, 어디로 갔는지 어떻게 되었는지 아무도 아는 이가 없었다. 아내와 아이들이 집에서 기다렸지만, 비밀재판에서 어떤 운명을 맞이하게 되었는지 이야기해줄 수 있는 아버지는 돌아오지 않았다. 경솔한 말 한 마디나 성급한 행동으로 언제든 사라질 수 있었지만, 그들 위로 드리운 이 무시무시한 힘이 어디에서 오는지 아는 사람은 아무도 없었다. 사람들이 두려움에 떨게 된 것은 당연한 일이었고, 인적 없는 들판 한가운데에서도 그들을 짓누르는 의혹을 감히 속삭이지 못했다.

처음에 이 실체 없는 조직은 모르몬교의 신념을 받아들였다가 나중에 생각을 바꾸고 종교를 버리고자 하는 반동분자들에게만 무시무시한 힘을 가했다. 그렇지만 곧 그 범위가 넓어졌다. 성인 여자들의 수가 점점 적어졌고, 여성 인구가 줄어들자

일부다처제라는 교리는 쓸모없는 것이 되었다. 이상한 소문이 퍼지기 시작했다. 원주민들은 간 적도 없는 곳에서 이주자들이 살해되고 야영지가 약탈당했다는 것이다. 장로들의 하렘에는 새로운 여자들이 들어왔다. 그 여자들은 몹시 슬퍼하며 비통하게 울었고, 얼굴에는 끔찍한 일을 겪은 흔적이 역력했다. 뒤늦게 산맥을 넘어온 방랑자들은 얼굴을 가리고 소리 없이 움직이는 무장한 남자들 무리가 어둠 속에서 그들을 스치고 지나갔다고 이야기했다. 이런 이야기와 소문들은 점차 살이 붙고 형상을 갖추어갔고, 이야기들이 서로 맞춰지고 또 맞춰져서 확실한 이름이 있는 실체가 되었다. 오늘날까지도 다나이츠 밴드모르몬교도의 비밀결사 조직으로, 모르몬교에 맞서는 사람들에게 복수를 맹세하기도 했다.라는 이름이나 복수하는 천사들이라는 이름은 서부의 외딴 목장에서조차 사악하고 불길하게 들린다.

이렇게 끔찍한 일들을 행하는 조직에 대해 알면 알수록 사람들의 마음속 공포는 줄어들기는커녕 점점 더 커졌다. 누가 이 무자비한 조직의 일원인지 아무도 몰랐다. 피와 폭력을 행하는 자들의 이름은 종교의 이름으로 완벽하게 비밀에 부쳐졌다. 친구에게 선지자나 그의 사명에 대해 의혹을 털어놓았다면, 바로 그 친구가 밤에 횃불과 칼을 들고 찾아와 끔찍한 보복을 할지도 몰랐다. 그래서 모든 이는 자기 이웃을 두려워했고, 진심에 가까운 말일수록 더욱 입 밖에 내지 않았다.

어느 화창한 날, 존 페리어가 막 밀밭으로 나가보려는데 울타리 걸쇠가 열리는 소리가 났다. 창문을 내다보니 옅은 갈색 머리를 한 중년의 다부진 남자가 오솔길을 따라 올라오고 있었다. 페리어는 가슴이 철렁했다. 이 남자가 바로 그 위대한 브리검 영이었기 때문이다. 페리어는 이런 방문이 좋은 일 때문일 리가 없다는 걸 잘 알았기 때문에, 두려움에 가득 차서 문으로 뛰어가 모르몬교의 지도자를 맞이했다. 그렇지만 영은 페리어의 인사를 차갑게 받고서 굳은 얼굴로 페리어를 따라 거실로 갔다.

"페리어 형제, 진실한 신자들은 당신에게 좋은 친구가 되어주었어요. 우리는 당신이 사막에서 굶어 죽어가고 있을 때 구해주고 음식을 나눠주었고, 이 약속된 땅으로 당신을 인도했지요. 그러고선 땅도 꽤 많이 나눠줘서 우리의 보호 아래 당신이 부를 축적할 수 있도록 해주었어요. 그렇지 않나요?"

영이 자리에 앉으며 엷은 눈썹 아래로 농사꾼을 날카롭게 쳐다보았다.

"그렇습니다."

존 페리어가 대답했다.

"그 대가로 우리는 단 하나의 조건만 요구했어요. 그건 당신이 신실한 믿음을 가져야 하고, 종교가 명하는 대로 행동하라는 것이었죠. 당신은 그러겠다고 약속했지만, 사람들이 하는 말이 맞는다면 당신은 그 약속을 충실히 이행하질 않았어요."

"내가 뭘 이행하지 않았다는 거죠? 공동 자금에 돈을 내지 않았던가요? 교회를 꼬박꼬박 다니지 않았던가요? 내가 안 한 게 도대체 뭐죠?"

페리어가 항의의 표시로 두 손을 내던지며 물었다.

"당신의 아내들은 어디에 있죠? 내가 인사를 할 수 있게 불러 보시죠."

영이 주위를 둘러보며 말했다.

"내가 결혼하지 않은 건 맞아요. 그렇지만 여자의 수가 적었고, 나보다 조건이 좋은 사람이 많았어요. 난 외롭지 않아요. 부족한 걸 채워줄 수 있는 딸이 있습니다."

"당신에게 얘기하려던 게 바로 그 딸 이야기요. 루시는 유타의 꽃으로 자라났고, 이 땅의 명성 높은 사람들 눈에 들었어요."

모르몬교 지도자의 말에 존 페리어는 속으로 탄식했다.

"루시에 대해 들리는 소문들은 안 믿는 게 낫겠더군요. 모르몬교도가 아닌 사람과 약혼했다는 말이 들리던데. 물론 할 일 없는 사람들이 지어낸 말이겠지요. 선지자 조지프 스미스의 열세 번째 계명이 무엇인가요? '신실한 믿음을 가진 모든 처녀는 선택된 자와 혼인하게 하라. 비종교인과 결혼하는 것은 크나큰 죄를 짓는 것이다.' 계명이 이런데, 독실한 믿음을 지녔다는 당신은 딸이 계율에 어긋나는 일을 하도록 둘 리 없겠죠."

존 페리어는 아무 대답도 하지 않았지만, 불안한 듯이 채찍을 만지작거렸다.

“이 일로 당신의 믿음을 시험해보겠어요. 이것은 네 장로와 성스러운 공의회에서 결정된 사항이에요. 루시는 아직 어리니, 나이 많은 사람과 결혼하게 하지는 않을 겁니다. 루시도 어느 정도 선택할 폭은 있을 거예요. 우리 장로들은 어린 아내들이 있지만, 우리의 자식들에게도 기회가 주어져야겠지요. 스탠거슨에게도, 드레버에게도 아들이 있고, 두 사람 다 페리어 씨의 딸을 며느리로 반기고 있습니다. 루시에게 둘 중에 하나를 고르게 하세요. 둘 다 젊고 부유한 데다 독실한 믿음을 가졌습니다. 어떻게 생각하세요?”

페리어는 눈을 찌푸리고 얼마간 침묵을 지켰다.

“우리에게 시간을 주십시오. 내 딸은 아주 어려요. 결혼할 나이가 채 안 됐어요.”

페리어가 겨우 말했다.

“루시에게 선택할 시간을 한 달 주겠소. 한 달 후에 루시는 답을 주어야 합니다.”

영이 자리에서 일어서며 말했다. 그러고는 현관문을 지나다 붉어진 얼굴로 돌아서서 눈을 부라리며 다시 말했다.

“존 페리어 씨, 거룩한 장로들에게 미약한 힘으로 대항하느니, 시에라 블랑코에서 하얗게 뼈만 남은 채 누워 있는 게 더 나을 겁니다!”

영은 협박하는 듯한 손짓을 하고 문에서 돌아섰다. 페리어의 귀에 조약돌 깔린 길을 따라 저벅저벅 걸어가는 영의 무거운 발소리가 들려왔다.

페리어가 이 문제를 딸에게 어떻게 이야기해야 할지 고민하며 팔꿈치를 무릎 위에 올려놓고 앉아 있는데, 부드러운 손 하나가 페리어의 손 위로 올라왔다. 올려다보니 루시가 페리어 옆에 서 있었다. 페리어는 창백하고 두려움에 질린 루시의 표정을 보고 루시가 그 대화를 들었다는 걸 알았다.

페리어의 시선을 느끼고 루시가 말했다.

"어쩔 수 없었어요. 그분 목소리가 집 전체에 울렸어요. 아버지, 아버지, 우리 어떻게 하죠?"

"무서워하지 마라. 어떻게든 해결해보자. 제퍼슨 그 친구가 싫어지거나 한 건 아니지?"

페리어는 그렇게 말하며 루시를 가까이 끌어당겨 커다랗고 거친 손으로 루시의 밤색 머리를 쓰다듬었다.

루시는 흐느끼며 페리어의 손을 꽉 잡을 뿐이었다.

"아니지, 물론 아니지. 네가 그 사람이 싫어졌다고 하는 걸 듣고 싶지는 않아. 제퍼슨은 좋은 사람이고, 기독교인이지. 그게 이 사람들보단 나아. 여기 사람들이 아무리 기도하고 설교를 한다고 해도 말이야. 내일 네바다로 떠나는 사람들이 있으니 제퍼슨한테 소식을 전해서 우리가 어떤 상황인지를 알리마. 제퍼슨 성격이라면 전보 빽치는 속도로 여기로 올 거다."

아버지의 말에 루시는 울다가 소리 내어 웃었다.

"제퍼슨 씨가 오면 어떻게 하는 게 좋을지 이야기해줄 거예요. 그렇지만 전 아버지가 걱정돼요. 지도자에 반대하는 사람들이 어떻게 되는지 무서운 얘기들이 들리잖아요. 반기를 드는 사람들에겐 언제나 끔찍한 일이 벌어져요."

"그렇지만 아직 우리는 반기를 든 게 아니잖니. 준비할 시간이 있을 거야. 앞으로 한 달 정도 여유가 있으니. 그러고 나서 유타를 떠나는 게 가장 좋을 것 같구나."

"유타를 떠난다고요?"

"그렇다고 할 수 있지."

"농장은요?"

"최대한 돈으로 가져갈 수 있을 만큼 가져가고, 나머지는 버려야지. 솔직히 말하면 루시, 이런 생각을 한 게 처음이 아냐. 난 여기 사람들이 그 빌어먹을 지도자한테 하는 것처럼 남한테 굽실거리는 게 안 맞아. 난 자유롭게 태어난 미국 시민이고, 나한텐 전부 낯선 일이야. 배우기엔 이미 나이가 너무 많지. 그가 여길 또 찾아오면, 반대편에서 날아오는 산탄총을 피해 달아나야 할 거다."

"그렇지만 우리가 떠나게 놔두지 않을 거예요."

루시가 반대했다.

"제퍼슨이 올 때까지 기다려보자. 그럼 다 할 수 있을 거야. 그동안에는 불안해하지 마려무나, 내 딸아. 그리고 눈이 붓지 않도록 해야지. 아니면 제퍼슨이 널 보고 나를 탓할 거야. 겁낼 것 전혀 없어, 아무 위험도 없고."

존 페리어는 루시를 안심시키려 자신 있게 말했다. 하지만 루시는 페리어가 그날 밤 출입구를 잠그는 데 유독 신경을 쓰고, 침실 벽에 걸려 있던 오래되고 녹이 슨 산탄총을 조심스레 깨끗이 닦아서 장전해놓는 것이 신경 쓰일 수밖에 없었다.

4장

목숨을 건 도피

모르몬교의 지도자와 만난 다음 날 아침, 존 페리어는 솔트레이크시티로 가서 네바다산맥으로 떠나는 지인을 찾아 제퍼슨 호프에게 보낼 전갈을 맡겼다. 페리어는 그 편지에 그들을 위협하는 위험이 코앞에 닥쳤으니 한시바삐 돌아오라고 적었다. 편지를 보내자 마음이 좀 편안해졌고, 페리어는 한결 가벼워진 마음으로 집으로 돌아왔다.

농장이 가까워지자, 울타리 양쪽 기둥에 말이 각기 한 마리씩 매여 있는 모습이 눈에 들어왔다. 깜짝 놀라 집에 들어가 보니 더 놀라운 광경이 기다리고 있었다. 두 젊은이가 그의 거실에 앉아 있는 것이었다. 한 명은 길고 창백한 얼굴로 흔들의자에 깊숙이 앉아서 난로 위에 발을 올리고 있었다. 다른 한 명은 목이 굵고 투박하고 오만한 얼굴이었는데, 창문 앞에 서서 주머니에 손을 꽂고 널리 알려진 찬송가를 휘파람으로 불고 있었다. 두 사람 다 페리어가 들어서자 고개를 끄덕여 인사를 했다. 흔들의자에 앉아 있던 청년이 말을 시작했다.

"페리어 씨는 우릴 모를 수도 있겠네요. 이쪽은 드레버 장로의 아들이고, 저는 조지프 스탠거슨입니다. 주님이 손을 내밀어 진실한 믿음으로 당신을 거두셨을 때, 당신과 함께 사막을 지났던 사람 중 하나였지요."

다른 하나도 코맹맹이 소리로 덧붙였다.

"주께서는 때가 되면 모든 이들을 거두실 겁니다. 주께서 하시는 일은 아주 오래 걸리지만, 아주 꼼꼼하게 이루시죠."

존 페리어는 차갑게 인사했다. 그는 이 방문자들이 누군지 이미 알고 있었다.

스탠거슨이 말을 이었다.

"우리가 온 건, 우리 아버지들이 조언한 대로 당신과 당신 딸이 더 좋은 쪽을 선택하면 당신 딸과 결혼하려는 것입니다. 저는 아내가 네 명뿐이고 드레버 형제는 일곱 명이 있으니, 제 조건이 더 좋은 것 같군요."

"아니, 아니죠, 스탠거슨 형제. 아내가 몇 명인지가 문제가 아니라, 몇 명을 먹여 살릴 수 있는지가 문제입니다. 저희 아버지가 제분소를 제게 넘기셨으니, 제가 스탠거슨 형제보다 더 부유합니다."

다른 하나가 소리쳤다.

"그렇지만 제 미래가 더 밝지요. 주께서 제 아버지를 부르시면, 전 아버지의 무두 공장과 가죽 공장을 물려받을 겁니다. 게다가 전 드레버보다 나이도 많고, 교회에서도 지위가 높지요."

스탠거슨도 열을 올렸다.

"결정하는 것은 루시입니다. 루시의 선택에 모든 걸 맡기죠."

젊은 드레버가 유리창에 비친 자기 모습을 보고 입꼬리를 올리며 말을 받았다.

이 대화가 오가는 동안, 존 페리어는 이 두 방문객의 등에 말채찍을 휘두르고 싶은 것을 간신히 참으며 문간에 서서 씩씩대고 있었다.

페리어가 견디다 못해 그들에게 성큼성큼 다가가며 말했다.

"이거 봐요. 내 딸이 둘을 부르면 와도 좋지만, 그때까지는 당신들 얼굴 보고 싶지 않소."

두 모르몬교 청년들은 놀라서 페리어를 쳐다보았다. 그들 생각에 루시를 두고 두 사람이 경쟁하는 것은 루시나 루시의 아버지에게 크나큰 명예였다.

"이 방에서 나가는 길은 두 개요. 문으로 나가도 되고, 창문으로 나가도 돼요. 어디로 나가겠소?"

페리어가 소리쳤다. 페리어의 그을린 얼굴은 사나워 보였고, 그의 수척한 두 손은 언제라도 위협을 가할 수 있을 것 같았다.

두 방문객들은 벌떡 일어나 서둘러 방을 나섰다. 늙은 농부는 그들을 따라 문까지 갔다.

"어느 쪽이 될지 정하면 알려주시오."

페리어는 조롱하듯 말했다.

"당신, 이 일을 후회할 거요. 당신은 지도자와 네 장로들에 반기를 든 거요. 죽는 날까지 이 일을 후회하게 될 겁니다."

스탠거슨이 분노로 창백해진 얼굴로 외쳤다.

드레버도 따라 소리쳤다.

"주님의 손이 당신을 무겁게 칠 겁니다. 주께서 일어나 당신을 벌할 거요!"

"그럼 난 지금 벌하리다."

페리어가 무섭게 받아쳤다. 루시가 페리어의 팔을 잡고 말리지 않았다면 총을 가지러 위층으로 뛰어 올라갔을 것이다. 하지만 페리어가 루시를 뿌리치기 전에 떠나는 말발굽 소리가 들렸다. 이미 그들을 잡기는 틀린 것이다.

"저 덜떨어지고 위선적인 불한당들! 루시, 네가 저 두 놈 중 하나랑 결혼하는 걸 보느니, 차라리 무덤 속에 들어가 있는 걸 보는 게 낫겠다."

페리어가 이마에서 땀을 닦으며 소리쳤다.

"저도 그래요, 아버지. 하지만 제퍼슨이 곧 여기로 올 거예요."

루시가 힘을 주어 대꾸했다.

"그래. 얼마 안 있으면 제퍼슨이 올 거다. 빠를수록 좋을 텐데……. 그놈들이 이제 어떻게 움직일지 모르니까."

조언과 도움을 줄 수 있을 만한 사람이 이 고집 센 늙은 농부와 그의 양딸 곁에 있어야만 했다. 이 도시가 세워진 이래, 지도자들의 권위에 이렇게까지 불복한 사례는 없었다. 작은 실수에도 그렇게 엄격한 벌이 주어지는데, 이 엄청난 반역의 운명은 상상할 수도 없었다. 페리어는 자기의 부나 지위가 아무런 도움도 되지 않을 것을 알았다. 이전에도 페리어만큼이나 잘 알려지고 부유한 사람들이 사라진 적이 있었고, 그들의 재산은 교회에 헌납되었다. 페리어는 용감한 사람이었지만, 알 수 없는 어두운 공포가 드리우자 몸이 떨려왔다. 눈앞에 보이는 위험은 입술을 깨물고 맞설 수 있었지만, 이 불안함 앞에서는 용기가 꺾였다. 페리어는 딸 앞에서는 두려움을 감추고 가볍게 생각하는 척했지만, 루시는 모든 걸 꿰뚫어 보는 사랑의 눈으로 아버지가 불안해한다는 걸 훤히 알 수 있었다.

페리어는 영이 전갈을 보내거나 경고를 할 것이라 생각했다. 아니나 다를까, 영이 대응해왔지만 전혀 예상치 못한 방식이었다. 그다음 날 아침 일어나자, 놀랍게도 페리어의 가슴께 이불 위에 종이쪽지 하나가 붙어 있었다. 그 쪽지에는 커다랗고 제멋대로인 글씨체로 이렇게 쓰여 있었다.

회개할 시간을 29일 주겠다. 그 후에는…….

그 어떤 협박보다 이 말줄임표가 더 위협적이었다. 이 쪽지가 어떻게 방 안으로 들어온 건지 존 페리어는 도무지 알 수가 없었다. 하인들이 별채에서 자고 있었고, 문과 창문들은 모두 단단히 걸어 잠갔기 때문이다. 페리어는 쪽지를 구겨버리고 딸에게는 아무 말도 하지 않았지만, 오싹한 기분은 가시질 않았다. 29일은 영이 약속한 한 달에서 남은 기간이 분명했다. 이렇게 알 수 없는 힘을 지닌 적에게 무슨 힘이나 용기로 대항할 수 있겠는가? 그 쪽지를 이불에 매단 사람이 페리어의 심장을 찔렀다 해도 그는 누가 자기를 찔렀는지도 알 수 없었을 것이다.

그다음 날 아침, 페리어를 더욱 두렵게 만든 일이 있었다. 루시와 아침을 먹으러 앉았을 때, 루시가 놀라 소리를 지르며 위를 가리켰다. 천장 한가운데, 불에 탄 막대기로 쓴 것 같은 28이라는 숫자가 있었던 것이다. 루시는 무슨 의미인지 알지 못했지만, 페리어는 딸에게 알려주지 않았다. 그날 밤, 페리어는 총을 들고 앉아 밤새 경계를 섰다. 아무것도 보지 못했고 들리지도 않았지만, 다음 날 아침 바깥 현관문에는 숫자 27이 커다랗게 그려져 있었다.

그렇게 하루하루가 갔다. 페리어는 아침이 올 때마다 누군가가 써놓은 숫자를 발견했다. 보이지 않는 적들은 주어진 한 달에서 며칠이 남았는지 눈에 잘 띄는 곳에 써놓았다. 그 두려운 숫자가 어느 날은 벽에 나타났고, 어느 날은 바닥에 그려져 있었다. 가끔은 울타리나 울타리의 문에 작은 천 조각으로 붙어 있기도 했다. 페리어가 아무리 감시를 해도, 매일 붙는 이 경고들이 도대체 언제 붙는 것인지 알아낼 수가 없었다. 그는 그 숫자들을 볼 때마다 미신에 가까운 공포심이 들었다. 페리어는 초췌해졌고 가만히 있지를 못했으며, 눈은 사냥꾼에게 쫓기는 짐승처럼 불안해 보였다. 그에게 남은 희망은 이제 하나밖에 없었다. 네바다에서 젊은 사냥꾼이 돌아오는 것이었다.

20이 15로 바뀌고 15가 10으로 바뀌었지만, 제퍼슨에게서는 아무 소식이 없었다. 하나하나 숫자가 줄어들었지만 여전히 아무 기별이 없었다. 말을 탄 사람이 덜그럭대며 길을 지나가거나 마부가 일행에게 소리 지르는 것을 들을 때마다 이 늙은 농부는 드디어 제퍼슨이 도우러 왔다고 생각하고 서둘러 대문으로 나갔다. 그러다 5가 4가 되고 다시 3이 되자, 페리어는 희망을 잃고 도망갈 수 있다는 기대를 모두 버렸다. 이 주변의 산맥을 잘 알지 못하는 그가 혼자 힘으로 도망가기는 무리였다. 자주 다니는 길은 감시와 검문이 철저하게 이뤄지고 있었고, 공의회의 허락 없이는 아무도 지나갈 수 없었다. 어떤 길로 가든 페리어 위에 드리운 불행을 피할 방법이 없었다. 그렇지만 딸에게 치욕적인 일이 벌어지게 두느니 죽음을 택하겠다는 페리어의 결심은 흔들리지 않았다.

어느 날 저녁, 페리어는 이 문제에 대해 깊이 고심하면서 어떻게 하면 빠져나갈 수 있을지 헛되이 생각하고 있었다. 그날 아침, 집의 벽에 숫자 2가 나타났다. 그다음 날이 허락받은 한 달 중 마지막 날이었다. 그러고 나면 무슨 일이 일어날 것인가? 페리어의 머릿속은 온갖 알 수 없는 끔찍한 상상들로 가득 찼다. 그리고 루시, 자신이 사라지고 나면 딸은 어떻게 될 것인가? 그들을 온통 둘러싼 눈에 보이지 않는 이 그물에서 빠져나갈 방법은 없는 것인가? 페리어는 머리를 탁자 위로 숙이고 자신의 무능력함에 흐느껴 울었다.

무슨 소리지? 조용한 가운데 약하게 긁는 소리가 났다. 아주 작았지만, 고요한 밤중이라 분명히 들렸다. 현관문에서 나는 소리였다. 페리어는 현관으로 살금살금 걸어가 귀를 기울였다. 몇 초간 아무 소리도 나지 않다가 다시 낮게 퍼지는 소리가 반복되었다. 누군가 문의 널빤지 중 하나를 아주 조용하게 두들기고 있었다. 비밀재판소의 지시를 받고 그를 살해하러 온 한밤중의 암살자인가? 아니면 한 달 중 마지막 날이라는 것을 알리는 전령이 숫자를 남기려는 것인가? 불안감이 신경을 갉아먹고 심장을 옥죄었다. 존 페리어는 이런 불안을 느끼느니 차라리 바로 죽는 것이 낫겠다고 생각했다. 그는 벌떡 일어나 걸쇠를 풀고 문을 열어젖혔다.

밖은 평온하고 조용했다. 맑은 밤이었고, 머리 위에서는 별이 빛나고 있었다. 농부의 눈에 울타리와 문으로 둘러싸인 집 앞의 작은 정원이 보였지만, 거기에도 바깥 길에도 사람은 눈에 띄지 않았다. 페리어는 안도의 한숨을 내쉬며 좌우를 둘러보다가 문득 바로 발밑을 보았다. 그곳에는 놀랍게도 한 남자가 땅에 얼굴을 박고 팔다리는 제멋대로 뻗은 채 엎드려 있었다.

그 광경에 얼마나 놀랐는지, 페리어는 소리치지 않으려 벽에 기대 한 손으로 자기 입을 막아야 했다. 처음에는 엎드려 있는 남자가 다치거나 죽어가는 사람일 거라 생각했지만, 그 남자는 뱀처럼 조용하고 빠르게 몸을 비틀어대며 기어와 현관 안으로 들어왔다. 집 안으로 들어서자 남자는 벌떡 일어나서 문을 닫았다. 놀란 농부의 눈에 험악한 얼굴에 단호한 표정을 한 제퍼슨 호프의 얼굴이 보였다.

"하느님 맙소사! 깜짝 놀랐어! 왜 그렇게 들어온 건가?"

"먹을 걸 좀 주세요. 48시간 동안 입에 뭘 대거나 먹을 시간도 없었어요."

제퍼슨이 쉰 목소리로 말했다. 제퍼슨은 페리어가 저녁에 먹다 남긴 차가운 고기와 빵에 달려들어 게걸스럽게 먹어치웠다.

"루시는 잘 견디고 있나요?"

어느 정도 허기가 가시자 제퍼슨이 물었다.

"그래. 루시는 위험하다는 걸 모르고 있어."

페리어가 답했다.

"잘됐네요. 이 집을 사방에서 감시하고 있어요. 그래서 기어서 들어와야 했어요. 그들이 아무리 철저하게 감시한다 해도, 와쇼시에라네바다산맥 고산지대에 있는 타호 호수 주변에 살던 인디언 부족 사냥꾼을 잡을 만큼 철저하지는 못할 거예요."

이제 충실한 동지가 생기자 존 페리어는 다른 사람이 된 것 같은 기분이었다. 페리어는 청년의 가죽 같은 손을 부여잡고 진심을 담아 흔들었다.

"자네가 자랑스럽네. 우리가 위험에 처했거나 문제가 있을 때 함께 해줄 사람은 많지 않아."

"옳으신 말씀입니다, 페리어 씨. 전 페리어 씨를 존경하지만, 이게 페리어 씨만의 일이었다면 이렇게 벌집을 들쑤시는 일은 하지 않았겠죠. 제가 여기 온 건 루시 때문이에요. 유타주의 호프 일가가 없어지기 전에는 루시가 위험에 처하는 일은 절대 없을 겁니다."

젊은 사냥꾼이 대답했다.

"이제 우리는 어떻게 해야 하지?"

"내일이 마지막 날인데, 오늘 밤 행동하지 않으면 죽은 목숨이에요. 독수리 협곡에 말 두 필과 노새 한 마리를 준비해놓았습니다. 돈은 얼마나 있으세요?"

"금으로 2,000달러랑 지폐로는 다섯 장."

"그거면 됐어요. 저도 그 정도를 보탤 수 있어요. 우리는 산맥을 지나서 카슨시티로 가야 해요. 루시를 깨우는 게 좋겠어요. 하인들이 집 안에서 자지 않아서 다행이에요."

페리어가 딸에게 눈앞에 닥친 여행 준비를 시키러 자리를 비운 사이, 제퍼슨은 찾을 수 있는 먹을거리는 다 챙겨서 작은 보퉁이에 넣고 돌 항아리에 물을 담았다. 그는 산에 우물이 몇 개 없고 그나마도 띄엄띄엄 있다는 걸 경험으로 알고 있었다. 그가 막 준비를 마쳤을 때, 페리어가 옷을 다 입고 떠날 준비를 마친 딸과 함께 돌아왔다. 두 연인은 따뜻한 인사를 나눴지만, 시간이 촉박하고 할 일이 많았기 때문에 짧게 끝냈다.

"지금 당장 출발해야만 해요. 앞문과 뒷문이 감시받고 있지만, 조심하면 옆쪽 창문으로 나가서 들판을 통과해 갈 수 있을 거예요. 길로 나서서 3킬로미터만 가면 말이 기다리고 있는 협곡이 나와요. 동틀 녘까지 산길을 반쯤 지나야 합니다."

제퍼슨 호프가 낮지만 단호한 목소리로 말했다. 위험이 얼마나 큰지 알지만, 마음을 강철같이 무장해 맞서려는 듯한 목소리였다.

"제지당하면 어쩌지?"

페리어가 물었다.

제퍼슨은 윗옷 앞쪽으로 불룩 튀어나온 권총 밑동을 탁 쳤다.

"우리보다 그쪽 수가 너무 많으면 두세 놈은 저승길에 데리고 가야죠."

제퍼슨이 섬뜩하게 미소 지으며 말했다.

집 안의 불은 다 꺼져 있었다. 페리어는 어두운 창문 너머로 이제 영원히 떠나야 할 페리어 소유의 들판 너머를 살펴보았다. 하지만 그는 오래전부터 희생을 치를 용기를 다져왔다. 딸의 명예와 행복을 생각하면 자신이 버려야 할 부는 그 어떤 미련도 남지 않았다. 흔들리는 나뭇가지들부터 곡물이 자라는 드넓고 조용한 땅까지 모든 것이 평화롭고 행복해 보여 그 사이에 살의가 숨어 있다고 믿기 힘들었다. 그렇지만 젊은 사냥꾼의 창백하고 굳은 표정을 보면 그가 이 집으로 들어오기까지 무얼 봤는지 충분히 알 만했다.

페리어가 금과 지폐가 든 가방을 들었고, 제퍼슨 호프는 얼마 안 되는 음식과 물을, 루시는 가장 소중하게 여기는 것들이 든 작은 보퉁이를 들었다. 그들은 창문을 아주 천천히 조심스럽게 열고 어두운 구름이 밤눈을 더 어둡게 할 때까지 기다렸다가 한 명씩 정원을 지나갔다. 숨을 죽이고 몸을 낮춰 정원을 지나서 덤불 속에 몸을 숨겨 움직이다가 옥수수 밭으로 이어지는 길목까지 갔다. 막 길목에 들어서려는데, 제퍼슨이 두 일행을 잡고 그림자 속으로 끌어당겼다. 그들은 두려움에 떨며 조용히 누워 있었다.

평원에서의 경험 덕분에 제퍼슨 호프의 귀는 스라소니처럼 밟았다. 제퍼슨과 그 일행이 웅크려 앉자마자 산부엉이의 구슬픈 울음소리가 몇 미터 떨어지지 않은 곳에서 들리더니, 곧바로 가까운 곳에서 또 다른 울음소리가 답했다. 동시에 그들 일행이 들어서려 했던 길목에 잘 보이지 않는 어두운 형체가 나타났다. 그가 구슬픈 울음소리를 다시 한 번 내자, 어둠 속에서 또 다른 남자가 나타났다.

"내일 자정. 쏙독새가 세 번 울 때."

더 지위가 높아 보이는 첫 번째 남자가 말했다.

"좋습니다. 드레버 형제에게도 전할까요?"

다른 남자가 말했다.

"드레버에게 전하고, 드레버에게 다른 형제들한테도 전하라 하시오. 9에서 7!"

"7에서 5!"

두 번째 남자가 복창하더니 두 형체는 각기 다른 방향으로 사라졌다. 그들이 남긴 말은 무슨 암호와 답변인 듯했다. 그들 발소리가 저 멀리 사라지자마자, 제퍼슨 호프가 벌떡 일어나더니 일행이 뒤처지지 않게 이끌고 있는 힘을 다해 들판을 가로질러 뛰었다. 루시가 힘이 빠진 듯하자, 제퍼슨은 루시를 반은 부축하고 반은 안고 갔다.

"빨리! 빨리요! 감시자들에게선 빠져나왔어요. 이제 모든 건 시간문제예요. 서둘러요!"

제퍼슨이 중간중간 헉헉대며 말했다.

큰길을 만나자 속력을 낼 수 있었다. 딱 한 번 사람과 마주쳤지만, 들판으로 숨어 들어가서 그의 눈에 띄지 않을 수 있었다. 시내에 이르기 전에 사냥꾼은 산으로 향하는 울퉁불퉁하고 좁은 오솔길로 들어섰다. 어둠 속에서 그들 머리 위로 시커멓고 삐쭉삐쭉한 봉우리 두 개가 드러났다. 그 두 봉우리 사이의 골짜기가 말들이 기다리고 있는 독수리 협곡이었다. 제퍼슨 호프는 예리한 직감으로 거대한 바위 사이 말라버린 물길을 따라 난 길을 찾아 갔다. 마지막으로 모퉁이를 돌자 바위가 병풍처럼 둘러싸인 곳에 말들이 매여 있었다. 루시는 노새를 타고 나이 든 페리어는 돈 가방을 들고 말에 탔다. 제퍼슨 호프도 다른 말 한 마리를 타고 가파르고 위험한 길을 따라 일행을 이끌고 갔다.

거친 대자연의 모습이 익숙하지 않은 사람에게는 당혹스럽기 그지없는 길이었다. 길 한쪽으로는 300미터가 넘는 시커멓고 거대한 바위산이 가혹하고 위협적인 모습으로 솟아 있었다. 기다란 현무암 기둥으로 울퉁불퉁한 표면은 굳어버린 괴물의 갈비뼈처럼 보였다. 다른 쪽으로는 바위와 잔해 더미들이 어지러이 널려 있어 도저히 지나갈 수가 없었다. 그 사이로 들쭉날쭉한 길이 나 있었는데, 어떤 곳은 폭이 너무 좁아서 한 줄로 늘어서서 움직여야 했고, 길이 거칠어 말 타는 솜씨가 숙련된 사람들만 지날 수 있었다. 그렇지만 이 모든 위험이나 어려움에도 도망자들의 마음은 가벼웠다. 발걸음을 뗄 때마다 그들이 벗어나려고 하는 끔찍한 독재자들에게서 멀어졌기 때문이었다.

그렇지만 그들은 금세 그들 일행이 아직도 성도들의 영향권 안에 있다는 증거를 보게 되었다. 협곡의 가장 험하고 외딴곳을 지나고 있을 때, 루시가 놀라서 외치더니 위를 가리켜 보였다. 길 위에 튀어나와 있는 바위 위에 보초가 한 명 서 있는 모습이 하늘을 배경으로 어둡고 선명하게 보였다. 그들이 보초를 알아챈 것과 동시에 보초도 그들을 보았다.

"거기 누구요?"

조용한 골짜기에 그의 군대식 호령이 울려 퍼졌다.

"네바다로 가는 사람들이오."

제퍼슨 호프가 안장 옆에 매달려 있는 라이플총에 손을 얹고 대답했다.

홀로 선 보초가 총을 만지작거리며 대답이 만족스럽지 않다는 듯이 내려다보는 것이 보였다.

"누구 허락이오?"

"거룩한 네 장로들의 허락입니다."

페리어가 답했다. 모르몬교도로 살았던 경험으로 그들이 가장 권위 있는 자들이라는 것을 알고 있었다.

"9에서 7."

보초가 외쳤다.

"7에서 5."

제퍼슨 호프가 정원에서 들은 암호를 기억하고 곧바로 대답했다.

"지나가시오. 주님의 가호가 함께하기를."

위에서 목소리가 들려왔다. 보초가 있던 곳을 지나자 길이 넓어졌고, 말들이 빠른 걸음으로 걸을 수 있었다. 뒤를 돌아보니, 보초가 혼자 총에 기대서 있는 것이 보였다. 그들은 선택된 자들의 마지막 초소를 지났다는 것과 그들 앞에는 자유가 있다는 것을 깨달았다.

5장

복수하는 천사들

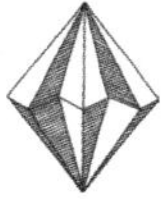

그들이 밤새 지난 길은 좁은 골짜기와 바위로 들쑥날쑥하고 울퉁불퉁한 길이었다. 그들은 여러 차례 길을 잃었지만, 제퍼슨이 산을 잘 알고 있어서 다시 길을 찾을 수 있었다. 동이 트자, 경이롭고도 야생의 아름다움을 지닌 광경이 그들 앞에 펼쳐졌다. 만년설이 덮인 거대한 봉우리들이 사방으로 그들을 둘러싸고 있었고, 봉우리들은 어깨 너머에서 지평선 끝까지 겹겹이 이어져 있었다. 그들 양옆의 바위 비탈이 얼마나 가파른지, 돌풍이라도 불면 머리 위에 있는 낙엽송과 소나무가 그들 위로 떨어질 것만 같았다. 그런 두려움이 착각만도 아닌 것이, 이 황량한 골짜기는 그런 식으로 떨어진 나무와 바위들이 두껍게 깔려 있었다. 그들이 지나가는 동안에도 거대한 바위 하나가 사납게 덜거덕대며 고요한 협곡에 우레 같은 메아리를 울리더니 굴러떨어졌다. 지친 말들은 놀라 전속력으로 달렸다.

동쪽 지평선에서 해가 천천히 떠오르자, 거대한 산맥의 봉우리들이 축제 때 등불을 밝히듯이 하나하나 빛이 나더니 곧 모두 붉게 타올랐다. 이 엄청난 광경에 세 도망자들의 마음이 밝아졌고 새롭게 힘이 났다. 그들은 골짜기를 휩쓸며 흐르는 거센 물줄기 앞에 잠시 멈춰 말에게 물을 주고, 서둘러 아침을 먹었다. 루시와 루시의 아버지는 더 오래 쉬었으면 했지만, 제퍼슨 호프는 가차 없었다.

"지금쯤이면 그들이 우리 행적을 쫓고 있을 거예요. 모든 건 우리가 얼마나 빨리 가느냐에 달렸어요. 카슨에 안전하게 도착하면 평생 쉬어도 됩니다."

그날 하루 종일 그들은 골짜기 길을 힘겹게 지나갔고, 저녁쯤에는 적들에게서 50킬로미터 가까이 떨어졌다고 계산을 했다. 밤이 되자, 그들은 싸늘한 바람을 조금이라도 막아줄 수 있는 툭 튀어나온 바위 밑을 골라 옹송그리며 모여 몇 시간이나마 단잠을 잤다. 그렇지만 그들은 동이 트기 전에 일어나서 다시 길을 떠났다. 그들을 쫓는 자들의 흔적은 보이지 않았다. 제퍼슨 호프는 그들이 원한을 산 무시무시한 조직의 손아귀에서 마침내 벗어난 거라고 생각했다. 제퍼슨은 그들의 강력한 힘이 얼마나 멀리까지 닿는지, 그리고 자신들을 짓밟아버릴 그 힘이 얼마나 가까이 있는지 알 길이 없었다.

그들이 도피를 시작하고 둘째 날 오후가 되자 가지고 있던 얼마 안 되는 음식물이 바닥나기 시작했다. 하지만 사냥꾼은 불안하지 않았다. 산에는 사냥감이 충분했고, 그전에도 살기 위해서 총을 썼던 일이 많았기 때문이다. 제퍼슨은 비바람을 맞지 않을 구석진 곳을 찾아 마른 가지를 쌓아 모닥불을 활활 피우고 일행들이 몸을 녹일 수 있게 했다. 해발 1,500미터가 넘는 곳이라 공기가 매섭고 차가웠다. 제퍼슨은 말을 매어놓고 루시에게 인사를 한 후에, 총을 어깨 위로 둘러메고 우연이 그에게 어떤 사냥감을 선물할지 찾아 나섰다. 뒤돌아보자, 노인과 앳된 루시가 모닥불 위로 몸을 숙이고 있었고, 그 뒤에는 말들과 노새가 미동도 없이 서 있었다. 그러고는 바위에 가려져 그들의 모습이 보이지 않게 되었다.

제퍼슨은 골짜기를 지나 3킬로미터를 별 소득 없이 걸었다. 그렇지만 나무껍질에 남은 흔적이나 다른 표시들로 봤을 때, 주변에 곰이 여러 마리 있다는 것은 알 수 있었다. 성과 없이 두세 시간을 찾아 헤매다 절망해 돌아가려고 하던 때, 머리 위를 올려다보니 기쁨에 마음이 철렁할 만한 광경이 보였다. 100미터쯤 위 툭 튀어나온 바위 꼭대기에 양과 모습은 닮았지만 거대한 뿔이 두 개 달린 짐승이 서 있었다. 큰뿔야생양이라고 불리는 짐승이었다. 이 짐승은 아마도 사냥꾼의 눈에는 보이지 않는 무리를 지키고 있는 것 같았다. 다행스럽게도 반대 방향을 보고 있어서 제퍼슨을 미처 보지 못했다. 제퍼슨은 땅에 엎드려 총을 바위 위에 받친 후, 조준할 시간을 충분히 가지고 방아쇠를 당겼다. 짐승은 공중으로 튀어 올랐다가 절벽의 끝에서 몇 차례 비틀거리더니 골짜기 아래로 요란하게 떨어졌다.

그 짐승을 통째로 지고 가기에는 너무 무거워서, 제퍼슨은 뒷다리 하나와 옆구리 살을 조금 잘라 가는 걸로 만족해야 했다. 제퍼슨은 이 포획물을 어깨에 짊어지고 서둘러 길을 되돌아갔다. 벌써 저녁때가 가까워지고 있었다. 하지만 출발하자마자 돌아가는 것이 보통 일이 아니라는 것을 깨달았다. 사냥에만 매진하다 잘 알고 있는 골짜기들을 한참 지나쳐 왔기 때문이었다. 왔던 길을 기억해내는 것이 쉽지 않았다. 그가 있는 골짜기는 여러 개의 협곡으로 겹겹이 갈라져 있는 데다가, 서로 비슷비슷하게 생겨서 구분하는 것이 불가능했다. 길 하나를 따라 1.5킬로미터 정도 가다 보니 계곡이 나왔는데 본 기억이 전혀 없었다. 길을 잘못 든 것이 확실하다고 생각해 다른 길을 따라가 봤지만, 마찬가지였다. 빠르게 밤이 찾아왔고, 겨우 익숙한 골짜기를 찾았을 때는 거의 어두컴컴해진 후였다. 그때도 길을 제대로 찾기란 쉽지 않았다. 달도 뜨지 않았고, 양쪽에 높게 솟은 절벽 때문에 더더군다나 앞이 보이지 않았다. 짐은 그의 몸을 짓누르고, 그는 이미 사냥으로 녹초가 되어 있었다. 제퍼슨은 한 발짝 뗄 때마다 루시와 가까워진다는 것과, 그가 진 포획물로 이제 남은 여정 동안 식량이 충분하다는 것으로 위안을 삼으며 비틀비틀 걸어갔다.

마침내 둘을 남겨두었던 골짜기 입구에 다다랐다. 어둠 속에서도 골짜기를 둘러싸고 있는 절벽의 윤곽을 알아볼 수 있었다. 생각해보니 제퍼슨이 떠난 지 다섯 시간이나 지난 참이었다. 애타게 자신을 기다리고 있을 둘을 생각하며 제퍼슨은 기쁨으로 가득 차서 손을 입으로 가져갔다. 그러고는 커다랗게 소리를 내서 자신이 오고 있음을 알렸다. 커다란 소리가 협곡을 울렸다. 제퍼슨은 잠시 멈춰 서서 대답이 오는지 들어보았다. 자신이 냈던 소리가 황량하고 조용한 협곡에 울려 몇 번이고 메아리로 돌아오는 것 말고는 아무 소리도 들리지 않았다. 제퍼슨은 다시 한 번 더 크게 소리를 질렀지만, 겨우 몇 시간 전에 남겨놓고 갔던 이들에게서는 아무런 소리도 들리지 않았다. 알 수 없는 막연한 불안감이 몰려와서, 제퍼슨은 소중한 식량도 떨어뜨리고 정신없이 서둘러 달려갔다.

모퉁이를 돌자 모닥불이 타고 있던 자리가 그대로 보였다. 아직도 나뭇재가 은은하게 타고 있었지만, 그가 출발한 이후로 아무도 돌보지 않은 것 같았다. 주위에는 여전히 침묵만이 무겁게 짓누르고 있었다. 제퍼슨이 느꼈던 모든 불안이 확신으로 바뀌었고, 제퍼슨은 서둘러 그 자리로 갔다. 모닥불이 있던 자리 근처에 살아 있는 것은 아무것도 없었다. 동물들, 남자, 소녀, 다 사라지고 없었다. 그가 없는 사이, 무언가 끔찍한 재앙이 갑작스럽게 그들에게 닥친 것이 분명했다. 그것은 그들 모두를 덮쳤지만, 아무 흔적도 남기지 않았다.

제퍼슨 호프는 충격으로 당황해서 망연자실한 채 서 있었다. 머리가 핑핑 도는 것 같아서 넘어지지 않으려 총에 기대야 했다. 하지만 제퍼슨은 본래 행동하는 사람이라, 잠시 무력해졌던 마음을 추스르고 금세 일어났다. 제퍼슨은 꺼져가는 불더미 속에서 반쯤 탄 막대기를 하나 집어 들고 불어서 불길을 키운 다음, 그 불빛으로 그들이 있던 자리를 살펴보기 시작했다. 땅에 온통 말발굽이 찍혀 있는 것을 보니, 많은 사람들이 말을 타고 와서 도망자들을 덮쳤다는 것을 알 수 있었다. 남겨진 자국들로 그들이 솔트레이크시티로 향했다는 것도 알 수 있었다. 그들이 두 사람을 다 끌고 간 것일까? 그런 것이 분명하다고 결론을 내리려던 찰나, 온몸을 오싹하게 만드는 것이 눈에 들어왔다. 그들이 있던 자리에서 조금 떨어진 한편에 붉은 흙더미가 낮게 쌓여 있었다. 분명히 조금 전에는 없던 것이었다. 의심할 여지 없이 새로 판 무덤이었다. 젊은 사냥꾼이 다가가자, 막대기 하나가 꽂혀 있고 종이쪽지가 가지의 갈라진 틈에 끼워져 있는 것이 보였다. 종이의 비문에는 간결하게 요점만 쓰여 있었다.

존 페리어
솔트레이크시티 출신
1860년 8월 4일 별세

조금 전에 남겨두고 떠났던 이 강인한 노인은 세상을 떠났고, 이 글이 묘비명의 전부였다. 제퍼슨 호프는 무덤이 하나 더 있는지 보려 정신없이 주변을 둘러보았지만 그런 것은 보이지 않았다. 그 끔찍한 추격자들이 루시의 정해진 운명대로, 장로 아들의 여러 부인 중 하나로 만들려고 데리고 간 것이다. 불 보듯 뻔한 루시의 운명을 떠올리며, 청년은 그걸 막을 수 없었던 자신의 무력함을 자책했다. 차라리 자신도 이 늙은 농부 옆에, 마지막 쉴 곳에 누웠으면 좋겠다고 생각했다.

하지만 제퍼슨의 행동하는 본성이 다시 한 번 무력함을 떨쳐내고 절망을 이겨냈다. 그에게 남은 것이 아무것도 없으니, 적어도 복수를 하는 데에 목숨을 바칠 수 있을 것이다. 꺾일 줄 모르는 인내와 끈기와 함께, 제퍼슨 호프는 한결같은 복수심을 지닌 남자였다. 한때 함께 살았던 원주민들에게서 배운 것일지도 모른다. 꺼져가는 불 곁에 서서, 제퍼슨은 그의 비통함을 달랠 수 있는 것은 자신의 손으로 직접 완전하고 완벽한 복수를 하는 것밖에는 없다고 생각했다. 그는 그의 강한 의지와 지칠 줄 모르는 힘을 오로지 그 한 가지 목적만을 위해 쓰겠다고 다짐했다. 제퍼슨은 하얗게 굳은 얼굴로 떨어뜨렸던 식량을 가지고 돌아와서 꺼져가는 불을 살린 다음 며칠 먹을 수 있을 만큼 고기를 익혔다. 식량을 보따리에 챙긴 다음, 복수하는 천사들의 자취를 따라 산을 걸어 나가리라 마음먹었다.

제퍼슨은 아픈 다리와 지친 몸을 끌고 말을 타고 지나왔던 길을 5일 동안 걸었다. 밤이면 바위틈에 몸을 내던지고 몇 시간 눈을 붙였지만, 동이 트기 전에는 다시 길에 올랐다. 엿새째 되는 날, 제퍼슨은 비극으로 끝난 여정을 시작했던 독수리 협곡에 다다랐다. 거기서 장로들의 집이 내려다보였다. 지치고 녹초가 된 몸으로 제퍼슨은 총에 기대어 그의 눈앞에 펼쳐진 고요한 도시를 향해 수척해진 손을 부르르 떨었다. 도시를 내려다보는데, 축제가 열린 것처럼 큰길들에 깃발이 매달려 있는 것이 보였다. 이게 어떤 상황일지 생각하고 있는데, 말발굽 소리가 들려왔다. 말을 탄 남자가 다가오고 있었다. 제퍼슨은 그자가 카우퍼라 불리는 모르몬교도라는 것을 알아보았다. 제퍼슨이 여러 차례 도움을 주었던 사람이라, 제퍼슨은 루시 페리어가 어떻게 되었는지 알아내기 위해 인사를 했다.

"제 이름은 제퍼슨 호프입니다. 절 기억하시죠."

모르몬교도는 제퍼슨을 바라보고 놀라움을 감추지 못했다. 덥수룩하고 옷은 다 해진 데다가 얼굴은 하얗게 질리고 사납고 거친 눈을 한 부랑자의 모습에서 말쑥하고 젊은 사냥꾼의 모습을 발견하기란 힘든 일이었다. 그렇지만 겨우 제퍼슨을 알아보자 남자의 놀라움은 경악으로 바뀌었다.

"여길 오다니 정신 나갔어요? 당신과 얘기하는 것만으로도 내 목숨이 날아갈 거예요. 페리어 씨 가족이 도망가는 걸 도왔다고 거룩한 네 장로가 당신에게 수배를 내렸어요."

남자가 외쳤다.

"난 그들도, 붙잡히는 것도 두렵지 않아요. 카우퍼 당신은 이 일이 어떻게 됐는지 아는 게 있을 거예요. 당신이 소중하게 생각하는 모든 것을 걸고 질문 몇 개에만 답해주세요. 이렇게 간청드립니다. 우리는 친구였잖아요. 제발 대답해주겠다고 말해요."

제퍼슨이 호소했다.

"뭔데요? 빨리 물어보세요. 바위에도 귀가 달렸고, 나무에도 눈이 달렸어요."

모르몬교도가 불안하게 말했다.

"루시 페리어는 어떻게 되었나요?"

"어제 드레버와 결혼했어요. 정신 차려요, 제퍼슨, 정신 차려봐요. 몸에 남은 힘이 없나 보군요."

"난 괜찮아요. 결혼했단 말이죠?"

제퍼슨이 희미한 목소리로 되물었다. 제퍼슨은 입술까지 하얘져서 기대고 있던 바위 옆에 주저앉았다.

"어제요. 그래서 인다우먼트 하우스당시 모르몬교의 제의나 결혼식을 올리던 이 층 건물에 깃발이 걸린 거예요. 드레버 2세랑 스탠거슨 2세 사이에 누가 루시와 결혼할 건지 언쟁이 좀 있었어요. 두 사람 다 그들을 쫓아갔던 수색대에 참여했거든요. 루시 아버지를 쏜 것은 스탠거슨이라 스탠거슨의 목소리가 컸지만, 의회에서 논쟁을 할 땐 드레버 쪽이 더 강해서, 지도자는 루시를 드레버에게 넘겼어요. 그렇지만 아무도 루시를 오래 잡아두진 못할 것 같아요. 어제 루시 얼굴을 보니 얼마 못 갈 것 같았어요. 살아 있는 여자라기보다 유령 같더라고요. 그럼 당신은 떠날 거예요?"

"네, 갑니다."

자리에서 일어선 제퍼슨 호프가 말했다. 제퍼슨의 얼굴이 어찌나 딱딱하게 굳어 있던지 대리석으로 조각한 것 같았다. 하지만 눈은 악의를 가득 담고 빛나고 있었다.

"어디로 갈 겁니까?"

"상관하지 마시오."

제퍼슨이 대답하고는, 총을 어깨에 둘러메고 골짜기 아래 산짐승이 출몰하는 산속 깊숙한 곳으로 갔다. 그곳에 제퍼슨보다 더 사납거나 위험한 짐승은 없었다.

이 모르몬교도가 예측한 게 딱 들어맞았다. 아버지가 끔찍하게 죽어서인지, 혐오스러운 결혼을 강요당해서인지, 가엾은 루시는 머리 한 번 제대로 들지 못하고 시름시름 앓다가 한 달 안에 죽었다. 루시의 주정뱅이 남편은 오직 존 페리어의 재산만 보고 결혼했기 때문에, 루시를 잃었다고 해서 그렇게 크게 슬퍼하지 않았다. 하지만 드레버의 다른 아내들은 루시의 죽음을 슬퍼하여 모르몬교의 관습대로 장례식 전날 밤을 새웠다. 아내들이 새벽녘에 상여를 둘러싸고 있는데, 갑자기 문이 벌컥 열리더니 사나운 인상에 거친 얼굴을 한 남자가 넝마를 걸치고 방으로 성큼성큼 들어왔다. 아내들에게는 더없이 놀랍고 두려운 모습이었다. 그는 웅크리고 있는 여자들은 한 번도 쳐다보지도 않고, 한때 루시 페리어의 순수한 영혼을 담고 있었던 하얗고 조용한 몸으로 아무 말 없이 다가갔다. 루시 위로 몸을 굽힌 제퍼슨은 루시의 차가운 이마 위에 입술을 신성하게 갖다 대고, 루시의 손을 거세게 들어 올리더니 손가락에서 결혼반지를 뺐다.

"루시는 이걸 끼고 묻히지 않을 거요."

남자는 거칠게 으르렁대며 말하고는 누군가 위험을 알리기 전에 쏜살같이 계단을 내려가 사라졌다. 너무 순식간에 일어난 기이한 일이라 이 장면을 본 사람들조차 자기 눈을 의심했고, 다른 사람들에게 말해봤자 쉽게 믿지도 않았을 것이다. 다만 루시가 신부였다는 징표인 금반지가 사라진 사실만이 그 일을 말해줄 뿐이었다.

몇 달 동안 제퍼슨 호프는 산을 헤매고 다니며 산짐승처럼 생활했다. 그의 마음속에는 엄청난 복수심이 불타고 있었다. 도시 근교를 배회하며 산골짜기에 출몰하는 이상한 남자에 대한 이야기가 돌기 시작했다. 한번은 스탠거슨의 집 창문 사이로 총알이 하나 날아 들어와 스탠거슨한테서 30센티미터도 떨어지지 않은 벽에 박혔다. 또 한번은 드레버가 절벽 아래를 지나는데 거대한 바위가 드레버 위로 떨어져 내렸다. 드레버가 몸을 날려 엎드리지 않았더라면 끔찍하게 죽음을 맞이했을 것이다. 이 두 모르몬교 청년들이 자기들의 목숨을 빼앗으려는 자가 누군지 알아내는 데는 그리 오래 걸리지 않았다. 둘은 그들의 적을 잡거나 죽이려고 여러 차례 수색대를 데리고 산으로 들어갔지만, 언제나 실패했다. 그런 다음에는 어두울 때는 절대로 혼자서 나가지 않았고, 집에 보초를 세웠다. 시간이 어느 정도 지나자 그들의 원수의 모습은 더는 보이지 않았고 소리도 들리지 않았다. 그제야 그들은 경계를 늦출 수 있었다. 그들은 시간이 흐르면서 그의 복수심이 사그라졌기를 바랐다.

하지만 제퍼슨의 복수심은 사그라지기는커녕 더욱 커졌다. 사냥꾼의 냉정하고 한결같은 마음에 복수심이 온통 자리를 차지하자 다른 감정이 들어설 자리가 없었다. 그렇지만 제퍼슨은 무엇보다 현실적인 사람이었다. 그는 자신의 강철 같은 체력으로도 계속되는 힘든 생활을 견딜 수 없다는 것을 금방 깨달았다. 그는 영양가 있는 음식도 제대로 먹지 못하는 야생 생활에 지쳐갔다. 만약에 산속에서 개처럼 죽어간다면 복수는 어떻게 한단 말인가? 계속 이런 생활을 이어간다면 분명히 죽음을 맞이하게 될 것이었다. 제퍼슨이 죽는 것은 바로 그의 원수들이 바라는 바였다. 이렇게 생각한 제퍼슨은 하는 수 없이 예전에 일했던 네바다의 광산으로 돌아가 건강을 회복하고 자신이 원하는 것을 이룰 수 있을 만큼 충분한 돈을 모았다.

길어봐야 1년 정도 일할 생각이었지만, 예측할 수 없었던 상황들이 겹쳐서 거의 5년 동안 광산을 떠나지 못했다. 그렇지만 5년이 지난 후에도 그가 겪은 부조리와 복수를 향한 집념은 존 페리어의 무덤 앞에 섰던 그 잊을 수 없는 밤만큼이나 생생하게 떠올랐다. 그는 변장을 하고 가명을 쓴 채로 솔트레이크시티로 돌아왔다. 스스로 정의라고 생각하는 것을 이루기 전에는 자기 목숨이 어떻게 되든 상관이 없었다. 돌아와 보니 상황이 좋지 않게 돌아가고 있었다. 모르몬교도들 사이에 내분이 일어나 교회의 젊은 층이 장로들의 권위에 들고 일어난 것이었다. 불만을 가진 사람들 중 상당수가 분리되어 나와 유타를 떠나 비성도인이 되었다. 그들 중에는 드레버와 스탠거슨도 있었는데, 아무도 그들이 어디로 갔는지 몰랐다. 소문을 들으니 드레버는 재산의 대부분을 돈으로 바꾸어 부유한 몸으로 떠났지만, 그의 친구 스탠거슨은 그에 비해 가진 것 없이 떠났다고 했다. 그렇지만 그들이 어디로 떠났는지는 아무 단서도 찾을 수 없었다.

보통 사람이었다면 아무리 복수심에 불타올라도 이런 상황에서는 복수를 포기했을지 모른다. 하지만 제퍼슨 호프는 한순간도 꺾이지 않았다. 제퍼슨은 얼마 안 되는 돈을 가지고 찾을 수 있는 일은 닥치는 대로 하면서 그의 원수들을 찾아 미국 방방곡곡을 돌아다녔다. 한 해 한 해가 지나 그의 검은 머리카락은 반백이 되었지만, 그래도 그는 자기 인생을 바친 한 가지 목표만을 생각하며 인간 사냥개처럼 떠돌아다녔다. 마침내 그의 끈기가 보상을 받았다. 오하이오주의 클리블랜드에서 그들의 모습을 본 것이다. 제퍼슨은 창밖으로 잠깐 비친 얼굴을 보고 그들이 바로 자신이 찾고 있던 남자들이라는 것을 알아차렸다. 제퍼슨은 복수를 이룰 계획을 다 세우고 다시 그가 머물고 있는 보잘것없는 숙소로 돌아왔다. 그렇지만 하필 창문 밖을 보고 있던 드레버가 거리의 부랑자를 알아보고, 그의 눈에 서린 살의를 읽었다. 그는 자기 개인 비서가 된 스탠거슨과 함께 서둘러 치안판사를 찾아가 오래전 연적의 질투와 증오로 목숨이 위험에 처했음을 알렸다. 그날 저녁, 제퍼슨 호프는 구류되었고, 보증인을 찾을 수 없어 몇 주간 갇혀 있었다. 겨우 풀려났을 때 드레버의 집은 비어 있었고, 드레버와 그의 비서가 유럽으로 떠났다는 사실을 알게 되었다.

원수를 갚으려던 제퍼슨의 계획은 다시 한 번 좌절되었지만, 제퍼슨이 쌓아왔던 증오가 계속 원수를 쫓도록 부추겼다. 그렇지만 돈이 떨어진 상태였고, 그는 얼마간 다시 일을 하며 곧 떠날 여정을 위해 한 푼 한 푼 돈을 모아야 했다. 마침내 생활할 수 있을 만큼의 돈이 모이자 제퍼슨은 유럽으로 가서 그의 원수들을 찾아 도시에서 도시로 이동했다. 그 어떤 하잘것없는 일이라도 했지만, 도망자들을 잡지는 못했다. 세인트피터즈버그에 도착했을 때 그들은 파리로 떠나 있었고, 그들을 쫓아 파리에 가니 그들은 막 코펜하겐으로 떠난 뒤였다. 뒤늦게 코펜하겐에 도착하자 그들은 이미 런던으로 떠나고 없었다. 마침내 런던에서야 제퍼슨은 그들을 저승으로 보낼 수 있었다. 런던에서 어떤 일이 일어났는지는 늙은 사냥꾼의 입으로 직접 듣는 것이 나을 것이다. 그 이야기는 우리가 이미 읽고 있는 왓슨 선생의 일기에 그대로 기록되어 있다.

6장

의학박사 존 왓슨의 회상이 계속되다

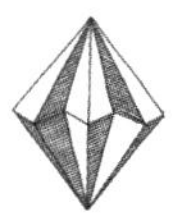

우리가 잡은 남자는 격렬하게 저항했지만, 우리에게 포악한 감정을 드러낸 것은 아니었다. 그는 자신이 무력하다는 것을 알게 되자 상냥하게 미소 지으며, 육탄전을 벌이는 도중 누군가 다치지 않았는지 물었다.

"이제 나를 경찰서로 데려가시겠죠. 내 마차가 문 앞에 있어요. 내 다리를 풀어주면 내 발로 걸어 내려가겠습니다. 내 몸이 예전처럼 그렇게 가볍진 않으니까요."

남자가 셜록 홈즈에게 말했다.

그레그슨과 레스트레이드는 남자의 제안이 뻔뻔하다는 듯이 서로 쳐다보았지만, 홈즈는 남자의 말에 바로 수긍하며 그의 발목을 묶고 있던 천을 풀었다. 남자는 일어서서 다리가 다시 자유로워진 것을 스스로 확인이라도 하듯 다리를 쭉쭉 펴보았다.

그런 그를 보면서 혼자 생각했던 게 기억난다. 이렇게 건장한 체격의 남자를 나는 거의 본 적이 없었다. 그의 검게 그을린 얼굴은 그의 힘만큼이나 엄청난 의지와 기운으로 가득 차 있는 것 같았다.

"만약에 경찰서장 자리가 비어 있다면 이분이 제격일 것 같네요. 내 행적을 따라온 방식이 대단했어요."

남자는 감탄을 숨기지 않고 내 친구를 바라보았다.

"저와 함께 가시는 게 좋겠어요."

홈즈가 두 경위에게 말했다.

"제가 마차를 몰죠."

레스트레이드가 말했다.

"좋아요! 그럼 그레그슨 경위는 저와 함께 안에 타죠. 왓슨 선생도 이 사건을 처음부터 지켜보았으니 끝까지 함께하고요."

나는 기쁘게 찬성하고, 우리는 다 함께 내려갔다. 우리가 잡은 남자는 전혀 도망치려고 하지 않고 태연하게 자기가 몰고 온 마차를 탔고, 우리는 그 뒤를 따랐다. 레스트레이드가 마부석에 앉아 말을 채찍질했고 얼마 되지 않아 금방 목적지에 도착했다. 우리는 작은 방으로 안내되었다. 그곳에서 한 경감이 피의자의 이름과 그가 저지른 살인 사건의 피해자 이름을 적었다. 그 경감은 얼굴이 하얗고 무표정한 남자였는데, 따분한 듯 기계적으로 맡은 일을 해나갔다.

"피의자는 일주일 내에 치안판사들 앞에 서게 될 겁니다. 그 동안에 제퍼슨 호프 씨, 더 하고 싶은 말이 있나요? 당신이 하는 말은 기록되어 불리하게 사용될 수 있다는 것을 말씀드리죠."

경감이 말했다.

"할 말이 아주 많습니다. 여기 있는 분들께 전부 다 말하고 싶습니다."

우리가 잡은 남자가 천천히 말했다.

"재판 때까지 참는 게 낫지 않을까요?"

경감이 물었다.

"전 재판을 받지 못할지도 몰라요. 놀랄 필요 없어요. 자살을 생각하는 게 아닙니다. 당신은 의사인가요?"

마지막 질문을 던지면서 그는 어둡고 사나운 눈을 나에게로 돌렸다.

"네, 맞습니다."

내가 대답했다.

"그럼 여기 손을 올려보세요."

남자가 미소를 지으며, 묶인 손으로 가슴 언저리를 가리켜 보였다.

손을 얹자마자 그 안에서 무언가가 무섭게 고동치며 울리고 있는 것을 느꼈다. 그의 가슴 속은 강한 엔진이 돌아가고 있는 허술한 건물처럼 흔들리고 떨렸다. 방이 적막해서 둔탁하게 웅

웅 울리고 윙윙대는 소리도 들을 수 있었다.

"아니, 대동맥류♦가 있으시군요!"

내가 외쳤다.

"그렇게 부릅디다. 지난주에 의사를 찾아갔더니, 터질 날이 얼마 남지 않았다고 하더군요. 몇 년간 점점 심해졌습니다. 솔트레이크의 산속에서 바깥 생활을 오래 하고, 제대로 못 먹어 생긴 병입니다. 이제 제 할 일을 다했으니 언제 가든 상관없지만, 이 일에 대해 기록을 남기고 싶기는 하네요. 그저 흔한 살인자로 기억되고 싶지는 않습니다."

그가 차분히 대답했다.

경감과 두 경위는 이 남자가 증언을 남기는 것이 좋을지 급히 상의에 들어갔다.

"의사 선생님, 지금 위험한 상황이라 생각하십니까?"

경감이 물었다.

"아마도 그럴 가능성이 높습니다."

내가 대답했다.

"그렇다면 정의를 위해서 이 남자의 진술을 받아두는 것이 우리의 의무일 것 같네요. 당신 이야기를 들려주어도 좋습니다. 다시 한 번 말하지만, 기록될 겁니다."

♦ BBC 《셜록》 〈핑크색 연구〉의 범인은 뇌혈관에 대동맥류 질환이 있다.

경감이 말했다.

"허락하신다면, 좀 앉겠습니다. 이 대동맥류 때문에 쉽게 지치는데, 30분 전에 몸싸움을 한 게 도움이 되진 않았네요. 전 저승길 문턱에 들어선 사람이니 거짓말을 하지는 않을 겁니다. 제가 하는 말은 모두 다 틀림없는 진실이고, 당신들이 그걸 어떻게 사용하든 나랑은 상관없습니다."

제퍼슨 호프는 이렇게 말하더니, 의자에 기대앉아 엄청난 이야기를 하기 시작했다. 그는 차분하고 꼼꼼하게, 자기가 말하는 사건들이 흔히 일어나는 일인 양 이야기를 해나갔다. 나는 이 이야기가 정확하다는 걸 보증할 수 있다. 레스트레이드는 피의자의 말을 토씨 하나 틀리지 않고 일지에 적었는데, 나는 그 일지를 참고할 수 있었기 때문이다.

"제가 이 사람들을 왜 증오했는지는 그다지 상관이 없겠죠. 그들이 두 사람의 죽음에 책임이 있다는 사실만으로 충분합니다. 그들은 아버지와 그 딸의 목숨을 빼앗았어요. 그리고 그것 때문에 그들도 죽음을 맞이한 겁니다. 그들이 죄를 저지르고 오랜 시간이 지났기에, 그 어떤 법정에 서더라도 그들이 유죄판결을 받는 것은 불가능했습니다. 그렇지만 전 그들이 저지른 죄를 알지요. 그래서 제가 판사이자 배심원이자 검사가 되어야겠다고 생각했습니다. 당신들도 남자라면, 제 입장에서 나와 똑같이 했을 겁니다.

제가 이야기한 그 딸은 나와 20년 전에 결혼했어야 할 사람입니다. 그녀는 살해된 드레버와 강제로 결혼해야 했고, 그래서 원통해하다가 죽었습니다. 죽은 그녀의 손가락에서 결혼반지를 빼고 맹세한 게, 드레버가 죽어갈 때 바로 그 반지를 눈앞에 둬서 그가 저지른 범죄와 그 죗값을 생각하게 해야겠다는 것이었습니다. 전 반지를 늘 가지고 다니면서 드레버와 그 비서를 잡으려고 두 대륙을 넘어 그들을 쫓았습니다. 그들은 제가 지치기를 바랐지만, 제 의지를 막지 못했죠. 이젠 내일 죽어도 상관없습니다. 아마 곧 죽게 되겠지만요. 전 이 세상에서 제가 할 일을 다했고, 잘 마무리되었다는 것을 알고 죽을 수 있습니다. 그들은 죽었어요, 내 손에. 이제 제가 더 기대하거나 바라는 것은 아무것도 없습니다.

그들은 부유했고 전 가난했기 때문에, 제가 그들을 쫓는 것은 쉬운 일이 아니었어요. 런던까지 왔을 때 전 가진 게 아무것도 없었고, 먹고살려면 뭐든 해야 한다는 것을 깨달았습니다. 제겐 말을 몰거나 타는 게 걷는 것만큼이나 자연스러워서, 마부를 모집하는 곳에 지원해서 금방 일자리를 구했어요.◆ 매주 주인에게 돈을 가져다줘야 했고, 남는 돈은 제가 가질 수 있었습니다.

◆ BBC 《셜록》 〈핑크색 연구〉에서 범인의 직업은 택시 기사였다. 원작에서 홈즈는 범인이 마부라는 것을 일찍부터 알고 있었다. 사전 제작된 파일럿 에피소드에서도 셜록은 범인이 택시 기사라는 것을 일찍 알아차리지만, 정규 에피소드에서는 택시 기사가 직접 셜록을 데리러 나올 때 알게 되는 내용으로 바뀐다.

돈이 많이 남지는 않았지만 어떻게든 살 수는 있었어요. 어려운 건 길 찾는 데 익숙해지는 거였어요. 그 어떤 미로도 이 도시보다 어렵지는 않을 거예요. 그렇지만 제겐 항상 지도가 있었고, 주요 호텔이나 역만 눈에 보이면 그다음부터는 꽤 잘 찾을 수 있었지요.

제가 찾는 두 남자가 어디 머무는지 알아내는 데 시간이 좀 걸렸어요. 그렇지만 그 둘이 제 눈앞에 뜰 때까지 전 묻고 또 물었습니다. 그들은 강 건너편에 있는 캠버웰의 하숙집에 머물고 있었어요. 그들을 찾아내고 나선 그들이 내 손아귀를 벗어날 수 없다고 확신했죠. 수염을 길러서 그들이 절 알아볼 방도가 없었거든요. 전 기회가 보일 때까지 그들을 바싹 따라다니고 뒤쫓았습니다. 이번에는 꼭 그들이 도망가지 못하게 하리라 굳게 다짐했어요.

그렇지만 그들은 이번에도 거의 빠져나갈 뻔했어요. 그들이 런던 어디를 가건 전 항상 그들 뒤에 있었습니다. 어떤 때는 제 마차로 따라갔고, 어떤 때는 걸어서 따라갔지만, 마차가 더 나았죠. 마차로 쫓으면 그들이 도망갈 수가 없으니까요. 제가 돈을 벌 수 있는 건 이른 아침이나 밤늦은 시간밖에 없어서, 사무실에 내는 돈을 맞출 수 없게 되었어요. 그렇지만 그 둘을 잡을 수만 있다면 그런 건 상관없었죠.

그들은 굉장히 교활했어요. 뒤가 밟혔을 가능성이 있다고 생각해서인지 혼자서는 절대로 나가지 않았고, 특히 어두울 때는 절대 안 나갔어요. 그들 뒤를 밟는 2주 동안 매일 그 뒤에서 마차를 몰았지만, 한 번도 둘이 따로 다니는 것은 못 봤죠. 드레버는 그중 반은 취해 있었지만, 스탠거슨은 한 번도 틈을 보이지 않았어요. 전 그들을 밤이고 낮이고 지켜봤지만, 기회는커녕 그 그림자도 못 봤어요. 그렇지만 낙담하지 않았어요. 어쩐지 때가 되었다는 것을 알 수 있었거든요. 유일하게 걱정됐던 건 내 가슴 속 동맥이 일찍 터져버려 할 일을 할 수 없게 되는 거였죠.

그러다 마침내 어느 날 저녁, 그 둘이 하숙하고 있는 토키 테라스를 마차로 왔다 갔다 하고 있는데, 마차 하나가 그 문 앞에 서는 것을 봤어요. 그러더니 곧 짐이 나오고, 조금 지나서 드레버와 스탠거슨이 나오더니 마차를 타고 갔어요. 나는 그들이 시야에서 사라지지 않게 말을 달렸어요. 그들이 또 다른 곳으로 이동할까 봐 아주 불안했죠. 둘이 유스턴 역에서 내리는 걸 보고, 한 남자아이에게 말을 좀 봐달라고 하고 승강장으로 둘을 따라갔어요. 둘이 리버풀행 기차가 언제 오는지 묻는 걸 들었죠. 역무원은 하나가 방금 지나갔고 다른 하나는 오려면 몇 시간 더 있어야 한다고 했어요. 스탠거슨은 그 소리를 듣고 좀 맥이 풀린 것 같았지만, 드레버는 왠지 좋아하는 것처럼 보였어요. 북새통에 두 사람에게 아주 가까이 다가갈 수 있어서 둘이 나누는 대화를 한 마디도 빼놓지 않고 들을 수 있었어요. 드레버는 혼자 볼일이 있다고, 자길 기다려주면 곧 다시 합류하겠다고 하더군요. 스탠거슨은 드레버를 만류하면서 언제나 붙어 다니기로 하지 않았느냐고 했어요. 드레버는 볼일이라는 게 민감한 문제라서 꼭 혼자 가야 한다고 했고요. 거기다 대고 스탠거슨이 뭐라 했는지는 못 들었지만, 드레버가 갑자기 스탠거슨에게 욕을 하면서 너는 그냥 월급 받는 하인일 뿐이라고, 자기에게 명령할 위치가 아니라고 했죠. 그러자 비서는 아무리 설득해도 안 되겠다고 생각했는지, 마지막 기차도 놓치면 할리데이 프라이빗 호텔에서 만나자고 제안했어요. 드레버는 그 말에 11시 전에 승강장으로 오겠다고 하고 역 밖으로 나갔어요.

제가 그토록 오랫동안 기다려온 순간이 온 겁니다. 적들을 내 손아귀 안에 넣은 거예요. 함께 있으면 서로를 보호해줄 수 있지만, 따로 있으면 제 앞에서 속수무책이죠. 그렇지만 성급하게 행동하진 않았어요. 계획이 이미 서 있었죠. 죄지은 사람이 누가 자기를 내리친 것인지, 왜 이런 벌을 받는지 모른다면 만족스러운 복수가 아닙니다. 제게 잘못을 한 그자가 자기가 지은 죄 때문에 이런 일을 당한다는 걸 알 수 있도록 계획을 세워놨죠. 며칠 전, 브릭스턴 로드의 집들 몇 채를 관리하는 신사분이 제 마차에 그 집들 중 하나의 열쇠를 떨어뜨리고 갔습니다. 그날 저녁에 다시 그 열쇠를 찾으러 와서 돌려줬지만, 그사이에 열쇠의 본을 떠서 복사본을 만들어두었죠. 그렇게 이 거대한 도시에서 방해받지 않고 자유로이 행동할 수 있는 곳이 한 군데 생긴 거예요. 드레버를 어떻게 그 집까지 데리고 갈 것인지가 제가 해결해야 할 숙제였죠.

드레버는 길을 따라 걷더니 주류 판매점 한두 군데에 들렀습니다. 두 번째 상점에서는 30분 정도 머물렀죠. 나왔을 때 걸음걸이가 비틀비틀한 게 꽤 많이 취한 것 같았어요. 제 바로 앞에 마차가 하나 있었는데, 드레버가 그걸 부르더군요. 제가 그 마차를 얼마나 바짝 쫓아갔는지, 가는 내내 제 말의 코가 그 마부한테서 1미터도 떨어지지 않았을 정도였죠. 우린 워털루 다리를 건너서 몇 킬로미터도 넘게 길을 달렸습니다. 놀랍게도 우리가 도착한 곳은 드레버가 하숙하고 있던 토키 테라스였어요. 왜 그곳으로 돌아갔는지는 알 수 없었지만, 어쨌든 전 제 마차를 그 집에서 100미터 정도 떨어진 곳에 세웠죠. 드레버가 집에 들어가고, 그가 타고 왔던 마차는 떠났습니다. 물을 한 잔 주시겠어요? 말을 계속하니 입이 마르네요."

나는 그에게 물 잔을 건넸고, 그는 단숨에 모두 들이켰다.

"좀 낫군요. 15분이나 기다렸을까, 집 안에서 사람들이 몸싸움하는 소리 같은 게 들렸어요. 곧이어 문이 벌컥 열리더니 두 남자가 나타났어요. 그중 한 명은 드레버였고, 다른 한 명은 제가 한 번도 본 적 없는 젊은 남자였습니다. 젊은 남자는 드레버의 목덜미를 잡고 있었는데, 계단 위에서 드레버를 밀치고 발로 찼어요. 드레버는 길 한가운데까지 나가떨어졌지요. '이런 나쁜 자식! 내 참한 동생을 모욕한 대가를 치르게 해주마!' 하고 청년은 몽둥이를 흔들면서 외쳤어요. 청년이 어찌나 열을 내던지, 그 곤봉으로 드레버를 내려칠 것 같더라고요. 하지만 그놈은 휘청거리면서 길을 따라 있는 힘껏 도망갔어요. 길모퉁이까지 달려오더니 제 마차를 보고 훌쩍 올라탔죠. '할리데이 프라이빗 호텔로 가주시오.' 그가 말했어요.

드레버가 제 발로 제 마차에 타자 전 너무 기뻐서 심장이 세차게 뛰었어요. 마지막 순간에 대동맥이 잘못될까 봐 겁이 날 정도였죠. 전 천천히 마차를 몰면서 어떻게 하는 게 가장 좋을지 생각했어요. 아예 도시 밖으로 데리고 나가서 인적 없는 길에서 마지막 대면을 해도 됐겠죠. 그렇게 하려고 했는데, 드레버가 문제를 해결해줬어요. 술을 마시고 싶은 생각이 다시 동했는지 싸구려 술집 앞에 마차를 세우라고 하더라고요. 드레버는 저한테 기다리라는 말을 남기고 들어갔어요. 거기서 술집 문이 닫을 때까지 있다가 나왔는데, 그땐 이미 술이 너무 취해 있어서 전 이제 그가 완전히 제 손안에 들어왔다는 걸 알았죠.

제가 그를 냉정하게 죽였다고는 생각하지 말아주세요. 그랬다 하더라도 정의를 바로 세웠다고밖에 말할 수 없겠지만, 어쨌든 전 그렇게 할 생각은 없었어요. 그가 원한다면 살 수 있는 기회를 주자고 오랫동안 마음먹어 왔거든요. 저는 미국을 떠돌며 많은 곳에서 일을 했는데, 한번은 요크 칼리지에서 수위 겸 청소부로 일했던 적이 있어요. 하루는 교수가 독에 대해서 강의를 하는데, 학생들에게 무슨 알칼로이드를 보여주면서 남미의 화살 독에서 추출한 것인데 굉장히 강력해서 아주 적은 양으로도 즉사할 수 있다고 하더군요. 저는 그 독을 보관해두는 병을 발견하고는 그들이 다 돌아간 후 독을 조금 덜어냈어요. 전 조제를 좀 할 줄 알아요. 그래서 그 알칼로이드를 조그만 용해성 알약으로 만들었죠. 그러곤 독이 든 알약을 하나씩 작은 상자에 넣고, 그것과 똑같은 모양으로 생긴 독이 없는 알약을 함께 넣어두었어요. 기회가 오면, 제 표적에게 이 상자에 든 두 알약 중 하나를 고르게 하고, 저는 남은 하나를 먹기로 마음먹었죠. 이렇게 하면 손수건으로 총구를 막고 총을 쏘는 것보다 훨씬 더 조용하고 깔끔하게 죽일 수 있어요. 그날부터 전 항상 알약 두 개가 든 상자를 가지고 다녔습니다. 이제 그걸 쓸 때가 온 거죠.

자정이 지나 1시가 다 되어가는 시간이었고, 거칠고 스산한 밤이었어요. 바람도 세게 불고 비도 억수같이 왔죠. 바깥 날씨가 음울한 만큼이나 제 마음은 기뻤어요. 기쁨으로 넘쳐 고함이라도 치고 싶을 정도였죠. 여러분도 무언가를 애타게 가지고 싶었던 적이 있었나요? 그렇다면 20년 내내 갖고 싶었던 것이 갑자기 손을 뻗으면 닿을 거리에 나타났다고 생각해보세요. 그럼 제 마음을 이해할 수 있을 거예요. 전 마음을 가라앉히려 담배에 불을 붙이고 몇 번 빨아댔지만, 손이 덜덜 떨리고 관자놀이는 흥분으로 욱신거리면서 뛰었어요. 마차를 모는데, 나이 먹은 존 페리어와 어여쁜 루시가 어둠 속에서 나를 바라보며 웃는 모습이 보였어요. 이 방에 서 있는 당신들을 보는 것처럼 선명하게요. 가는 길 내내 둘은 내 앞에 있었어요. 말 양쪽에 한 명씩 서서 브릭스턴 로드의 집 앞에 마차를 세울 때까지 함께 갔지요.

아무것도 보이지 않고 인기척이라고는 들리지도 않았어요. 비 떨어지는 소리 말고는요. 마차 창문 안을 들여다보니 드레버는 술에 취해서 몸을 완전히 웅크리고 자고 있더군요. 나는 그 사람 팔을 흔들면서 '이제 내릴 시간입니다.'라고 말했어요.

'알았소, 마부 양반.'

그가 말했죠.

아마 드레버는 그가 얘기했던 호텔에 도착했다고 생각했겠죠. 두말 않고 내려서 나를 따라 정원을 지나갔어요. 드레버를 부축하느라 그 사람 옆에서 걸어야 했어요. 그때도 많이 취해 있었거든요. 현관문까지 와서 제가 문을 열고 응접실까지 그를 데리고 갔어요. 맹세하지만 가는 내내 존 페리어와 루시가 우리 앞에서 걷고 있었어요.

'지독하게 어둡구먼.'

그가 쿵쿵대고 걸으며 말했어요.

'곧 불을 밝힐 겁니다.'

제가 말하며 성냥을 그어 가지고 온 양초에 불을 붙였죠. 그러고는 그에게로 돌아서며 말을 이었어요. 불을 제 얼굴 가까이 가져다 대고요.

'자, 이녁 드레버. 내가 누군지 알겠나?'

그가 술에 취해 풀어진 눈으로 절 잠깐 쳐다보더니, 곧 경악하는 표정이 눈에 스치고 지나갔어요. 그의 얼굴이 온통 일그러졌어요. 절 알아본 거죠. 얼굴이 시퍼렇게 되어 비척비척 뒤로 몇 발짝 떼더군요. 이마에 땀이 솟고 이빨을 딱딱 부딪치기 시작했어요. 그 모습을 보고 전 등을 문에 기댄 채 큰 소리로 오랫동안 웃었어요. 복수는 달콤할 것이라 늘 생각했지만, 그때 나를 꽉 채우던 것처럼 이렇게 영혼이 만족스러울 거라고는 생각하지 못했거든요.

'이 개자식! 솔트레이크시티부터 세인트피터즈버그까지 네놈 뒤를 쫓았는데 넌 매번 내 손을 벗어났지. 이제 네놈의 방랑을 마칠 때가 왔어. 네놈이랑 나 둘 중 하나는 내일 해가 뜨는 걸 영영 못 볼 테니까.'

제가 말하는 동안 그자는 점점 움츠러들더군요. 얼굴을 보니 제가 미쳤다고 생각하는 것 같았어요. 맞아요, 그때는 미쳐 있었어요. 커다란 망치로 때려대는 것처럼 관자놀이가 심하게 뛰었죠. 그때 코피가 쏟아지지 않았다면, 심하게 흥분해 발작이라도 일으켰을 거예요.

'지금은 루시 페리어를 어떻게 생각하지?'

제가 외치며 문을 잠그고 그자 얼굴에다 대고 열쇠를 흔들었어요.

'네놈이 벌을 받기까지 아주 오래 걸렸지. 이제 드디어 벌을 받는 거야.'

그렇게 말하는데 그놈의 비겁한 입술이 파르르 떨리더군요. 살려달라고 빌고 싶었겠지만, 소용이 없다는 걸 잘 알았겠죠.

'나를 죽일 건가?'

그가 더듬대며 말했어요.

'살인은 하지 않아. 누가 미친개를 죽인다고 하나? 넌 가엾은 루시를 살해당한 아버지 곁에서 끌고 와서 네놈의 수치스럽고 저주받은 하렘으로 데리고 갔어. 그때 넌 루시에게 무슨 자비를 베풀었지?'

'루시의 아버지를 죽인 건 내가 아니야.'

'그렇지만 루시의 순수한 마음을 깨뜨린 건 네놈이지. 높은 곳에 계신 하느님이 우리 둘을 심판할 거야. 골라서 먹어. 하나엔 죽음이, 다른 하나엔 생명이 있어. 난 네가 남긴 걸 먹을 거야. 이 땅에 정의가 있는지, 아니면 우리 운명이 우연에 달린 건지 보자고.'♦

제가 소리를 지르며 그자의 눈앞에 상자를 불쑥 내밀었어요.

그자는 뜻 모를 비명과 자비를 구하는 기도를 하며 몸을 웅크리고 도망쳤어요. 난 칼을 빼 들고 내가 하라는 대로 할 때까지 그자의 목에 대고 있었죠. 그러고는 남은 알약 하나를 내가 삼키고 1분 정도 아무 말 없이 서로를 쳐다보았어요. 누가 살고 누가 죽을지 가만히 기다렸죠. 독이 퍼지기 시작해서 처음 고통이 닥쳐올 때 그자의 표정을 잊을 수가 있을까요? 전 웃으면서 그 모습을 보며 그자의 눈앞에 루시의 결혼반지를 들이댔죠. 알칼로이드는 빠르게 작용하기 때문에 아주 잠깐이었어요. 고통으로 그의 얼굴이 경련하며 일그러지더니, 손을 앞으로 내던진 채 비틀거리며 쉰 목소리로 뭐라 외쳤어요. 그러고는 바닥에 무겁게 쿵 떨어졌죠. 나는 발로 그자를 뒤집고, 손을 심장 위에 갖다 댔어요. 아무 움직임도 없었죠. 그자가 죽은 거예요!

코에서는 피가 계속 흘러나오고 있었지만, 그건 신경도 쓰지 않았어요. 무슨 생각으로 벽에 글씨를 썼는지 모르겠어요. 경찰의 수사를 엉뚱한 방향으로 돌리려는 짓궂은 생각이었을 수도 있어요. 그때 마음이 가볍고 기분도 유쾌했거든요. 전 뉴욕에서 어떤 독일인이 살해당한 사건을 떠올렸어요. 그때 시신 위

◆ BBC 《셜록》 〈핑크색 연구〉의 범인도 두 알약으로 자신의 운을 시험한다. 하지만 원작의 범인 제퍼슨 호프가 복수와 정의의 심판을 실현하려는 것과 달리, 드라마의 범인 제프는 모리아티의 사주를 받고 사람들을 죽일 때마다 돈을 받는다. 다만 제프 또한 뇌동맥류로 언제 죽을지 모르는 상황에서 이혼한 전 부인이 키우는 자녀들에게 돈을 남겨주기 위해 범죄를 저지른다는 면에서 왜곡된 사랑이 그 동기라 할 수 있다.

에 'RACHE' 라고 쓰여 있었는데 언론에선 비밀단체가 한 일이라고 주장했었죠. 뉴욕 사람들이 풀지 못한 거면 런던 사람들도 풀지 못할 거라 생각해서 손가락에 제 피를 묻혀서 적당한 곳을 찾아 벽에 글을 썼어요. 그러고는 마차 쪽으로 걸어가는데, 주변에는 아무도 없었고 날도 여전히 아주 궂었죠. 어느 정도 마차를 몰고 가다가, 보통 루시의 반지를 넣어두던 주머니에 손을 넣었는데 반지가 거기 없는 거예요. 전 벼락에라도 맞은 듯이 놀랐어요. 반지는 루시를 추억할 수 있는 유일한 징표거든요. 드레버 위로 몸을 숙였을 때 떨어뜨렸을 수도 있다고 생각해서 다시 마차를 몰고 가서 옆길에 세워놓고 대담하게 그 집으로 걸어갔어요. 반지를 잃느니 그 어떤 위험이라도 무릅쓸 준비가 돼 있었죠. 다시 도착했을 때, 걸어 나오던 경찰에 숫제 안기다시피 부딪혔어요. 하지만 만취한 척 연기해서 겨우 의심에서 벗어날 수 있었지요.

이넉 드레버는 그렇게 죽음을 맞았어요. 이제 제가 할 일은 존 페리어의 목숨 값으로 스탠거슨도 똑같이 해주는 것밖에 없었어요. 그놈이 할리데이 호텔에서 지내고 있다는 것을 알고 하루 종일 주변에서 기다렸지만, 끝까지 나오지 않더군요. 드레버가 나타나지 않자 뭔가 이상한 낌새를 챈 것 같았어요. 스탠거슨 그놈은 교활하거든요. 언제나 주변을 경계하고 있고요. 그렇지만 밖으로 안 나온다고 나를 피할 수 있다고 생각한다면 큰 오산이죠. 그놈 방 창문이 어떤 건지 금방 찾아내서, 다음 날 아침 일찍 호텔 뒷골목에 놓여 있던 사다리 하나를 써서 동이 채 트기도 전에 그놈 방으로 들어갔어요. 스탠거슨을 깨우고 그자에게 오래전에 저지른 살인에 대한 죗값을 치를 때가 왔다고 말해줬죠. 드레버가 어떻게 죽었는지 말해주고, 똑같이 알약 둘 중 선택할 기회를 줬어요. 그자는 살 수도 있는 기회를 택하지 않고, 침대에서 몸을 날려 제 목을 노리더군요. 전 자기방어를 위해 그자의 심장을 찔렀어요. 그렇지만 어떤 식이든 결과는 똑같았을 거예요. 신은 그놈의 죄 많은 손이 독이 든 알약을 고르도록 했을 테니까요.

이제 이야기가 거의 끝나갑니다. 저도 완전히 지쳤네요. 그 후 전 하루 이틀 더 마차를 몰고 다녔어요. 다시 미국으로 돌아갈 수 있을 만큼 돈을 모을 생각이었죠. 사무실 밖에 서 있는데, 넝마 입은 남자애가 와서 제퍼슨 호프라는 마부가 있느냐고 묻더니 베이커 스트리트 221B에 사는 신사분이 마차를 불렀다고 하더군요. 아무 의심 없이 그곳으로 갔는데 정신을 차려보니 여기 젊은 분이 제 손목에 쇠고랑을 채우고 있었어요. 난생처음 보는 깔끔한 솜씨로요. 여러분, 이게 제 이야기의 전붑니다. 당신들은 절 살인자라 생각하겠지만, 전 제가 여러분만큼이나 정의를 바로 세우는 일을 했다고 생각합니다."

남자의 이야기는 긴장감이 넘쳤고 그 태도도 아주 인상적이어서 우리는 가만히 앉아서 이야기에 귀를 기울였다. 웬만한 범죄에는 심드렁해진 직업 경찰들도 이 남자의 이야기는 꽤 흥미롭게 듣는 것 같았다. 그가 이야기를 마치고 나서도 우리는 몇 분간 조용히 앉아 있었다. 속기로 이야기를 받아 적던 레스트레이드가 마무리를 짓느라 사각거리는 연필 소리만 들렸다.

"제가 좀 더 듣고 싶은 것이 딱 하나 더 있습니다. 반지 광고를 보고 온 공범은 누구죠?"

셜록 홈즈가 드디어 입을 열었다.

남자는 내 친구에게 익살스레 눈을 찡긋했다.

"제 비밀은 말씀드릴 수 있지만 다른 사람까지 곤경에 빠뜨릴 수는 없죠. 전 그 광고를 보고 함정일 수도 있고, 제가 원하는 반지일 수도 있겠다고 생각했어요. 제 친구가 가서 보겠다고 자청하더군요. 제 친구가 솜씨 좋게 해냈다고 인정하시겠죠."◆

"확실히 그렇습니다."

홈즈가 진심으로 말했다.

곧 경감이 근엄하게 입을 열었다.

"자, 여러분. 법이 정한 대로 따라야 합니다. 목요일에 피의자가 치안판사 앞에 설 거고, 여러분도 출석해야 합니다. 그때까

◆ 제퍼슨 호프의 '친구'가 누구인지는 끝까지 밝혀지지 않는다. 존 페리어의 지인이라는 등 여러 가지 설이 있지만, 변장에 능하고 솜씨가 뛰어난 것으로 보아 모리아티라는 설도 있다. BBC 《셜록》 〈핑크색 연구〉에서 범인은 모리아티라는 사람의 사주와 도움을 받는 것으로 드러나지만, 시즌1의 끝에 이르기까지 모리아티의 정확한 정체는 밝혀지지 않는다.

지 이 사람은 제 소관입니다."

경감이 종을 울리자, 교도관 두 명이 제퍼슨 호프를 데리고 갔다. 나와 내 친구는 서에서 나와 마차를 잡아타고 베이커 스트리트로 돌아갔다.

7장

결말

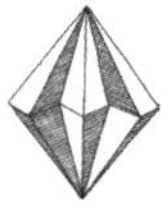

목요일에 치안판사 앞에 출석해야 한다는 말을 들었지만, 막상 목요일이 되자 증언할 일이 없어졌다. 더 높은 곳의 판사가 그 사건을 직접 맡아, 제퍼슨 호프가 법정에 서기 전 정의의 준엄한 심판이 내려질 곳으로 데려간 것이다. 제퍼슨 호프는 붙잡힌 바로 다음 날 밤 대동맥이 터졌다. 아침이 되었을 땐 감옥 바닥에 누운 채 얼굴에는 잔잔한 미소를 띠고 있었다. 죽어가면서도 자기가 훌륭히 마친 일을 돌아보고 의미 있는 삶을 살았다고 생각하는 듯한 얼굴이었다.

그다음 날 저녁, 사건 이야기를 하다가 홈즈가 말했다.

"제퍼슨이 죽는 바람에 그레그슨과 레스트레이드가 굉장히 억울하겠어. 이제 뭘 잘했다고 자랑할 수 있겠어?"

"그 남자를 잡는 데 둘이 뭘 했는지 모르겠는데."

내가 대꾸했다.

"이 세상에서 뭘 했는지는 별로 중요하지 않아. 사람들이 내가 뭘 했다고 믿게 할 수 있는지가 문제지. 신경 쓰지 마."

홈즈는 잠시 멈췄다가 좀 더 가벼운 목소리로 말을 이었다.

"이 사건은 이 세상 그 무엇을 준다 해도 절대 놓치지 않았을 거야. 내가 알고 있는 사건 중에 이번 사건보다 더 나은 건 없었거든. 단순하기는 했지만, 아주 유익한 점이 몇 개 있었어."

"단순하다고?"

내가 외쳤다.

셜록 홈즈는 놀라는 나를 보고 웃으며 말했다.

"뭐, 정말로 그래. 다르겐 설명할 수가 없지. 이 사건은 본질적으로 아주 단순해. 아주 간단한 몇 가지 추론만으로 내가 3일 안에 용의자를 잡을 수 있었다는 게 그 증거야."

"그건 그렇지."

"일반적이지 않은 것들이 사건을 복잡하게 만드는 게 아니라 해결하는 데 도움을 준다는 건 벌써 설명했었지. 이런 문제를 해결하는 데 가장 중요한 건 거꾸로 추론해 들어갈 수 있는 능력이야. 그건 아주 유용한 능력이고 굉장히 쉬운 거기도 한데, 사람들은 잘 쓰질 않아. 일상적인 생활에서는 순차적으로 추론하는 게 더 쓸모 있기 때문에 이 능력은 무시되곤 하거든. 종합적으로 사고할 수 있는 사람이 쉰 명 있으면 분석적으로 사고할 수 있는 사람은 한 명밖에 없어."

"솔직히 무슨 말인지 잘 모르겠어."

"이해할 거라고 생각하진 않았어. 좀 더 쉽게 설명할 수 있을지 모르겠네. 대부분 사람들은 일어난 일들을 순차적으로 설명해주면, 그 결말이 어떻게 될지 말할 수 있을 거야. 사건들을 머릿속에서 연결해서, 거기서 어떤 결과가 도출될지 알 수 있는 거지. 그렇지만 결과를 말해줬을 때 스스로 사고해서 어떤 경로로 그런 결과에 이르렀는지 설명해줄 수 있는 사람은 거의 없어. 이게 거꾸로 사고하거나 분석적으로 사고할 수 있는 능력이야."

"알아듣겠어."

"이 사건은 결과가 나와 있고, 다른 모든 것은 스스로 찾아내야 했던 사건이야. 내가 추론한 단계들을 보여줘 볼게. 처음부터 시작해보지. 그 집에 다가설 때, 너도 알겠지만 걸어서 갔잖아. 머릿속은 그 어떤 선입견도 없이 자유로운 상태였고. 난 자연스럽게 도로부터 살피기 시작했어. 이미 설명했지만, 거기서 선명한 마차 바퀴자국을 보았어. 조사를 하고서 밤사이에 왔던 마차라는 걸 확신했지. 바퀴 폭이 좁은 걸 보고 개인 마차가 아니라 회사 마차라는 것을 확인했고. 런던의 일반적인 영업용 사륜마차는 신사들이 타고 다니는 개인 마차보다 바퀴 폭이 훨씬 좁거든.

이게 첫 번째 증거였어. 그러고는 천천히 정원 오솔길을 따라 걸었어. 진흙길이었는데, 흙 중에서도 자국이 아주 잘 남는 흙이었지. 너한텐 발자국투성이 진창처럼 보였겠지만, 잘 훈련된 내 눈에는 그 표면의 모든 자국들이 의미가 있었어. 과학수사에서 발자국 연구는 그렇게 중요한데도 아무도 연구하질 않아. 다행히 난 언제나 그 분야를 아주 중요하게 여겼고 훈련도 많이 해서 자연스럽게 알 수 있었지. 경찰들의 무거운 발자국도 보였지만, 처음에 그 정원을 지났던 두 남자의 발자국도 있었어. 그 둘이 다른 사람보다 먼저 왔었다는 건 알기 쉬웠어. 군데군데 찍힌 다른 발자국들에 덮여 완전히 지워진 데가 있었거든. 그렇게 해서 두 번째 연결 고리가 생겼어. 밤중에 찾아온 손님들이 두 명이었고, 한 사람은 키가 굉장히 큰 사람이라는 것. 보폭을 계산해보면 알 수 있거든. 또 다른 한 명은 세련되게 차려입었다는 거였어. 구두 자국이 작고 우아한 것을 보고 알았지.

집에 들어서서 이 추론이 옳다는 걸 확인할 수 있었어. 좋은 구두를 신은 남자가 눈앞에 누워 있었으니까. 그렇다면 키 큰 남자가 살해한 거지. 이게 살인 사건이라면 말이야. 시신에는 아무 상처가 없었지만, 일그러진 얼굴을 보고 이 남자가 자기한테 어떤 일이 닥칠지 알았다는 것을 알 수 있었어. 심장병이나 자연적 원인으로 갑작스럽게 죽은 사람들은 그렇게 고통스러운 표정을 짓지 않아. 시신의 입술 냄새를 맡으니 살짝 신 냄새가 나서, 강제로 독을 마시게 한 거라고 결론을 내렸어. 이것도 얼굴에 증오와 공포가 서린 걸 보고 생각한 거지. 경우의 수를 줄여가며 이런 결과에 이르렀어. 다른 가설들과는 증거가 들어맞지 않았거든. 이게 굉장히 새로운 방식의 범죄라 생각하지 마. 억지로 독을 먹이는 건 범죄 연표에서 전혀 새로운 것이 아니야. 독을 연구하는 학자들은 바로 오데사의 돌스키 사건이나 몽펠리에의 레투리에르 사건을 떠올릴 거야.

그러고 나서는 왜라는 물음이 가장 커졌지. 이 살인 사건의 동기는 도둑질이 아니었어. 아무것도 가져간 게 없었거든. 그럼 정치 문제일까, 아니면 여자 문제일까? 나는 이런 질문들을 마주했지. 나는 정치 쪽에서 여자 쪽으로 생각이 점차 기울었어. 정치적인 이유라면 암살범이 일을 처리하자마자 감쪽같이 도망가는 게 보통이야. 이 살인 사건은 반대로 굉장히 의도적으로 저지른 데다가, 범인이 방에 온통 흔적을 남겨두었어. 그 방에 계속 같이 있었다는 거야. 그렇게 체계적인 복수를 한 걸 보면, 이건 정치적인 게 아니라 개인적인 원한 때문이었어. 벽에 남긴 글자를 발견하고는 내 생각이 더 굳어졌지. 그 글자는 너무 당연한 눈속임이었어. 그리고 반지가 발견되자 의문이 풀렸지. 범인은 피해자에게 죽거나 그 자리에 없는 여자를 상기시키려고 반지를 이용한 거야. 그레그슨이 클리블랜드 경찰에 전보를 보냈다고 했을 때, 내가 드레버의 생전 행적에 대해 특별히 물은 건 없느냐고 물었었지. 그건 이 문제 때문이었어. 기억하겠지만, 그레그슨은 없다고 했지.

그러고 나서 난 계속 방을 꼼꼼하게 살폈어. 범인의 키가 몇인지 다시 확인했고, 티루치라팔리 엽궐련이나 손톱 길이 같은 정보도 더 알게 되었어. 몸싸움의 흔적이 없었기에 나는 그때 이미 바닥을 덮은 피는 범인이 흥분해서 코에서 터져 나온 거라 확신하고 있었어. 그자의 행적을 따라 피가 흘러 있다는 것도 알았지. 어떤 사람이든 간에, 에너지가 넘치는 사람이 아니라면 그런 식으로 감정에 휩쓸려 코피를 흘리진 않아. 그래서 틀리는 셈 치고 추측한 게, 범인은 아마도 혈기 왕성하고 얼굴이 붉은 남자일 거라는 거였어. 결과를 보면 내 추측이 맞았지.

집을 나서서 나는 그레그슨이 안 한 일을 했어. 클리블랜드의 경찰서장에게 전보를 보내서 이넉 드레버의 결혼 생활에 대해서만 물었지. 결정적인 대답이 왔어. 드레버가 제퍼슨 호프라는 옛날 연적으로부터 신변 보호를 요청했다는 거야. 그리고 그 호프라는 자가 현재 유럽에 있다는 것도. 나는 이 미스터리를 풀어줄 단서가 내 손안에 들어왔다는 것을 알았지. 남은 건 범인을 잡는 일뿐이었어.

머릿속에서 난 이미 드레버와 함께 집으로 들어간 사람이 마차를 몰았던 남자라는 것을 확신했어. 길에 난 자국을 보면 말이 한동안 길에서 왔다 갔다 했다는 것을 알 수 있었어. 마부가 있었다면 그렇게 움직이지 않았겠지. 그럼 마부는 집 안이 아니라면 어디에 있었겠어? 제정신인 사람이 제삼자 앞에서 범죄를 저지를 거라고 생각하는 건 말도 안 돼. 그 사람이 신고할 게 뻔하니까. 마지막으로, 런던에서 누가 다른 사람을 뒤쫓고 싶다면, 마부가 되는 것 말고 더 좋은 방법이 어디 있겠어? 이런 추론을 거쳐서 제퍼슨 호프를 이 대도시의 마부들 사이에서 찾을 수 있을 거라고 결론 내린 거지.

그자가 마부가 맞는다면 그가 사라졌을 거라 생각할 이유가 없었어. 반대로 그자의 입장에서 보면, 갑자기 사라지는 것도 이목을 끌 만한 행동이었을 거야. 그자는 아마도 얼마간 마부 일을 계속했을 거야. 그자가 가명을 쓸 거라고 생각할 이유도 없었어. 아무도 원래 이름을 모르는 나라에 와서 왜 이름을 바꾸겠어? 그래서 난 길거리 부랑아 탐정단을 조직해서 런던에 있는 모든 마차 회사들에 보냈어. 내가 찾는 남자를 찾을 때까지. 그 애들이 얼마나 훌륭하게 일했는지, 내가 그 기회를 얼마나 빨리 잡았는지는 너도 생생히 기억하고 있을 거야. 스탠거슨을 살해한 건 전혀 예상하지 못했지만, 어떻게 되었어도 막기는 힘들었을 거야. 어쨌든 스탠거슨의 죽음으로 내가 이미 추측하고 있던 그 알약을 손에 넣을 수 있었지. 이 모든 게 빈틈없고 흠도 없는 논리적인 사고로 이루어진 거야."

"대단해! 네 공은 공식적으로 알려져야 해. 이 사건 일지를 출판하는 것은 어때? 네가 안 한다면 내가 하지."

내가 소리쳤다.

"네가 그러고 싶으면 그래도 돼. 그런데 이것 봐!"

홈즈가 내게 신문을 건넸다.

그날 자 「에코」지였다. 홈즈가 가리킨 기사는 문제의 그 사건을 다루고 있었다. 기사는 이랬다.

이넉 드레버와 조지프 스탠거슨을 살해한 혐의를 받고 있는 제퍼슨 호프가 갑작스럽게 사망해 대중은 이 흥미로운 이야기를 들을 기회를 잃게 됐다. 이제 이 사건의 진실은 영원히 알려지지 않을 것이다. 신뢰할 만한 정보에 따르면, 이 범죄는 오랜 연적 간의 다툼 때문이며, 치정과 모르몬교와 연관된 일이라고 한다. 두 피해자 모두 젊은 시절 후기 성도 신자였던 것으로 보이며, 사망한 용의자 호프도 솔트레이크시티 출신이라고 한다. 이 사건으로 적어도 우리는 우리 경찰의 수사력이 얼마나 효율적인지 확인할 수 있었다. 또한 이 사건은 모든 외국인들에게 그들 사이의 분쟁을 영국 땅까지 가지고 올 것이 아니라 그들의 나라에서 해결하는 것이 낫다는 교훈을 준다. 용의자를 이렇게 깔끔하게 잡은 것은 전적으로 스코틀랜드 야드의 레스트레이드 경위와 그레그슨 경위의 공이라는 것은 공공연히 알려진 사실이다. 용의자는 셜록 홈즈라는 인물의 집에서 잡힌 것으로 보인다. 홈즈 씨 자신도 아마추어 탐정으로 어느 정도 수사에 재능을 보였으며, 위의 경위들을 거울삼아 배우면 앞으로 그들과 비슷한 수준의 수사력을 가질 수 있을 것으로 보인다. 이 두 경위는 임무를 훌륭히 완수한 공을 인정받아 포상을 받을 것으로 예상된다.

"사건 처음에 내가 얘기했잖아. 이게 우리의 주홍색 연구의 결과물이야. 그 둘에게 공을 바치는 거지!"

셜록 홈즈가 웃으며 외쳤다.

내가 대꾸했다.

"괜찮아. 내가 모든 것을 다 기록해놓았으니 사람들도 다 알게 될 거야.◆ 그동안에는 그냥 스스로 성공했다는 걸로 만족해야지. 로마의 구두쇠처럼 말이야. '사람들은 내게 야유를 보내지만 나는 나의 집에서 스스로에게 박수를 보내네. 내 금고 안 주화를 사랑스럽게 바라보며(Polulus me sibilat, at mihi plaudo Ipse domi simul ac nummos contemplar in arca).'"

◆ 원작과 BBC 드라마 《셜록》 모두에서 경찰과 셜록 홈즈 중 누구에게 공이 돌아가는지에 대해 자주 언급된다. 시즌4의 첫 번째 에피소드 〈여섯 개의 대처상〉에서 셜록이 사건의 공을 레스트레이드에게 가져가라고 하자 그는 존이 블로그에 글을 올리면 자기만 우스워진다고 말하며 거절한다.

The Adventure of the Dancing Men

춤추는 사람 그림

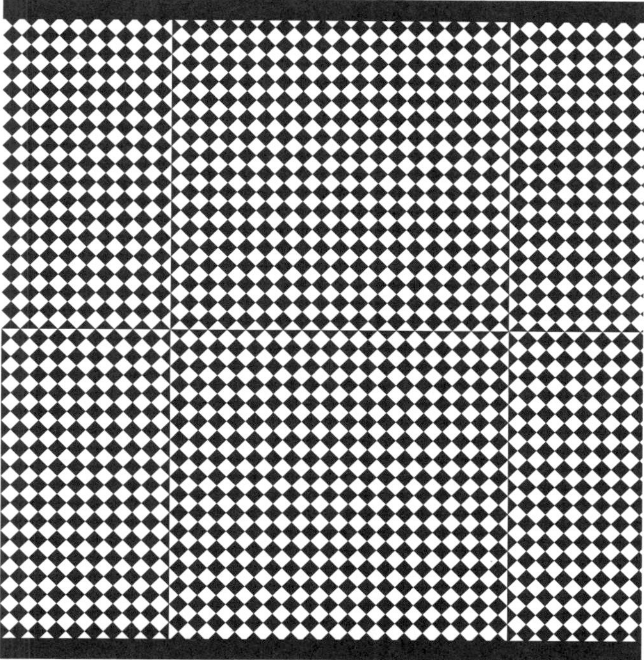

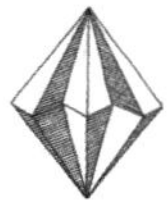

홈즈는 벌써 몇 시간째 말없이 앉아, 화학 실험 용기 위로 마르고 길쭉한 등을 굽힌 채 고약한 냄새가 나는 시약을 끓이고 있었다. 내가 앉은 쪽에서 보면 머리를 가슴 위로 푹 숙이고 있어서 탁한 회색 깃털에 검은 볏이 달린 볼품없고 이상한 새 같아 보였다.

"그래서, 왓슨. 남아프리카 증권에는 투자하지 않을 거야?"

홈즈의 갑작스러운 물음에 나는 깜짝 놀라 움찔했다. 홈즈의 신기한 능력에는 익숙해져 있었지만, 갑작스레 깊숙한 속마음을 들키자 말문이 턱 막혔다.

"도대체 어떻게 안 거야?"

내가 물었다.

홈즈가 의자 위에서 몸을 빙 돌렸다. 손에는 김이 나는 시험관이 들려 있었고, 깊숙이 들어간 눈은 재미있다는 듯이 빛나고 있었다.

"자, 왓슨, 깜짝 놀랐다는 걸 털어놓으시지."

"그래, 맞아."

"그렇게 인정한 걸 서류로 만들어서 서명을 받아둬야겠어."

"왜?"

"5분 뒤면 넌 이 모든 게 말도 안 되게 간단하다고 할 테니까."

"그런 말 할 일은 절대 없을 거야."

"이봐, 친구."

홈즈가 시험관을 시험관대에 세우고, 교수가 학생들에게 강의하는 투로 말을 시작했다.

"순차적으로 추론을 하는 건 그다지 어렵지 않아. 그 추론 하나하나는 간단하고, 각기 앞선 추론에서 비롯되지. 그러고 나서 가운데의 추론들은 모두 날려버리고 청중에게 시작점과 끝점만을 보여주면, 겉만 번지르르할지는 몰라도 어쨌거나 놀라운 효과를 줄 수 있어. 자, 네 왼쪽 검지와 엄지를 살펴보면 네가 얼마 안 되는 자산을 금광에 투자하지 않기로 결정했다고 자신 있게 말할 수 있어."

"난 연결이 안 되는데."

"아마 그럴 거야. 그렇지만 긴밀하게 연결돼 있다는 걸 금방 보여줄게. 단순한 인과관계에서 어떤 연결 고리가 빠졌는지 말이야. 첫째, 네가 어젯밤 클럽에서 돌아왔을 때 왼손 검지와 엄지 사이에 초크가 묻어 있었어. 둘째, 넌 당구를 칠 때 큐가 흔들리지 않게 하려고 손에 초크를 묻혀. 셋째, 너는 서스턴이랑만 당구를 쳐. 넷째, 4주 전에 서스턴이 남아프리카의 무슨 자산에 옵션을 가지고 있는데 한 달 후면 만기라면서 너랑 같이 공동투자를 하면 좋겠다고 말했어. 다섯째, 네 수표책이 내 서랍 안에 잠겨 있는데, 넌 열쇠를 달라고 하지 않았지. 여섯째, 넌 여기에 돈을 투자하지 않기로 결정한 거야."

"정말 말도 안 되게 간단하구나!"

내가 외쳤다.

"그렇지! 모든 문제는 설명을 들으면 굉장히 유치해져. 그런데 여기 설명이 안 되는 문제가 하나 있어. 이건 이해할 수 있나 봐봐, 왓슨."

홈즈는 탁자 위로 종이를 한 장 던지고는 몸을 돌려 다시 화학 실험을 계속했다.

나는 종이 위의 기이한 상형문자들을 놀라서 쳐다보았다.

"아니, 홈즈, 이거 어린애 그림이잖아."

"아, 그건 네 생각이고!"

"그게 아니면 뭔데?"

"그게 노퍽의 라이들링 소프 저택의 힐튼 큐빗 씨가 애타게 알고 싶어 하는 거지. 이 재미있는 수수께끼는 아침 우편으로 도착했어. 큐빗 씨가 다음 기차를 타고 온다고 했고. 초인종이 울렸어, 왓슨. 큐빗 씨라 해도 놀랄 건 없지."

계단을 올라오는 무거운 발소리가 들리고, 곧이어 키가 크고 혈색이 좋은 얼굴에 깨끗이 면도를 한 신사가 들어왔다. 신사의 맑은 눈과 발그레한 뺨을 보니, 베이커 스트리트의 안개와는 거리가 먼 삶을 살고 있다는 걸 알 수 있었다. 신사가 들어서자, 강인하고 시원 상쾌한 동부 해안의 바람 한 줄기가 함께 들어오는 것 같았다. 큐빗 씨는 우리 둘과 악수를 하고 자리에 앉으려다가, 특이한 문양이 그려진 종이를 보고 눈길을 돌렸다. 방금 내가 살펴보고 탁자 위에 올려둔 것이었다.

"그래서, 홈즈 씨, 이걸 어떻게 생각하십니까? 사람들이 홈즈 씨가 기이한 수수께끼를 좋아한다고들 하던데, 이것보다 더 불가사의한 건 없을 것 같습니다. 제가 오기 전에 연구해보시라고 이 종이를 먼저 보냈어요."

그가 말했다.

"과연 기이한 작품이기는 합니다. 처음 보면 어린애 장난 같아 보이죠. 작은 형상들 여러 개가 희한한 모양새로 춤추고 있는 그림이네요. 그런데 이렇게 기괴한 그림을 왜 중요하게 여기시는 건가요?"

"홈즈 씨, 제가 이 그림을 중요하게 생각하는 건 절대 아닙니다. 제 아내가 그렇죠. 무서워 죽으려고 합니다. 아무 말도 하지 않지만, 눈은 공포에 질려 있어요. 그래서 이 문제를 바닥까지 샅샅이 파헤치고 싶은 겁니다."

홈즈는 종이를 들어 올려 햇빛에 비춰 보았다. 공책에서 뜯어낸 종이였다. 그림은 연필로 그린 것이었고, 이런 모양이었다.♦

홈즈는 얼마 동안 그림을 살펴보고는, 조심스레 접어서 수첩 안에 넣었다.

"이거 굉장히 흥미롭고 특이한 사건이 될 것 같습니다. 힐튼 큐빗 씨, 편지에 몇 가지 특별한 점들을 써주셨지만, 제 친구 왓슨 선생을 위해서 다시 한 번 말씀해주시면 고맙겠습니다."

"전 이야기를 잘하는 편이 아닙니다. 제 설명이 이해가 안 가면 뭐든 물어보세요. 작년에 제가 결혼한 이야기부터 시작할게요. 그렇지만 그보다 먼저, 전 부자는 아니지만, 저희 집안은 라이들링 소프에서 5세기 동안 살아왔고, 노퍽 카운티에서 저희 집안보다 더 잘 알려진 집안은 없다는 걸 말씀드리죠. 작년에 전 빅토리아 여왕의 즉위 50주년 기념식에 참석하러 런던에 와

♦ BBC 《셜록》 시즌1 두 번째 에피소드 〈눈먼 은행원〉에서도 셜록은 낙서 같은 암호를 해독해낸다. 이 춤추는 사람 그림은 시즌4 세 번째 에피소드 〈마지막 사건(The Final Problem)〉의 마지막 장면에서도 셜록과 존이 일하고 있는 배경 뒤로 등장한다.

있었고, 러셀 스퀘어에 있는 하숙집에 머물렀어요. 저희 교구의 파커 목사가 거기 머물고 있었거든요. 거기엔 젊은 미국 아가씨가 있었어요. 패트릭이라는 이름이었죠, 엘시 패트릭. 우리는 곧 친구가 되었고, 제가 머물기로 한 한 달이 채 지나기도 전에 열렬한 사랑에 빠졌어요. 우리는 등기소에서 조용하게 결혼식을 올리고 부부가 되어 노퍽으로 돌아왔죠. 좋은 집안의 남자가 이런 식으로 아내를 맞이한 걸 말도 안 된다고 생각하시겠죠, 홈즈 씨. 아내의 과거도, 어떤 집안인지도 모르면서요. 그렇지만 아내를 만나보면 이해하실 수 있을 겁니다.

아내 엘시는 그 점에 대해 아주 솔직했어요. 제가 원한다면 얼마든지 떠날 수 있게 모든 기회를 줬다고 할 수 있죠.◆◆ 엘시는 이렇게 말했어요.

'전 살면서 아주 안 좋은 관계를 맺었어요. 전 모든 걸 잊고 싶어요. 저에겐 굉장히 고통스러운 일들이라 과거에 대해서는 아무 말도 하지 않겠어요. 힐튼, 저와 결혼한다면, 당신은 개인적으로는 부끄러울 것이 아무것도 없는 여자와 결혼하는 거예요. 그렇지만 그렇다는 제 말로 만족해야 해요. 당신 아내가 되기 전까지의 모든 일에 대해서는 아무것도 묻지 말고요. 이런

◆◆ 엘시의 상황은 BBC 《셜록》 〈눈먼 은행원〉에서는 박물관에서 일하는 수린의 상황에 투영되어 있다. 수린은 자신에게 데이트 신청을 하는 앤디에게 자신을 안다면 좋아하지 않을 거라고 말하며 거절한다.

조건을 들어주기 어려우면 당신은 노퍽으로 돌아가세요. 저는 당신을 만나기 전처럼 외롭게 살아갈 테니.'

엘시가 제게 그렇게 얘기한 건 우리 결혼식 하루 전날이었어요. 전 엘시 말대로 하겠다고 했고, 그 말을 그대로 지켰어요.

이제는 결혼한 지 1년이 되었고, 우리는 아주 행복했어요. 그렇지만 한 달 전쯤, 6월 말에 문제가 생겼다는 걸 처음 알게 됐죠. 어느 날 아내가 미국에서 편지를 한 통 받았어요. 미국 소인이 찍혀 있는 걸 봤거든요. 아내 얼굴이 죽은 듯이 창백해지더니 편지를 읽고 난롯불에 던져 넣더군요. 아내는 편지에 대해서 아무 설명도 하지 않았고, 저도 묻지 않았어요. 약속은 약속이니까요. 그렇지만 아내는 그때부터 한순간도 편하게 있질 못했어요. 언제나 두려워하는 것처럼 보였죠. 무언가를 기다리고 예상하고 있다는 듯이요. 아내가 절 믿으면 좋을 텐데. 그러면 저야말로 아내 편에 서 있다는 걸 알 수 있을 텐데 말이죠. 그렇지만 전 아내가 입을 뗄 때까지는 아무 말도 할 수 없어요. 말씀드리고 싶은 건, 홈즈 씨, 아내는 진실한 여자라는 겁니다. 아내의 과거에 무슨 문제가 있었건 간에 그건 아내의 잘못이 아니에요. 전 그저 노퍽에서 온 일개 지주이지만, 영국에서 저보다 가족의 명예를 소중하게 생각하는 사람은 없을 겁니다. 아내도 그걸 잘 알고 있어요. 저와 결혼하기 전부터 잘 알고 있었죠. 아내는 그 명예를 더럽히지 않을 거예요. 그건 확실합니다.

제 이야기가 기이해지는 건 이제부터입니다. 일주일 전쯤, 지난주 화요일이었어요. 전 창문턱에서 여기 종이에 있는 그림처럼 춤추는 형상이 여러 개 그려져 있는 걸 발견했어요. 분필로 마구 휘갈겨 그린 그림이었죠. 전 마구간지기 아이가 이 그림을 그려놓았다고 생각했지만, 그 아이는 자긴 아무것도 모른다고 맹세했어요. 아무튼, 밤사이에 그 그림이 거기 그려져 있었어요. 전 그걸 씻어내라고 했고, 나중에 가서야 아내에게 얘기했지요. 그런데 이상하게도 아내는 그걸 굉장히 심각하게 받아들였어요. 그런 걸 또 보면 자기한테도 꼭 보여달라고 하더라고요. 일주일 동안 아무 일도 없었는데, 어제 아침에 정원의 해시계에 이 종이가 놓여 있는 걸 발견했어요. 제가 엘시에게 종이를 보여주자마자 아내는 그대로 기절했어요. 그때부터 아내는 꿈을 꾸고 있는 것처럼 반은 넋이 나가 있고 눈에는 언제나 공포가 어려 있어요. 그래서 제가 편지를 쓰고 그 그림을 홈즈 씨에게 보낸 겁니다. 경찰에게 가져갈 만한 사건은 아니었죠. 절 비웃을 테니까요. 그렇지만 홈즈 씨는 제가 어떻게 해야 할지 말씀해주시겠죠. 전 부자는 아니지만 소중한 제 아내에게 무슨 위험한 일이라도 생긴다면, 아내를 보호하는 데 마지막 남은 동전 하나까지 쓸 겁니다."

큐빗 씨는 훌륭한 사람이었다. 크고 진심 어린 푸른 눈에 넓적하고 매력적인 얼굴을 한 그는 옛 영국의 토양에서 자란, 소박하고 솔직하고 다정한 남자였다. 큐빗 씨의 얼굴에는 아내에 대한 사랑과 믿음이 그대로 드러나 보였다. 홈즈는 큐빗 씨의 이야기를 굉장히 집중해서 들었고, 한동안 말없이 생각에 잠겨 앉아 있었다.

"큐빗 씨, 아내에게 직접 애원해서 비밀을 알려달라고 하는 것이 가장 좋다고 생각하지 않으세요?"

홈즈가 겨우 입을 열었다.

힐튼 큐빗이 그 큰 머리를 가로저었다.

"약속은 약속입니다, 홈즈 씨. 엘시가 저한테 말하고 싶으면 말할 거예요. 아니라면, 제가 억지로 말하게 해서는 안 되죠. 그렇지만 제가 따로 알아보는 건 괜찮을 거예요. 저는 그렇게 할 거고요."

"그렇다면 성심을 다해서 도와드리겠습니다. 먼저, 집 주변에서 낯선 사람을 보았다는 얘기를 들은 적 있나요?"

"아뇨."

"아주 조용한 곳일 거라 생각하는데, 낯선 사람이 보이면 말이 돌겠죠?"

"집 바로 주변이라면요. 그렇지만 멀지 않은 곳에 작은 해수욕장이 몇 개 있어요. 농부들이 하숙을 받고 있고요."

"이 상형문자들에는 의미가 있는 것이 분명해요. 만약에 완전히 임의로 만들어진 거라면, 푸는 게 불가능할지도 모릅니다.

그렇지만 어떤 체계가 있다면 의심의 여지 없이 풀 수 있을 겁니다. 그렇지만 이 종이만으로는 너무 짧아 아무것도 할 수 없어요. 큐빗 씨가 말씀해주신 것도 너무 불분명해서 조사를 시작할 수 없고요. 큐빗 씨는 노퍽으로 돌아가서 집 주변을 눈여겨보세요. 춤추는 사람 그림이 새로 나타나면 그대로 베끼시고요. 창문턱에 분필로 그려져 있던 그림을 지워버렸다는 게 정말이지 유감입니다. 그리고 주변에 낯선 사람이 나타나진 않았는지 몰래 알아보세요. 새로운 증거들을 모으면 다시 저를 찾아오시고요. 힐튼 큐빗 씨, 이게 제가 드릴 수 있는 최선의 방법입니다. 전 급박한 일이 새롭게 벌어지면 언제든지 노퍽의 댁으로 내려갈 수 있게 준비하고 있겠습니다."

이 만남이 있고 나서 셜록 홈즈는 생각이 많아졌다. 그 후 며칠간 홈즈가 몇 번이나 수첩에서 그 종이를 꺼내 들고 거기 그려진 기이한 형상들을 오랫동안 뚫어져라 쳐다보는 걸 보았다. 그렇지만 홈즈가 그 사건에 대해 말을 꺼낸 건 2주나 그 이상이 지난 어느 오후였다. 내가 나가려는데 홈즈가 나를 불러 세웠다.

"왓슨, 여기 있어야겠어."

"왜?"

"오늘 아침에 힐튼 큐빗 씨한테서 전보가 왔거든. 힐튼 큐빗 씨 기억하지? 춤추는 사람 그림 말이야. 1시 20분에 리버풀 역에 도착할 거라고 했어. 이제 곧 올지도 몰라. 전보를 보니 중요한 일이 새로 벌어진 것 같아."

우리는 오래 기다리지 않았다. 노퍽의 지주는 역에서 이륜마차를 잡아타고 최대한 속도를 올려 달려왔다. 큐빗 씨의 눈은 피곤에 찌들어 있었고 이마엔 주름이 가서 걱정스럽고 우울해 보였다.

"이 문제 때문에 피가 마를 지경입니다, 홈즈 씨. 눈에 보이지도 않고 누군지도 모르는 사람들이 계략을 꾸미고 우릴 둘러싸고 있는 기분이에요. 그것만으로도 안 좋은데, 거기다가 아내까지 바짝바짝 말라가고 있어요. 눈뜨고 견딜 수 있는 수준이 아닙니다. 아내가 말라 죽어가고 있어요. 내 눈앞에서 말라 죽어가고 있다고요."

큐빗 씨가 피로에 지친 듯 안락의자에 몸을 파묻으며 말했다.

"아내가 무슨 말을 하던가요?"

"아뇨, 홈즈 씨, 안 했어요. 이 가엾은 여자가 말을 하려고 했던 적은 몇 번 있었는데, 막상 털어놓진 못했습니다. 저도 아내를 도우려 했지만, 아마도 제가 서툴렀던지 아내가 겁을 먹은 것 같아요. 아내는 전통 있는 우리 집안과 이 지역에서 우리가 누리고 있는 명성, 그리고 이 흠 없는 명예에 우리가 얼마나 자부심을 가지고 있는지 얘기했어요. 전 이야기가 중요한 문제로 이어지나 했지만, 어쩐지 그 이야기를 꺼내기 전에 다른 방향으로 가고 말았죠."

"그래도 뭔가 알아낸 게 있으신가요?"

"꽤 많아요, 홈즈 씨. 홈즈 씨가 살펴보실 새로운 그림이 여러 장 있습니다. 춤추는 사람 그림 말이에요. 그리고 더 중요한 건, 그 남자를 봤어요."

"뭐요, 그걸 그린 남자요?"

"네, 그리고 있는 걸 봤어요. 모든 걸 순서대로 말씀드릴게요. 홈즈 씨를 뵙고 돌아가서, 그다음 날 아침 가장 먼저 본 게 새로운 춤추는 사람 그림이었어요. 헛간의 검은 나무 문에 분필로 그려져 있었죠. 헛간은 정원 옆에 있어서 집 정면 창문에서 바로 보여요. 제가 그걸 그대로 따라 그려 왔어요. 여기 있습니다."

큐빗 씨는 종이를 펼쳐 탁자 위에 올려놓았다. 그 상형문자의 사본은 다음과 같았다.

"잘하셨습니다! 잘하셨어요! 계속 말씀하세요."

"그걸 베끼고 나서 그림을 지웠어요. 그렇지만 이틀 후 아침, 새로운 그림이 나타났죠. 이건 그 그림을 따라 그린 겁니다."

"자료가 빠르게 늘어가네요."

홈즈는 손을 마주 비비며 기뻐서 쿡쿡대고 웃었다.

"3일 후에는 종이에 휘갈긴 그림이 있었어요. 해시계 위에 조약돌을 얹어 놓아두었더라고요. 여기 있습니다. 보시다시피 마지막 그림과 완전히 똑같아요. 그다음에는 꼭 잠복해 있어야겠다고 마음먹고, 권총을 가지고 나와서 뜰과 정원이 내려다보이는 서재에 앉아 있었어요. 새벽 2시쯤 창문가에 앉아 있을 때였어요. 밖은 달빛 말고는 온통 어두웠죠. 그때 제 뒤로 발소리가 들려서 봤더니, 아내가 실내복을 입고 서 있었어요. 아내는 제게 침실로 가자고 애원했어요. 전 아내에게 누가 이렇게 이상한 장난을 치는지 보고 싶다고 솔직하게 말했지요. 아내는 이건 이유 없는 한낱 장난일 뿐이라면서 아무 신경도 쓰지 말라고 하더군요.

'힐튼, 이것 때문에 정말 신경 쓰이면 우리 여길 떠나 여행이라도 가요. 우리 둘이, 머리 아픈 일을 피해서요.'

'뭐라고요? 이유 없는 장난 때문에 우리 집에서 쫓겨 나가자고요? 그럼 마을 사람들 전체가 우릴 비웃을 거예요.'

'그럼 그냥 침실로 와요. 아침에 다시 얘기하고요.'

아내가 그렇게 말하는데, 갑자기 하얀 아내 얼굴이 달빛 아래에서 더 창백해지는 게 보였어요. 제 어깨에 올린 손에는 힘이 들어갔고요. 헛간 그림자에서 무언가 움직이고 있었어요. 구석에서 어두운 형상이 살금살금 돌아 나와 헛간 문 앞에 웅크리고 있는 걸 봤어요. 제가 권총을 쥐고 뛰쳐나가려는데, 아내가 두 팔을 벌려 절 안고 발작을 하듯 힘껏 매달렸어요. 전 아내를 밀치려고 했지만 아내는 더 절박하게 제게 매달렸죠. 겨우 풀려났지만, 제가 문을 열고 헛간에 도착했을 땐 그 형체가 사라지고 난 뒤였어요. 그렇지만 그자는 왔다 간 흔적은 남기고 갔더라고요. 문에 춤추는 사람 그림이 그려져 있었거든요. 벌써 두 번이나 나타났던 그림이었죠. 제가 그 종이 위에 베껴놓은 것과 똑같아요. 전 집 주변을 전부 헤집고 다녔지만 그자의 흔적은 아무 데도 없었어요. 그렇지만 놀라운 사실은 그자가 뜰 안에 계속 있었다는 겁니다. 아침에 문을 다시 살펴보는데, 밤중에 본 그림 아래 다른 그림을 하나 더 남겨놨더라고요."

"새로운 그림도 가지고 계십니까?"

"네, 아주 짧지만 베껴두었어요. 여기 있습니다."

큐빗 씨가 다시 종이 한 장을 꺼냈다. 새로운 춤은 이런 모양이었다.

"말씀해주세요. 이건 첫 번째 그림에 덧붙여져 있었습니까, 아니면 완전히 떨어져 있었나요?"

홈즈가 말하는데, 눈을 보니 몹시 흥분한 티가 났다.

"문의 다른 널빤지에 그려져 있었습니다."

"훌륭해요! 우리 수사에 가장 중요한 부분이네요. 희망에 차는군요. 자, 힐튼 큐빗 씨, 흥미진진한 이야기를 계속해주시죠."

"더 할 말이 없습니다, 홈즈 씨. 그날 밤 아내가 절 붙잡았던 것 때문에 아내에게 화가 났었다는 것 말고는요. 아니면 숨어 있는 그놈을 잡았을 수도 있었을 텐데요. 아내는 제가 화를 당할까 봐 무서웠다고 합니다. 순간이지만 어쩌면 아내가 진짜 걱정했던 건 **그자**가 다치는 것이 아닐까 하는 생각이 스쳤어요. 왜냐하면 그자가 누군지, 그가 남긴 이상한 문양의 의미가 뭔지 아내는 분명 알고 있다는 생각이 들었거든요. 그렇지만 홈즈 씨, 아내의 목소리에서 그리고 아내의 눈길에서는 의심을 접게 하는 뭔가가 있어요. 저는 아내가 정말로 제 안전을 걱정했다고 확신합니다. 이게 일어난 일의 전부입니다. 이제 제가 어떻게 해야 하는지 홈즈 씨께서 말씀해주세요. 제 생각에는 제 농장에서 일하는 청년들 중 여섯 명 정도를 덤불 속에 숨어 있게 해서 그 사람이 다시 오면 혼쭐을 내주는 게 어떨까 합니다. 앞으로는 우릴 내버려 두라고요."

"이 사건은 그렇게 간단하게 해결하기에는 너무 복잡한 사건 같습니다. 런던에는 얼마나 오래 계실 수 있죠?"

"오늘 돌아가야 합니다. 어떤 일이 있어도 아내를 밤에 혼자

두진 않을 거예요. 아내가 굉장히 불안해하면서 저한테 돌아오라고 애원하더라고요."

"큐빗 씨 말이 맞을 겁니다. 만일 더 계실 수 있다면 하루 이틀 후에 저와 함께 돌아가도 좋을 텐데요. 지금은 이 그림들을 제게 맡겨주세요. 아마도 머지않아 제가 방문해 이 사건을 해결할 실마리를 드릴 수 있을 겁니다."

셜록 홈즈는 고객이 떠날 때까지 침착한 전문가 같은 모습을 유지하고 있었지만, 홈즈를 잘 아는 나는 홈즈가 굉장히 흥분해 있다는 것을 알 수 있었다. 힐튼 큐빗 씨의 건장한 등이 문밖으로 사라지자마자 내 친구는 탁자로 달려가서 춤추는 사람 그림이 그려진 종이를 전부 펼쳐놓고 복잡하고 섬세한 계산에 몰두했다. 어떤 때는 진척이 있는지 휘파람을 불고 노래를 부르며 일했고, 가끔은 어리둥절해서 눈살을 찌푸리고 멍한 눈으로 오랫동안 앉아 있었다. 그러다 마침내 만족스럽게 외치며 의자에서 벌떡 일어나 두 손을 마주 비비며 방을 왔다 갔다 했다. 그러고서 홈즈는 전보용지에 전보 내용을 길게 적었다.

"만약에 이 전보의 답이 내가 기대하는 대로면, 왓슨, 네 사건일지에 멋들어진 사건 하나를 추가할 수 있을 거야. 내일 노퍽으로 내려가서 우리 고객을 성가시게 하는 비밀에 대해서 확실한 정보를 전달할 수 있을 것 같아."

내가 정말 궁금했었다는 것을 고백하겠다. 그렇지만 홈즈가 자기가 원하는 때에 자기만의 방식으로 사건을 밝히길 좋아한다는 것을 알고 있었기에 나는 홈즈가 털어놓고 싶어 할 때까지 기다렸다.

그렇지만 전보에 답이 오는 데 시간이 걸렸다. 조바심 가득한 이틀이 지나가는 동안, 홈즈는 초인종이 울릴 때마다 귀를 쫑긋 세웠다. 이틀째 되던 날 저녁, 힐튼 큐빗 씨에게서 편지가 왔다. 해시계 받침대 위에 상형문자가 길게 남겨져 있었다는 것 말고는 별다른 일이 없었다는 내용이었다. 큐빗 씨는 베낀 그림을 편지에 동봉했는데, 여기 그 복사본이 있다.

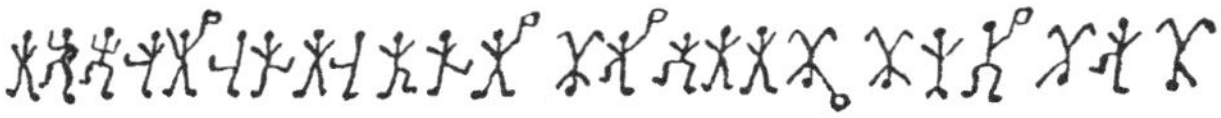

홈즈는 몇 분간 이 기이한 형상 띠 위로 몸을 굽히고 있더니, 갑자기 놀라고 당황한 듯이 외치며 벌떡 일어났다. 홈즈의 얼굴이 불안으로 핼쑥했다.

"이 사건을 너무 오래 방치했어. 오늘 밤에 노스 월셤으로 가는 기차가 있나?"

난 기차 시간표를 찾았지만 막차가 막 출발한 참이었다.

"그럼 내일 아침을 일찍 먹고 아침 첫차를 타야겠어. 우리가 거길 꼭 가야 해. 아! 여기 기다리던 전보가 왔어. 잠시만요, 허드슨 부인, 답을 할 수도 있어요. 아니, 내가 예상했던 대로야.

답을 보니 이게 어떤 상황인지 힐튼 큐빗 씨에게 한시라도 빨리 알려야 한다는 것이 더 분명해졌어. 순박한 노퍽의 지주가 정말 특이하고 위험한 그물에 걸려든 거야."

정말 그랬다. 그저 장난 같고 이상하게 여겼던 이 이야기는 어두운 결말에 다다랐고, 나는 그때 느꼈던 충격과 공포를 다시 한 번 느끼고 있다. 내 독자들에게 더 밝은 결말을 전달할 수 있었으면 좋겠지만, 이것은 사실을 기록하는 자리이므로, 나는 기이한 사건이 이어져 어두운 위기에 이르게 된 경위를 따라가야 한다. 결국 라이들링 소프 대저택은 한동안 영국 전역에서 사람들 입에 오르내리게 되었다.

우리가 노스 월섬 역에 막 도착해 목적지를 입에 올리자마자 역장이 우리 쪽으로 서둘러 다가와 물었다.

"런던에서 오신 수사관들이신가 보죠?"

홈즈는 잠시 짜증 난 표정이었다.

"왜 그렇게 생각하셨나요?"

"왜냐하면 노리치에서 온 마틴 경위님이 방금 지나가셨거든요. 두 분은 어쩌면 의사분들인지도 모르겠네요. 부인은 죽지 않았어요. 마지막 들었을 때까지는요. 아직은 살릴 수 있을지도 몰라요. 그래봤자 교수대행이겠지만요."

홈즈의 이마가 불안함으로 어두워졌다.

"저흰 라이들링 소프 대저택으로 가고 있어요. 하지만 거기서 무슨 일이 일어났는지는 아무 이야기도 못 들었습니다."

홈즈가 말했다.

"끔찍한 일이었죠. 총에 맞았어요. 힐튼 큐빗 씨와 부인 두 사람 다요. 하인들 말이, 부인이 큐빗 씨를 쏘고 스스로도 쐈대요. 큐빗 씨는 죽었고, 큐빗 부인은 목숨이 위험해요. 이런, 노퍽 카운티에서 가장 오래된 집안 중 하나였는데. 가장 명예로운 집안 중 하나였죠."

홈즈는 아무 말 없이 마차를 잡아타고 서둘러 달려갔고, 10킬로미터 넘게 가는 동안 한 번도 입을 떼지 않았다. 홈즈가 그렇게까지 낙담한 것은 처음 보았다. 홈즈는 런던에서 오는 내내 불안해하며 조간신문을 걱정스레 자세히 들여다보곤 했다. 하지만 이렇게 갑자기 염려가 현실이 되자 홈즈는 멍하니 우울한 상태가 되었다. 홈즈는 좌석에 등을 기대고 앉아 우울한 생각에 빠져들었다. 그렇지만 주변에는 우리 눈길을 끄는 풍경이 펼쳐졌다. 흔한 시골 풍경과는 차원이 다른 풍경이었다. 요즘의 인구밀도를 드러내듯 작은 집들이 띄엄띄엄 흩어져 있었고, 여기저기 평평한 푸른 풍경 위로 불쑥 솟아 있는 거대하고 네모난 교회의 탑은 옛날 이스트 앵글리아 왕국의 영광과 번영을 이야기해주었다. 마침내 노퍽 해안의 푸른 해안선 너머로 북해의 보랏빛 가장자리가 보였다. 마부는 말채찍으로 작은 숲 너머로 보이는 오래된 벽돌과 나무로 된 박공지붕을 가리켰다.

"저게 라이들링 소프 대저택입니다."

기둥을 세운 현관문 앞까지 마차를 타고 가면서 나는 집 앞을 관찰했다. 테니스장 옆으로 우리와 기이하게 얽힌 검은 헛간이 보였고 그 곁에는 해시계가 받침대 위에 놓여 있었다. 콧수염을 왁스로 모양낸 말쑥하고 키가 작은 남자가 재빠르고 기민한 동작으로 높다란 이륜마차에서 내려서 다가왔다. 남자는 자신을 노퍽 경찰대에서 나온 마틴 경위라고 소개했는데, 내 친구의 이름을 듣고 꽤 놀란 것 같았다.

"아니, 홈즈 씨, 범죄가 일어난 건 새벽 3시인데 런던에서 어떻게 알고 저만큼이나 빨리 오신 겁니까?"

"예상했습니다. 막을 수 있을 거라 생각하고 왔어요."

"그렇다면 우리는 모르는 중요한 증거를 가지고 계시겠군요. 그 부부는 사이가 좋았던 걸로 알려져 있었으니까요."

"제가 가지고 있는 증거는 춤추는 사람 그림이 전부입니다. 나중에 설명해드리겠습니다. 이 비극을 막기엔 이미 너무 늦었으니, 제가 알고 있는 지식으로 반드시 정의가 이루어지게 하고 싶습니다. 경위님 수사에 저도 함께해도 되겠습니까? 아니면 제가 혼자 행동하는 게 좋을까요?"

"홈즈 씨, 함께 수사할 수 있다면 저로선 영광일 겁니다."

경위가 진심으로 말했다.

"그렇다면 지체 없이 바로 증언을 들어보고 사건 현장을 살펴볼 수 있으면 좋겠습니다."

마틴 경위는 현명하게도 내 친구가 자기 방식대로 일하게 두고, 자신은 그 결과를 자세하게 받아 적는 것으로 만족했다. 이 지역의 의사는 나이가 지긋하고 머리가 하얗게 센 남자였는데, 큐빗 부인의 방에서 막 내려온 참이었다. 의사는 부인의 부상이 심각하지만 치명적이지는 않다고 말했다. 총알이 뇌의 앞쪽을 뚫고 지나가서, 부인이 의식을 찾을 때까지는 시간이 좀 걸릴 거라고 했다. 의사는 부인이 총에 맞은 건지, 스스로 총을 쏜 것인지는 결론을 내려고 하지 않았다. 총알이 아주 가까운 곳에서 날아온 것은 분명했다. 방 안에서는 총이 한 자루만 나왔고, 없어진 총탄은 두 개였다. 힐튼 큐빗 씨는 심장에 총을 맞았다. 큐빗 씨가 부인을 쏘고 나서 자신도 쏘았다는 추측도 가능하고, 아니면 부인이 범인일 수도 있었다. 총은 그 둘 사이의 바닥에 떨어져 있었기 때문이다.

"큐빗 씨를 움직였습니까?"

홈즈가 물었다.

"부인 말고 움직인 것은 아무것도 없어요. 다친 부인을 바닥에 눕혀둘 수는 없으니까요."

"의사 선생님, 여기 언제부터 계셨나요?"

"4시부터요."

"다른 사람은요?"

"여기 있는 순경 말고는 없었어요."

"아무것도 건드리지 않으셨고요?"

"네."

"굉장히 조심하셨군요. 누가 선생님을 불렀죠?"

"손더스라는 하녀요."

"일이 났다고 알린 게 그 하녀였습니까?"

"손더스와 요리사 킹 부인이었어요."

"둘은 지금 어디 있죠?"

"아마도 부엌에요."

"그렇다면 바로 그 둘의 이야기를 들어봐야겠습니다."

오크 나무로 벽을 덧대고 창이 높게 달린 오래된 홀을 수사실로 쓰기로 했다. 홈즈는 커다랗고 예스러운 의자에 앉았는데, 초췌한 얼굴에 눈만 가차 없이 번뜩였다. 그 눈에서는 자신이 구하지 못한 의뢰인을 대신해 복수를 하는 데 목숨이라도 바치겠다는 의지가 엿보였다. 홈즈 외에는 멀끔한 마틴 경위, 나이 든 회색 머리 시골 의사, 나, 그리고 둔해 보이는 마을 순경이 이 이상한 무리의 구성원이었다.

두 여자의 이야기는 꽤 분명했다. 무언가 폭발하는 소리가 나서 잠에서 깼다고 했다. 처음 소리가 나고 1분 후에 두 번째 소리가 났다고 했다. 둘은 바로 옆방에서 잤기 때문에, 킹 부인이 손더스의 방으로 뛰어 들어가 둘은 함께 계단을 내려갔다. 서재

방문은 열려 있었고, 탁자 위에는 초가 타고 있었다. 그들의 주인은 방 한가운데에 엎드려 있었다. 큐빗 씨는 이미 숨이 끊어진 상태였다. 창가에는 그의 아내가 머리를 벽에 기댄 채 웅크리고 있었다. 부인은 심하게 상처를 입었는데, 얼굴 옆이 피로 붉게 물들어 있었다. 부인은 숨을 헐떡이고 있었지만 아무 말도 하지 못했다. 방은 물론이고 복도에까지 연기와 화약 냄새가 가득 차 있었다. 창문은 분명 닫혀 있었고 안에서 잠긴 상태였다. 두 사람 모두 이 점은 확실하다고 했다. 그들은 바로 의사와 순경을 불렀다. 그러고는 마부와 마구간지기 아이를 불러 다친 부인을 방으로 옮겼다. 침대에는 부인과 남편 둘 다 누워 있었던 흔적이 있었다. 부인은 평상복 차림이었고, 큐빗 씨는 잠옷 위에 가운을 걸친 채였다. 서재에서 뭘 건드린 흔적은 없었다. 둘이 아는 한, 남편과 아내 사이에 다툼이 있었던 적은 없다고 했다. 둘이 보기에 부부는 언제나 사이가 굉장히 좋아 보였다.

이것이 하인들이 한 증언의 골자였다. 마틴 경위의 질문에 둘은 모든 문이 안쪽에서 잠겨 있었고, 아무도 집에서 도망갈 수 없었을 거라고 말했다.◆ 홈즈의 질문에 둘은 꼭대기 층에 있는 방에서 달려 나올 때부터 화약 냄새가 났다는 것을 기억해냈다.

"이 점을 유의하시기 바랍니다. 이제 방을 자세하게 살펴볼

◆ BBC 《셜록》 〈눈먼 은행원〉에서 발생한 살인 사건들도 밀실 살인이었다는 점이 비슷하다.

때가 온 것 같군요."

홈즈가 수사를 함께하는 동료에게 말했다.

서재는 작은 방이었다. 삼면이 책으로 둘러싸여 있었고, 평범한 창문 밑에 책상이 정원 쪽을 내다볼 수 있게 놓여 있었다. 우리는 운 나쁜 지주의 시신을 먼저 살펴보았다. 그의 커다란 몸이 방을 길게 가로질러 누워 있었다. 옷차림이 흐트러져 있는 걸 보니 자다가 급하게 깼다는 것을 알 수 있었다. 총알은 큐빗 씨 정면에서 발사되어 심장을 뚫은 후 몸 안에 남아 있었다. 큐빗 씨는 고통 없이 즉사한 것이 분명했다. 큐빗 씨의 가운이나 손에는 탄약의 흔적이 없었다. 동네 의사의 말에 따르면, 부인은 얼굴에 탄약 얼룩이 있었지만 손에는 없었다고 했다.

"탄약 흔적이 없다는 것은 아무 의미가 없습니다. 흔적이 있다면 여러 가지 의미가 있을 수 있지만요. 탄창이 잘 안 맞아 화약이 뒤로 뿜어져 나오는 경우가 아니라면, 흔적을 남기지 않고도 여러 발을 쏠 수 있지요. 큐빗 씨의 시신을 이제 옮겨도 될 것 같습니다. 의사 선생님, 부인이 맞은 총알을 제거하지 않으셨겠지요?"

"그러려면 큰 수술을 해야 할 겁니다. 그런데 아직 권총에 총알이 네 개 남아 있어요. 두 발은 쏘았고, 상처가 두 군데이니, 각각의 총알은 다 설명이 됩니다."

"그렇게 보이겠지요. 그렇다면 창문틀에 맞은 총알도 설명하실 수 있으실까요?"

홈즈가 갑자기 몸을 돌려 가늘고 긴 손가락으로 내리닫이 창틀 아래쪽에 뚫린 구멍을 가리켜 보였다. 구멍은 창틀 아랫부분에서 3센티미터 정도 되는 지점에 뚫려 있었다.

"맙소사! 그건 어떻게 보셨어요?"

경위가 외쳤다.

"저걸 찾고 있었으니까요."

"굉장합니다! 정말 맞습니다, 선생님. 그렇다면 세 번째 총알이 발사된 것이고, 제삼자가 있었다는 거군요. 그렇지만 그건 누구고 어떻게 도망간 걸까요?"

시골 의사가 말했다.

"그게 우리가 지금부터 해결해야 할 문제입니다. 기억하시죠, 마틴 경위님? 하인들이 방을 나서자마자 화약 냄새가 났다고 했잖아요. 제가 굉장히 중요한 점이라고 말했었죠?"

"네, 선생님, 그렇지만 잘 이해가 가지 않습니다."

"그건 총을 발사했을 때, 창문은 물론이고 방문까지 열려 있었다는 것을 의미해요. 아니면 탄약 연기가 그렇게 빨리 집 안에 퍼지지 못했을 테니까요. 방에 바람이 통하고 있어야 가능합니다. 그렇지만 방문과 창문은 아주 짧은 시간 동안만 열려 있었어요."

"무슨 증거로요?"

"왜냐하면 촛불이 꺼지지 않았거든요."

"대단합니다! 대단해요!"

경위가 소리쳤다.

"이 비극이 일어났을 때 창문이 열려 있었다는 걸 확신하면서, 전 창밖에 제삼자가 있었을 거라고 생각했습니다. 그자는 열려 있는 창문 바깥에서 안쪽을 향해 총을 쐈고요. 그리고 방 안에서 이 사람을 향해서 총을 쐈다면 창틀에 맞을 수도 있죠. 살펴보니 아니나 다를까 총탄 자국이 있었어요!"

"그렇지만 왜 창문이 닫히고 잠겼을까요?"

"부인이 본능적으로 창을 닫고 잠갔을 겁니다. 그런데 아니, 이건 뭔가요?"

여성용 핸드백이 서재 탁자 위에 놓여 있었다. 악어가죽에 은 장식이 달린 작고 깔끔한 핸드백이었다. 홈즈는 그걸 열고 내용물을 쏟았다. 잉글랜드 은행에서 발행한 50파운드짜리 지폐가 고무줄로 스무 개 묶여 있는 것 말고는 아무것도 없었다.

"이것은 법정에 증거로 제출해야 할 테니 잘 보관해둬야겠습니다."

홈즈가 경위에게 핸드백과 그 내용물을 건네며 말했다.

"이 세 번째 총알을 설명할 필요가 있겠네요. 나무가 갈라진 것을 보면, 방 안에서 쏜 것이 분명하니까요.♦ 요리사 킹 부인과 다시 한 번 얘기해야겠어요. 킹 부인, **커다란** 폭발음을 듣고 깼다고 하셨죠. 그랬다는 건, 그때 들은 소리가 두 번째 폭발음보다 더 컸다는 말씀입니까?"

"그게요, 선생님, 그 소리에 잠에서 깬 거라 뭐라 말하기 힘드네요. 그렇지만 아주 커다란 소리 같았어요."

"거의 동시에 두 개의 총알이 발사된 것이라고는 생각하지 않으시나요?"

"뭐라 대답하기가 힘들어요, 선생님."

"전 분명히 그랬을 거라고 생각합니다. 마틴 경위님, 제 생각에는 이제 이 방에서 알아낼 수 있는 것은 모두 알아냈다고 생각합니다. 이제 저와 함께 나가서 정원에서 어떤 새로운 증거를 발견할 수 있는지 보실까요?"

서재 창문 아래까지 화단이 이어져 있었는데, 우린 그 앞에 다가서며 모두 함께 소리를 질렀다. 꽃들이 짓밟혀 있었고, 부드러운 흙 위에는 온통 발자국이 찍혀 있었다. 커다란 남자의 발자국이었는데, 구두코가 특히 길고 뾰족했다. 홈즈는 총에 맞은 새를 찾는 리트리버처럼 잔디와 나뭇잎 사이를 뒤지고 다녔다. 그러더니 만족스럽게 소리치면서, 앞으로 몸을 숙이고 조그만 놋쇠 원통을 주워 들었다.

"그럴 줄 알았어. 권총에 탄피 배출기가 달려 있었어. 여기 세

♦ BBC 《셜록》 〈눈먼 은행원〉에서도 셜록은 피해자 반쿤이 자살이 아니라 살해된 것이라고 말하면서 반쿤이 쏜 총알은 열려 있는 창문 밖으로 발사되었다고 말한다.

번째 탄창이 있어요. 마틴 경위님, 제 생각에 이 사건은 거의 종결된 것 같습니다."

지역 경위의 얼굴을 보니 빠르고 능란한 홈즈의 수사 솜씨에 크게 놀란 것 같았다. 그는 처음에는 자기 위치를 내세우려는 듯한 태도를 보였지만, 이제는 그저 감탄하면서 아무것도 묻지 않고 홈즈가 이끄는 대로 따르려고 했다.

"누구를 의심하십니까?"

경위가 물었다.

"그 얘긴 나중에 할게요. 이 문제에 아직은 설명하지 못할 부분이 몇 개 있어요. 이제 여기까지 왔으니 제 방식대로 진행해서 이 사건을 완전히 마무리 짓는 것이 좋겠습니다."

"원하시는 대로 하세요, 홈즈 씨. 우리가 범인을 잡을 수만 있다면요."

"궁금증을 남기고 싶은 것이 아닙니다. 그렇지만 지금은 길고 복잡한 설명을 하는 게 불가능해요. 이 사건의 실마리는 전부 손에 쥐고 있습니다. 부인이 영영 깨어나지 못한다고 하더라도 어젯밤의 일들을 재구성해 정의를 이루는 것이 가능하죠. 먼저, 이 근처에 '엘리지'라는 여관이 있습니까?"

하인들에게 물어보았지만 아무도 그런 곳은 알지 못했다. 하지만 마구간지기 아이가 사건을 해결할 실마리를 주었다. 이스트 러스턴 쪽에 그런 이름을 가진 농부가 있다는 것을 기억해낸 것이다.

"외딴 농장이니?"

"아주 외딴곳이에요, 선생님."

"그럼 간밤에 여기서 무슨 일이 일어났는지 못 들었을 수도 있겠구나?"

"아마도요."

홈즈는 잠시 생각하더니, 얼굴에 기묘한 미소를 머금었다.

"얘야, 말에 안장을 얹으렴. 엘리지 농장에 전갈을 하나 가지고 가주겠니?"

홈즈는 주머니에서 춤추는 사람 그림이 그려진 종이 여러 장을 꺼냈다. 홈즈는 그것들을 서재 탁자 위에 늘어놓고 얼마 동안 작업을 했다. 그러더니 쪽지 하나를 아이에게 건네며, 편지를 봉투에 적혀 있는 수취인에게 직접 전달해야 한다고 당부했다. 특히 그 사람이 무슨 질문을 하더라도 대답해서는 안 된다고 했다. 봉투 겉면에는 반듯한 홈즈의 평소 글씨체와는 거리가 먼 제멋대로 휘갈겨 쓴 글씨가 적혀 있었다. 편지는 노퍽의 이스트 러스턴, 엘리지 농장의 에이브 슬레이니 씨 앞으로 보내는 것이었다.

"제 생각엔, 경위님. 호송을 도울 사람을 하나 보내달라고 전보를 보내시는 게 좋을 것 같습니다. 제 계산이 맞는다고 판명이 나면, 카운티 감옥으로 아주 위험한 죄수를 호송해 가야 할지도 몰라요. 이 전갈을 가져가는 아이가 경위님 전보도 보내줄 수 있겠죠. 왓슨, 시내로 들어가는 오후 기차가 있으면 우린 그걸 타고 가야 할 것 같아. 끝내야 하는 화학 실험 분석도 있고, 이 사건도 빠르게 정리되어 가고 있으니까."

홈즈가 말했다.

아이가 전갈을 가지고 떠난 후에, 셜록 홈즈는 하인들에게 지시 사항을 전달했다. 큐빗 부인을 찾는 방문객이 있으면, 부인의 상태에 대해서 그 어떤 말도 해서는 안 되고, 손님을 곧바로 응접실로 안내해야 한다는 것이었다. 홈즈는 이 점을 굉장히 심각하게 강조했다. 그러고는 응접실로 앞장서면서 이 문제는 이제 우리 손을 떠났으니 무슨 일이 벌어질지 알 수 있을 때까지 최대한 시간을 잘 보내고 있어야 한다고 했다. 의사는 자기 환자들을 보러 떠났고, 경위와 나만 남았다.

"기다리는 한 시간 동안 재미있고 유익하게 보낼 수 있도록 도와드리죠."

홈즈는 의자를 탁자 가까이로 끌어당겨 앉더니, 갖가지 모양으로 춤추는 사람이 그려진 종이를 여러 장 펼쳐놓았다.

"왓슨, 너한테는 빚을 졌어. 네 당연한 궁금증을 풀어주지는 못할망정 참고 기다려달라고 했으니 말이야. 경위님, 경위님께서는 이 모든 걸 훌륭한 수사 연구 자료로 쓸 수 있을 겁니다. 우선은 힐튼 큐빗 씨와 베이커 스트리트에서 상담을 했을 때의 흥미로운 상황들을 말씀드려야겠군요."

그리고 홈즈는 이미 기록되어 있는 사실들을 짧게 요약했다.

"여기 제 앞에는 그 특이한 그림들이 있습니다. 이 그림들이 이렇게 끔찍한 비극의 전조가 되지 않았다면, 혹자는 이걸 보고 웃을지도 모르죠. 전 비밀 문자로 글 쓰는 방법이란 방법은 꽤 많이 알고 있고, 그 주제에 대해서 별것 아닌 논문을 쓰기도 했어요. 그 논문에서 제각기 다른 160개의 암호 체계를 분석했지만, 이 형상들은 생전 처음 보는 것이었다는 걸 고백해야겠습니다. 이 체계를 만든 사람들은 이 그림이 어떤 의미를 전달한다는 사실을 감추려고 했던 것 같습니다. 어린아이의 낙서같이 보이게 하려고 한 거죠.

그렇지만 일단 이 형상들이 문자를 대신한다는 것을 알고 나서 모든 종류의 비밀 문자를 해독하는 규칙들을 적용하니 풀이는 꽤 쉬웠습니다. 첫 번째 받은 메시지는 너무 짧아서  그림이 알파벳 E를 나타낸다는 것 정도만 확신할 뿐, 그 외에는 뭘 더 하는 게 불가능했습니다. 아시겠지만, E는 영어 알파벳에서 가장 흔한 글자이고 어느 문장에나 많이 쓰여서, 짧은 문장에서도 우린 E가 가장 많을 거라 예상할 수 있죠. 첫 번째 메시지는 열다섯 개의 사람 그림으로 이루어져 있었는데, 네 개가 똑같아서 그걸 E라고 봐도 무리가 없었습니다. 물론 어떤 그림은 깃발을 들고 있고, 아니기도 했지만, 깃발의 분포를 보면 문장 안에서 단어가 끝나고 띄어쓰기를 하는 지점을 나타내려는 것일 수도 있다고 생각했죠. 전 이걸 가설로 삼고, E는 그림으로 쓰인다고 기록해두었습니다.

그렇지만 그다음부터 수사가 아주 어려워졌습니다. 영어 알파벳에서 E 다음으로 많이 쓰이는 순서는 정해져 있다고 할 수 없고, 인쇄된 문서에 평균적으로 많이 나타나는 알파벳도 짧은 문장에서는 반대로 나타날 수 있습니다. 대략적으로 말하면, T, A, O, I, N, S, H, R, D, L의 순서로 가장 많이 쓰이지만, T, A, O와 I는 거의 비슷한 빈도로 등장하죠. 의미를 찾아낼 때까지 일일이 대입을 해보다가는 끝이 없을 겁니다. 그래서 전 새로운 자료가 쌓이길 기다렸습니다. 힐튼 큐빗 씨와 두 번째 만났을 때, 큐빗 씨는 저에게 다른 짧은 문장 두 개와 메시지 하나를 줬죠. 메시지는 깃발이 없는 걸로 봐서 단어인 것 같았어요. 여기 그 기호가 있습니다. 자, 이 단어에서 전 이미 다섯 글자 중에서 두 번째와 네 번째에 E가 온다는 걸 알고 있죠. 그렇다면 이 단어는 'sever(끊다)'나 'lever(지렛대)' 아니면 'never(결코)'가 될 수 있겠죠. 가장 그럴듯한 건 마지막 단어예요. 무언가 간청했을 때 그에 대한 대답으로 이 단어가 가장 적당하다는 건 이견이 없을 거예요. 정황상 이건 부인이 보낸 답변이었어요. 이 가정이 맞는다면, 우리 이제 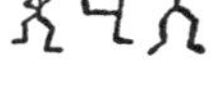 그림들이 각각 N, V, R을 나타낸다는 걸 알 수 있죠.

그래도 여전히 꽤 어려운 문제였어요. 그렇지만 좋은 생각이 떠올라 다른 글자도 몇 개 알아낼 수 있었습니다. 만약에 이 메시지들이 제가 예상한 대로 부인이 과거에 가깝게 지내던 사람에게서 온 거라면, 양 끝에 E가 있고 그 사이에 글자가 세 개 있는 단어는 'ELSIE(엘시)'라는 이름일 수도 있겠다고 생각한 거죠. 살펴보니, 그런 조합이 세 번이나 반복해 보내온 메시지의 끝부분에 있었어요. 이건 분명 '엘시'에게 무슨 부탁을 하는 거였죠. 이렇게 전 L과 S를 찾았습니다. 그렇지만 도대체 무슨 부탁이었을까요? '엘시' 앞에 있는 글자는 네 개뿐이었고, E로 끝났어요. 이 단어는 분명 'COME'일 거예요. 전 E로 끝나는 네 글자짜리 단어를 다 찾아보았지만 여기에 맞는 건 없었어요. 그렇게 전 C와 O, M을 찾게 되었고 다시 첫 번째 메시지를 건드려볼 수 있게 되었죠. 단어 사이를 띄고, 아직 알아내지 못한 기호는 점으로 대체했어요. 그렇게 하자 이런 문장이 나왔죠.

.M .ERE ..E SL.NE.

자, 첫 번째 글자는 A일 수밖에 없어요. A를 나타내는 그림은 이 짧은 문장에서 세 번이나 등장하기 때문에 가장 중요한 발견이었어요. 두 번째 단어에 H가 들어가는 것 또한 분명했죠. 이제 이런 문장이 되었어요.

AM HERE A.E SLANE.

그럼 이름의 빈칸을 채워 넣으면 이렇게 되죠.

AM HERE ABE SLANEY(여기 왔어 에이브 슬레이니)

이제는 글자를 많이 알게 되어 두 번째 메시지도 자신감을 가지고 풀어볼 수 있었어요. 그 문장은 이런 식으로 나왔죠.

A. ELRI.ES.

여기서는 빈칸에 T와 G를 넣어야 말이 됐어요. 이 이름은 이걸 쓴 사람이 머물고 있는 집이나 여관일 거라고 생각했죠."

마틴 경위와 나는 내 친구가 이 난제를 얼마나 깔끔하게 해결했는지 완벽하게 보여주는 이야기를 정신없이 들었다.

"그러고는 어떻게 하셨습니까, 선생님?"

경위가 물었다.

"에이브 슬레이니가 미국인이라고 가정할 근거들은 많았어요. 에이브는 미국식으로 줄여 부르는 이름이고, 미국에서 온 편지로 이 모든 문제가 시작되었으니까요. 그리고 이 사건에 비밀스러운 범죄가 얽혀 있다고 생각할 이유도 충분했어요. 부인이 과거에 대해서 했던 말이나, 남편에게 털어놓기를 거부했던 것을 볼 때 그렇게 생각할 수 있었죠. 전 그래서 뉴욕 경찰국에 있는 제 친구 윌슨 하그리브에게 전보를 보냈어요. 그 친구도 런던 범죄에 대해서 제게 여러 차례 물어봤었거든요. 전 그 친구에게 에이브 슬레이니라는 이름을 알고 있느냐고 물어봤어요. 여기 그 친구 답이 있어요. '시카고에서 가장 위험한 범죄자.' 전보를 받은 바로 그날 저녁, 힐튼 큐빗 씨가 슬레이니에게서 온 마지막 메시지를 전달해줬어요. 알고 있는 글자를 넣어보니, 이런 글이 나왔어요.

ELSIE .RE.ARE TO MEET THY GO.

P와 D를 더해 문장을 완성해보니ELSIE PREPARE TO MEET THY GOD(엘시 신을 만날 준비를 해) 그자가 설득에서 협박으로 넘어갔다는 것을 알 수 있었어요. 시카고의 범죄자들에 대해 제가 알고 있는 걸 생각해보면, 그자가 정말 빨리 협박을 실행에 옮길 수도 있었어요. 전 바로 제 친구이자 동료인 왓슨 선생과 노퍽으로 왔지만, 유감스럽게도 벌써 최악의 일이 벌어진 뒤였죠."◆

◆「춤추는 사람 그림」에서는 알파벳을 춤추는 사람 그림으로 암호화해 사용하지만, BBC 《셜록》〈눈먼 은행원〉에서는 중국 고대 문자를 암호로 사용한다. 중국 고대 문자로 숫자를 쓰고, 이 숫자는 다시 조직원들만 아는 책의 페이지와 몇 번째 단어인지를 지칭하는데, 이런 방식의 책 암호는『공포의 계곡』에 등장하는 것이다.

"이 사건을 맡으면서 홈즈 씨와 함께하게 되어 영광입니다."

경위가 진심으로 말했다. 그러고는 다시 말을 이었다.

"그렇지만 실례가 되더라도 솔직히 말씀드리겠습니다. 홈즈 씨는 자신의 말만 책임지면 되지만, 전 상관에게 할 말이 있어야 합니다. 만약에 엘리지에 있는 에이브 슬레이니라는 자가 정말 살인자라면, 제가 여기 앉아 있는 동안 그자가 도망가기라도 한다면 제 입장이 아주 곤란해질 겁니다."

"걱정하실 필요 없습니다. 도망가지 않을 거예요."

"어떻게 아십니까?"

"도망간다면 범인이라는 걸 입증하는 거죠."

"그럼 가서 그자를 체포합시다."

"그 사람은 곧 여기로 올 겁니다."

"그자가 왜 여기에 나타나겠어요?"

"제가 전갈을 보내서 와달라고 했으니까요."

"아니, 이건 말이 안 돼요, 홈즈 씨! 그자가 당신이 오라고 한다고 왜 옵니까? 그런 부탁을 하면 오히려 의심을 품고 도망치지 않겠어요?"

"난 편지 내용을 어떻게 써야 하는지 알고 있었어요. 제가 잘못 안 게 아니라면, 저기 그 양반이 진입로를 따라 올라오고 있네요."

한 남자가 현관으로 이어지는 길을 따라 성큼성큼 걸어오고 있었다. 키가 크고 얼굴이 거무스레한 잘생긴 남자였다. 그 남자는 회색 플란넬 양복을 입고 파나마모자를 쓰고, 짧고 굵은 검은 수염에 커다랗고 호전적인 매부리코를 하고 있었다. 그는 걸을 때마다 지팡이를 요란하게 휘두르며 대저택이 자기 것이라도 되는 양 으스대며 길을 걸어왔다. 곧 커다랗고 자신감 있게 초인종을 울리는 소리가 들렸다.

"여러분, 제 생각에는 우리가 문 뒤에 있는 것이 좋을 것 같습니다. 이런 자를 상대할 때는 예방책이란 예방책은 다 세워두는 것이 필수죠. 경위님, 수갑이 필요할 겁니다. 말은 제가 하게 두면 되고요."

홈즈가 조용히 말했다.

우린 1분 정도 조용히 기다렸다. 절대 잊을 수 없을 1분이었다. 그러더니 문이 열리고 남자가 걸어 들어왔다. 그 순간 홈즈는 권총을 그 남자 머리에 댔고, 마틴 경위는 손목에 수갑을 채웠다. 이 모든 일이 아주 재빠르고 능숙한 솜씨로 이루어져서 남자는 당했다는 걸 깨닫기도 전에 힘을 전혀 못 쓰는 상태가 되었다. 그는 타는 듯한 검은 눈으로 우리를 한 명 한 명 노려보았다. 그러더니 씁쓸한 웃음을 터뜨렸다.

"아니, 여러분, 이번에는 제 머리 위에 계셨군요. 제가 단단한 벽에 부딪힌 것 같습니다. 그렇지만 전 큐빗 부인이 보낸 편지를 받고 온 겁니다. 부인이 같이 꾸민 건 아니죠? 부인도 절 잡으려고 덫을 놓은 건 아니겠죠?"

"큐빗 부인은 지금 심각한 부상으로 위중한 상태입니다."

홈즈의 말을 듣고 남자는 슬픔에 겨운 쉰 목소리로 탄식했다. 그 소리가 집 전체에 울려 퍼졌다.

"말도 안 돼요! 다친 건 그자였어요, 여자가 아니라. 누가 꼬마 엘시를 다치게 하겠어요? 전 엘시를 협박하긴 했지만, 하느님 용서해주세요! 전 예쁜 엘시의 털끝 하나도 건드리지 않았을 거예요. 취소해요, 당신! 엘시가 다치지 않았다고 말해요!"

남자가 사납게 외쳤다.

"큐빗 부인은 죽은 남편 옆에서 심한 상처를 입고 발견되었습니다."

남자는 깊은 신음을 흘리며 소파에 몸을 묻고 수갑 찬 손으로 얼굴을 감쌌다. 남자는 5분간 말이 없었다. 그러더니 다시 얼굴을 들고 절망으로 차갑게 가라앉은 목소리로 말했다.

"전 여러분께 숨길 것이 없어요. 제가 그 남자를 쏜 것은 그자가 절 쐈기 때문이니, 살인이라고 할 수 없어요. 그렇지만 제가 그 여자를 다치게 했다고 생각하신다면, 당신들은 저도 모르고 그 여자도 모르는 거예요. 이 세상에서 저보다 그 여자를 사랑하는 남자는 없으니까요. 전 엘시 옆에 있을 권리가 있어요. 엘시와 저는 여러 해 전에 맹세를 나눴어요. 이 영국인이 뭔데 우리 사이에 끼어드는 거죠? 제 말은, 엘시에 대한 권리를 먼저 가진 건 저라는 거예요. 전 제 것을 찾으려던 것뿐이라고요."

"부인은 당신이 어떤 남자인지 알게 되자 당신에게서 벗어나려고 했어요. 부인은 당신을 피해 미국에서 도망을 쳤고, 영국에서 명예로운 신사와 결혼을 했죠. 당신은 부인을 추적하고 쫓아와서 부인의 삶을 불행하게 만들었어요. 부인이 사랑하고 존경하는 남편을 버리고 두려워하고 증오하는 당신과 함께 도망가도록 협박한 거죠. 당신은 결국 존경할 만한 남자를 죽이고, 그의 아내를 자살로 몰아갔어요. 이게 이 사건에서 당신이 저지른 짓입니다, 에이브 슬레이니 씨. 그리고 법이 그 죗값을 물을 거고요."

홈즈가 단호하게 말했다.

"엘시가 죽는다면, 전 어떻게 되도 상관없어요."

남자는 중얼거리며 손바닥을 펼쳐서 구겨진 쪽지를 보았다. 그러더니 의혹으로 번득이는 눈으로 외쳤다.

"이봐요, 당신! 당신 날 겁주려는 것 아닙니까? 당신 말처럼 엘시가 다친 거라면, 이 쪽지를 쓴 건 누군데요?"

남자는 쪽지를 탁자 앞쪽으로 던졌다.

"당신을 여기로 오게 하려고 제가 썼습니다."

"당신이 썼다고요? 조직 사람 말고는 춤추는 사람의 비밀을 아는 사람은 아무도 없을 텐데요. 어떻게 쓴 거죠?"

"사람이 만들어낸 것이라면 사람이 알아낼 수도 있죠. 여기 노리치 서로 당신을 호송해 갈 마차가 왔네요. 당신이 초래한 이 비극을 얼마간이라도 보상할 기회가 있어요. 큐빗 부인이 남편을 살해한 혐의를 받고 있다는 것을 아시나요? 마침 제가 여기 있어서, 그리고 제가 알고 있는 것 덕분에 부인이 그 혐의를 벗었다는 것도요. 당신이 부인에게 할 수 있는 것은 부인이 남편의 비극적인 죽음에 직접적이든 간접적이든 아무런 책임이 없다는 것을 모두에게 명백하게 밝히는 겁니다."

"저도 더 바랄 게 없습니다. 온전한 진실을 말하겠습니다. 그게 제 자신을 위해서도 가장 좋은 방법일 테죠."

미국인이 말했다.

"그건 당신에게 불리한 증언이 될 수 있다는 걸 말씀드리는 게 제 의무입니다."

경위가 참으로 공명정대한 영국의 형법에 입각해 외쳤다.

슬레이니는 어깨를 으쓱해 보였다.

"감수하죠. 여러분께 먼저 말씀드리고 싶은 것은, 전 엘시를 어렸을 때부터 알았다는 거예요. 시카고의 조직원은 일곱 명이었는데, 엘시의 아버지 패트릭이 조직의 우두머리였어요. 패트릭은 똑똑한 남자였어요. 그 암호를 만든 사람이었죠. 해독할 방법이 없다면 그저 어린아이의 낙서처럼 보였을 거예요. 엘시는 우리가 하는 일을 조금 배웠지만, 이쪽 일을 견디질 못했어요. 엘시는 정직하게 돈을 좀 벌고는 우리 몰래 런던으로 도망갔어요.♦ 엘시는 저와 약혼한 상태였는데, 제가 다른 직업을 찾았다면 저와 결혼했을 거예요. 하지만 엘시는 이쪽 일과 조금이라도 관련이 있다면 상종도 안 했어요. 제가 엘시가 어디 있는지 안 건 엘시가 이 영국인이랑 결혼한 다음이었어요. 전 엘시에게 편지를 썼지만 아무 답장도 못 받았어요. 그러고서 저는 이쪽으로 건너왔고, 편지가 아무 소용 없는 것을 보고 엘시가 읽을 수 있을 곳에 메시지를 남겼죠.

제가 여기 온 지 이제 한 달이 되었어요. 그 농장에서 아래층 방에 머물렀기 때문에 매일 밤 아무도 모르게 들락날락할 수 있었죠. 전 엘시를 설득하려 갖은 수를 다 썼어요. 그러고는 제 성질을 못 이기고 엘시를 협박하기 시작했죠. 그러자 엘시는 저에게 편지를 보내서 떠나달라고 간청했어요. 남편에 대해서 안 좋은 소문이 돌면 마음이 찢어질 거라고요. 엘시는 남편이 잠들면 새벽 3시에 내려와서 건물 끝 창문으로 저와 얘기하겠다고 했어요. 그러니 이제 여길 떠나 자기를 조용히 살게 내버려 달라고 했죠. 엘시는 돈을 가지고 내려와서 절 돈으로 매수해서 떠나게 하려고 했어요. 전 그거에 화가 나서 팔을 잡고 엘시를 창문 밖으로 끌어내려 했죠. 그때 엘시의 남편이 권총을 손에 들고 뛰

♦ BBC 《셜록》 〈눈먼 은행원〉의 수린 역시 열다섯 살에 부모님이 돌아가시고 먹고살 길이 없어 할 수 없이 조직 일에 가담했다고 말한다. 영국으로 와서 과거의 삶을 버리고 새로운 삶을 살고자 했지만 조직 구성원인 수린의 오빠가 수린을 찾아내서 조직 일에 가담할 것을 요구한다.

어 들어왔어요. 엘시는 주저앉았고, 남편과 전 서로를 마주 보았죠. 저도 무장하고 있었기 때문에 겁을 줘서 달아날 기회를 만들려고 총을 들었어요. 그자가 총을 쐈고, 빗나갔어요. 전 거의 동시에 총을 쐈고, 그자가 쓰러졌죠. 전 정원을 가로질러 도망갔고, 제 뒤로 창문이 닫히는 소리를 들었어요. 이건 정말 진실입니다. 한 마디도 빼놓지 않고요. 그러고는 그 아이가 말을 몰고 와 전갈을 건네주기 전까지 아무 소식도 못 들었어요. 그걸 받고 전 얼뜨기처럼 여기 당신들 손안에 걸려든 거죠."

미국인이 이야기를 하는 동안 마차가 도착했다. 그 안에는 제복을 입은 경찰 두 명이 앉아 있었다. 마틴 경위는 일어서서 남자의 어깨를 건드렸다.

"이제 갈 시간입니다."

"엘시를 보고 가도 됩니까?"

"안 됩니다. 아직 의식이 없어요. 셜록 홈즈 씨, 또다시 중요한 사건을 맡는다면 그때도 당신과 함께 일하면 좋겠습니다."

우리는 창가에 서서 마차가 멀어지는 것을 지켜봤다. 돌아서면서 나는 남자가 탁자 위에 던져놓은 구겨진 종이에 눈이 갔다. 홈즈가 그 남자를 속이려 쓴 전갈이었다.

"읽을 수 있나 한번 봐, 왓슨."

홈즈가 웃으며 말했다.

쪽지에는 아무 말 없이 이런 그림이 한 줄로 그려져 있었다.

"내가 설명해준 대로 해독하면, '당장 여기로 와(Come here at once)'라는 걸 간단히 알 수 있을 거야. 그자가 거절할 수 없을 거라고 확신했지. 부인이 아니면 이 그림을 절대 모를 거라고 생각했을 테니까. 왓슨, 우린 이렇게 나쁜 일에 많이 쓰였던 춤추는 사람 그림을 좋은 데 쓴 거야. 그리고 난 네 사건 기록에 특이한 사건을 주겠다는 약속을 지킨 거고. 우린 3시 40분 기차를 탈 거니까 베이커 스트리트에 도착하면 저녁 먹을 때가 되겠어."

덧붙일 말은 하나뿐이다. 겨울에 노리치에서 열린 순회재판에서 에이브 슬레이니는 사형선고를 받았지만, 첫 발을 쏜 것이 힐튼 큐빗이 분명했으므로 정상참작을 해 후에 징역형으로 바뀌었다. 큐빗 부인에 대해서 들은 것은 부인이 건강을 완전히 회복했고, 여전히 혼자 살면서 가난한 이들을 돌보고 남편의 땅을 관리하는 데에 평생을 바치고 있다는 것이었다.

The Five Orange Pips

오렌지 씨앗 다섯 개

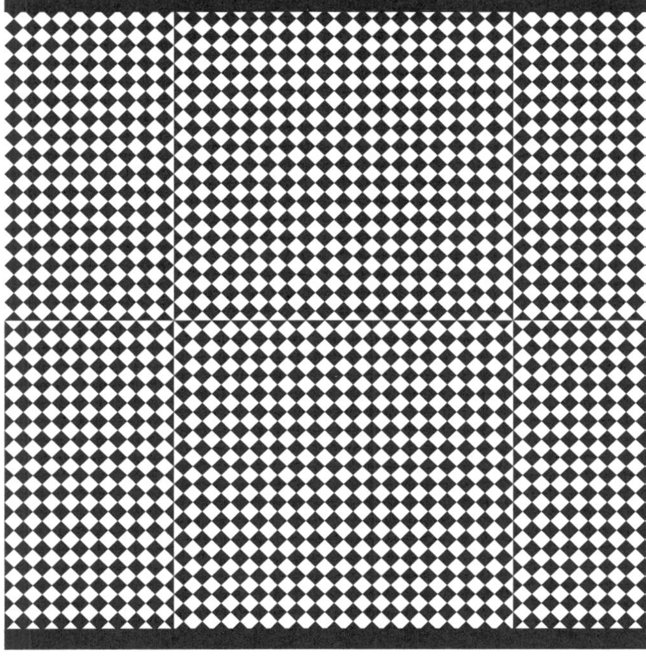

1882년에서 1890년 사이에 셜록 홈즈가 맡은 사건의 일지와 기록을 훑어보면, 특이하고 흥미로운 이야기들이 너무 많아 어떤 걸 넣고 어떤 걸 빼야 할지 결정하기 쉽지 않다. 그렇지만 몇몇 사건들은 신문을 통해 벌써 대중에게 알려졌고, 어떤 사건은 내 친구가 지닌 그 뛰어난 재능을 알릴 기회조차 없었다. 내가 이 글을 쓰는 목적이 그 친구의 능력을 드러내는 것인데 말이다. 사건들 중에는 홈즈의 추론 능력으로도 풀 수 없어서 시작만 있고 끝이 없는 이야기도 있고, 일부만 해결된 사건들도 있다. 이 사건들을 설명하려면 홈즈에게 가장 중요한 절대적이고 논리적인 증거 대신 추론과 가정만으로 설명해야 할 것이다. 하지만 이 마지막 경우에 해당하는 사건 중에 워낙 특이하고 결말도 충격적인 사건이 있어서 그 이야기를 들려주고자 한다. 물론 어떤 부분은 지금까지도 해결되지 않았고 앞으로도 아마 완전히 풀리지 않을 것이다.

1887년 내내 꽤 흥미로운 사건들을 연이어 맡았다. 지금까지 그 기록을 가지고 있는데, 이 12개월 동안의 사건 제목들을 보면, 패러돌 체임버의 모험도 있고, 가구 창고의 지하실에서 호화로운 클럽을 운영했던 아마추어 걸인 협회 사건, 영국의 범선 소피 앤더슨호 실종 사건, 우파 섬에서 그라이스 패터슨 가족이 겪은 특이한 모험, 그리고 마지막으로 캠버웰 독살 사건이 있다. 이 마지막 사건에서는, 알려진 바와 같이 홈즈는 피살자의 시계태엽을 감아보고는 두 시간 전에 태엽이 감겼고 피살자는 그 시간 이후에 잠자리에 들었다는 것을 밝혔다. 이 추론은 이 사건을 해결하는 데 가장 중요한 역할을 했다. 이 사건들 모두 가까운 시일 내에 이야기할 테지만, 지금 내가 펜을 들어 쓰려고 하는 사건만큼 특이하고 기이한 상황이 계속되는 사건은 없었다.

9월 말이었다. 추분 무렵의 강풍이 이례적으로 세게 불던 때였다. 하루 종일 바람이 고함을 지르고 비는 창문을 두들겨대서, 런던이라는 거대한 인공 도시 한복판에 사는 우리 둘도 잠시 일상에서 시선을 돌릴 수밖에 없었다. 우리는 장엄한 원초적인 힘이 철창 안에 갇혀 있는 야생동물처럼 문명의 창살 너머로 인류에게 비명을 지르는 것을 가만히 지켜보았다. 저녁이 되면서 폭풍은 더욱 거세고 시끄러워졌고, 바람은 굴뚝에 낀 아이처럼 울고불고 소리쳐댔다. 홈즈는 벽난로 한편에 우울하게 앉아서 자기가 쓴 범죄 기록들에 상호 참조 색인을 만들고 있었다. 나는 다른 한편에 앉아서 클라크 러셀이 쓴 훌륭한 해양소설 중 한 권을 읽고 있었는데, 바깥에서 휘몰아치는 폭풍이 이야기 속 바람과 겹쳐졌고, 쏟아지는 비는 길게 부서지는 바다의 파도 소리처럼 들렸다. 내 아내는 장모님 댁에 가 있어서, 나는 며칠 동안 베이커 스트리트의 내 옛날 방에 머물고 있었다.

"아, 저건 분명히 초인종 소린데. 오늘 같은 밤에 누가 오는 거지? 혹시 네 친구인가?"

내가 홈즈 쪽으로 고개를 들며 말했다.

"너 말고는 친구 없어. 난 손님을 반기지 않아."

"그럼 의뢰인인가?"

"그렇다면 아주 심각한 사건이야. 아니면 이런 날 이런 시간에 누가 나오겠어. 아마 주인아주머니랑 친한 사람이 아닐까 싶은데."

하지만 홈즈의 추측은 빗나갔다. 복도에서 발소리가 들리더니 문 두드리는 소리가 났다. 홈즈는 긴 팔을 뻗어 등불을 자기 쪽에서 방문객이 앉을 빈 의자 쪽으로 돌려놓았다.

"들어오세요!"

홈즈가 말했다.

들어온 남자는 기껏해야 스물두 살쯤 돼 보이는 젊은이였다. 잘 가꾼 외모에 깔끔한 옷을 입고 있었고, 몸가짐에서 어딘가 세련되고 섬세한 느낌이 났다. 손에 든 우산에서는 물이 줄줄 떨어졌고 긴 우의도 물기로 번들거려서, 남자가 뚫고 온 바깥 날씨가 어떤지 짐작이 갔다. 남자는 등의 눈부신 불빛 속에서 불안하게 주변을 둘러보았다. 얼굴을 보니 창백하고 눈이 피로해 보여, 근심에 무겁게 짓눌려 있는 사람 같았다.

"이거 죄송합니다. 제가 방해한 것은 아니겠죠. 제가 이 안락한 방 안으로 폭풍우를 몰고 들어온 것 같네요."

남자가 금색 코안경을 눈 가까이 대며 말했다.

"외투와 우산을 주세요. 여기 옷걸이에 걸어두면 금방 마를 겁니다. 남서쪽에서 올라오셨군요."

홈즈가 말했다.

"네, 호섬에서요."

"구두코에 묻은 진흙과 석회를 보니 분명히 알겠네요."♦

"전 조언을 얻으러 왔어요."

"그건 쉽게 들으실 수 있지요."

"도움도요."

"그건 그렇게 쉽지 않고요."♦♦

♦ BBC 《셜록》 〈잔혹한 게임〉에서 셜록은 모리아티가 낸 첫 번째 수수께끼를 풀면서, 운동화에 묻은 흙을 보고 서식스 지역의 흙 위에 런던의 흙이 덮여 있다는 것을 알아맞힌다.

♦♦ 특별편 〈유령 신부〉에서 카마이클 부인이 사건을 의뢰할 때 셜록과 이와 똑같은 대화를 나눈다.

"홈즈 씨, 프렌더개스트 소령님께 홈즈 씨 이야기를 들었습니다. 탱커빌 클럽 사건에서 어떻게 소령님을 구해주셨는지를요."

"아, 그렇죠. 소령님은 카드 게임에서 속임수를 쓴다고 누명을 썼지요."

"소령님께선 홈즈 씨가 어떤 사건이든 해결해줄 수 있다고 하셨어요."

"과장하셨네요."

"한 번도 실패한 적이 없으시다고요."

"네 번 무릎을 꿇었습니다. 세 번은 남자에게, 한 번은 여자에게요."

"그렇지만 성공한 것에 비하면 실패한 적은 얼마 되지 않죠?"

"대체적으로 성공한 건 맞지요."

"그럼 제 경우에도 성공하실 수 있겠죠."

"그보다 의자를 불 가까이 당겨 앉고 사건에 대해서 좀 자세히 말씀해주시겠어요?"

"평범한 사건이 아닙니다."

"저에게 오는 사건은 평범한 게 없어요. 전 마지막 상고법원이거든요."

"그렇지만 선생님, 지금까지 경험하신 것 중에 제 가족에게 일어난 일보다 더 이상하고 설명하기 힘든 사건이 있었는지 모르겠습니다."

"절 궁금하게 하시네요. 핵심적인 사실을 처음부터 말씀해주세요. 제가 중요하다고 생각되는 세부 사항들은 나중에 여쭤보겠습니다."

젊은 남자는 의자를 끌어당겨 앉고, 젖은 발을 불 쪽으로 뻗었다.

"제 이름은 존 오펜쇼입니다. 그렇지만 제가 알기로 제 개인적인 부분들은 이 끔찍한 일과 별로 상관이 없어요. 이건 상속과 관련된 문제라, 사건에 대해 말씀드리기 전에 이 일이 어떻게 시작되었는지부터 말씀드려야 할 것 같아요.

저희 할아버지께는 아들이 둘 있었습니다. 엘리아스 삼촌과 저희 아버지 조지프죠. 저희 아버진 코번트리에서 작은 공장을 운영하셨는데, 자전거가 발명되면서 공장은 날로 번성했어요. 터지지 않는 오펜쇼 타이어의 특허도 갖고 계셨고요. 사업이 크게 성공해서 아버지는 회사를 팔고 큰돈을 챙겨서 은퇴하실 수 있었습니다.

엘리아스 삼촌은 젊은 시절 미국으로 이민을 가서 플로리다의 농장주가 되었어요. 그곳에서 꽤 잘됐다고 들었죠. 전쟁이 일어나자 잭슨 장군 밑에서 싸웠고, 후에는 후드 장군 밑에서 싸우면서 대령까지 올라갔어요. 리 장군이 항복하고 나서 삼촌은 농장으로 돌아가 3, 4년 동안 그곳에서 지내셨어요. 1869년인지, 1870년인지 유럽으로 돌아와 호셤 근처 서식스에 땅을 좀 사셨습니다. 미국에서 재산을 꽤 모으셨는데, 그곳을 떠나신 이유 중에는 흑인에 대한 거부감도 있고, 공화당에서 흑인에게도 선거권을 주는 정책이 싫으셨던 것도 있습니다. 삼촌은 유별난 분이셨어요. 불같은 성질에 성격도 급하고, 화가 나면 욕도 심하게 하시고, 사람들과 어울리는 걸 굉장히 꺼리셨어요. 호셤에서 지내시는 동안 한 번이라도 시내에 나가보셨는지 모르겠어요. 정원도 있었고 집 주변에 들판도 두세 개 있어서 거기서 운동을 하셨지만, 몇 주씩 방에서 안 나가기도 했죠. 브랜디를 아주 많이 드시고 담배도 많이 피우셨는데, 아무도 만나지 않고 친구도 사귀고 싶어 하질 않으셨어요. 친형제까지도요.

저는 예외였어요. 제가 열두 살 정도 됐을 때였나, 그때 처음 봤을 때부터 절 좋아하셨어요. 그때가 1878년, 영국에 8, 9년 계신 다음이었을 거예요. 삼촌은 아버지에게 저와 함께 지내게 해달라고 부탁해서 저는 삼촌과 함께 살게 되었죠. 삼촌 나름대로 제게 아주 잘해주셨어요. 술에 취하지 않으셨을 땐 주사위 놀이나 체커를 함께 하는 걸 좋아하셨고, 하인들에게나 상인들에게나 절 대리인으로 세우셔서 제가 열여섯 살이 되었을 땐 집에서 주인 노릇을 하게 됐어요. 저한테 모든 열쇠가 다 있어서, 제가 삼촌만 방해하지 않으면 원하는 곳에 가서 원하는 걸 할 수 있었죠. 그렇지만 딱 한 가지 예외는 있었어요. 다락방들 사이에 삼촌이 창고로 쓰는 방이 하나 있었는데, 언제나 잠겨 있었고 저도 다른 누구도 절대 못 들어가게 하셨어요. 어렸을 땐 호기심에 열쇠 구멍으로 들여다봤지만, 창고에 보통 있는 오래된 여행 가방이나 짐 보따리 말고 다른 건 본 적이 없어요.

1883년 3월 어느 날이었어요. 탁자 위 삼촌 접시 앞에 외국 소인이 찍힌 편지가 하나 있었어요. 삼촌이 편지를 받는 건 흔한 일이 아니었어요. 청구된 금액은 언제나 가지고 있는 현금으로 냈고, 친구라고는 아무도 없었으니까요. '인도에서! 퐁디셰리 소인이네. 이게 뭐지?' 삼촌이 편지를 집어 들며 말했어요. 서둘러 여는데 거기서 마른 오렌지 씨 다섯 개가 튀어나와서 삼촌의 접시에 떨어졌어요.◆ 그걸 보고 전 웃었지만, 삼촌의 얼굴을 보자마자 웃음기가 싹 가셨죠. 삼촌은 입을 떡 벌리고 얼굴이 납빛이 되어서는 눈이 튀어나올 것 같았어요. 그러고는 그때까지도 떨리는 손으로 들고 있던 봉투를 노려보면서 'K.K.K.!' 하고 비명을 질렀어요. '하느님 맙소사, 하느님 맙소사, 내가 죗값을 받는구나!'

'뭘 받은 거예요, 삼촌?' 제가 물었어요.

◆ BBC 《셜록》 〈잔혹한 게임〉에서 다섯 개의 오렌지 씨라는 장치가 다양한 방식으로 변주된다. 모리아티가 누군가를 시켜 〈핑크색 연구〉 사건의 피해자의 휴대전화와 똑같이 생긴 휴대전화를 셜록에게 보내는데, 걸려온 전화를 받자 경고음이 다섯 번 울린다. 씨를 의미하는 'pip'과 '삐' 소리를 나타내는 'peep'의 음이 비슷한 것을 활용한 것이다. 또한 원작에서는 소인을 보고 편지가 인도의 퐁디셰리에서 왔다는 것을 아는데, 〈잔혹한 게임〉에서 셜록은 소인이 없는 봉투와 필체를 보고 편지가 체코에서 왔으며 여자가 보냈다는 것을 알아낸다.

'죽음.'♦ 삼촌이 절 탁자에 남겨두고 일어나 방으로 들어가면서 말했어요. 무서워서 제 심장이 마구 뛰더라고요. 봉투를 들고 봤더니, 편지 봉투의 풀 붙이는 부분 바로 위에 붉은 잉크로 알파벳 K 자가 세 번 반복해 쓰여 있었어요. 그것 말고는 말린 씨앗 다섯 개밖에 없었어요. 삼촌이 그렇게 두려워한 건 무엇 때문이었을까요? 전 아침 식사를 뒤로하고 계단을 올라가는데, 삼촌이 한 손에 다락방 열쇠처럼 보이는 오래된 녹슨 열쇠를 들고, 다른 한 손에는 작은 놋쇠 상자를 들고 내려왔어요.

'그자들이 자기네 뜻대로 움직인다 해도 난 그들을 이길 거야. 메리에게 오늘 내 방에 불을 피우고 싶다고 전하고, 호섬의 변호사 포덤 씨를 불러달라고 해라.'

전 삼촌이 시키는 대로 했어요. 변호사가 도착하자 저도 방으로 올라오라고 하더군요. 벽난로의 불이 밝게 타고 있었고, 벽난로 재받이 안에는 종이를 태운 것 같은 검은 솜털 같은 재가 수북이 쌓여 있었어요. 그 옆에는 텅 빈 놋쇠 상자가 열려 있었고요. 그 상자를 흘깃 쳐다보니, 뚜껑에 아침에 봉투에서 봤던 K 자 세 개가 새겨져 있는 게 보였어요.

'난 존, 네가 내 유서에 증인이 되었으면 좋겠다. 내 재산을

♦ 다섯 개의 오렌지 씨앗은 특별편 〈유령 신부〉에 등장한다. 유스티스 카마이클은 식사를 하다가 오렌지 씨앗 다섯 개가 든 편지를 받고 얼굴이 굳어지는데, 이게 뭐냐는 부인의 말에 똑같이 "죽음."이라고 답한다.

모든 이해득실과 함께 내 형제, 네 아버지에게 상속한다. 그럼 분명 너에게로 상속되겠지. 아무 일 없이 지나가면, 잘된 거야! 만약 그렇지 않다면, 존, 내 말 듣고 그 지독한 적에게 넘겨주어라. 이런 양날의 검을 물려주어서 미안하지만, 일이 어떻게 될지 알 수가 없구나. 포덤 씨가 가리키는 곳에 서명해주겠니?'

전 삼촌이 시키는 대로 서류에 서명했고, 변호사가 그 서류를 가지고 갔어요. 짐작하시겠지만, 그 사건은 제게 아주 깊은 인상을 남겼어요. 전 머릿속에서 이리저리 오만 가지 생각을 다 해보았지만 무슨 의미인지 전혀 알 수가 없었죠. 그 사건 때문에 뭔가 막연한 두려움 같은 게 남아서 가시질 않았어요. 몇 주가 지나도 우리 일상이 크게 변하지는 않아서 그런 느낌이 무뎌지기는 했죠. 그렇지만 삼촌이 변했다는 건 알 수 있었어요. 전보다 술을 더 많이 마시고 사람과 접촉하는 걸 더 꺼리셨어요. 대부분의 시간은 방 안에서 문을 잠그고 지내셨지만, 가끔은 취한 채 광분해서 집 밖으로 뛰쳐나가 권총을 손에 들고 소리를 지르며 정원을 뛰어다니기도 했어요. 아무도 무섭지 않다고, 사람 때문이든 악마 때문이든 울타리 안의 양처럼 갇혀 지내지 않을 거라고 소리를 질러대셨죠. 그렇지만 불같은 흥분이 지나가면, 삼촌은 허겁지겁 집으로 뛰어 들어가서 문을 걸어 잠그고 빗장을 걸었어요. 영혼 깊숙한 곳에 자리 잡은 공포를 더는 견딜 수 없는 사람처럼요. 그럴 때면 추운 날에도 삼촌 얼굴이 세면대에서 얼굴을 막 들었을 때처럼 젖어서 번들거렸어요.

홈즈 씨의 인내심을 시험하지 않고 이 사건의 결말을 말씀드릴게요. 그렇게 취해서 마구 흥분했던 어느 날 밤, 삼촌은 돌아오질 않으셨어요. 삼촌을 찾으러 나서니, 정원 끝 쪽 초록 이끼가 잔뜩 낀 연못에 엎드려서 얼굴을 박고 계셨어요. 몸싸움의 흔적은 전혀 없었고 물도 60센티미터 정도밖에 안 되어, 배심원단은 알려져 있던 삼촌의 기행을 고려해서 자살이라고 결론을 내렸어요. 그렇지만 전 삼촌이 죽음을 생각하는 것만으로도 얼마나 움츠러들었는지 알아요. 삼촌이 그냥 나가서 그렇게 죽었다고 믿을 수가 없었어요. 그렇지만 사건은 그렇게 마무리되었고, 저희 아버지가 땅과 삼촌이 은행에 갖고 계시던 돈 1만 4,000파운드 정도를 물려받으셨죠."

"잠깐만요. 오펜쇼 씨 이야기는 제가 지금껏 들어본 이야기 중 가장 놀라운 이야기가 될 것 같군요. 삼촌이 편지를 받은 날짜와 자살하신 것으로 추정되는 날짜를 알 수 있을까요?"

홈즈가 끼어들며 물었다.

"편지는 1883년 3월 10일에 도착했습니다. 삼촌이 돌아가신 건 7주 후, 5월 2일 밤이었어요."

"고맙습니다. 이야기를 계속하시죠."

"아버지는 호섬 땅을 물려받고 나서 제 부탁으로 항상 닫혀 있던 다락방을 꼼꼼하게 살펴봤어요. 거기서 놋쇠 상자를 발견했어요. 그 안에 내용물은 다 없어진 뒤였지만요. 뚜껑 안쪽에 종이 라벨이 붙어 있었는데, K.K.K.라는 이니셜이 거기도 쓰여 있었어요. 그 아래는 '편지와 각서, 영수증, 명부'라고 쓰여 있었고요. 제가 생각하기에 삼촌이 불태운 서류가 이런 것들이 아니었나 싶었어요. 그것 말고는 다락방에서 별달리 중요한 건 없었어요. 삼촌이 미국에서 생활하는 동안 모아둔 서류나 공책이 여기저기 많이 흩어져 있었다는 것 말고는요. 어떤 건 전쟁 당시 것이었는데, 삼촌이 임무를 잘 수행했고 용감한 군인이었다는 걸 알 수 있었죠. 다른 것들은 남부의 재건 시대 때 것들이었는데, 대체로 정치에 관련된 내용들이 많았어요. 삼촌은 북부에서 온 철새 정치인들을 반대하는 일에 깊이 관여한 것 같았어요.

아버지가 호셤으로 옮겨 오신 게 1884년 초였고, 1885년 1월까지는 우리 모두 아무 문제 없이 잘 지냈어요. 새해가 되고 나흘째 되던 날 아침, 탁자 앞에 아버지와 함께 앉아 있는데 아버지가 놀라서 날카롭게 소리를 질렀어요. 아버지는 한 손에 막 뜯은 편지 봉투를 들고 있었고, 다른 한 손바닥 위에는 마른 오렌지 씨 다섯 개가 있었어요. 아버진 언제나 제가 한 삼촌 이야기를 말도 안 된다고 웃어넘겼었는데, 막상 같은 일이 당신께 벌어지니 굉장히 두렵고 어리둥절한 얼굴이셨죠.

'아니, 이게 대체 무슨 의미냐, 존?'

아버지가 더듬거리며 말씀하셨어요.

전 심장이 납덩어리가 된 것 같았죠.

'K.K.K.예요.'

제가 대답했어요.

아버진 봉투 안을 보셨어요.

'정말 그렇구나. 여기 그렇게 적혀 있어. 그렇지만 이 위에는 뭐라 적혀 있는 거니?'

저는 아버지 어깨 너머로 편지를 보고는 읽었어요.

'서류를 해시계 위에 올려놓으시오.'

'무슨 서류? 어떤 해시계?'

'정원에 있는 해시계겠죠. 다른 게 없으니까요. 그렇지만 서류는 불태워진 것들을 말하는 게 분명해요.'

'허, 우린 문명사회에서 살고 있어. 이런 허튼 장난에 넘어가선 안 된다. 이게 어디서 온 거냐?'

'던디에서요.'

제가 소인을 보며 대답했어요.

'누가 어처구니없는 장난을 친 거다. 해시계나 서류가 나랑 무슨 상관이니? 이런 헛소리는 신경 안 쓰련다.'

'저라면 경찰에 알리겠어요.'

'나더러 웃음거리가 되란 말이냐. 그렇겐 안 할 거다.'

'그럼 제가 해도 될까요?'

'아니, 허락 안 한다. 이런 헛소리를 크게 만들지 않을 거야.'

아버지를 설득하는 건 헛된 일이었어요. 아버지는 고집이 아주 세시거든요. 그렇지만 전 온통 불길한 예감에 휩싸여서 지냈어요.

편지가 온 지 3일째 되던 날, 아버진 집을 나서서 오랜 친구인 프리보디 소령님을 만나러 가셨어요. 그분은 포츠다운 힐에 있는 진지 중 하나를 지휘하고 계셨어요. 전 아버지가 거길 가시는 게 다행이라 생각했어요. 집에서 멀리 떠날수록 위험에서 벗어나는 거라 생각했거든요. 그렇지만 잘못 생각한 거였어요. 아버지가 떠나시고 이튿날, 소령님이 저에게 즉시 와달라고 전보를 보냈어요. 아버지가 그 지역에 있는 깊은 백악 채취 갱에 떨어져 머리가 깨지고 의식이 없는 상태라는 거예요. 저는 서둘러 갔지만, 아버지는 의식을 회복하지 못하고 돌아가셨어요. 아버진 땅거미가 질 무렵에 페어럼에서 돌아오시다가 그 일을 당한 모양이에요. 아버지가 잘 모르던 지역이었고 갱에 울타리도 없어서 배심원단은 주저 없이 사고사라고 결론을 내렸어요. 아버지의 죽음과 관련된 모든 것을 꼼꼼하게 살펴봤지만, 살인이라고 의심할 만한 점은 아무것도 없었어요. 몸싸움의 흔적도, 발자국도, 훔쳐 간 물건도 없었고, 길에서 낯선 사람을 봤다는 기록도 없었어요. 그렇지만 여전히 제 마음이 편치 않았다는 것은 말씀드리지 않아도 아시겠지요. 저는 아버지가 무슨 나쁜 음모에 당한 거라고 확신했어요.

전 이렇게 불길하게 재산을 상속받았어요. 왜 땅을 정리하지 않았는지 의아하시죠? 전 이 불길한 일들이 삼촌이 겪은 사건 때문에 일어난 것이고, 다른 곳으로 옮겨 간다고 해도 똑같은 위험이 따를 거라고 확신했어요.

1885년 1월에 가엾은 아버지가 돌아가시고, 그 뒤로 2년 8개월이 지났어요. 그동안 전 호셤에서 행복하게 지내면서 우리 가족이 저주에서 벗어났다고, 윗세대에서 저주가 끝난 거라 믿기 시작했어요. 그렇지만 마음을 너무 빨리 놓은 거였어요. 어제 아침, 그 저주가 아버지에게 온 것과 똑같은 모양으로 제게도 떨어졌어요."

청년은 양복 조끼 주머니에서 구겨진 편지 봉투를 하나 꺼내더니, 탁자 위에서 뒤집어 조그만 마른 오렌지 씨 다섯 개를 떨어뜨렸다.

"이게 바로 그 편지 봉투입니다. 소인은 런던 동부 지역이에요. 이 안에 아버지가 받은 것과 똑같이 K.K.K.라는 이니셜과 '서류를 해시계에 올려놓으시오.'라는 말이 쓰여 있었어요."

"그래서 어떻게 하셨죠?"

홈즈가 물었다.

"아무것도 안 했어요."

"아무것도요?"

"실은 아무것도 할 수 없다는 기분이 들었어요. 뱀이 꿈틀대며 다가오는 것을 보고 얼어버린 토끼처럼요. 그 어떤 혜안이나 대책으로도 막을 수 없고 벗어날 수 없는 무자비한 악의 손아귀에 사로잡혀 있는 것 같아요."

청년은 창백하고 마른 손에 얼굴을 묻었다.

"쯧쯧, 행동해야 해요. 아니면 끝입니다. 행동하는 것 말고 당신을 살릴 수 있는 게 없어요. 절망할 때가 아니라고요."

홈즈가 외쳤다.

"경찰을 찾아가 봤어요."

"아!"

"그렇지만 제 이야기에 미소만 짓더라고요. 수사관도 배심원들하고 똑같이 편지는 다 장난이고 제 가족들의 죽음은 정말 사고였다고 생각하는 게 분명해요. 경고랑은 아무 상관이 없다고 생각하는 거죠."

"어이없을 정도로 어리석군요!"

홈즈가 주먹을 움켜쥐고 흔들어댔다.

"그래도 집에서 함께 지낼 수 있게 경찰 한 명을 붙여줬어요."

"오늘 밤 오펜쇼 씨와 함께 오셨나요?"

"아뇨. 경찰은 집을 지키는 게 임무였거든요."

홈즈가 다시 한 번 허공에 대고 분노를 터뜨렸다.

"왜 제게 오신 거예요? 아니, 그보다 왜 진작 오지 않으셨습니까?"

"몰랐어요. 오늘에서야 프렌더개스트 소령님께 제 문제를 의논했고, 소령님이 홈즈 씨께 가라고 조언해주시더라고요."

"편지를 받은 지 이틀이 지난 셈이에요. 우린 진작 행동했어야 했어요. 지금 보여주신 것 말고 수사에 도움이 될 만한 다른 증거는 더 없으시겠죠?"

"하나 있어요."

존 오펜쇼는 외투 주머니를 뒤적이더니 푸른빛이 도는 빛바랜 종이 한 장을 꺼내서 탁자 위에 올려놓았다.

"삼촌이 서류를 태우던 날, 잿더미 사이에서 불에 채 타지 않은 서류 모서리 조각들이 바로 이 색깔이었다는 게 기억났어요. 삼촌 방의 바닥에서 이 서류 한 장을 발견했는데, 아마도 다른 서류들 사이에서 빠져서 불태워지지 않은 게 아닌가 싶어요. 오렌지 씨가 언급되는 것 말고는 별로 도움이 될 것 같지는 않아요. 개인적인 일기 중 한 장이 아닌가 싶더라고요. 글씨체는 분명 삼촌 글씨체입니다."

홈즈가 등불을 옮겼고, 우린 다 같이 종이 위로 몸을 굽혔다. 종이 가장자리 한쪽이 우둘투둘해서 공책에서 뜯어낸 것이란 것을 알 수 있었다. 첫 줄에 "1869년 3월"이라고 적혀 있었고, 그 아래에는 다음과 같이 알 수 없는 말이 쓰여 있었다.

4일. 허드슨 도착. 예의 같은 지시.

7일. 매컬리, 패러모어, 세인트오거스틴의 존 스웨인에게 씨앗을 보냄.

9일. 매컬리 떠남.

10일. 존 스웨인 떠남.

12일. 패러모어를 찾아감. 해결.

"고맙습니다! 그리고 이젠 단 한순간도 허비해서는 안 돼요. 오펜쇼 씨가 우리에게 해준 이야기에 대해서 의논할 시간도 없어요. 곧장 집으로 가서 행동으로 옮겨야 해요."

홈즈가 종이를 접어 손님에게 돌려주며 말했다.

"뭘 해야 하죠?"

"할 일은 한 가지뿐이에요. 곧바로 해야만 해요. 우리에게 보여주신 이 종이를 말씀하셨던 그 놋쇠 상자에 넣으세요. 그리고 다른 서류들은 삼촌이 다 불태워서 그 종이 하나만 남았다는 쪽지도 같이 써서 넣어요. 그들이 믿을 수 있게, 단호하게 잘 써야 합니다. 그러고 나서 바로 그들이 시킨 대로 해시계 위에 상자를 올려놔야 해요. 알겠어요?"

"잘 알았어요."

"지금은 복수나 그런 건 생각하지 마요. 그건 법의 힘으로 할 수 있을지도 몰라요. 그렇지만 우린 우리대로 거미줄을 쳐놔야 해요. 그들은 이미 쳐놨으니까요. 가장 먼저 할 일은 오펜쇼 씨

코앞에 닥친 위험 요소를 제거하는 겁니다. 그다음이 이 미스터리를 풀고 잘못한 자들에게 벌을 주는 거고요."

"고맙습니다. 제게 새 삶과 희망을 주셨어요. 홈즈 씨가 말씀하신 대로 할게요."

청년이 일어서며 외투를 입었다.

"한시도 지체하지 마세요. 그리고 지금은 다른 것보다 오펜쇼 씨 자신만 걱정해요. 전 오펜쇼 씨를 위협하고 있는 게 실제로 있는, 눈앞에 닥친 위험이라고 생각합니다. 여심의 여지도 없는 사실이지요. 어떻게 돌아가세요?"

"워털루 역에서 기차를 타고요."

"아직 9시가 되지 않았어요. 길에 사람이 많을 테니 안전하실 거라 믿습니다. 그렇지만 만전을 기하는 것이 좋겠어요."

"제게 무기가 있습니다."

"잘됐군요. 전 내일 당장 이 사건을 수사하겠습니다."

"그럼 호섐에서 뵐 수 있나요?"

"아뇨, 오펜쇼 씨 사건의 비밀은 런던에 있습니다. 거기서 그 실마리를 찾을 거예요."

"그럼 하루 이틀 지나서 찾아뵙겠습니다. 상자와 서류가 어떻게 됐는지도 말씀드리고요. 홈즈 씨 조언대로 움직이겠습니다."

오펜쇼는 우리와 악수하고 떠났다. 바깥의 바람은 여전히 비명을 질러대고 있었고, 창문에는 비가 후두두 타닥타닥 떨어졌다. 돌풍 속에서 날아 들어온 해초 한 줄기처럼, 이 기이하고 위험한 이야기가 날뛰는 폭풍우 속에서 우리 앞에 나타났다가 이제 다시 폭풍우 속으로 흡수된 것 같았다.

셜록 홈즈는 얼마간 아무 말 없이 앉아 있었다. 머리는 앞으로 숙이고 벽난로의 붉은 불길을 응시하고 있었다. 그러고는 파이프에 불을 붙이더니 의자에 기대앉아 푸른 연기 고리들이 천장 쪽으로 서로를 쫓아 올라가는 것을 보았다.

홈즈가 드디어 입을 열었다.

"왓슨, 내 생각에 지금까지 우리가 맡았던 사건들 중에 이것보다 대단한 건 없었던 것 같아."

"'네 사람의 서명' 사건은 빼고."

"뭐, 그래. 그건 빼고. 그렇지만 내가 보기엔 존 오펜쇼가 숄토♦ 가족보다 더 큰 위험에 빠진 것 같아."

"그런데 그 위험이 뭔지 확실하게 결론을 내린 거야?"

"그게 뭔지 의심할 여지가 없어."

"그럼 그들이 누군데? 이 K.K.K.가 누구고 그 사람은 이 불행한 가족을 왜 그렇게 쫓는 거지?"

셜록 홈즈는 눈을 감고 팔꿈치를 의자 팔걸이 위에 올려놓고는 두 손가락 끝을 마주 댔다.

♦ BBC 《셜록》 시즌3 두 번째 에피소드 〈세 사람(The Sign of Three)〉에 숄토 소령이 등장한다.

"이상적인 추론가는 하나의 사실을 모든 면에서 관찰할 기회만 주어지면, 거기에 도달하기까지의 단계들을 모두 추론할 수 있어. 뿐만 아니라 거기서부터 일어날 일들도 모두 추론해낼 수 있지. 퀴비에조르주 퀴비에. 프랑스의 동물학자이자 해부학자가 뼈 한 조각을 놓고 그 동물의 전체 모양을 추론해내는 것처럼, 연결된 사건들 중 하나의 연결 지점을 충분히 이해한 관찰자는 그 앞뒤의 다른 사건들도 정확하게 말할 수 있어야 해. 철저히 이성만 가지고 도달할 수 있는 경지가 어디까지인지는 아직 몰라. 감각으로만 문제를 해결하려고 하는 사람들은 풀지 못한 문제를, 서재 안에서 해결할 수도 있어. 그렇지만 이 능력을 예술의 경지로 끌어올리려면, 추론가가 자기가 알게 된 모든 사실들을 사용할 줄 알아야 해. 이게 무슨 말이냐면, 모든 것을 다 알고 있어야 한다는 거지. 요즘같이 공교육이 존재하고 백과사전이 흔한 시대에도 그런 사람은 아주 보기 드물어. 그렇지만 자기가 하는 일에 필요한 정보를 모두 아는 게 불가능한 것만은 아니야. 나 같은 경우에는 계속 노력해서 도달한 거고. 내 기억이 옳다면, 우리가 서로 안 지 얼마 안 됐을 때 네가 내 지식의 범위를 아주 정확하게 기록했었잖아."

"그래. 우스운 기록이었지. 내 기억에, 철학이나 천문학, 정치는 빵점이었어. 식물학은 편차가 심하고, 지질학은 런던에서 80킬로미터 이내의 지역이라면 진흙 자국에는 통달해 있고, 화학은 제멋대로, 해부학은 체계가 없고, 선정 문학이나 범죄 기록은 독보적이고, 바이올린 연주, 복싱, 검술, 법률에 능하고, 코카인과 담배에 중독된 사람. 이게 내 분석의 골자였지."

내가 웃으며 말했다. 홈즈는 마지막 항목을 듣고 씩 웃었다.

"뭐, 그때도 얘기했지만, 사람은 머릿속 다락방에 쓸 가구들만 채워 넣어야 해. 나머지는 필요할 때 쓸 수 있게 도서관 창고에 넣어두어야 하지. 오늘 밤 들은 것 같은 사건에는 우리가 가진 자료를 최대한 많이 활용해야 해. 네 옆 선반에 있는 『미국백과사전』에서 K 자 항목을 찾아줄래? 고마워. 이 상황을 생각해보고 뭘 추론해낼 수 있을지 보자고. 우선 청년의 삼촌 오펜쇼 대령이 미국을 반드시 떠나야만 했던 이유가 있었을 거라고 확실하게 추정할 수 있어. 그 정도 나이의 남자들은 생활환경을 갑자기 다 바꿔서 플로리다의 매력적인 날씨를 뒤로하고 영국 지방 도시에서 외롭게 살기를 택하진 않아. 영국에서 이상할 정도로 고독을 즐겼던 건 대령을 두렵게 하는 뭔가가 있었다는 걸 의미해. 그러니까 대령이 미국을 떠난 건 누군가, 혹은 무언가에 대한 두려움 때문이었다고 가정할 수 있어. 그가 두려워한 게 무엇인지는 대령이나 그 후의 상속자들이 받은 인상적인 편지들을 보고 추론할 수밖에 없지. 그 편지들 소인을 눈여겨봤어?"

"처음 건 퐁디셰리, 두 번째 것은 던디, 그리고 세 번째는 런던에서 왔지."

"런던 동부에서. 거기선 뭘 추론할 수 있지?"

"다 항구도시야. 편지를 쓴 사람이 배를 타고 있었던 거지."

"정확해. 우리에겐 벌써 증거가 있어. 편지를 쓴 사람이 배를 타고 있었을 개연성이 아주 높다는 건 의심할 여지가 없지. 그럼 이제 다른 부분을 또 생각해보자. 퐁디셰리에서 온 경고를 받고 사건이 일어나는 데 7주가 걸렸는데, 던디에서는 3, 4일이 지났을 뿐이야. 그건 뭘 의미하지?"

"오는 데 오래 걸린 거지."

"그렇지만 편지도 그만큼 오래 걸리잖아."

"그럼 무슨 의민지 모르겠어."

"적어도 범인 또는 범인들이 범선을 타고 있다는 가정은 해볼 수 있어. 그들은 임무를 수행하러 나서기 전에 그 이상한 경고인지 징표인지를 보내는 것 같아. 던디에서 경고가 왔을 때 얼마나 빨리 사건이 일어났는지 봤지? 만약 그들이 퐁디셰리에서 증기선을 타고 왔다면 편지와 비슷한 때에 도착했을 거야. 하지만 실제로는 7주가 지나서 사건이 일어났어. 내 생각에 이 7주가 의미하는 건, 우편선이 편지를 가지고 오는 데 걸리는 시간이랑 범선이 편지 쓴 사람을 태우고 오는 데 걸리는 시간의 차이 문제야."

"그럴 수도 있지."

"그럴 수도 있는 게 아니라 아마 그럴 거야. 이번에 맡은 사건이 얼마나 긴박한 일인지 이제 알겠지? 내가 오펜쇼 청년한테 왜 그렇게 조심하라고 했는지도. 편지를 보낸 사람이 이동하는 시간이 지나면 반드시 일이 벌어져. 이번엔 런던에서 보낸 거니 더 늦어질 수가 없어."

"하느님 맙소사! 이 무자비한 처단이 도대체 무슨 의미야?"

"오펜쇼가 가진 서류가 범선을 탄 사람들에겐 그 무엇보다 중요한 게 분명해. 범인은 분명히 한 사람이 아닐 거야. 한 사람이라면 검시 배심원을 속일 정도로 두 번이나 살인을 할 수는 없었겠지. 아마도 서너 명은 될 거고, 기지도 있고 의지도 굳은 사람들일 거야. 그들은 서류가 누구 손에 있든지 가져가야 하는 거지. 이렇게 보면 K.K.K.는 한 사람의 이니셜이 아니라 단체의 표식이야."

"그렇지만 어떤 단체?"

"들어본 적 없어?"

홈즈가 앞으로 몸을 굽히고 목소리를 죽이며 말했다.

"큐 클럭스 클랜."

"한 번도 못 들어봤어."

홈즈가 무릎 위에 얹은 책의 책장을 넘겼다.

"여기 있네."

큐 클럭스 클랜(Ku Klux Klan). 라이플총의 공이치기를 당길 때

나는 소리와 비슷하다고 하여 만들어진 이름. 이 끔찍한 비밀단체는 남북전쟁 이후 남부의 주들에서 전前 연합군 병사들이 만든 조직으로, 빠른 속도로 테네시, 루이지애나, 노스캐롤라이나, 사우스캐롤라이나, 조지아, 플로리다 등 나라 곳곳에 지역 분파를 형성했다. 그들의 힘은 정치적인 목적으로 사용되었는데, 주로 흑인 유권자에게 테러를 가하고, 그들의 정치 성향과 맞지 않는 자들을 살해하고 나라 밖으로 내쫓는 데 앞장섰다. 그들은 이런 잔학 행위를 저지르기 전에 보통 표적이 된 사람에게 기이하지만 흔히 볼 수 있는 형태의 경고를 보낸다. 어떤 지역에서는 오크 나무의 잔가지를 보내고, 다른 지역에서는 멜론 씨앗이나 오렌지 씨앗을 보내기도 한다. 이 징표를 받은 사람은 공개적으로 이전의 신념을 버리거나, 아니면 다른 나라로 도망쳐야 했다. 만약에 용감히 밀고 나간다면, 기이하고 예상치 못한 방식으로 틀림없이 죽음을 맞이하곤 했다. 이 단체는 완벽하게 조직되어 있고 아주 체계적으로 행동하기 때문에, 그에 맞선 사람이 단죄를 피한 사례는 기록된 바 없다. 이 잔학한 일의 가해자가 밝혀졌던 적 또한 없는 것으로 알려졌다. 미국 정부와 남부의 의식 있는 계층의 노력에도 불구하고 이 단체는 수년간 번창했다. 결국에는 1869년에 갑작스럽게 와해되었는데, 그 후에도 비슷한 종류의 사건이 산발적으로 발생하고 있다.♦

"이걸 보면 단체가 갑자기 와해된 시기와 오펜쇼 대령이 미국에서 그들의 서류를 가지고 사라진 시기가 일치해. 인과관계가 있을 수 있지. 대령과 대령의 가족들에게 집요한 망령들이 따라붙은 것도 전혀 이상하지 않아. 대령이 가지고 있었던 명부와 일기에는 남부의 초기 구성원들의 기록이 있었을 수 있어. 이걸 되찾기 전까지 아마 꽤 많은 자들이 편안히 잠들진 못할 거야."

홈즈가 책을 내려놓으며 말했다.

"그럼 우리가 본 기록이……."

"우리가 예상한 그대로지. 내 기억대로라면, 거기엔 이렇게 쓰여 있었어. 'A, B, C에게 씨앗을 보냄.' 이건 단체가 그들에게 경고를 보냈다는 거지. 그리고 이어진 기록을 보면 A와 B는 추방당했든지 나라를 떠난 거고. 마지막으로 C를 찾아갔다고 써 있었는데, 내 염려대로라면 C는 불길한 결말을 맞이했을 것 같아. 왓슨, 내 생각에 우리가 이 어두운 단체에 빛을 비춰줘야 할 것 같아. 그리고 그럴 수 있는 유일한 방법은 오펜쇼 청년이 내가 하라는 대로 하는 거야. 오늘 밤에는 더 할 말도 더 할 수 있는 일도 없어. 저기 바이올린 좀 건네주겠어? 30분이라도 이 음울한 날씨와 더 음울한 우리 인간의 행태를 잊어보자고."

♦ 특별편 〈유령 신부〉에서 살인 사건을 주도하는 여성들이 KKK를 연상시키는 후드와 가운을 입고 모임을 가지는 장면이 등장한다. 다만 이들은 여성참정권 운동을 상징하던 보라색 가운을 입는다.

❖

아침이 되자 날씨가 개어 있었다. 대도시 위에 드리운 흐린 장막 사이로 태양이 옅게 빛났다. 내가 일어나 내려오니 셜록 홈즈는 벌써 아침을 먹고 있었다.

"기다리지 않아서 미안해. 이 오펜쇼 청년 사건 때문에 오늘 굉장히 바쁜 하루를 보내게 될 것 같아서."

홈즈가 말했다.

"이제부터 어떻게 할 건데?"

내가 물었다.

"첫 조사가 어떻게 되는지에 따라 달라질 거야. 결국 호섬으로 내려가야 할지도 몰라."

"거기부터 가진 않고?"

"아니, 런던에서 시작할 거야. 종을 울려서 하녀에게 커피를 가져다 달라고 해줘."

아침을 기다리는 동안 아직 아무도 읽지 않은 신문을 탁자에서 집어 들어 쭉 훑어보는데, 눈길을 끈 기사 제목에 심장이 오싹해졌다.

"홈즈, 너무 늦었어."

"아!"

홈즈는 잔을 내려놓으며 외쳤다.

"그럴까 봐 걱정했는데. 어떤 수법으로?"

홈즈는 침착하게 말했지만, 크게 충격을 받은 듯이 보였다.

"오펜쇼라는 이름에 눈이 가서 봤더니, 기사 제목이 '워털루 다리 근처의 비극'이었어. 기사 내용은 이래."

어젯밤 9시에서 10시 사이에 워털루 다리에서 순찰을 돌고 있던 H구역의 쿡 순경이 도와달라는 외침과 풍덩 하는 물소리를 들었다. 그렇지만 어젯밤은 심하게 어둡고 날씨가 험해서, 행인 여러 명이 도왔음에도 불구하고 물에 빠진 사람을 구조하는 것이 사실상 불가능했다. 그래도 위급 상황임을 알려 수상경찰의 도움을 받아 시신을 인양할 수 있었다. 시신은 젊은 신사였는데, 주머니 안에서 발견된 편지 봉투를 보면 이름은 존 오펜쇼이고 거주지는 호섬 근처인 것으로 보인다. 오펜쇼는 워털루 역에서 떠나는 마지막 기차를 타기 위해 서두르다가, 어둠 속에 길을 잘못 들어 증기선 전용 선착장 너머로 떨어진 것으로 추정된다. 시신에 몸싸움의 흔적이 없는 것으로 보아 고인이 불운한 사고를 당했다는 것이 확실시된다. 이 사건을 계기로 당국은 강변의 선착장들의 관리에 신경을 기울여야 할 것이다.

우리는 몇 분간 말없이 앉아 있었다. 홈즈는 내가 본 이래 가장 우울하고 충격을 받은 표정이었다.

홈즈가 겨우 입을 열었다.

"왓슨, 이 일은 내 자존심을 상하게 했어. 물론 유치한 기분이긴 하지만, 자존심이 상해. 이제부턴 내 개인의 문제야. 신이 내게 건강을 허락하는 한 난 이 무리를 잡고 말 거야. 그 청년이 나에게 도움을 청하러 왔는데 내가 그를 죽음으로 보냈어!"♦

홈즈는 의자에서 벌떡 일어나 흥분을 억누르지 못하고 방을 왔다 갔다 했다. 혈색 나쁜 홈즈의 뺨이 붉게 물들었다. 홈즈는 길고 마른 손을 계속 마주 잡았다 풀기를 반복하며 말했다.

"그들은 교활한 악마들이 분명해. 어떻게 거기로 오펜쇼를 유인했지? 여기서 역까지 가는 길에 강둑은 나오지 않아. 아무리 그런 밤이라 해도 다리는 그자들이 일을 저지르기에는 너무 사람이 많은데. 왓슨, 장기적으로는 누가 이기는지 보자고. 난 이제 나가!"

"경찰한테 가는 거야?"

"아니, 내 스스로가 경찰이 될 거야. 내가 거미줄을 쳐놓으면 경찰이 파리를 가져갈지는 모르지만, 그 전엔 안 돼."

난 하루 종일 내 일에 몰두하다가 저녁 늦은 시간이 되어서야 베이커 스트리트로 돌아왔다. 셜록 홈즈는 아직 들어오지 않고 있었다. 홈즈는 10시가 다 되어서야 돌아왔는데, 얼굴이 창백하

♦ BBC 《셜록》 〈잔혹한 게임〉에서 셜록은 모리아티가 낸 세 번째 문제를 풀지만, 인질이 모리아티의 목소리에 대해 언급하자 모리아티는 폭탄을 터뜨리고 인질은 죽음을 맞는다. 셜록은 문제를 풀었어도 자신이 모리아티에게 진 거나 마찬가지라며 실의에 빠진다.

고 지쳐 보였다. 홈즈는 주방 탁자로 가서 빵을 한 덩이 뜯어내더니 게걸스레 먹어치우고는 물을 한참 마시며 입가심을 했다.

"배고프구나."

내가 말했다.

"배고파 죽겠어. 먹는 걸 잊어버렸어. 아침 먹고 아무것도 안 먹었어."

"아무것도?"

"한 입도. 먹는 건 생각할 시간이 없었어."

"일은 어떻게, 잘됐어?"

"아주 잘."

"단서를 발견했어?"

"그들은 내 손아귀 안에 있어. 젊은 오펜쇼의 복수는 머지않아 이루어질 거야. 아, 왓슨, 그들이 쓰는 사악한 징표를 그들한테 쓰자. 좋은 생각이야!"

"무슨 말이야?"

홈즈가 찬장에서 오렌지를 하나 꺼내더니 쪼개서 탁자 위에 오렌지 씨앗을 짜냈다. 그러고는 그중에 다섯 개를 집어 편지봉투에 넣고는 봉투 덮개 안쪽에 "J. O.를 위하여 S. H.가"라고 썼다. 그런 다음 봉투를 봉인하고 "조지아주 서배너, 론스타호 제임스 칼훈 선장"이라고 주소를 썼다.

"그가 항구에 도착하면 편지가 기다리고 있을 거야. 불면의 밤을 보낼지 모르지. 편지를 보면 먼저 오펜쇼가 그랬던 것처럼 자기 운명을 보여주는 징표라고 생각하겠지."

홈즈가 쿡쿡 웃으며 말했다.

"이 칼훈 선장이 누군데?"

"그 무리의 우두머리야. 다른 자들도 잡을 거지만, 이자가 먼저야."

"그런데 이 사람을 어떻게 추적한 거야?"

홈즈는 주머니에서 날짜와 이름으로 뒤덮인 커다란 종이를 한 장 꺼냈다.

"하루 종일 뭘 했느냐면 로이드 장부세계 최초이자 최대 규모의 선급 관리 협회인 로이드선급협회에 등록된 선박들을 기록한 장부랑 옛날 신문 더미를 뒤져서 1883년 1월과 2월에 퐁디셰리에 정박했던 모든 배의 이후 행적을 찾아봤어. 두 달 사이에 보고된 배들 중에서 톤수가 꽤 나가는 배가 서른여섯 척이 있었어. 난 그중에 '론스타'라는 배 한 척에 바로 주목했지. 런던에서 출항했다고 기록되어 있지만, 론스타라는 이름은 미국의 어느 주의 별칭이거든."

"아마 텍사스일 거야."

"어딘지는 몰랐고 지금도 모르지만, 그 배가 원래는 미국에서 왔다는 건 분명히 알았지."

"그러고는?"

"던디의 기록을 뒤져서 범선 론스타가 거기에 1885년 1월에 정박했다는 걸 알고서는 느낌이 확신이 되었어. 그러고는 현재 런던 항구에 정박해 있는 배들을 조사해보았지."

"그리고?"

"론스타호는 지난주에 여기 도착했어. 앨버트 부두에 가보니 오늘 아침 조수 때 강 하류 쪽으로 떠났다고 하더라고. 서배너를 향해 간다고. 그레이브젠드로 전보를 보냈더니, 얼마 전에 론스타호가 지나갔다고 했어. 편동풍이 부니까 지금쯤은 굿윈을 지나서 라이트 섬에서 멀지 않은 곳에 있을 게 분명해."

"이제 어떻게 할 건데?"

"뭐, 그자는 내 손안에 있어. 배에 탄 사람 중에 미국 태생인 사람은 칼훈이랑 항해사 두 명뿐이야. 다른 사람들은 핀란드인이나 독일인이고. 또 알아낸 건 어젯밤에 세 사람 다 배에서 나갔었다는 거야. 배에 짐을 실어주던 부두 일꾼한테서 들었지. 그자들이 탄 범선이 서배너에 도착할 때쯤이면 우편선이 이 편지를 배달했을 거야. 내가 전보를 보내놓았으니 서배너의 경찰도 그 세 사람이 살인을 저지르고 영국 경찰이 수배 중인 용의자들이라는 걸 알았겠지."

그렇지만 아무리 계획을 잘 세워도 인간의 일에는 차질이 생기게 마련이다. 존 오펜쇼를 살해한 자들은 그들만큼이나 똑똑하고 단호한 자가 그들을 뒤쫓고 있다는 걸 알려줄 오렌지 씨앗을 영원히 받지 못했다. 그해의 추분 무렵 태풍은 굉장히 길고 굉장히 강력했다. 우리는 서배너에 론스타호가 도착했다는 소식을 기다렸지만, 아무 소식도 듣지 못했다. 훗날에 들은 바로는, 대서양 멀리 한복판에서 부서진 선미재가 물마루에서 오르락내리락하고 있는 것이 목격되었다는 것이다. 거기에 "L. S."라는 글자가 새겨져 있었다는데, 그게 우리가 론스타호의 운명에 대해 알 수 있는 전부이다.

The Adventure of Bruce-Partington Plans

브루스파팅턴호 설계도

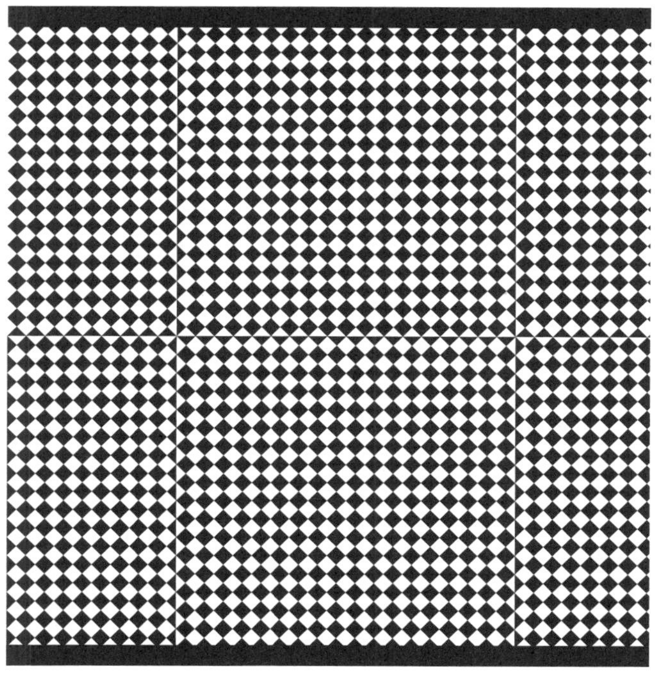

1895년 11월 셋째 주였다. 런던에는 짙은 노란색 안개가 껴 있었다. 내 기억으로는, 월요일부터 목요일까지 베이커 스트리트의 우리 집 창문에서 길 건너편 집의 모습도 보이지 않았다. 첫째 날에 홈즈는 두꺼운 수사 기록에 색인을 달면서 보냈다. 둘째 날과 셋째 날에는 최근 들어 생긴 취미 활동인 중세 시대 음악을 끈기 있게 연주하면서 보냈다. 그렇지만 넷째 날에는 성미 급하고 활동적인 내 친구는 이렇게 지루하게 사는 걸 도저히 견딜 수 없었던 것 같다. 아침 식사를 하고 의자에서 일어나는데 끈적거리는 무거운 갈색 소용돌이가 휩쓸고 지나가며 창문에 기름기 도는 물방울을 남기는 걸 보자, 홈즈는 억눌린 에너지가 터져 나오는 듯 가만히 있질 못하고 거실을 왔다 갔다 했다. 그러면서 손톱을 깨물고 가구를 두드리며 아무 일도 없다는 것에 짜증을 냈다.

"왓슨, 신문에 재밌는 일 없어?"

홈즈가 재밌는 일이라고 하는 건, 흥미로운 범죄가 있었느냐는 말이란 걸 알고 있었다. 혁명에 대한 이야기와, 전쟁이 일어날 가능성, 그리고 정부에 곧 변화가 있을 것이란 기사가 있었지만, 내 친구 구미에 맞는 것은 아무것도 없었다. 평범하고 별볼 일 없는 범죄들만 있을 뿐 다른 것은 아무것도 찾을 수가 없었다. 홈즈는 끙 하는 신음을 내고 다시 초조하게 돌아다니기 시작했다.

"런던의 범죄자는 정말 따분한 친구들일 거야. 창밖을 봐, 왓슨. 사람들이 흐릿하게 나타나서 어렴풋이 보이다가 다시 짙은 안개 속으로 사라지지. 이런 날에는 도둑이든 살인자든, 호랑이가 정글을 돌아다니듯이 눈에 띄지 않게 돌아다니다가 불쑥 덮칠 수 있어. 피해자만 아는 거지."

홈즈는 막 경기에서 진 운동선수처럼 짜증이 난 목소리로 말했다.

"사소한 강도 사건은 꽤 있었어."

내가 말했다.

홈즈는 경멸 어린 코웃음을 쳤다.

"이 거대하고 우울한 무대는 그런 것보다 더 제대로 된 사건을 위해서 마련된 거야. 내가 범죄자가 아닌 게 이 사회에는 정

말 다행스러운 일이지."◆

"그건 정말 그래!"

내가 진심으로 동의했다.

"내가 브룩스나 우드하우스처럼 내 목숨을 노릴 이유가 충분한 50명 중 하나라고 쳐봐. 과연 그 추적을 얼마나 오래 피할 수 있을까? 가짜로 약속을 잡아 불러내면 모든 게 끝나는 거지. 암살의 나라인 라틴 계열 나라들에 이렇게 안개가 계속되는 날이 없어서 다행이야. 이거 봐! 이 죽은 듯한 단조로움을 깨줄 게 오나 봐."

하녀가 전보를 들고 나타났다. 홈즈가 전보를 뜯어보고는 커다란 소리로 웃었다.

"이거, 이거! 무슨 일이지? 마이크로프트 형이 온대."

"그게 뭐?"

내가 물었다.

"그게 뭐냐고? 이건 시골길에 전차가 나타나는 것 같은 일이야. 마이크로프트는 자기 선로 위에서만 달리는 사람이거든. 펠멜의 하숙집, 디오게네스 클럽, 화이트홀, 이게 형이 다니는 길이야. 형이 여길 찾은 건 한 번, 딱 한 번뿐이야. 도대체 무슨 일

◆ BBC 《셜록》 〈잔혹한 게임〉의 서두에서도 굉장히 지루해하는 셜록이 등장한다. 셜록은 벽에 총을 쏘며 범죄자들은 대체 뭐하는지 모르겠다고, 자신이 범죄자가 아닌 것이 다행이라고 말한다.

이 일어났기에 형이 선로를 벗어난 거지?"

"설명은 없었어?"

홈즈가 나에게 형의 전보를 건넸다.

카도건 웨스트 일로 만나야 해. 지금 바로 간다.

마이크로프트

"카도건 웨스트? 이름은 들어봤어."

"무슨 일인지 아무 짐작도 안 돼. 그렇지만 마이크로프트가 이렇게 습관에서 벗어난 일을 하다니! 행성이 궤도를 벗어난 셈이야. 참, 마이크로프트가 뭘 하는지 알아?"

그리스어 통역사 사건 때 설명을 들었던 생각이 어렴풋이 났다.

"나한테 영국 정부에서 작은 일을 맡고 있다고 했었어."

홈즈가 쿡쿡대며 웃었다.

"그때는 널 잘 알지 못했어. 정부의 중요한 문제에 대해 얘기할 때는 신중해야 하거든. 영국 정부에서 일하는 건 맞아. 가끔은 영국 정부 그 자체라고 해도 맞을 거고."◆◆

◆◆ BBC 《셜록》 〈핑크색 연구〉에서는 마이크로프트가 존을 처음 만날 때 셜록의 눈을 피하려면 신중해야 한다고 말한다. 마이크로프트를 "영국 정부 그 자체"라고 말하는 표현은 드라마 곳곳에서 등장하는데, 〈핑크색 연구〉에서 셜록은 존에게 마이크로프트를 "영국 정부 그 자체"라고 표현한다. 〈유령 신부〉에서도 메리 왓슨이 마이크로프트의 전갈을 받고 나설 때 허드슨 부인이 무슨 일이냐고 묻자 "영국"이 부른다고 말한다.

"말도 안 돼, 홈즈!"

"그 말에 놀랄 것 같았어. 마이크로프트는 1년에 450파운드쯤 벌고, 말단 직급으로 있고, 아무 야망도 없고, 명예도 작위도 받으려 하질 않지만 이 나라에 없으면 안 되는 사람이야."

"그렇지만 어떻게?"

"그게 형밖에 할 수 없는 일이거든. 형이 만들어낸 위치지. 그 전에는 그런 자리가 없었고 앞으로도 없을 거야. 형의 머릿속은 그 누구보다 정말 깔끔하고 정리가 잘되어 있어. 살아 있는 사람들 중에서 정보를 저장하는 능력이 가장 클 거야. 나는 내 엄청난 능력을 범죄 수사에 적용하고 있지만 형은 그 일에 능력을 쓰고 있는 거지. 모든 부서의 결정이 형에게 전달되고, 형은 중앙 교환소이자 정보 처리 기관 역할을 하며 균형을 잡는 사람이야. 다른 사람들은 모두 각자 분야의 전문가이지만, 형은 모든 것에 전문가야. 어느 장관이 해군과 캐나다와 복본위제금과 은을 모두 법정 통화로 쓰는 화폐제도 문제와 모두 관련된 정보를 필요로 한다고 해봐. 그럼 여러 부서에서 각기 조언을 얻을 수 있겠지만, 마이크로프트 형은 모든 면에 다 집중해서 각각의 요소가 어떻게 서로에게 영향을 미칠지 즉각 말할 수 있어. 정부에서는 형을 지름길처럼 편리해서 쓰기 시작했지만 지금은 없으면 안 되는 존재가 되었어. 형의 위대한 머릿속은 모든 것이 세밀하게 분류되어 있고, 곧바로 정보가 도출될 수 있게 정리돼 있어. 형의 말에 국가정책이 결정된 게 한두 번이 아니야. 그게 형의 삶 자체야. 형은 다른 건 아무것도 생각하지 않아. 내가 내 사소한 문제에 조언을 구하려고 형을 부르면 긴장을 좀 풀고 두뇌 게임을 할 때도 있지만.♦ 어쨌든 오늘 제우스가 내려오는 거야. 이건 도대체 무슨 의미일까? 카도건 웨스트는 누구고, 그 남자랑 마이크로프트 형이랑 무슨 상관이지?"

"아, 맞다."

나는 소리치며 소파에 올려놓은 신문 더미에 달려들었다.

"그래, 그래, 여기 있다, 확실해! 카도건 웨스트는 화요일 아침 기찻길에서 죽은 채로 발견된 젊은 남자야."

홈즈가 파이프를 입으로 가져가다 말고 일어나 앉았다.

"왓슨, 이거 심각한가 본데. 형이 일정도 바꾸고 달려오는 일이라면 평범한 일이 아닐 거야. 그 사건이랑 형이랑 도대체 무슨 상관이지? 내 기억에 그 사건은 특별한 점이 아무것도 없었어. 한 젊은이가 기차에서 떨어져서 죽은 거지. 강도를 당한 것도 아니고, 폭력이 있었다는 걸 의심할 만한 정황도 없었어. 그렇지 않아?"

"사인 규명 심리가 있었는데, 새로운 사실들이 꽤 많이 나왔

♦ 홈즈가 형과 두뇌 게임을 하는 부분은 드라마에서 재미있게 변주되어 드러난다. 시즌3 〈빈 영구차〉에서 마이크로프트가 셜록의 집에 찾아와 사건 이야기를 하며 게임을 하는데, 체스판이 앞에 있어 체스를 하는 것처럼 보이지만 실제로는 어린이용 수술 놀이 게임을 하는 것이었다.

어. 자세히 살펴보면 의문점이 꽤 많은 사건이라고 할 수 있을 것 같아."

"형이 관심을 갖는 걸 보면 굉장히 특이한 사건인 건 분명해. 자, 왓슨, 무슨 사건인지 얘기해줘."

홈즈가 안락의자 깊숙이 앉으며 말했다.

"남자의 이름은 아서 카도건 웨스트야. 나이는 스물일곱 살이고, 미혼에, 울리치 무기고 직원이었어."

"정부 일을 했군. 형과의 연결 고리일 수 있겠어!"

"월요일 밤에 그 남자가 갑자기 울리치를 떠났대. 그 남자를 마지막으로 본 건 약혼녀 바이올렛 웨스트버리였는데, 그날 저녁 7시 반쯤 갑자기 안개 속으로 사라졌다고 해. 둘 사이에 다툼도 없었고, 왜 그랬는지 아무 동기도 없대. 그다음 소식은 메이슨이란 선로공이 시신을 발견한 거지. 런던 기찻길 알드게이트역 바로 근처였대."

"언제?"

"시신은 화요일 아침 6시에 발견됐어. 시신은 동쪽 방향으로 가는 선로 왼편에 선로 위를 가로질러 누워 있었어. 기차가 터널을 지나자마자 나오는, 역에서 가까운 곳이었지. 머리가 심하게 뭉개졌대. 기차에서 떨어지면서 생긴 상처 같다고 하네. 시신이 기차에서 선로로 떨어진 게 분명하다더군. 만약에 그 주변 길로 시체를 끌고 왔다면 역의 개찰구를 지나가야 하는데, 거긴 언제나 검표원이 서 있대. 이 부분은 정말 확실해 보여."

"아주 좋아. 사건이 꽤 확실하네. 남자는 기차에서 투신했거나 누가 떨어뜨린 거고, 그때 살아 있었는지 죽어 있었는지는 모르고. 그건 분명해 보이네. 계속해봐."

"시신이 발견된 곳 옆 선로에는 서에서 동으로 달리는 기차들이 지나가. 어떤 기차들은 대도시 안쪽만 지나다니고, 어떤 기차는 윌즈던이나 근교의 분기역에서 들어와. 이 젊은 남자는 아주 늦은 밤에 이 방향으로 이동하던 기차를 탔다가 죽임을 당한 건 확실한데, 언제 기차를 탔는지를 밝히는 게 불가능하대."

"그야 그 남자 표를 보면 알잖아."

"주머니에 표가 없었대."

"표가 없다! 아, 왓슨, 그건 정말 이상하네. 경험상 표 없이는 대도시 기차역 승강장으로 들어갈 수가 없는데. 그럼 이 젊은 남자가 표를 갖고 있었다고 해보자. 어디서 탔는지 숨기려고 누가 표를 가지고 간 걸까? 가능한 일이지. 아니면 기차 안에서 표를 떨어뜨렸을까? 그것도 가능하고. 그렇지만 정말 궁금해지네. 뭘 훔쳐 간 흔적은 없는 거지?"

"없는 모양이야. 여기 그 남자가 가지고 있던 소지품 목록이 있어. 지갑 안에는 2파운드 15페니가 있었대. 캐피털 앤드 카운티스 은행의 울리치 지점 수표책도 갖고 있었다고 하고. 그걸로 신원을 확인했어. 그리고 울리치 극장의 특별석 표도 두 장 있었대. 날짜는 그날 저녁. 그리고 기술 서류 뭉치도 있었고."

홈즈가 만족한 듯한 소리를 냈다.

"왓슨, 바로 그거야! 영국 정부와 울리치, 무기고와 기술 서류와 형, 완벽하게 연결돼. 아, 직접 얘기를 해주러 형이 왔나 보네. 내가 잘못 들은 게 아니라면."

조금 후에 키가 크고 풍채가 좋은 마이크로프트 홈즈가 방 안으로 들어왔다. 체격이 크고 육중해서 둔하고 잘 안 움직일 것 같은 인상이었지만, 거추장스러운 몸통 위에는 사뭇 대가다운 눈썹과 굉장히 기민하고 깊숙한 강철 같은 회색 눈, 단호하기 그지없는 입술, 아주 섬세한 표정이 드러나는 얼굴이 있어서, 한 번 보고 나면 커다란 몸집은 잊어버리고 지배적인 정신만 기억에 남았다.

마이크로프트 바로 뒤로 스코틀랜드 야드의 마르고 근엄한 레스트레이드 경위가 뒤따라 들어왔다. 두 사람 모두 얼굴이 심각한 걸로 보아 중대한 문제가 있다는 걸 알 수 있었다. 경위는 아무 말 없이 악수를 했다. 마이크로프트 홈즈는 끙끙대며 외투를 벗더니 안락의자에 몸을 맡겼다.

"셜록, 정말 짜증 나는 일이야. 내 평소 습관에서 벗어나는 건 정말 싫지만, 아무리 싫다고 해도 실세들이 도통 안 들어. 시암 타이 왕국의 옛 이름의 정세가 지금 같을 때 내가 사무실을 벗어나 있으면 아주 곤란해.♦ 그렇지만 진짜 위기 상황이야. 수상이 이렇게 동요하는 건 처음 봤어. 해군성도 벌집을 들쑤신 것처럼 왱왱대더라고. 사건에 대한 건 읽어봤어?"

"방금 읽어봤어. 그 기술 서류는 뭐였어?"

"아, 그게 문제야! 다행히 아직은 공개되지 않았어. 공개되면 언론에서 난리가 날 거야. 그 형편없는 청년이 주머니에 갖고 있던 건 브루스파팅턴 잠수함 설계도였어."◆◆

마이크로프트 홈즈의 목소리가 자못 심각해서 이 사안이 얼마나 중대한지 알 수 있었다. 홈즈와 난 설명을 기다리며 앉아 있었다.

"당연히 들어봤겠지? 모르는 사람이 없을 줄 알았는데."

"이름만 들어봤어."

"그게 얼마나 중요한지는 두말할 나위가 없어. 정부가 가장 철저하게 보안에 힘쓰는 기밀이야. 브루스파팅턴호의 영향 범위 안에 들어가면 해상 전투가 불가능하다고 보면 돼. 2년 전에 예산에서 큰돈을 빼돌려서 이 잠수함 발명을 독점했어. 비밀을 지키려고 온갖 방법이 다 동원되었지. 설계도는 굉장히 복잡해. 그 안에만 서른여 개 특허가 들어가 있는데, 잠수함을 만드는 데 하나라도 없으면 안 돼. 이 설계도는 무기 공장이랑 붙어

◆ BBC 《셜록》 〈잔혹한 게임〉에서 마이크로프트는 한국의 대선이 다가오는 시점에 사무실을 비울 수 없다고 말한다.

◆◆ BBC 《셜록》 〈잔혹한 게임〉에서 브루스파팅턴은 미사일 시스템이며, 사라진 것은 서류가 아니라 메모리 스틱이다.

있는 기밀 사무실의 복잡한 금고에 보관되어 있었어. 방범 문과 창문도 갖추고 있었고. 그 어떤 상황에서도 설계도가 그곳을 떠나서는 안 되는 거였지. 만약에 해군의 작업감독관이 그 설계도를 볼 일이 있다고 해도 꼭 울리치 사무실로 와서 봐야 했어. 그런데 런던 한복판에서 죽은 하급 사무원의 주머니 안에 그 설계도가 있었던 거지. 정부 입장에서는 정말 끔찍한 일이야."

"그런데 설계도는 찾은 거야?"

"아니, 셜록, 아니! 그게 문제야. 못 찾았어. 울리치에서 없어진 서류는 열 개야. 카도건 웨스트의 주머니에서 발견된 건 일곱 개지. 가장 중요한 세 개가 없어졌어. 도둑맞았거나 사라졌거나. 셜록, 다른 건 다 제쳐둬. 평소에 네가 푸는 경찰국의 하찮은 수수께끼들은 잊어버려. 지금 넌 이 긴급한 국제적인 문제를 풀어야 해.◆ 카도건 웨스트가 왜 설계도를 가져갔는지, 없어진 건 어디 있는지, 그자가 어떻게 죽었는지, 시신이 어떻게 거기서 발견됐는지, 이 사건을 어떻게 해결해야 하는지……. 이 질문들에 답을 다 찾아. 그러면 국가를 위해서 훌륭한 일을 하는 거야."

"형, 왜 형이 직접 해결 안 하고? 나만큼 능력이 되잖아."

◆ BBC 《셜록》 〈잔혹한 게임〉에서도 마이크로프트가 셜록에게 사건을 맡길 때 똑같이 시시한 일은 관두고 국가의 중대사부터 해결하라고 말한다. 하지만 셜록은 단번에 거절하고, 대신 존이 사건을 조사하게 된다.

"그럴지도, 셜록. 그렇지만 이건 세부적인 것을 알아내야 하는 일이야. 네가 알아 오면, 난 안락의자에 앉아서 전문적인 의견을 훌륭하게 제시해줄 수 있지. 그렇지만 여기저기 쪼르르 다니고, 역무원에게 질문을 퍼붓고, 엎드려 누워서 돋보기를 눈에 갖다 대고, 이런 건 내 전문 분야가 아니야. 이 사건을 해결할 수 있는 건 바로 너야. 네가 다음 수훈자 명단에 이름을 올리고 싶다면……."

내 친구는 웃으며 고개를 저었다.

"난 일 그 자체가 재미있어서 하는 거야.◆◆ 그렇지만 이 사건에 흥미로운 점이 몇 가지 있는 건 분명해. 이 일을 기꺼이 맡겠어. 좀 더 자세히 말해줘."

"이 종이에 중요한 사실들을 좀 더 적어뒀어. 네가 찾아가 볼 주소도 몇 개 있고. 그 설계도를 보관하고 있던 공식 책임자 제임스 월터 경은 유명한 정부 인사인데, 훈장과 작위만 나열해도 인명록 두 줄은 채울 거야. 공직에 평생 몸담아 왔고, 이 사람이 손님으로 온다면 대단한 귀족 집안에서도 반길 정도지. 애국심으로 말할 것 같으면 의심할 여지가 없어. 그 금고의 열쇠를 가지고 있는 두 사람 중 한 명이고. 또 한 가지 덧붙일 건 월요일

◆◆ BBC 《셜록》 〈눈먼 은행원〉에서는 돈이나 명예가 아닌 재미를 위해 일하는 셜록의 모습을 코믹하게 드러낸다. 사건을 의뢰한 친구가 비용을 수표로 지불하려 하자 셜록은 "사건을 해결하는 데 보상은 필요 없어."라고 말하며 거절하는데, 이 돈을 존이 챙긴다.

근무시간 중에는 설계도가 사무실에 있었고, 제임스 경이 3시쯤 런던으로 향하면서 열쇠를 가지고 갔다는 거야. 이 사건이 발생했을 당시, 경은 저녁 내내 바클레이 스퀘어에 있는 싱클레어 제독의 집에 있었어."

"그건 확인된 사실이야?"

"그래, 형제인 밸런타인 월터 대령이 울리치에서 떠난 걸 증언했고, 싱클레어 제독은 런던에 도착한 걸 증언했어. 제임스 경은 더는 사건에 직접적인 요인이 아닌 거지."

"열쇠를 갖고 있는 다른 한 사람은 누군데?"

"선임 서기 겸 제도사인 시드니 존슨 씨야. 마흔 살 된 남잔데 자식이 다섯인 기혼자야. 말 없고 퉁명스러운 남자지만 공직에 있는 동안의 기록은 아주 깨끗해. 동료들한테 인기는 없지만 일은 열심히 하는 사람이고. 그 사람 말을 증명해줄 사람은 아내밖에 없는데, 월요일 저녁에 퇴근한 후에 내내 집에 있었다고 해. 열쇠는 시곗줄에 달아둔 채로 한 번도 뺀 적이 없고."

"카도건 웨스트에 대해서 말해줘."

"웨스트는 이 일을 한 지 10년 됐는데, 일을 잘했어. 성급하고 고압적이라는 평판은 있지만 올곧고 정직한 사람이야. 그 사람에게 불리한 증언은 전혀 없어. 웨스트는 사무실에서 시드니 존슨 옆에 앉아. 웨스트가 맡은 업무상 설계도를 매일 직접 만지지. 그 이외에는 설계도에 손대는 사람이 없어."

"그날 밤 설계도를 금고에 넣은 게 누군데?"

"선임 서기 시드니 존슨 씨."

"그럼 누가 가져갔는지 분명하네. 그 하급 사무원 카도건 웨스트의 시신에서 실제로 설계도가 발견됐잖아. 그럼 확실한 거지, 안 그래?"

"그래, 셜록, 그렇지만 설명할 수 없는 게 너무 많아. 우선, 그자가 그걸 왜 가져간 거지?"

"가치 있는 거였겠지?"

"그걸로 수천은 받고도 남을 거야."

"파는 것 말고 런던으로 그 설계도를 가져갈 만한 다른 동기가 있어?"

"아니, 없어."

"그럼 일단 그렇게 추정해야지. 웨스트 청년이 설계도를 가져갔다고. 자, 그럼 그건 열쇠 복사본을 가지고 있어야 가능할 텐데……."

"필요한 열쇠는 하나가 아니야. 건물이랑 방도 열어야 하거든."

"그럼, 복사된 열쇠가 여러 개 있었다고 치자. 그 설계도를 런던으로 가져가 정보를 팔고, 분명히 다음 날 아침에 누가 찾기 전에 금고에 넣어놓을 생각이었겠지. 이런 반역 행위를 수행하러 런던에 갔다가 죽은 거고."

"어떻게?"

"울리치로 돌아오는 길에 죽임을 당해 기차에서 던져진 거라 가정할 수 있어."

"시신이 발견된 알드게이트는 런던브리지 역을 꽤 지나서 있어. 울리치로 향하려면 런던브리지 역에서 갈아타야 하는데."

"그 남자가 런던브리지 역을 지나쳤을 상황은 여러 가지 생각해볼 수 있어. 예를 들어 기차에 탄 사람과 대화에 불이 붙었던 거지. 그러다가 싸움이 나서 목숨을 잃은 거고. 웨스트가 기차를 빠져나오려고 하다가 선로에 떨어져 죽은 걸 수도 있어. 그러고서 다른 사람은 문을 닫았겠지. 짙은 안개가 껴서 아무도 못 본 거고."

"우리가 지금 알고 있는 것들로는 그게 최선의 가정이야. 그렇지만 셜록, 결론이 안 난 부분이 얼마나 많은지 생각해봐. 그냥 가정해보는 건데, 카도건 웨스트 청년이 런던으로 그 설계도를 가져가려고 마음먹었다고 해보자. 그럼 당연히 외국의 요원과 약속을 잡고 저녁 시간을 비워뒀겠지. 그런데 이 남자는 극장표를 두 개 사고 약혼자랑 극장까지 반쯤 가다가 갑자기 사라졌어."

"눈가림용일 테죠."

대화를 들으며 앉아 있던 레스트레이드가 성마르게 말했다.

"그게 아주 이상한 점이죠. 그것을 첫 번째 반론이라고 합시다. 두 번째 반론은 이거예요. 그 남자가 런던에 가서 외국 요원을 봤다 쳐요. 그다음 날 아침이 되기 전에 설계도를 가지고 오지 않으면 없어진 게 밝혀지겠죠. 그는 열 장을 가져갔는데, 주머니에 든 건 일곱 장뿐이었어요. 다른 세 장은 어떻게 된 걸까요? 그 남자가 자기 의지로 버린 건 아닐 겁니다. 그리고 그렇다면 국가를 배신한 대가는 어디 있죠? 주머니에 큰돈이 들어 있어야 할 텐데."

마이크로프트의 말에 다시 레스트레이드가 대꾸했다.

"제겐 아주 명확해 보입니다. 무슨 일이 일어났는지 확실히 알겠어요. 웨스트는 요원을 만났죠. 그들은 가격 협상에 실패했어요. 웨스트는 다시 집으로 향했지만, 요원도 웨스트의 뒤를 따랐습니다. 기차에서 요원이 웨스트를 살해하고 설계도에서 중요한 부분만 챙긴 다음 시신은 기차에서 던진 겁니다. 그러면 모든 게 설명되지 않나요?"

"표는 왜 없는데요?"

"아마 요원은 웨스트가 탄 역에서 가까운 곳에 머물고 있었을 거예요. 표에 탄 역이 나와 있으니, 요원이 피살자의 주머니에서 꺼내 간 겁니다."

"좋아요, 레스트레이드 씨, 아주 좋습니다. 잘 들어맞는 가정이에요. 그렇지만 그게 사실이라면 사건은 종결된 겁니다. 한편 반역자는 죽었어요. 또 브루스파팅턴 잠수함의 설계도는 벌써 대륙으로 건너가 있고요. 그럼 우리가 할 수 있는 게 뭔가요?"

홈즈의 말에 마이크로프트가 벌떡 일어나며 외쳤다.

"행동해야지, 셜록, 행동! 내 본능은 이 가정이 완전히 틀렸다고 말하고 있어. 네 능력을 써! 범죄 현장에 가봐! 연관된 사람들을 만나! 할 수 있는 건 다 해! 네가 이렇게 나라에 도움이 되는 일을 할 기회도 없을 거야."

"뭐, 그래, 알겠어! 왓슨, 가자! 그리고 레스트레이드 씨, 저희와 함께 한두 시간 동행해주실 수 있나요? 알드게이트 역에 가보는 걸로 조사를 시작하죠. 형, 잘 가. 저녁 전에 보고를 하긴 하겠지만, 별로 기대하진 않는 게 좋을 거야."

홈즈가 어깨를 으쓱하며 말했다.

한 시간 뒤 홈즈와 레스트레이드와 나는 알드게이트 역에 들어가기 직전 기차가 터널에서 나오는 지점에 서 있었다. 얼굴이 붉은 나이 든 신사 한 사람이 역에서 나와 있었다.

"그 젊은 남자의 시신이 있던 자리가 여깁니다."

그가 선로에서 1미터 정도 떨어진 곳을 가리키며 말했다.

"다 막다른 벽이라 다른 곳에서 떨어지진 않았을 거예요. 기차에서 떨어졌을 수밖에 없죠. 우리가 조사한 걸 토대로 보면 월요일 자정쯤에 지나간 열차에 탔던 게 분명해요."

"몸싸움의 흔적이 있는지 기차를 조사해봤습니까?"

"그런 흔적은 없었고, 표도 발견하지 못했어요."

"열린 문도 없었고요?"

"없었어요."

그러자 레스트레이드가 덧붙였다.

"오늘 아침 들어온 증거가 있어요. 월요일 밤 11시 40분에 일반 도심 기차를 타고 알드게이트 역을 지났던 승객이 무겁게 쿵 하고 몸이 선로에 부딪히는 것 같은 소리를 들었대요. 기차가 역에 들어서기 직전에요. 그렇지만 안개가 짙게 껴 있어서 아무것도 안 보였답니다. 그때는 신고하지 않았었고요. 아니 홈즈 씨, 무슨 일입니까?"

내 친구는 고도로 집중한 표정으로 서서, 터널에서 곡선으로 돌아 나오는 기차선로를 쳐다보고 있었다. 알드게이트는 환승역이어서 선로 교차점이 얽혀 있었다. 홈즈는 탐구하는 자세로 뚫어져라 교차점을 보고 있었는데, 날카롭게 긴장한 얼굴에 입술에 힘이 들어가고, 콧구멍이 떨리고, 두텁고 진한 눈썹이 모이면서 내가 아주 잘 아는 얼굴이 되어 있었다.

"교차점. 선로 교차점."

홈즈가 중얼거렸다.

"그게 뭐요? 무슨 말이에요?"

"선로 교차점이 이렇게 되어 있는 곳이 많지는 않겠죠?"

"네, 아주 적습니다."

"게다가 곡선이고. 교차점, 곡선 선로. 맙소사! 정말 그렇기만 하다면."

"뭐가요, 홈즈 씨? 단서를 찾았어요?"

"가설이에요. 조짐일 뿐이죠. 그렇지만 이 사건이 점점 더 흥미로워지네요. 특별해요, 정말 특별한 사건이에요. 그런데 왜지? 선로에 혈흔이 안 보이네요."

"거의 없었어요."

"그렇지만 꽤 큰 상처를 입었다고 들었는데요."

"뼈가 부서졌지만 큰 외상은 없었습니다."

"그래도 피가 좀 흘렀을 것 같은데. 안개 속에서 쿵 하고 떨어지는 소리를 들은 승객이 탔던 기차를 조사해볼 수 있을까요?"

"안 될 것 같습니다, 홈즈 씨. 이미 기차 칸들이 분리되어 재배치됐어요."

"홈즈 씨, 확실하게 말씀드릴 수 있는 건 모든 기차 칸을 자세히 살펴봤다는 거예요. 제가 직접 했습니다."

레스트레이드가 말했다.

내 친구의 큰 단점 중에 하나는 자기보다 지능이 떨어지는 사람을 참아주지 못한다는 것이었다.

"그렇겠죠. 유감스럽지만 제가 살펴보려던 건 기차 칸이 아니었습니다. 왓슨, 우리가 여기서 할 수 있는 건 다 했어. 레스트레이드 씨, 이제 당신을 더 방해할 필요는 없을 것 같습니다. 저흰 이제 울리치로 가서 조사를 할 겁니다."

홈즈가 몸을 돌리며 말했다.

런던브리지 역에서 홈즈는 형에게 전보를 쓰고, 보내기 전에 나에게 건네줬다. 전보 내용은 다음과 같았다.

> 어둠 속에 빛이 좀 보이지만 금방 꺼질지도 몰라. 형은 그동안 사람을 시켜서 영국에 있는 걸로 알려진 해외 정보원이나 국제 요원들 목록을 주소와 함께 베이커 스트리트로 보내줘.
>
> 셜록

"이 목록이 도움이 될 거야, 왓슨. 이렇게까지 특별한 사건을 맡겨주다니, 형한테 신세를 졌네."

울리치행 기차에 자리를 잡고 앉으며 홈즈가 말했다.

집중하고 있는 홈즈의 얼굴에는 여전히 긴장 상태의 예민함과 흥분이 넘치고 있었다. 무언가 시사하는 바가 많은 새로운 정황이 홈즈가 흥미로운 가설을 세울 수 있게 자극한 것이다. 귀를 늘어뜨리고 꼬리를 내린 채로 개집 안에서 어슬렁거리던 폭스하운드가 갑자기 눈을 반짝이고 근육을 긴장시키며 사냥감의 냄새를 쫓아 달려가는 걸 상상해보라. 그날 아침 홈즈가 그렇게 달라졌다. 쥐색 가운을 입고 축 처지고 늘어져서는 안개로 둘러싸인 방 안에서 불안하게 어슬렁거리던 모습과는 전혀 다른 남자가 되어 있었다.

"여기 증거가 있어. 정황도 있고. 그 가능성을 놓치다니 나도 멍청했어."

홈즈가 말했다.

"지금도 난 모르겠는데."

"나도 결론은 안 났지만, 수사를 끌고 갈 수 있는 단서는 찾았어. 그 남자가 사망한 건 다른 곳에서고, 시신은 기차 **지붕** 위에 있었어."

"지붕 위에?"

"놀랍지 않아? 그렇지만 드러난 사실을 봐. 기차는 선로 전환기를 지나면서 덜컹대며 방향을 틀어. 이 전환기가 있는 곳에서 시신이 발견됐다는 게 우연일까? 여기를 지날 땐 지붕 위에 있던 게 떨어지지 않겠어? 기차 안에 있는 것들은 교차점을 지날 때 아무 영향도 안 받아. 그렇다면 시신이 지붕에서 떨어졌거나 굉장히 특이한 우연이 발생한 거지. 그리고 이제 혈흔에 대해서도 생각해보자고. 다른 곳에서 피를 흘린 거라면 선로에 혈흔이 남았을 리가 없지. 드러난 사실 하나하나가 증거가 되고 있어. 함께 생각하면 더 확실해져."

"그리고 기차표도!"

내가 외쳤다.

"그렇지. 기차표가 왜 없는지 설명할 수가 없었는데 이제 이걸로 설명할 수 있어. 모든 게 들어맞아."

"그렇다고 해도 그 남자가 왜 죽었는지는 밝혀질 기미가 안 보여. 더 간단해지는 게 아니라 오히려 복잡해지잖아."

"어쩌면, 어쩌면……."

홈즈가 생각에 잠긴 채 중얼거렸다. 홈즈는 기차가 울리치 역에 도착할 때까지 계속 조용히 생각에 빠져 있었다. 거기서 홈즈는 마차를 부르고 마이크로프트가 준 종이를 주머니에서 꺼냈다.

"오늘 오후에 여기저기 꽤 많이 돌아다녀야 할지 몰라. 가장 먼저 제임스 월터 경의 집에 가봐야 할 것 같아."

이 유명한 관료의 집은 정원이 템스강까지 이어져 있는 훌륭한 저택이었다. 집에 다 와 갈 때쯤에는 안개가 걷히고 물기를 머금은 햇살이 엷게 비치기 시작했다. 초인종을 울리자 집사가 나왔다.

"선생님! 제임스 경 말인가요? 제임스 경은 오늘 아침 돌아가셨습니다."

집사가 심각한 얼굴로 말했다.

"맙소사! 어떻게 돌아가셨나요?"

홈즈가 놀라서 외쳤다.

"들어오셔서 동생 밸런타인 대령을 만나보시겠습니까?"

"네, 그렇게 하는 게 좋겠어요."

우리는 조명이 어두운 응접실로 안내되었다. 곧이어 우리를 맞이해준 50대의 잘생긴 남자는 키가 크고 옅은 색의 수염을 기르고 있었다. 사망한 과학자의 남동생이었다. 대령의 멍한 눈, 뺨의 눈물 자국, 헝클어진 머리를 보니 이 집안에 얼마나 갑작스러운 비극이 일어난 건지 알 수 있었다. 대령은 말도 제대로 잇지 못했다.

"이 끔찍한 사고 때문입니다. 저희 형, 제임스 경은 명예를 굉장히 중요하게 여겼는데, 이런 사건이 터진 걸 견딜 수 없었던 겁니다. 이 일이 형의 심장을 망가뜨렸어요. 부서가 얼마나 효율적으로 돌아가는지 항상 자랑하던 분인데, 이 사건으로 큰 타격을 받은 거예요."

대령이 말했다.

"이 사건을 해결하는 데 도움이 될 만한 단서를 좀 주실 수 있을까 해서 왔습니다."

"형에게도 이 사건은 전부 풀리지 않는 수수께끼였어요. 당신들이나 우리가 아는 게 다였죠. 형이 아는 건 전부 경찰에도 말했습니다. 당연히 카도건 웨스트가 범인이라고 확신했어요. 그렇지만 나머지는 아는 게 없었습니다."

"이 사건에 대해서 더 해주실 말씀은 없으시고요?"

"저도 읽거나 들은 이야기 말고는 아는 게 없어요. 일부러 그러는 게 전혀 아닙니다, 홈즈 씨. 저희가 경황이 하나도 없는 걸 이해하시겠죠. 대화를 빨리 마무리 짓고 싶습니다."

다시 마차에 올라타며 내 친구가 말했다.

"이건 정말 예상치 못한 일이야. 자연사인지, 아니면 그 가엾은 분이 자살을 한 건지 모르겠군! 자살이라면 임무를 소홀히 한 걸 스스로 책망하는 거라 봐도 될까? 그 질문은 남겨둬야겠어. 이제 카도건 웨스트네 집으로 가자."

도시 근교의 작지만 잘 가꿔진 집에 자식을 여읜 어머니가 살고 있었다. 나이 지긋한 어머니는 비통함에 정신이 없어 우리에게 별다른 도움이 되지 않았지만, 그 곁에 창백한 얼굴의 아가씨가 있었다. 그 아가씨는 자신을 바이올렛 웨스트버리라고 소개했다. 사망한 남자의 약혼자였고, 돌이킬 수 없는 그날 밤 마지막으로 그를 본 사람이었다.

"도저히 설명이 안 돼요, 홈즈 씨. 전 그 일이 있은 후로 한숨도 못 자고 생각하고 생각하고 또 생각했어요. 낮이고 밤이고 그 사건의 진실이 뭔지를 생각해요. 아서는 이 세상에서 가장 외골수에 신사적이고 애국심도 투철해요. 자기 손에 들어온 정부 비밀을 팔아넘기느니 오른손을 잘랐을 사람이에요. 누구든 아서를 아는 사람이라면 터무니없다고, 불가능하고 말도 안 되는 일이라고 할 거예요."

웨스트버리가 말했다.

"그렇지만 웨스트버리 양, 증거들은요?"

"네, 그래요. 설명할 수 없다는 건 인정해요."

"그가 돈이 필요했습니까?"

"아뇨. 필요한 게 많지 않던 사람이고 월급은 충분했어요. 몇백 파운드를 모아놨었고 새해에 결혼할 계획이었죠."

"뭔가 긴장하거나 하진 않았고요? 웨스트버리 양, 부디 저희한테 사실 그대로를 얘기해주세요."

내 친구의 민감한 눈에 웨스트버리의 태도가 조금 변한 것이 들어왔던 것이다. 웨스트버리는 얼굴을 붉히며 망설이더니 겨우 입을 열었다.

"네, 뭔가 생각하는 게 있는 것 같긴 했어요."

"얼마나 됐죠?"

"지난 한 주 정도였어요. 아서가 생각이 많아지고 걱정거리가 있는 것 같았어요. 한번은 무슨 일이냐고 물어봤어요. 아서는 무슨 일이 있긴 한데, 업무와 관련된 거라고 했어요. '너무 심각한 일이라 당신에게도 말할 수 없어요.'라고 하더군요. 더 들은 건 없어요."

홈즈는 심각한 얼굴이었다.

"웨스트버리 양, 더 얘기해봐요. 약혼자에게 불리해 보이는 것이라도요. 그게 어떤 단서가 될지는 알 수 없어요."

"네, 그렇지만 더 할 말은 없어요. 한두 번 저한테 무슨 말을 하려는 것처럼 보이기도 했어요. 어느 날 저녁에는 그 기밀이 얼마나 중요한지 이야기하기도 했는데, 해외 정보원들이 그걸 차지하려고 큰돈을 줄 것이 분명하다고도 했던 게 기억나요."

내 친구의 얼굴이 더 심각해졌다.

"다른 얘기는요?"

"우리는 그런 문제에 느슨하다는 얘기도 했어요. 반역자가 설계도를 손에 넣기 쉬울 거라고요."

"최근에야 그런 말을 했나요?"

"네, 꽤 최근 일이었어요."

"이제 마지막 날 밤에 대해서 이야기해주세요."

"저흰 극장에 가기로 했었어요. 안개가 너무 짙어 마차도 소용없었죠. 그래서 걸어가기로 했는데, 가는 길에 사무실 근처를 지나게 되었어요. 그런데 갑자기 아서가 안개 속으로 뛰어가더라고요."

"아무 말도 없이요?"

"소리를 질렀어요. 그게 다예요. 전 기다렸지만 아서는 돌아오지 않았어요. 그러고 전 집으로 걸어갔어요. 다음 날 아침 출근 시간이 지나자, 사무실에서 아서의 행방을 물으러 왔어요. 12시쯤 되었을 때 끔찍한 소식을 들었고요. 아, 홈즈 씨, 아서의 명예를 되찾아주실 수만 있다면, 제발! 아서는 명예를 정말 중

요하게 여겼어요."◆

홈즈가 안타깝게 고개를 가로저었다.

"왓슨, 가자. 우린 다른 단서를 찾아야 해. 다음은 그 서류를 도난당한 사무실에 가봐야겠어."

마차가 덜컹거리며 출발하자 홈즈가 말했다.

"이전에도 이 젊은 남자에게 불리했지만 조사를 할수록 점점 더 불리해져. 결혼이 예정돼 있었다는 건 범행 동기가 돼. 자연스레 돈이 필요했겠지. 그런 말을 한 걸 보면 계획도 머릿속에 있었던 거야. 여자에게도 계획을 말해서 반역 행위의 공범으로 만들 뻔했어. 아주 고약한 사건이야."

"그렇지만 홈즈, 그 남자의 평소 성격도 고려해야 하지 않아? 그리고 또 하나는, 왜 길 한복판에 여자를 남겨두고 뛰어가서 그런 중죄를 범한 거야?"

"그러니까! 여전히 반론의 여지가 남아 있지. 이건 앞뒤가 들어맞는 증거를 찾아야 하는 만만찮은 사건이야."

사무실에서 우릴 맞이해준 선임 서기 시드니 존슨 씨는 내 친구의 명함을 받은 사람들이 언제나 그러듯이 깍듯하게 응대해줬다. 존슨 씨는 돋보기를 쓴 중년의 남자로, 마르고 무뚝뚝하고 빰은 초췌했으며 계속되는 불안과 중압감 때문인지 손을 덜

◆ BBC 《셜록》 〈잔혹한 게임〉에서도 존이 설계도를 가지고 죽은 앤드루 웨스트의 약혼자를 찾아가 흡사한 대화를 나눈다.

덜 떨었다.

“이거 상황이 안 좋아요, 홈즈 씨, 아주 안 좋아요! 제임스 경께서 돌아가셨다는 걸 들으셨습니까?”

“지금 그분 집에서 오는 길입니다.”

“여긴 엉망이 됐어요. 제임스 경도 돌아가시고, 카도건 웨스트도 죽고, 우리 설계도는 도난당했어요. 그런데 월요일 저녁에 사무실 문을 잠갔을 땐 여느 정부 부서만큼이나 잘 돌아가고 있었단 말이죠. 하느님 맙소사, 정말 생각만 해도 끔찍해요! 그 웨스트, 다른 사람도 아니고 웨스트가 그런 짓을 하다니!”

“그럼 웨스트가 범인이라고 생각하십니까?”

“그렇게밖에 생각할 수가 없잖아요. 그런데 전 웨스트를 제 자신만큼 믿었거든요.”

“월요일 몇 시에 사무실 문을 닫았죠?”

“5시에요.”

“직접 닫으셨나요?”

“언제나 제가 닫아요.”

“설계도는 어디 있었죠?”

“금고에요. 거기 제가 직접 넣었죠.”

“건물에 수위는 없었나요?”

“있는데, 다른 부서도 돌아봐야 하니까요. 퇴역 군인인데, 정말 믿음직한 사람이에요. 그날 저녁 아무것도 못 봤다고 하더군요. 물론 안개도 아주 짙었지만요."

"만약에 카도건 웨스트가 근무시간 후에 건물 안으로 들어오려 했다면 열쇠가 세 개 필요했겠죠. 설계도를 손에 넣으려면요. 안 그래요?"

"네, 그렇죠. 건물로 들어오는 열쇠, 사무실 열쇠, 그리고 금고 열쇠요."

"제임스 월터 경과 존슨 씨만 그 열쇠들을 가지고 있나요?"

"저한테 문 열쇠는 없어요. 금고 열쇠만 있죠."

"제임스 경은 평소에 규칙적인 생활을 하시는 분이었나요?"

"네, 그러셨던 것 같아요. 그 열쇠 세 개만큼은 열쇠고리 하나에 늘 가지고 다니셨죠. 종종 거기 걸려 있는 걸 봤어요."

"그 열쇠고리를 가지고 런던에 갔던 건가요?"

"그렇게 말씀하셨어요."

"그리고 존슨 씨도 열쇠를 항상 지니고 있었고요?"

"언제나요."

"그럼 웨스트가 범인이라면 복사본이 있었어야 했어요. 그런데 시신에서 발견된 건 없었어요. 또 만약에 이 사무실의 직원이 설계도를 팔려고 했다면, 이 사건에서 그랬던 것처럼 원본을 가지고 나가는 것보다 자기가 설계도의 복사본을 만드는 게 더 쉽지 않았을까요?"

"설계도를 효과적으로 베끼려면 전문 지식이 상당히 많이 필요할 겁니다."

"그렇지만 제임스 경이나 존슨 씨나 웨스트 씨는 그런 전문 지식이 있으시죠?"

"물론 있지만, 제발 이 사건에 절 연관시키지 말아주세요, 홈즈 씨. 이런 식으로 추정을 하는 게 무슨 소용인가요? 웨스트한테서 설계도 원본이 나왔는데요?"

"안전하게 복사본을 가져가도 똑같은 값을 받을 수 있었을 텐데 위험을 무릅쓰고 원본을 가져간 게 굉장히 이상합니다."

"물론 이상하죠. 하지만 그렇게 했는걸요."

"이 사건을 조사할 때마다 설명할 수 없는 점이 나와요. 그보다 설계도 세 장은 아직 발견이 안 됐죠. 제가 알기론 그 세 개가 가장 중요하다고요."

"네, 그렇죠."

"그 말은 그 설계도 세 장이 있다면 나머지 일곱 장이 없어도 브루스파팅턴 잠수함을 만들 수 있다는 겁니까?"

"제독한테는 그렇게 보고했어요. 그렇지만 오늘 설계도를 다시 보니 확신이 사라지더라고요. 자동 조절 장치가 달린 이중 밸브는 되찾은 설계도 중 하나에 있었어요. 외국에서 그걸 스스로 발명하지 않는 이상 잠수함을 만들 수 없어요. 물론 금방 해결할 수 있겠지만요."

"그렇지만 사라진 설계도 세 장이 가장 중요하고요?"

"물론이죠."

"허락해주신다면 이제 이 주변을 좀 살펴보겠습니다. 더 여쭤볼 건 없는 것 같네요."

홈즈는 금고의 자물쇠와 방의 문, 그리고 창문의 철제 덧문을 살펴보았다. 바깥의 뜰에 나가자 홈즈가 갑자기 흥분해서 조사하기 시작했다. 창문 밑에는 월계수 덤불이 있었는데, 가지 여러 개가 비틀리거나 꺾여 있었다. 홈즈는 돋보기로 가지들을 자세히 조사하고 땅에 난 흐릿하고 어렴풋한 자국을 살펴보았다. 마지막으로 선임 서기에게 철제 덧문을 닫아달라고 부탁했다. 그러더니 덧문 가운데가 잘 맞붙지 않아서 누구나 밖에서 방 안을 들여다볼 수 있겠다고 말했다.

"3일이 지나서 증거가 훼손됐어. 이게 뭘 의미할 수도 있고, 아무것도 아닐 수도 있어. 왓슨, 울리치에서 더 얻을 수 있는 건 없는 것 같아. 수확이 얼마 없는걸. 런던은 더 나을지 가보자."

그렇지만 울리치 역을 떠나기 전에 우린 한 가지 수확을 더 얻을 수 있었다. 승차권 창구 직원이 월요일 밤에 카도건 웨스트를 본 게 확실하다고 한 것이다. 웨스트가 어떻게 생겼는지 잘 아는 직원이었는데, 8시 15분 기차를 타고 런던브리지 역으로 갔다는 것이다. 혼자 있었고, 삼등칸 기차를 편도로 끊었다고 했다. 직원은 그때 웨스트가 흥분하고 긴장한 것 같아 이상하게 생각했다고 했다. 너무 떨어 잔돈을 제대로 집지도 못해서 직원이 도와줬다고 했다. 기차 시간표를 보니, 7시 반에 약혼녀와 헤어진 후 가장 빨리 탈 수 있는 기차가 8시 15분 기차였다.

홈즈는 30분쯤 말없이 있더니 입을 열었다.

"재구성을 해보자, 왓슨. 우리가 같이 맡았던 사건들 중에 이렇게 진척이 힘든 사건은 없었던 것 같아. 한 발짝 내디딜 때마다 그 너머에 봉우리가 나와. 그래도 확실한 진전이 있었던 건 사실이지. 울리치에서 우리가 조사한 사실들은 대체로 카도건 웨스트 청년에게 불리한 것들이야. 그렇지만 창문에서 발견한 정황들은 좀 더 유리한 가설을 세울 수 있게 해주지. 예를 들어 외국 요원이 웨스트에게 접근했다고 치자. 입을 열지 않기로 약속한 상태라 말을 할 수는 없었지만, 약혼녀에게 흘린 말을 보면 정보를 외국에 팔기로 생각했을 수도 있어. 아주 좋아. 그럼 그 여자와 극장에 가는데, 갑자기 안개 속에서 그 요원 같아 보이는 사람이 사무실 쪽으로 가는 걸 발견했다고 생각해보자고. 웨스트는 충동적이고 성급하게 결정을 내리는 남자였어. 책임감에 다른 건 다 잊은 거지. 웨스트는 남자 뒤를 쫓아 창문까지 가서 그자가 설계도를 가져가는 걸 보고 쫓아간 거야. 그렇게 생각해보면 복사본을 만들 수 있는데 원본을 가지고 갈 이유가 없다는 모순은 사라져. 이 외부인은 원본을 가져가야 했어. 여기까진 맞아떨어져."

"이다음은 뭐야?"

“여기까지 와서 다시 막다른 길에 부딪히지. 그런 상황에서 카도건 웨스트가 가장 처음 했을 만한 건 범인을 잡고 경보를 울리는 거야. 왜 그렇게 안 한 거지? 설계도를 가져간 사람이 자기 상관이라서? 그렇다면 웨스트의 행동을 설명할 수 있어. 아니면 도둑이 안개 속에서 웨스트를 따돌려서, 그자의 집에 직접 가서 상대하려고 바로 런던으로 출발한 걸까? 그자가 어디 사는지 알았으면 그랬을 수 있어. 아주 급한 상황이었을 거야. 안개 속에 약혼녀를 남겨두고 아무 말도 하지 않고 갈 정도였으니까. 여기서도 단서가 끊겨. 두 가설 다 여기서부터 웨스트가 설계도 일곱 장을 주머니에 넣고 대도시 기차 지붕 위에 올라가 있는 시점까지 텅 비어 있어. 느낌상 이젠 반대 방향에서 수사를 시작해야 해. 마이크로프트 형이 주소 목록을 주면, 표적을 골라서 하나가 아니라 두 방향에서 수사를 해도 되겠지.”

말할 것도 없이 베이커 스트리트에서는 편지가 기다리고 있었다. 정부 소속 심부름꾼이 속달로 가지고 온 것이었다. 홈즈가 편지를 훑어보더니 내 쪽으로 던졌다.

잔챙이들은 많지만, 그렇게 큰 사건에 관여할 만한 사람은 몇 안 돼. 조사해볼 사람들은 웨스트민스터의 그레이트 조지 스트리트 13번지에 사는 아돌프 마이어, 노팅힐 캠프던 대저택의 루이 라 로티에르, 켄싱턴의 콜필드 가든 13번지의 휴고 오버스타인뿐이야. 오버스타인은 월요일에 런던에 있었지만 지금은 런던을 떠났다고 해. 희망이 좀 보인다니 다행이야. 내각에선 네 최종 보고를 듣고 싶어 안달이 났어. 가장 높은 각처에서 긴급하게 대리인을 보냈어. 필요하다면 국가의 모든 병력을 다 쓸 수 있어.

마이크로프트

"아무래도 여왕의 말들도, 여왕의 신하들도 이 문제엔 도움이 안 될 것 같군.영국의 전래동요에 나오는 내용"

홈즈가 웃으며 말했다. 홈즈는 커다란 런던 지도를 펼쳐놓고 몸을 기울여 열심히 들여다보았다.

"그래, 그래. 드디어 일이 우리 쪽으로 좀 돌아가네."

홈즈는 갑자기 크게 웃음을 터뜨리며 내 어깨를 때렸다.

"난 이제 나가볼게. 그냥 정찰 차원이야. 내가 믿어 마지않는 내 동료 겸 전기 작가 없이 중요한 일을 하진 않을 거야.◆ 넌 여기 있어. 아마도 한두 시간 후에 나랑 다시 만나게 될 거야. 만약에 지루해지면 종이랑 펜을 들고 우리가 어떻게 이 나라를 구

◆ BBC 《셜록》 〈잔혹한 게임〉에서 셜록은 자신의 '블로거' 없이는 나가지 않을 거라 말한다.

했는지 쓰기 시작해."

홈즈의 들뜬 기분이 나에게도 좀 전염이 되었다. 홈즈가 보통 때의 엄숙한 모습에서 이렇게 동떨어지게 들뜬 모습을 보이는 데에는 이유가 있는 것이 분명했기 때문이다. 기나긴 11월 저녁 내내 나는 홈즈가 돌아오기만을 애타게 기다렸다. 9시가 조금 지났을 때에야 겨우 심부름꾼이 전갈을 가지고 왔다.

켄싱턴 글로스터 로드에 있는 골디니 레스토랑에서 식사 중. 거기서 만나게 곧바로 와줘. 올 때 문 따는 쇠막대랑 어두운 랜턴, 끌, 권총을 가지고 와.

S.H.

모범적인 시민이 어둡고 안개가 자욱한 거리로 가지고 나가기 참 좋은 것들이었다. 나는 내 외투 속에 그 물건들을 모두 조심스레 집어넣고 홈즈가 보낸 주소로 마차를 타고 갔다. 그곳에 가니 요란스러운 이탈리안 레스토랑에서 내 친구가 문 쪽 가까이 있는 동그란 테이블에 앉아 있었다.

"뭐 좀 먹었어? 그럼 나랑 같이 커피랑 퀴라소서인도제도의 퀴라소섬에서 생산되는 양주로, 오렌지 껍질을 넣어 만들며 도수가 30~40도로 높다.를 마시자. 주인이 준 시가 좀 피워봐. 생각보다 해로운 느낌은 아냐. 연장은 가지고 왔어?"

"여기, 내 외투 안에 있어."

"아주 좋아. 내가 뭘 했는지 간단하게 얘기해줄게. 우리가 이제부터 뭘 할지도 어느 정도 알 수 있을 거야. 왓슨, 이제 너도 당연히 알겠지만, 이 청년의 시신은 기차의 지붕 위에 누가 **올려둔** 거야. 그건 그 청년이 객차 안에서가 아니라 지붕에서 떨어진 거라는 걸 내가 알아냈을 때부터 명백했지."

"다리에서 떨어뜨린 것은 아닐까?"

"그건 불가능했을 거야. 기차 지붕을 살펴보면 살짝 둥근 모양인 데다 끝에 난간도 없어. 그러니까 누군가가 카도건 웨스트를 기차 지붕 위에 올려둔 것이 분명해."

"어떻게 거기 올려둔 거지?"

"그 질문에 답하는 게 우리 일이야. 가능한 방법은 하나뿐이야. 런던 도심 기차가 웨스트엔드에서 터널 밖으로 나오는 데가 몇 군데 있다는 걸 너도 알 거야. 거길 지나갈 때 머리 바로 위쪽으로 집의 창문이 몇 번 보였던 게 기억나. 자, 그런 창문 바로 아래 기차가 멈춰 선다면, 지붕 위에 시신을 내려놓는 게 어렵진 않겠지?"

"상상하기 힘든 일인걸."

"그 자명한 이치를 상기해보자고. 다른 모든 경우의 수가 틀렸을 때, 아무리 가능성이 낮아도 남은 경우가 사실일 거라는 거지. 이 사건에서 다른 가능성들은 전부 **틀렸어**. 런던을 떠난

지 얼마 안 되는 거물 외국 요원 중 하나가 철로 바로 위에 있는 집들 중 하나에 산다는 것을 알았을 때 난 너무 기뻐서 갑자기 들떴지. 내 모습을 보고 네가 좀 놀랐잖아."

"아, 그게 그것 때문이었어?"

"그래, 그거였어. 콜필드 가든 13번지의 휴고 오버스타인 씨가 내 표적이 되었지. 나는 글로스터 로드 역에서 조사를 시작했어. 거기서 굉장히 협조적인 역무원을 만나서 함께 선로를 따라 걸으며 콜필드 가든의 뒤쪽 계단 창문이 선로 쪽으로 열린다는 것을 확인했어. 더 중요한 사실은, 그곳이 여러 개의 선로가 교차하는 곳이라 기차들이 바로 그 자리에서 자주 움직이지 않고 서 있다는 거야."

"훌륭해, 홈즈! 해냈구나!"

"여기까진. 왓슨, 진전은 있었지만 아직 멀었어. 콜필드 가든 건물 뒤쪽을 보고 나서 건물 앞으로 가서 집을 보았어. 그자는 이미 떠나고 없더군. 꽤 큰 집이고, 가구는 없었어. 내가 알기로 오버스타인은 위층에서 심부름꾼 하나랑 같이 살았는데, 그 심부름꾼은 아마 완전히 믿을 수 있는 공범이었을 거야. 우리가 기억해야 할 건, 오버스타인은 장물을 처리하러 대륙으로 간 거지 도망을 간 게 아니라는 거야. 체포령이 떨어질 걸 걱정할 이유가 없으니까. 아마추어 탐정이 가정방문을 할 거라고도 생각 못 할 거야. 하지만 바로 그게 이제부터 우리가 하려는 일이지."

“영장을 받아서 합법적으로 할 순 없을까?”

“증거가 모자라.”

“우리가 뭘 할 수 있는데?”

“가서 무슨 일이 일어날지 모르지.”

“홈즈, 느낌이 안 좋아.”

“친구, 넌 밖에서 망을 봐. 불법적인 건 내가 할게. 사소한 문제에 신경 쓸 때가 아니야. 마이크로프트가 보낸 전갈을 생각해 봐. 소식을 기다리는 해군성과 내각과 높으신 분도. 우린 가야만 해.”

나는 대답 대신 자리에서 일어섰다.

“홈즈, 네 말이 맞아. 우리가 가야만 해.”

홈즈는 벌떡 일어나 내 손을 잡고 흔들었다.

“난 결국 네가 발을 안 뺄 줄 알았어.”

홈즈가 말하는데, 순간 지금까지 한 번도 보지 못했던 다정함에 가까운 표정이 홈즈의 눈에 어리는 것을 봤다. 하지만 홈즈는 바로 다시 능수능란하고 현실적인 모습으로 돌아왔다.

“거기까지 1킬로미터 가까이 되지만 서둘지 않아도 돼. 걸어가자. 연장을 떨어뜨리진 마, 제발. 네가 의심을 받아 체포라도 되면 일이 아주 복잡하게 꼬일 거야.”

콜필드 가든은 빅토리아 중기 런던 웨스트엔드에 많이 지어졌던 건물들처럼, 기둥이 세워진 밋밋한 앞면에 주랑현관이 있는 집이었다. 옆집에는 아이들이 파티를 하고 있는지, 즐겁게 떠드는 어린 목소리와 피아노를 통탕거리는 소리가 밤공기를 뚫고 들려왔다. 여전히 자욱한 안개가 친절하게도 우리를 가려주고 있었다. 홈즈는 랜턴을 켜서 거대한 문을 비추었다.

"이거 문제가 심각한걸. 잠긴 데다가 빗장도 걸려 있어. 지하실로 내려가는 통로 쪽이 더 나을 것 같아. 일을 너무 열심히 하는 경찰이 방해를 할 수도 있으니까. 저 아래쪽에 딱 좋은 아치문이 있어. 나 좀 잡아줘, 왓슨. 나도 잡아줄게."

1분 후 우리는 둘 다 지하실 통로 입구에 있었다. 계단 앞 어두운 그늘로 들어가자마자 위쪽의 안개 너머로 경찰관의 발소리가 들렸다. 작은 발소리가 점점 멀어지자 홈즈는 아래쪽 문에 작업을 하기 시작했다. 홈즈가 몸을 굽히고 힘을 쓰자 날카로운 소리와 함께 문이 열렸다. 우린 뒤로 통로 문을 닫고 컴컴한 길을 따라 뛰어 들어갔다. 홈즈가 카펫이 깔려 있지 않은 나선형 계단을 앞장서 올라갔다. 홈즈의 조그만 랜턴이 아래쪽 창문에 노랗게 빛났다.

"여기야, 왓슨. 이게 분명해."

홈즈가 창문을 벌컥 열자, 낮고 거칠게 덜컹대는 소리가 점점 커지더니 곧 우르릉 소리를 내며 어둠 속에서 우리 앞을 지나갔다. 홈즈가 창가를 따라 랜턴을 비추었다. 창틀은 지나가는 기차 때문에 검은 먼지가 두껍게 앉아 있었지만, 까만 표면이 여기저기 지워지고 문질러져 있었다.

"그 둘이 어디에 시신을 올려놨는지 볼 수 있어. 이거 봐, 왓슨! 이게 뭐지? 이건 분명히 핏자국이야."

홈즈가 창문의 나무틀에 나 있는 희미한 자국을 가리켰다.

"여기 돌계단에도 있어. 증거는 확실해. 기차가 설 때까지 여기서 기다리자."

우린 오래 기다리지 않아도 됐다. 바로 다음 기차가 터널에서 커다란 소리를 내며 나왔지만, 터널 밖에서 속도를 늦추더니 끼익하는 브레이크 소리를 내며 우리 바로 아래에서 멈춰 섰다. 창문가에서 기차 지붕 위까지 거리가 1미터 정도밖에 되지 않았다. 홈즈가 조용히 창문을 닫았다.

"여기까진 입증했군. 왓슨, 어떻게 생각해?"

"대단해. 지금까지 풀었던 문제 중에 가장 훌륭했어."

"난 그 말에 동의할 수 없어. 지붕 위에 시신을 올렸다는 생각을 하자마자 나머지는 당연히 따라오는 거였어. 그것도 그렇게 난해한 문제도 아니었고. 중차대한 이해관계가 얽혀 있지 않았다면 별로 중요한 부분이 아니었을 거야. 어려운 문제가 여전히 남아 있어. 그렇지만 여기서 우리에게 도움이 될 만한 걸 좀 찾을 수 있을지도 모르지."

우리는 부엌 계단을 올라가 위층으로 갔다. 방 하나는 가구로 꽉 들어찬 식당이었는데, 눈길을 끄는 건 아무것도 없었다. 두 번째 방은 침실이었는데, 거기도 별것 없었다. 마지막 남은 방은 뭔가 있어 보였다. 내 친구는 체계적인 조사에 들어갔다. 방에는 책과 서류가 너저분하게 흩어져 있었는데 서재로 썼던 게 분명했다. 홈즈는 빠르고 체계적으로 서랍 하나하나, 찬장 하나하나를 뒤졌지만, 심각한 얼굴을 밝게 만들어줄 성공의 빛줄기는 찾지 못했다. 한 시간이 지났지만 시작했을 때보다 진전된 것은 없었다.

"그 교활한 놈이 흔적을 없앴어. 불법적인 것은 아무것도 남기지 않았어. 위험한 서신들은 없애거나 치운 거지. 이게 우리의 마지막 기회야."

책상 위에 작은 주석 통이 있었다. 홈즈가 끌을 가지고 통을 비틀어 열었다. 그 안에는 기호와 수식이 가득한 서류가 몇 장 말려 있었는데, 무엇에 관한 건지는 아무 데도 쓰여 있지 않았다. '수압'과 '제곱인치당 압력'이 자주 등장하는 걸 보면 잠수함과 관련이 있을 수도 있었다. 홈즈는 서류들을 모두 성급히 한쪽으로 치웠다. 통에는 작게 오려낸 신문 기사가 여러 장 들어 있는 봉투만 남았다. 홈즈가 그것들을 탁자 위에 쏟아냈다. 홈즈의 들뜬 얼굴을 보니 홈즈가 희망을 발견했다는 것을 알 수 있었다.

"이게 뭘까, 왓슨? 응? 이게 뭐냐고. 신문 광고로 메시지를 보낸 기록이야. 활자와 종이를 보니 「데일리 텔레그래프」의 인사

광고란이야. 그 지면의 오른쪽 윗부분이지. 날짜는 없지만 순서대로 되어 있어. 이게 첫 번째겠군."

더 일찍 알았으면 했음. 조건에 동의. 명함의 주소로 자세한 편지를 보낼 것.

피에로

"그다음 건."

설명하기 복잡함. 자세한 보고가 필요. 물건을 받으면 대가를 지불하겠음.

피에로

"그다음은."

급한 일임. 계약을 이행하지 않으면 제안을 철회하겠음. 편지로 약속을 잡도록. 광고로 답을 주겠음.

피에로

"이게 마지막이야."

월요일 밤 9시 후. 노크 두 번. 두 사람만. 너무 의심하지 말 것. 물건이 도착하면 현금으로 지불하겠음.

피에로

"왓슨, 꽤 완전한 기록인데! 이걸 보낸 사람을 잡을 수만 있다면 말이야!"

홈즈는 앉아서 손가락으로 탁자를 두들기며 생각에 잠겨 있다가 벌떡 자리에서 일어났다.

"아니, 그렇게 어렵지만도 않겠어. 왓슨, 여기서 더 할 일은 없어. 「데일리 텔레그래프」 사무실을 들러서 오늘의 할 일을 마무리 짓는 게 좋겠어."

다음 날 아침을 먹고 나서 마이크로프트 홈즈와 레스트레이드가 약속을 하고 찾아왔고, 홈즈는 둘에게 전날 우리가 한 일을 들려주었다. 경위는 우리가 주거침입을 했다고 고백하자 고개를 가로저었다.

"우리 경찰은 그런 일은 할 수 없어요, 홈즈 씨. 우리보다 성과가 좋을 수밖에 없군요. 그렇지만 언젠가 너무 멀리 가게 되면 홈즈 씨도 친구 분도 곤경에 처할 겁니다."♦

"영국과 가정과 미인을 위해서죠.영국 해병의 건배사이자, 문학에서 자주 쓰이

♦ BBC 《셜록》 〈핑크색 연구〉에서 셜록에게 적대적이던 경찰 샐리 도너번은 언젠가 셜록이 사건을 해결하는 데 만족하지 못하고 자신이 살인을 할 것이라고 말한다.

는 문구 안 그래, 왓슨? 우린 국가의 제단에 올려진 순교자들이죠. 그보다 어떻게 생각해, 형?"

"잘했어, 셜록! 대단해! 그렇지만 이걸로 뭘 하게?"

홈즈가 탁자 위에 있는 「데일리 텔레그래프」를 들어 올렸다.

"오늘 피에로가 올린 광고 봤어?"

"뭐? 하나 더 있어?"

"응, 여기 있어."

오늘 밤. 같은 시간. 같은 장소. 노크 두 번. 아주 중요한 일임. 당신의 안위가 달려 있음.

피에로

"맙소사! 그자가 답한다면 잡을 수 있어요!"

레스트레이드가 외쳤다.

"그렇게 생각하고 이 광고를 낸 거죠.◆◆ 두 분 다 우리와 함께 8시쯤 콜필드 가든으로 가신다면 사건 해결에 한 걸음 더 다가갈 수 있을 겁니다."

셜록 홈즈의 뛰어난 능력 중에 하나는, 더 할 수 있는 일이 없

◆◆ BBC 《셜록》 〈잔혹한 게임〉에서 셜록은 설계도를 미끼로 모리아티와 직접 대면할 계획을 세운다. 원작에서 신문 광고를 활용한 것처럼, 드라마에서 셜록은 모리아티에게 직접 설계도를 가져가라는 내용을 자신의 웹사이트 '추론의 과학'에 올린다.

다고 여겨지면 머리 쓰는 일을 멈추고 가벼운 것들만 생각할 수 있는 능력이었다. 잊을 수 없는 그날 하루 종일, 홈즈는 라소의 다성 모테트16세기 플랑드르악파의 작곡가 오를란도 디 라소가 작곡한 무반주 교회 성악곡들을 말한다.에 대한 논문을 쓰는 데 정신이 팔려 있었다. 나로 말할 것 같으면, 나에겐 이렇게 거리를 둘 수 있는 능력이 전혀 없기 때문에 그날 하루가 끝이 나지 않는 것 같았다. 이 일이 국가적으로 중대한 문제라는 것이나, 높으신 분들이 초조해하는 것, 사건이 우리가 시도한 일로 바로 판가름이 날 거라는 것이 전부 내 신경을 곤두서게 했다. 저녁을 가볍게 먹고 수사를 하러 길을 떠날 때에야 겨우 마음이 진정되었다. 레스트레이드와 마이크로프트와는 글로스터 역 밖에서 보기로 약속하고 만났다. 오버스타인의 집 지하 통로는 전날 밤에 열었던 그대로 있었는데, 마이크로프트 홈즈가 철책을 절대로 오르지 않겠다고 단호하게 거부해서 내가 들어가서 복도 쪽 문을 열어주어야 했다. 9시에 우리는 모두 서재에 앉아 우리의 용의자를 참을성 있게 기다리고 있었다.

한 시간이 지나고, 또 한 시간이 지났다. 11시가 되자 거대한 교회 시계가 희망을 구슬피 애도하는 장송곡처럼 울렸다. 레스트레이드와 마이크로프트는 자리에 가만히 앉아 있지를 못하고 1분에 두 번씩 시계를 들여다보았다. 홈즈는 침착하고 조용하게 앉아 반쯤 눈을 감고 있었지만 온몸의 신경은 곤두세우고 있었다. 홈즈가 갑자기 고개를 번쩍 들었다.

"오고 있어."

살금살금 숨죽인 발소리가 문을 지나갔다. 그러더니 발소리가 다시 돌아왔다. 밖에서 발을 끄는 소리가 나더니 문을 날카롭게 두 번 두들기는 소리가 났다. 홈즈가 우리에게 앉아 있으라는 손짓을 하며 일어섰다. 복도의 가스등이 유일하게 켜져 있는 불빛이었다. 홈즈가 바깥문을 열었고, 어두운 형상이 홈즈를 지나 들어오자 문을 닫고 잠갔다.

"여기로 오세요!"

우린 홈즈가 말하는 것을 들었고, 다음 순간 우리의 용의자는 우리 앞에 서 있었다. 홈즈는 남자 바로 뒤에서 따라오다가, 남자가 놀라고 당황해 소리를 지르며 뒤돌아서자 목덜미를 잡고 다시 방 안으로 내던졌다. 남자가 균형을 잡고 다시 일어서기 전에 방문이 닫혔고, 홈즈가 문에 기대섰다. 남자는 주변을 노려보며 비틀거리더니 의식을 잃고 바닥 위로 쓰러졌다. 그 충격으로 남자의 챙 넓은 모자가 휙 벗겨지고 얼굴을 가리고 있던 스카프가 흘러내리자, 길고 옅은 색의 수염을 기르고 부드럽고 섬세하게 잘생긴 밸런타인 월터 대령의 얼굴이 드러났다.

홈즈가 놀라서 휘파람을 불었다.

"왓슨, 이번엔 내가 멍청했다고 써도 좋아. 이건 내가 쫓던 사냥감이 아니야."♦

"누군데?"

마이크로프트가 다급히 물었다.

"잠수함 부서의 총책임자 고 제임스 월터 경의 남동생이야. 그래, 일이 어떻게 돌아갔는지 알겠어. 의식을 찾고 있네. 심문은 나한테 맡겨."

우리는 엎드려 있는 대령을 소파로 옮겼다. 우리의 용의자는 이제 일어나 앉아서 경악한 얼굴로 주위를 둘러보고, 보이는 것도 믿을 수 없다는 듯 이마 위로 손을 가져다 댔다.

"어떻게 된 거죠? 전 여기 오버스타인 씨를 만나러 왔는데."

그가 물었다.

"월터 대령, 모든 게 밝혀졌어요. 어떻게 영국 신사가 이런 식으로 행동할 수 있는지 도무지 이해할 수가 없군요. 당신이 오버스타인과 주고받은 서신과 그와의 관계를 전부 알고 있습니다. 그리고 카도건 웨스트 청년의 죽음과 관련이 있는 정황도 있고요. 적어도 뉘우치고 고백하는 것으로 작게라도 보상하시는 게 좋을 겁니다. 당신이 입을 열어야 알 수 있는 부분들이 아직 있으니까요."

홈즈가 말했다.

남자가 신음을 내며 두 손에 얼굴을 묻었다. 우리는 기다렸지

◆ BBC 《셜록》 〈잔혹한 게임〉에서 셜록은 모리아티와 대면하려 하지만, 셜록의 예상을 깨고 약속 장소에 존이 등장한다. 온몸에 폭탄을 두르고 다섯 번째 인질로 등장한 것이다.

만, 남자는 침묵을 지켰다.

홈즈가 다시 입을 열었다.

“확실히 말씀드릴 수 있는 것은 중요한 점들은 이미 알고 있다는 겁니다. 당신이 돈이 필요했다는 것도 알고, 형이 가지고 있는 열쇠를 복사했다는 것도, 오버스타인과 연락을 주고받기 시작해 오버스타인이 「데일리 텔레그래프」의 광고란을 통해 답을 했다는 것도 압니다. 우린 당신이 월요일 밤 안개 속에서 사무실로 갔고, 카도건 웨스트 청년이 당신을 발견하고 따라갔다는 것도 압니다. 당신을 의심할 만한 이유가 있었겠지요. 웨스트는 당신이 설계도를 훔치는 것을 보았지만 곧바로 신고하진 못했어요. 런던에 있는 형에게 가져가려는 것일 수도 있었으니까요. 웨스트는 모범적인 시민답게 다른 일은 다 제쳐두고 안개 속에서 당신 뒤를 바짝 밟았어요. 당신이 이 집에 도착할 때까지요. 웨스트는 거기서 모습을 드러냈고, 그때 월터 대령, 당신은 반역죄에 이어 더 끔찍한 살인까지 저지르게 된 겁니다.”

“아닙니다! 아니에요! 하느님께 맹세코 아닙니다!”

우리의 용의자가 괴로워하며 외쳤다.

“그럼 말씀해주세요. 당신이 카도건 웨스트를 기차 지붕 위에 올려놓기 전에 그가 어떻게 죽었는지요.”

“그러겠습니다. 맹세코 그렇게 할게요. 나머지는 제가 했어요. 자백합니다. 당신이 말한 그대롭니다. 주식 빚을 갚아야 했어요. 전 돈이 절실하게 필요했어요. 오버스타인은 5,000파운드를 제안했어요. 파산하지 않으려면 어쩔 수 없었죠. 그렇지만 살인 혐의에선 당신들만큼이나 죄가 없습니다."

"그럼 어떻게 된 거죠?"

"웨스트는 전부터 절 의심하고 있어서 홈즈 씨가 말한 대로 절 미행했어요. 전 문 앞에 설 때까지 전혀 몰랐어요. 안개가 짙어서 3미터 앞도 안 보였거든요. 제가 노크를 두 번 했고, 오버스타인이 문을 열고 나왔어요. 그때 청년이 뛰쳐나와서 그 서류를 가지고 뭘 할 건지 알아야겠다고 따졌어요. 오버스타인에게는 짧은 곤봉이 있었어요. 언제나 그걸 들고 다녔죠. 웨스트가 억지로 우리를 뒤따라 들어와서 집 안으로 들어오려고 하는데 오버스타인이 웨스트의 머리를 쳤어요. 치명적인 한 방이었어요. 웨스트는 5분도 지나지 않아 사망했어요. 저기 복도에 웨스트가 뻗어 있는데 우린 어떻게 해야 할지 아무것도 떠오르지 않았어요. 그러다가 오버스타인이 생각해낸 게, 자기 집 뒤쪽 창문 아래로 기차가 선다는 거였어요. 그렇지만 우선은 내가 가져온 서류를 살펴보았어요. 오버스타인은 그중 세 장은 중요하니 가져가야 한다고 하더라고요. '가져가면 안 돼요. 서류를 돌려놓지 않으면 울리치에 엄청난 큰일이 날 거예요.' 제가 말했어요. '가져가야만 해요. 굉장히 전문적인 내용이라 지금 베끼기는 불가능합니다.' 그가 말했어요. '오늘 밤 전부 다 돌려놓아야 해요.' 제가 대꾸했죠. 오버스타인이 잠시 생각하더니 좋은 생각이 났다고 외쳤어요. '세 장은 내가 가져갈게요. 나머지는 이 젊은이 주머니에 넣어놓읍시다. 이자가 발견되면 이 사건은 다 이 사람이 저지른 일이 될 거요.' 전 다른 방도가 보이지 않아서 그가 제안한 대로 했어요. 우린 기차가 멈출 때까지 창가에서 30분을 기다렸어요. 안개가 너무 짙어서 아무것도 보이지 않았지만, 기차 위로 웨스트의 시신을 내리는 데는 아무런 어려움이 없었죠. 제가 관계된 부분은 여기까지입니다."

"그러면 당신 형은요?"

"형은 아무 말도 안 했지만, 형 열쇠를 가지고 있는 것을 들킨 적이 한 번 있어서 절 의심했던 것 같아요. 형의 눈을 보고 절 의심한다는 걸 알았죠. 아시겠지만 형은 다시 일어서지 못했어요."

방에는 침묵이 흘렀다. 마이크로프트 홈즈가 침묵을 깼다.

"속죄를 하시지 않겠습니까? 당신 마음도 편해질 거고, 어쩌면 처벌도 가벼워질지도 모릅니다."

"어떻게 하면 되죠?"

"오버스타인이 서류를 들고 어디로 갔죠?"

"모릅니다."

"아무 주소도 주지 않았나요?"

"파리의 루브르 호텔로 편지를 보내면 자기가 받아볼 수 있을 거라 했습니다."

"그렇다면 아직 속죄할 기회가 있습니다."

홈즈가 말했다.

"제가 할 수 있는 건 다 하겠습니다. 그자에게 좋은 감정은 전혀 없어요. 그자 때문에 제가 패가망신한 거니까요."

"여기 종이와 펜이 있어요. 여기 책상에 앉아서 제가 말하는 걸 받아쓰세요. 그 주소로 편지를 보내면 됩니다. 그래요. 편지 내용은 이렇게요."

친애하는 선생님,

우리 거래에 대해 지금쯤 서류에 중요한 부분이 빠져 있다는 것을 아셨을 겁니다. 제게 그걸 채워줄 복사본이 있습니다. 그렇지만 전 이것 때문에 수고를 더 해야 했으니, 추가로 500파운드를 더 주셔야 할 것 같습니다. 우편은 믿을 수 없고, 금이나 화폐 형태가 아닌 것은 받지 않겠습니다. 당신을 만나러 해외로 가고 싶지만 지금 나라를 떠나면 말이 나올 겁니다. 그러니 토요일 정오에 채링크로스 호텔의 흡연실에서 만납시다. 오로지 영국 화폐나 금만 받을 거란 것을 기억해 주십시오.

"아주 좋아요. 이 편지를 받고 우리 용의자가 오지 않는다면 오히려 놀랄 겁니다."

남자는 왔다! 오버스타인은 일생일대의 기회를 성공시키는 데에만 급급해서 덫에 걸려들었다. 그자가 영국 감옥에 15년간 얌전히 갇혀 있다는 것은 정사正史보다 은밀하고 재미있는 국가의 야사이다. 오버스타인의 여행 가방 안에는 귀중한 브루스파팅턴호의 설계도가 들어 있었다. 오버스타인은 유럽의 모든 해군을 상대로 그 설계도를 경매에 붙여놓은 상태였다.

월터 대령은 형을 받은 지 2년째 되는 해에 감옥에서 죽었다. 홈즈로 말할 것 같으면, 생기를 되찾고 다시 라소의 다성 모테트에 대한 논문을 썼고, 나중에 자비로 출판해 지인들에게 돌렸다. 전문가들은 홈즈의 연구가 라소의 모테트의 결정판이라고들 했다. 몇 주 후 나는 내 친구가 윈저 성에서 하루를 보내고 왔다는 것을 알게 되었는데, 돌아왔을 때 굉장히 멋들어진 에메랄드 넥타이핀을 갖고 왔다.♦ 샀느냐고 물어보자, 운 좋게도 작은 일을 해준 데 대한 대가로 어느 자애로우신 귀부인이 선물한 것이라고 대답했다. 홈즈는 아무 말도 하지 않았지만, 난 그 부인의 지엄한 이름을 알 수 있을 것 같다. 아마 홈즈는 그 에메랄드 핀만 보면 브루스파팅턴호 설계도 사건이 생각날 것이다.

♦ BBC 《셜록》 시즌2 〈라이헨바흐 폭포〉의 도입부에서 셜록은 사건을 해결한 데 대한 답례로 커프스단추, 넥타이핀, 사냥모자 등을 선물로 받지만 모두 마음에 들어 하지 않는다.

The Naval Treaty

해군 조약문

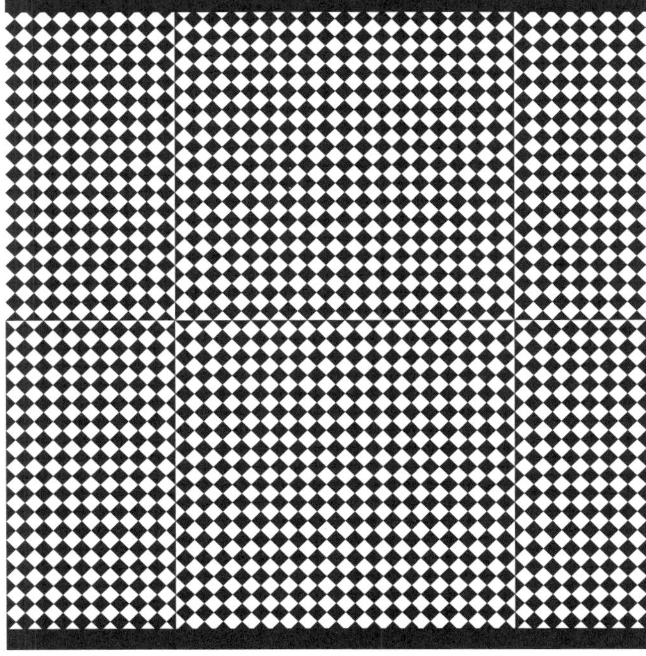

내 결혼식 직후, 7월에는 기억에 남는 흥미로운 사건이 세 개 있었다. 그 사건들 덕분에 셜록 홈즈와 함께하면서 그가 일하는 방식을 가까이서 볼 수 있었다. 내 일지에 그 사건들은 "두 번째 얼룩 사건", "해군 조약문 사건" 그리고 "피곤한 선장 사건"이라는 제목으로 기록되어 있다. 하지만 이 사건들 중 첫 번째는 거물들의 이해관계와 영국 왕실 사람들이 너무 많이 언급되어 앞으로 오랫동안 대중에게 공개되기는 불가능할 것이다. 그렇지만 그 사건만큼 홈즈의 추론 능력이 얼마나 가치 있는지 드러내주거나 홈즈와 깊이 연관된 사람들에게 강한 인상을 남겼던 것도 없을 것이다. 난 지금도 홈즈가 파리 경찰국의 더뷰크 씨와 단치히의 유명한 전문 탐정 프리츠 폰 발트바움에게 사건의 진실을 밝힐 때 했던 말을 그대로 기록해놓은 글을 보관하고 있다. 두 사람 다 지엽적인 문제를 푸는 데 시간을 허비하고 있던 상황이었다. 그렇지만 그 이야기를 하고도 무사하려면 새로운 세기가 와야 할 것이다. 그때를 기다리는 동안, 세 가지 사건 중 두 번째 사건으로 넘어가기로 하자. 한때는 국가적으로 중대했던 사안이었고, 관련 사건들 때문에 꽤 특이한 사건이었다.

학교 다닐 때 난 퍼시 펠프스라는 친구와 친했다. 퍼시는 나랑 동갑이었지만 나보다 두 학년 앞서 있었다. 굉장히 똑똑한 친구여서 학교에서 수여하는 상이란 상은 다 휩쓸었고, 장학금을 타고 케임브리지로 진학해 화려한 경력을 이어가는 것으로 그 혁혁한 공훈을 마무리했다. 내 기억에 퍼시는 인맥도 아주 좋았다. 우리 모두 다 어렸던 시절에도 우린 퍼시의 외삼촌이 거물 보수 정치인 홀드허스트 경이라는 사실을 알고 있었다. 하지만 이 화려한 배경도 학교에서는 퍼시에게 별 도움이 되지 않았다. 오히려 우린 운동장에서 퍼시를 마구 끌고 다니고 정강이를 막대로 때리면서 괜히 즐거워했다. 그렇지만 퍼시가 사회로 나왔을 땐 상황이 완전히 달라졌다. 풍문으로는 퍼시가 자기 능력과 인맥을 활용해서 외무부에서 좋은 자리에 앉았다는 이야기를 들었던 것 같다. 하지만 다음과 같은 편지가 와서 다시 퍼시를 기억해내기 전까지 나는 퍼시를 완전히 잊고 있었다.

워킹의 브라이어브래 저택에서

내 친구 왓슨,

네가 '올챙이' 펠프스를 기억하리라고 믿어. 네가 3학년이었을 때 난 5학년이었지. 어쩌면 내가 외삼촌 인맥으로 외무부에서 좋은 자리에 앉았고, 신뢰받는 명예로운 위치에 있었다는 것도 들었을지 모르겠구나. 갑자기 끔찍하게 안 좋은 사건이 일어나서 내 경력이 박살 나기 전까지진 말이야.

그 끔찍한 사건에 대해서 자세하게 쓰는 건 아무 소용이 없어. 만약에 네가 내 부탁을 들어준다면, 그때 직접 만나 얘기하도록 하지. 난 9주 동안 뇌염을 앓다 겨우 회복했는데 아직도 몸이 굉장히 약한 상태야. 혹시 네 친구 홈즈 씨를 데리고 나를 보러 와줄 수 있겠어? 관계자들은 더 할 수 있는 게 없다고 하지만, 이 사건에 홈즈 씨 의견이 필요해. 홈즈 씨를 데리고 꼭 와줘. 가능한 한 빨리. 이 끔찍한 불안 속에서 살자니 1분이 한 시간처럼 느껴져. 홈즈 씨에게 진작 조언을 구하지 않은 건 홈즈 씨 재능이 못 미더워서가 아니라, 내가 사건이 일어난 후에 제정신이 아니어서 그렇다고 꼭 전해줘. 이제는 정신이 돌아왔지만, 다시 상태가 안 좋아질까 봐 그 사건에 대해서 오래 생각하지는 않고 있어. 보면 알겠지만, 난 아직도 글을 쓸 상태가 아니어서 이 편지도 받아쓰게 하고 있어. 꼭 홈즈 씨를 데리고 와줘.

네 오랜 학우,

퍼시 펠프스

이 편지를 읽는데 안타까운 마음이 들었다. 홈즈를 꼭 데리고 와달라고 여러 번 부탁하는 게 뭔가 안쓰러웠다. 얼마나 안타까웠는지, 그게 쉽지 않은 일이었다 하더라도 난 홈즈를 설득하려고 노력했을 것이다. 하지만 난 홈즈가 이런 일을 즐긴다는 것을 잘 알고 있었고, 홈즈 역시 고객이 그를 간절히 원하는 만큼 기꺼이 도움을 줄 준비가 되어 있었다. 아내도 나처럼 한시라도 빨리 홈즈에게 이 문제를 알려야 한다고 생각했고, 나는 아침을 먹은 지 한 시간도 안 되어 베이커 스트리트의 옛날 방으로 돌아갔다.

홈즈는 실내복 가운을 입고 보조 테이블에 앉아서 화학 실험에 열중해 있었다. 커다랗고 구부러진 모양의 증류기가 분젠등의 푸른 불 위에서 펄펄 끓고 있었고, 증류된 액체 방울은 2리터짜리 계량기 안으로 모이고 있었다. 내 친구는 내가 들어서는데 쳐다보는 시늉도 하지 않았다. 나도 홈즈의 실험이 굉장히 중요해 보여서 안락의자에 앉아서 기다렸다. 홈즈는 이 병 저 병에서 유리 피펫으로 액체를 조금씩 꺼냈고, 끝으로 용액이 담긴 시험관을 테이블 위로 가져갔다. 오른손에는 리트머스종이 조각을 들고 있었다.

"왓슨, 아주 중요한 순간에 왔어. 이 종이가 계속 파란색이면 다 괜찮아. 만약에 빨간색으로 변하면, 한 사람 목숨이 왔다 갔다 해."

홈즈가 종이를 시험관 안에 담그자, 종이는 곧바로 어둡고 벌그데데한 색으로 변했다.

"허! 그럴 줄 알았어! 왓슨, 금방 무슨 일인지 들어줄게. 페르시안 슬리퍼 안에 담배가 있을 거야."

홈즈는 책상으로 가서 전보를 몇 개 쓰더니 심부름꾼 아이에게 건네줬다. 그러고는 맞은편 의자에 풀썩 몸을 던지고 무릎을 올려 손으로 다리를 감싸 안았다.

"아주 평범한 살인 사건이야. 그런데 넌 더 나은 사건이 있나 보네. 왓슨, 넌 폭풍을 몰고 다니는 바다제비처럼 범죄를 몰고 오잖아. 무슨 일이야?"

홈즈에게 편지를 건네자, 홈즈는 굉장히 집중해서 편지를 읽었다.

"편지로는 알 수 있는 게 별로 없네, 그렇지?"

홈즈가 편지를 다시 내게 건네며 말했다.

"거의 없지."

"그렇지만 글씨체가 흥미로워."

"하지만 그 친구 글씨체가 아닌걸."

"그렇지. 여자 글씨체야."

"분명 남자 글씨체인데."

"아냐, 여자야. 평범하지 않은 여자. 조사 시작 단계에서 네 친구가 좋은 쪽으로든 나쁜 쪽으로든 비범한 사람과 가까이 지낸다는 걸 알게 되었다는 게 중요해. 벌써 이 사건에 흥미가 생기는데. 갈 준비가 됐으면 바로 워킹으로 떠나자. 끔찍한 일을 당했다는 외교관이랑 편지를 받아써 주는 여성분을 만나러 가 보자고."

우린 다행히 워털루 역에서 일찍 출발하는 기차를 탈 수 있었다. 한 시간도 지나지 않아서 전나무와 히스 덤불이 우거져 있는 워킹에 도착했다. 브라이어브래는 역에서 걸어서 몇 분 안 걸리는 넓은 땅에 홀로 세워진 커다란 저택이었다. 우리 명함을 보여주자 우린 세련되게 꾸며진 응접실로 안내되었고, 몇 분 후에 좀 통통한 남자가 우릴 따뜻하게 맞아주었다. 그 남자는 30대 초반보다는 후반에 가까워 보였지만, 뺨에 붉게 혈색이 돌고 명랑해 보이는 눈을 하고 있어서 통통하고 장난기 많은 남자아이 같은 인상을 줬다.

남자는 우리와 악수하며 격하게 말했다.

"이렇게 와주셔서 정말 기뻐요. 퍼시가 아침 내내 언제 오느냐고 물었어요. 아, 불쌍한 친구, 아무 지푸라기나 다 잡고 있어요! 퍼시 아버지와 어머니가 제게 두 분을 맞이해달라고 부탁하셨어요. 퍼시 부모님께서는 이 문제가 언급되는 것만으로도 굉장히 고통스러워하시거든요."

"저흰 아직 자세한 건 아무것도 모릅니다. 당신은 이분들 가족이 아니군요."

홈즈가 말했다.

남자는 놀란 표정을 짓다가 눈길을 아래쪽으로 돌리더니 웃기 시작했다.

"제 목걸이 로켓에 새겨진 J. H.를 보신 거죠? 순간 무슨 재주를 부리셨나 했어요. 제 이름은 조지프 해리슨이고, 퍼시가 제 여동생 애니와 결혼할 예정이니 이제 곧 친척이 되기는 하죠. 퍼시 방에 가면 제 여동생을 만나실 수 있을 겁니다. 애니는 두 달간 퍼시를 지극정성으로 간호했어요. 퍼시 성질이 굉장히 급하니까 얼른 들어가 보는 게 좋겠어요."

우리가 안내된 방은 응접실과 같은 층에 있었다. 그 방은 반은 거실 같고 반은 침실같이 꾸며져 있었고, 구석구석 꽃으로 우아하게 장식되어 있었다. 아주 창백하고 피곤해 보이는 젊은 남자가 열린 창 옆의 소파에 누워 있었는데, 창문 너머에서 온화한 여름 공기와 정원의 향기가 풍성하게 풍겨왔다. 한 여자가 남자 옆에 앉아 있다가 우리가 들어서자 일어섰다.

"퍼시, 전 나갈까요?"

여자가 물었다.

퍼시는 여자가 나가지 못하게 손을 움켜잡았다.

"왓슨, 잘 지냈어? 그렇게 콧수염을 기르니까 못 알아보겠네. 너도 나한테 짓궂게 하진 못하겠지. 이분은 그 유명하신 친구분, 셜록 홈즈 씨?"

퍼시가 다정히 물었다.

나는 홈즈를 짧게 소개했고, 둘 다 자리에 앉았다. 통통한 젊은 남자는 방에서 나갔지만 여동생은 여전히 환자의 손을 잡고 그 자리에 있었다. 여자는 굉장히 매력적이었다. 키가 좀 작고 약간 통통한 편이었지만, 아름다운 황갈색 피부에 이탈리아인 같은 커다랗고 어두운 눈이 빛났으며 짙고 검은 머리가 풍성했다. 여자의 풍부한 혈색에 대비되어 그 옆의 창백한 친구의 얼굴은 더 피로해 보이고 핼쑥해 보였다.

"시간 낭비를 하진 않을게. 더 말 돌리지 않고 바로 사건 이야기로 들어갈게. 홈즈 씨, 결혼하기 전날, 갑작스럽고 끔찍한 일이 일어나 제 미래가 전부 엉망이 되었습니다.

왓슨이 말씀드렸을지 모르겠지만, 전 외무부에 있었고, 제 외삼촌 홀드허스트 경의 인맥 덕분에 빠른 속도로 책임이 무거운 위치까지 올랐어요. 외삼촌이 현재의 정부에서 외무부 장관이 되자 절 믿고 몇 가지 임무를 맡기셨는데, 전 언제나 성공적으로 일을 처리했어요. 그래서 외삼촌은 제 능력과 재주를 크게 신뢰하게 되셨죠.

거의 10주 전에, 더 정확히 말하자면 5월 23일, 삼촌은 저를 개인 전용실로 부르시더니, 지금까지 잘해온 일들을 칭찬하시고는 비밀스러운 작업을 새로 맡아달라고 하셨어요.

'이건 영국과 이탈리아 사이에 이루어진 조약문의 원본이야.

유감스럽게도 벌써 언론에 몇 가지 소문이 퍼졌어. 더는 공개되지 않게 하는 게 가장 중요해. 프랑스나 러시아 대사관에서는 이 문건 내용을 알려고 엄청난 돈을 지불할 거다. 이 조약 사본을 만들어야 하는 절대적인 이유가 없었다면, 내 책상 밖으로 나올 일이 없었을 거야. 네 사무실에 책상이 있지?'

외삼촌이 책상 서랍에서 돌돌 말린 회색 종이를 꺼내며 말했어요.

'네, 있습니다.'

'그럼 조약문을 가지고 가서 잠가둬. 내가 너만 남고 다른 사람들은 다 퇴근하도록 지시를 해둘 테니까, 누가 볼까 봐 불안해할 필요 없이 여유 있게 사본을 만들어. 끝내고 나면 원본과 사본을 둘 다 책상에 잠가두고 내일 아침 나에게 직접 넘겨줘.'

전 조약문을 가지고는……."

"잠시만요, 이 대화가 오가는 동안 혼자 있었나요?"

홈즈가 물었다.

"물론이죠."

"커다란 방이었어요?"

"가로세로 10미터 정도요."

"방 한가운데에서요?"

"네, 아마도요."

"낮은 목소리로 말했고요?"

“외삼촌 목소리는 언제나 굉장히 작아요. 전 거의 얘기하지 않았고요.”

“고맙습니다. 마저 이야기해주세요.”

홈즈가 눈을 감으며 말했다.

“전 삼촌이 말한 그대로 했어요. 다른 직원들이 다 퇴근할 때까지 기다렸지요. 그런데 저와 사무실을 함께 쓰는 찰스 고로가 밀린 일이 좀 있다기에, 전 그를 남겨두고 저녁을 먹으러 나갔어요. 돌아왔을 때는 퇴근했더라고요. 전 일을 빨리 끝내고 싶었어요. 조지프가, 좀 전에 만나신 해리슨 씨요, 시내에 와 있고 11시 기차를 타고 워킹으로 내려간다는 걸 알았거든요. 저도 그 기차를 타고 가고 싶었어요.

조약문을 살펴보는데, 외삼촌이 한 말에 아무런 과장도 없다는 걸 곧바로 알았어요. 자세히 말할 것도 없이, 삼국동맹에서 대영제국의 위치를 정의 내리고 있었고, 프랑스 함대가 지중해에서 이탈리아 함대를 완전히 지배하게 되면 우리 나라가 어떤 정책을 펼칠지에 대한 내용이 있었어요. 그 안의 내용은 전부 다 해군과 관련된 내용이었죠. 문서 끝에는 고관들의 서명이 있었고요. 전 조약문을 훑어본 다음에 복사본을 만드는 일에 열중했어요.

조약문은 프랑스어로 쓰인 긴 문서였는데, 조항이 스물여섯 개 있었어요. 전 최대한 빨리 베껴 썼지만 9시까지 겨우 아홉 개

조항밖에 베끼지 못했죠. 11시 기차를 타는 건 물 건너간 것 같았어요. 전 졸리고 멍한 느낌이었어요. 저녁도 먹었겠다, 하루 종일 일을 해서 그런 것도 있었죠. 커피 한 잔을 마시면 머리가 맑아질 것 같았어요. 계단 아래 조그만 관리실에 수위가 한 사람 밤새 있는데, 야근하는 직원들을 위해서 보통 알코올램프에 커피를 만들어놔요. 전 종을 울려서 수위를 불렀죠.

그렇지만 올라온 사람이 커다란 몸집에 우락부락한 얼굴을 하고 앞치마를 두른 나이 든 아주머니라 놀랐어요. 아주머니는 자기가 수위의 아내라면서 청소 일을 하고 있다고 했어요. 전 아주머니에게 커피를 달라고 했죠.

두 개 조항을 더 썼는데, 점점 더 졸음이 밀려왔어요. 전 다리를 좀 펴려고 방 안을 왔다 갔다 했어요. 커피가 그때까지도 오지 않아서 왜 이렇게 늦어지는지 궁금했죠. 무슨 일인지 알아보려고 문을 열고 복도를 따라 내려갔어요. 제가 일을 하던 방은 침침하게 불을 밝힌 직선으로 뻗은 복도와 이어져 있어요. 그 방에서 나가는 유일한 길이죠. 그 길 끝에는 나선형 계단이 있는데, 관리실은 그 아래 복도에 있어요. 계단을 반쯤 내려가면 작은 층계참이 있고, 또 다른 길 하나가 직각으로 나 있어요. 이 길은 옆문으로 이어지는 작은 계단으로 연결돼요. 하인들이 다니거나 찰스 스트리트에서 들어오는 직원들이 지름길로 쓰기도 하는 길이죠. 여기 대충 그린 도면이 있어요."

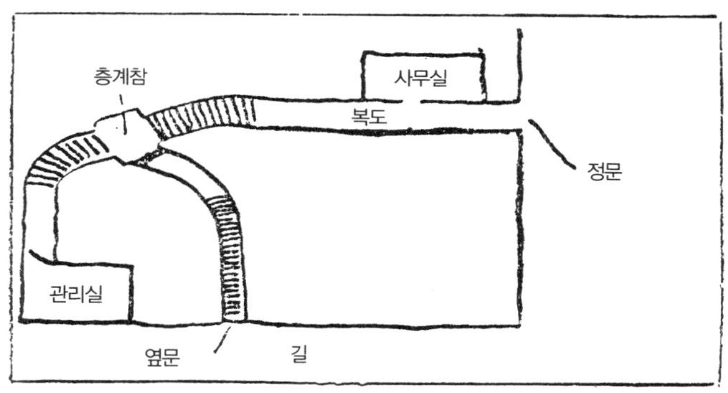

"고맙습니다. 잘 알아듣고 있어요."

홈즈가 말했다.

"이 부분을 잘 이해하시는 게 굉장히 중요합니다. 계단을 내려가서 복도로 나서니, 수위는 관리실에서 깊이 잠이 들어 있었고 알코올램프 위에서는 주전자가 마구 끓고 있었어요. 물이 바닥으로 튀고 있기에 전 주전자를 내려놓고 램프를 껐어요. 그리고 손을 내밀어 그때까지도 깊이 잠들어 있던 수위를 깨우려는데 수위 머리 위에 달린 종이 커다랗게 울렸어요. 그 소리에 수위가 깜짝 놀라 깼죠.

'펠프스 선생님!'

수위가 당황하여 절 쳐다보며 외쳤어요.

'내 커피가 준비되었나 해서 내려와 봤어요.'

'주전자에 물을 끓이다가 잠이 들었어요, 선생님.'

수위는 나를 쳐다보고 아직도 떨리고 있는 종을 쳐다보더니, 점점 더 놀라는 표정이 되더군요.

'선생님, 선생님이 여기 계신데 종을 울린 건 누구죠?'

수위가 물었어요.

'종! 어디 종이에요?'

'일하고 계신 방의 종이에요.'

제 심장이 한기로 조여드는 것 같았어요. 그렇다면 누군가가 귀중한 조약문이 책상에 놓인 방에 들어갔다는 거였죠. 전 미친 듯이 계단을 뛰어 올라가서 복도를 달려갔어요. 홈즈 씨, 복도에는 아무도 없었어요. 방에도 아무도 없었고요. 모든 게 제가 남겨둔 그대로 있었는데, 제게 맡겨진 조약문, 제가 책상에 올려두었던 조약문만 사라져 있었어요. 복사본은 있었지만 원본이 사라졌죠."

홈즈가 의자에서 몸을 곧추세우더니 두 손을 비벼댔다. 이 사건에 완전히 빠져들었다는 게 눈에 보였다.

"그래서, 어떻게 하셨죠?"

홈즈가 속삭였다.

"곧바로 도둑이 옆문 계단으로 올라온 게 분명하다는 걸 알았어요. 만약에 다른 길로 왔으면 저와 마주쳤어야 하니까요."

"그 방에 계속 숨어 있었다거나, 말씀하신 대로라면 침침한 복도에 숨어 있었을 가능성은 전혀 없는 건가요?"

"전혀 없어요. 방이나 복도에는 쥐 한 마리도 숨을 데가 없어요. 몸을 가릴 데가 전혀 없거든요."

"고맙습니다. 말씀 계속하세요."

"수위가 제 창백한 얼굴을 보고 무슨 큰일이 났다는 걸 알고 절 따라 위로 올라왔어요. 우리 둘 다 복도를 뛰어 찰스 스트리트로 이어지는 가파른 계단을 내려갔어요. 계단 밑의 문은 닫혀 있었지만 잠겨 있진 않았죠. 우린 문을 벌컥 열고 뛰쳐나갔어요. 그때 근처의 시계가 세 번 울리는 걸 들었던 기억이 분명히 나요. 10시 15분 전이었어요."

"그거 아주 중요한 사실이군요."

홈즈가 셔츠 소맷부리에 뭔가를 적으며 말했다.

"아주 어두운 밤이었어요. 따듯한 비가 약하게 뿌리고 있었고요. 찰스 스트리트에는 아무도 없었지만, 화이트홀 쪽은 언제나 그렇듯 지나가는 사람들로 엄청나게 붐볐어요. 우린 모자도 없이 포장도로를 따라 정신없이 뛰어갔어요. 그러다가 길모퉁이에 경찰 한 명이 서 있는 걸 보고 외쳤어요.

'절도 사건이 일어났어요. 외무부 사무실에서 엄청나게 중요한 문건을 도둑맞았어요. 이 길로 지나간 사람이 있나요?'

제가 가쁜 숨을 쉬며 말했어요.

'전 여기 15분간 서 있었습니다, 선생님. 그동안 한 사람만 지나갔는데, 키 크고 나이 많은 여자였어요. 페이즐리 무늬 숄을

두른 여자요.'

경찰이 말했어요.

'아, 그건 제 아내예요. 다른 사람은 없었고요?'

수위가 외쳤어요.

'아무도요.'

'그럼 도둑이 다른 방향으로 갔나 보네요.'

수위가 외치며 제 소맷자락을 당겼어요.

그렇지만 전 포기할 수 없었어요. 게다가 수위가 절 다른 방향으로 끄는 게 더 수상했죠.

'그 여자는 어느 쪽으로 갔죠?'

제가 물었어요.

'모르겠습니다, 선생님. 여자가 지나가는 건 봤지만 지켜볼 이유가 딱히 없었거든요. 서두르는 것 같긴 했어요.'

'그게 얼마나 됐습니까?'

'뭐, 그렇게 오래되진 않았어요.'

'5분이 넘었나요?'

'아마 5분보다 더 되진 않았을 거예요.'

'선생님, 시간 낭비하시는 겁니다. 지금 1분 1초가 급해요. 제 마누라는 이 일과 아무 관련이 없다는 제 말 믿으시고 길 반대쪽으로 가십시다. 안 가신다면 제가 가죠.'

수위는 그렇게 말하고는 반대 방향으로 뛰어갔어요.

그렇지만 전 수위를 곧바로 쫓아가서 소매를 잡았어요.

'어디 사세요?'

제가 물었어요.

'브릭스턴의 아이비 레인 16번지요. 그런데 펠프스 선생님, 엉뚱한 데에 속으시면 안 됩니다. 뭘 알아낼 수 있는지 길 반대편으로 가보시죠.'

수위 말을 들어서 나쁠 건 없었죠. 우린 경찰과 함께 서둘러 길을 따라 가봤지만, 거리는 지나는 마차와 오가는 사람들로 가득 차 있을 뿐이었어요. 비가 많이 오는 밤이라 모두 안락한 곳을 찾아 서두르고 있었어요. 누가 지나갔는지 말해줄 만큼 한가한 사람이 없었죠.

그러고 나선 다시 사무실로 돌아가서 계단과 복도를 뒤졌지만 아무 소득이 없었어요. 방으로 이어지는 복도는 크림색 리놀륨 바닥이라 발자국이 아주 잘 남아요. 복도를 꼼꼼하게 살펴봤지만 발자국은 전혀 없었습니다."

"저녁 내내 비가 왔나요?"

"7시쯤부터요."

"그럼 9시쯤 방에 들어왔던 여자는 어떻게 진흙투성이 발자국을 남기지 않을 수 있었죠?"

"그 점을 물어주셔서 다행이에요. 저도 그때 그게 궁금했거든요. 청소부 아주머니들은 보통 관리실에 신발을 벗어놓고 천 슬리퍼로 갈아 신는다고 하더군요."

"아주 명확하군요. 어쨌든 그날 밤 비가 왔는데도 아무 흔적도 없었다는 거죠? 이어진 사건들이 확실히 아주 흥미롭네요. 그다음엔 어떻게 하셨습니까?"

"우린 방도 살펴보았어요. 비밀 문이 있을 가능성은 없고, 창문도 전부 땅에서 10미터 가까이 떨어져 있어요. 창문은 둘 다 안에서 잠겨 있었고요. 카펫이 깔려 있으니 바닥 문이 있을 리도 없고, 천장은 평범하게 회반죽으로 마감되어 있어요. 제 서류를 훔친 게 누구든 문으로 들어온 거라는 데 제 인생을 걸고 맹세할 수 있어요."

"벽난로는요?"

"벽난로가 없어요. 난로를 쓰죠. 종을 울리는 줄이 제 책상 바로 오른쪽에 달려 있어요. 누가 종을 울렸든지, 제 책상 바로 옆까지 와서 울려야 했을 거예요. 그렇지만 도둑이 종을 울릴 까닭이 뭐죠? 도저히 이해할 수 없는 수수께끼예요."

"이 사건이 평범하지 않은 건 분명해요. 다음엔 어떻게 하셨죠? 도둑이 무슨 흔적을 남겼는지 방을 살펴보셨겠죠? 담배꽁초나 장갑을 흘리고 갔거나, 머리핀이나 다른 것이 떨어져 있었나요?"

"그런 건 아무것도 없었어요."

"냄새는요?"

"음, 그건 생각해보지 못했네요."

"아, 담배 냄새가 났다면 우리 조사에 크게 도움이 됐을 텐데 아쉽네요."

"전 담배를 피우지 않아요. 아마 담배 냄새가 났다면 알았을 것 같아요. 증거는 아무것도 찾을 수 없었어요. 분명한 사실은 수위의 아내가 그곳을 황급히 떠났다는 거예요. 아내 이름은 탄제이 부인이었어요. 수위는 아내가 늘 그 시간이면 집에 갔다는 것 말고는 달리 설명을 못 하더라고요. 경찰도 저도, 탄제이 부인이 서류를 갖고 있다면, 그걸 처리하기 전에 빨리 그 여자를 잡는 게 가장 좋겠다고 의견을 모았어요.

그때쯤에는 경찰국에도 소식이 전해졌는지 바로 수사관 포브스 씨가 와서 굉장한 기세로 사건을 맡았어요. 우린 마차를 불러서 30분 후에 수위가 말해준 주소지에 도착했어요. 젊은 여자가 문을 열어줬는데, 탄제이 부인의 맏딸이었어요. 부인은 아직 돌아오지 않았다고 했죠. 우리는 응접실로 안내되어 부인을 기다렸어요.

10분 정도 지나서 문 두드리는 소리가 났어요. 이때 우린 큰 실수를 했는데, 지금도 제 자신을 책망하고 있어요. 우리가 문을 여는 대신에 딸이 열게 한 거예요. 우린 딸이 '엄마, 집에 엄마를 만나려고 남자 두 명이 와 있어요.'라고 말하는 소리를 들었어요. 그와 함께 곧바로 복도를 달려가는 발소리가 들리더군요. 포브스 씨가 문을 벌컥 열었고, 우린 둘 다 부엌인지 뒷방인지로 달려갔어요. 그곳엔 여자가 먼저 와 있더라고요. 부인은 우릴 경계하는 눈으로 노려보다가 갑자기 절 알아보고는 놀라서 완전히 어리둥절하더라고요.

'아니, 사무실에 계시는 펠프스 씨 아니세요!'

부인이 외쳤어요.

'아니, 이거 보세요. 누군지 알고 도망가신 겁니까?'

포브스 씨가 물었어요.

'빚쟁이들인 줄 알았어요. 어떤 상인이랑 갈등이 있었거든요.'

'그거론 설명이 안 됩니다. 당신이 외무부 사무실에서 중요한 서류를 가져갔다는 정황이 있어요. 당신은 그걸 없애려고 여기로 뛰어 들어온 거고요. 우리와 함께 경찰서로 가서 조사를 받으셔야 합니다.'

포브스 씨가 말했어요.

부인은 저항하고 항의했지만 소용이 없었어요. 사륜마차가 와서 우리 셋 다 그걸 타고 경찰서로 갔어요. 출발하기 전에 부엌을 살펴보았는데, 특히 불 쪽을 눈여겨봤어요. 혼자 있었던 순간에 서류를 없애려 했는지 보려고요. 그렇지만 재나 타다 남은 종잇조각은 전혀 없었어요. 스코틀랜드 야드에 도착하자 부인은 여자 조사원에게로 넘겨졌어요. 전 조사원이 보고를 할 때까지 초조함에 괴로워하며 기다렸죠. 부인이 서류를 가지고 있다는 흔적은 아무것도 없었어요.

그때 처음으로 제가 얼마나 끔찍한 상황에 빠졌는지가 충격적으로 다가왔어요. 그때까지는 뭔가를 하고 있어서 생각을 하지 않아도 됐죠. 전 그 조약문을 다시 찾을 수 있다고 확신했기 때문에, 만약에 찾지 못하면 어떻게 되는지는 생각도 안 했어요. 그렇지만 이제 더 할 수 있는 것도 없었고, 제 상황을 깨달을 만한 시간이 생긴 거죠. 끔찍했어요. 왓슨은 제가 학교 다닐 때 얼마나 소심하고 예민한 아이였는지 알 거예요. 타고난 거죠. 외삼촌이나 내각의 삼촌 동료들 생각이 났어요. 저 때문에 삼촌이 얼마나 망신을 당할지, 저는 물론이고 저와 연관된 모든 사람들이 얼마나 큰 해를 입을지 생각이 들더군요. 저도 엄청난 사고의 피해자일 뿐이란 게 무슨 의미가 있나요? 외교적인 문제에서 사고라고 봐주는 건 전혀 없어요. 전 끝장났어요. 부끄럽게도, 아무 희망도 없이, 완전히요. 제가 뭘 했는지 모르겠어요. 소란을 피운 것 같아요. 경찰관이 절 둘러싸고 진정시키려 했던 게 어렴풋이 떠올라요. 그중 한 사람이 절 워털루 역까지 데려다주고 워킹행 기차에 태워줬어요. 근처에 사는 페리어 의사 선생님이 마침 같은 기차를 타지 않았다면 경찰이 여기까지 같이 왔을 거예요. 전 역에서 발작을 일으켰는데, 고맙게도 의사 선생님께서 절 맡아주셨죠. 전 집에 도착하기 전까지 완전히 미쳐 날뛰었어요.

의사 선생님이 초인종을 울려 모두 자다가 깼어요. 이런 제 상태를 보고 여기 상황이 어땠을지는 짐작이 가시죠. 여기 가엾은 애니와 제 어머니는 크게 상심했어요. 페리어 선생님은 역에서 수사관에게 대충 무슨 일이 벌어졌는지 들어서 사람들에게 설명해줄 수는 있었지만 이야기를 한다고 문제를 해결하는 데 도움이 되진 않았죠. 제 병이 오래갈 거라는 건 뻔히 보였어요. 조지프가 짐을 싸서 이 밝은 침실에서 나갔고, 이 방은 제 병실이 되었죠. 홈즈 선생님, 전 여기서 9주 넘게 의식도 없이 뇌염에 시달리며 누워 있었어요. 여기 있는 해리슨 양과 의사 선생님이 아니었다면 전 지금 두 분과 이야기도 하지 못했을 거예요. 해리슨 양은 낮 동안 절 보살펴주었고 밤에는 간호사가 보살펴줬어요. 한 번씩 발작을 할 때면 제가 무슨 짓을 할지 몰랐거든요. 머리가 천천히 맑아지기는 했지만, 기억이 어느 정도 돌아온 것은 겨우 사흘 정도밖에 안 돼요. 가끔은 기억이 돌아오지 않았으면 좋았겠다고 생각해요. 제가 가장 처음 한 일은 사건을 맡은 포브스 씨에게 전보를 보낸 거였어요. 포브스 씨는 여기로 와서 모든 걸 다 했지만 아무런 흔적이나 증거도 찾지 못했다고 했죠. 수위와 수위 아내를 여러 면에서 면밀히 조사했지만, 이 사건과 관련해서 밝혀진 건 아무것도 없었어요. 경찰은 그다음에 고로 청년을 의심했어요. 기억하시겠지만, 그날 밤 사무실에서 야근했던 직원 말이에요. 의심할 만한 점은 그가 늦게까지 남아 있었다는 것과 프랑스 성姓을 갖고 있다는 것 두 가지밖에 없었어요. 그렇지만 사실 전 고로가 퇴근한 다음에 일하기 시작했고, 고로 집안사람들은 위그노교도16세기에서 17세기까지 박해를 받았던 프랑스 신교도이긴 하지만, 감성을 보나 전통을 보나 두 분과 저만큼이나 영국인답거든요. 그가 범인이라는 증거는 아무것도 나오지 않아서 거기서 수사가 멈췄어요. 홈즈 선생님, 선생님께 기대겠습니다. 선생님이 제 마지막 희망이거든요. 선생님께서도 실패하시면 제 지위뿐 아니라 명예도 영원히 끝입니다."

환자는 긴 설명에 지쳤는지 다시 쿠션에 등을 푹 기댔고, 해리슨 양은 힘을 북돋는 음료를 유리잔에 따라주었다. 홈즈는 머리를 뒤로 젖히고 눈을 감은 채 말없이 앉아 있었다. 모르는 사람이 보면 무기력해 보일 수 있겠지만, 난 홈즈가 아주 열심히 혼자만의 생각에 빠져 있다는 걸 알 수 있었다.

홈즈가 마침내 입을 뗐다.

"설명을 굉장히 명확하게 해주셨어요. 제가 물어볼 게 거의 없군요. 그렇지만 정말 중요한 것이 하나 있습니다. 선생님께서 맡으신 특별 임무에 대해 누구한테 이야기한 적이 있나요?"

"없어요."

"예를 들어 여기 계신 해리슨 양에게도요?"

"네. 외삼촌께 지시를 받고 일을 하는 동안에는 워킹으로 돌아오지 않았거든요."

"가족분들 중에 선생님을 보러 왔던 사람도 없었나요?"

"없었어요."

"사무실 내부를 아는 사람은 있나요?"

"아, 네, 모두 다 사무실 구경을 했었어요."

"그렇지만 아무에게도 조약문 이야기를 한 적이 없으면 이런 질문을 할 필요가 없죠."

"전 아무 말도 하지 않았어요."

"수위에 대해서는 아는 게 있습니까?"

"예전에 군대에 있었다는 것 말고는 없어요."

"어디 소속이었죠?"

"아, 들었는데……. 왕실 근위대라고 했던 거 같아요."

"고맙습니다. 포브스 씨에게서도 자세한 이야기를 들을 수 있겠죠. 경찰은 사실을 수집하는 데는 뛰어나지만 그걸 잘 사용할 줄 아는 것과는 별개더군요. 이것 참 아름다운 장미군요!"

홈즈는 소파를 지나서 열린 창문으로 다가가더니 휘어진 모스 장미 한 송이를 집어 들고 진홍색과 초록색이 아름답게 어우러진 꽃을 내려다보았다. 그런 홈즈의 모습은 처음 보았다. 자연과 관련된 것에 관심을 보인 적이 한 번도 없었기 때문이다.

"추론이라는 것은 종교만큼이나 삶에 필요한 것입니다. 추론하는 사람이 정밀한 과학자처럼 논리를 세울 수 있거든요. 절대자가 선하다는 가장 확실한 증거는 여기 이 꽃에 있는 것 같습니다. 다른 모든 것, 우리가 가진 능력이나 욕망, 음식은 모두 기본적으로 우리가 존재하기 위해 꼭 필요하죠. 그렇지만 이 장미는 그 이상입니다. 장미의 향기나 색깔은 삶을 풍부하게 해주지만 삶의 필요조건은 아니죠. 오직 선善만이 우리에게 그 이상의 것을 줍니다. 그래서 다시 한 번 말하지만, 이 꽃에서 우린 희망을 얻을 수 있어요."

홈즈가 창의 덧문에 등을 기댄 채 말했다.

퍼시 펠프스와 해리슨 양은 홈즈가 이런 이야기를 하는 동안 놀라기도 하고 적잖이 실망하기도 한 것 같은 얼굴이었다. 홈즈는 손가락 사이에 모스 장미를 끼고 몽상에 빠져 있었다. 해리슨 양이 침묵을 깬 건 몇 분 후였다.

"홈즈 씨, 이 사건을 풀 가망이 보이시나요?"

해리슨 양 목소리가 살짝 싸늘했다.

홈즈가 움찔하고 현실로 돌아오며 대답했다.

"아, 사건요! 굉장히 난해하고 복잡한 사건이란 걸 부인하는 것도 우습겠지요. 그렇지만 이 사건을 좀 조사해보고 새롭게 알게 되는 것이 있으면 알려드리겠다고 약속드리겠습니다."

"뭔가 단서가 보이시나요?"

"이야기에서 일곱 가지 단서를 발견했지만,◆ 물론 소용이 있

◆ BBC 《셜록》 〈잔혹한 게임〉에서 셜록은 모리아티가 낸 네 번째 문제를 풀며, 박물관 경비원의 시신에서 일곱 가지 가능성을 추측해볼 수 있다고 답한다.

을지는 조사해봐야 합니다."

"누군가를 의심하시나요?"

"제 자신을 의심해요."

"뭐라고요!"

"이렇게 빨리 결론을 냈다는 것에요."

"그럼 런던으로 가서 맞는지 확인해보세요."

"아주 훌륭하신 조언입니다, 해리슨 양. 왓슨 선생, 우리가 더 할 수 있는 건 없는 것 같아. 헛된 희망을 품지는 마세요, 펠프스 씨. 아주 복잡하게 얽힌 사건입니다."

홈즈가 일어서며 말했다.

"선생님을 다시 볼 때까지 열에 시달릴 거예요."

"그럼 내일 같은 기차를 타고 올게요. 보고드릴 내용이 부정적일 확률이 더 클 테지만요."

"오신다고 약속해주셔서 정말 고맙습니다. 뭔가 일이 진행된다는 것만으로도 살 것 같아요. 참, 홀드허스트 경에게서 편지를 받았어요."

"하! 뭐라고 하던가요?"

"냉정하셨지만 가혹하진 않았어요. 아마도 제 병세가 심각해서 심하게 말씀하시진 못한 게 아닌가 싶어요. 외삼촌은 이게 아주 중대한 문제라고 몇 번이나 말하고, 제가 다시 건강을 찾을 때까지는 제 미래와 관련한 일은 진행시키지 않을 거라고 하셨어요. 물론 절 해고하는 문제를 말씀하신 거죠. 어쨌든 제 건강이 돌아올 때까지 이 불운한 일을 만회할 기회가 생긴 거죠."

"뭐, 합리적으로 배려해주셨군요. 왓슨 선생, 가자고. 시내에서 오늘 해야 할 일이 많아."

홈즈가 말했다.

조지프 해리슨 씨가 우릴 역까지 태워다 주어서 우린 곧 포츠머스행 기차를 타고 달리고 있었다. 홈즈는 혼자 깊은 생각에 빠진 채 클래펌 환승역에 도착할 때까지 입을 열지 않았다.

"높은 선로를 달리는 기차를 타고 런던으로 들어오는 건 정말 기분 좋아. 이렇게 집들을 내려다볼 수 있잖아."

난 홈즈가 농담을 하는 줄 알았다. 보이는 광경이 꽤 지저분했기 때문이다. 홈즈는 곧 이유를 달았다.

"슬레이트 지붕 사이에 저렇게 커다랗게 뚝 떨어져 있는 건물을 봐. 납색 바다 위에 떠 있는 벽돌 섬 같아."

"기숙학교들이야."

"등대지, 이 친구야! 미래의 등불! 저 학교들은 밝게 빛나는 씨앗 수백 개를 품고 있어. 저 씨앗들은 지혜롭게 자라나 더 나은 미래의 영국이 될 거야. 그 펠프스란 사람이 술을 마시진 않지?"

"아마 안 마실 거야."

"나도 그렇게 생각해. 그렇지만 모든 가능성을 고려해봐야 해. 저 불쌍한 친구가 제대로 궁지에 빠졌는데, 문제는 우리가 거기서 그 사람을 빼줄 수 있느냐는 거지. 해리슨 양은 인상이 어땠어?"

"성격이 강한 여자 같아."

"그래, 하지만 좋은 쪽으로. 내가 틀린 게 아니라면 말이야. 해리슨 남매는 노섬벌랜드 쪽 어느 곳의 철기 제조업자의 둘밖에 없는 자식들이야. 펠프스는 작년 겨울에 여행을 하다가 해리슨 양을 만났고, 해리슨 양을 가족들에게 소개해주려고 오빠와 함께 내려온 거지. 그러다 사건이 일어나서 해리슨 양은 연인을 간호하려고 남았고, 오빠 조지프도 지내기 나쁘지 않은 곳이라 같이 남은 거야. 내가 따로 좀 조사해봤지. 그렇지만 조사를 제대로 하는 건 오늘이야."

"내 병원 일은……."

내가 입을 열자 홈즈가 좀 싸늘하게 대꾸했다.

"아, 네 일이 내 사건보다 더 좋다면 맘대로 해."

"아니, 요즘은 1년 중에 가장 한가한 때라 하루 이틀 안 나가도 아무 상관 없다는 얘기를 하려고 했어."

"아주 좋아."

홈즈가 말했다. 홈즈는 어느새 기분이 좋아져 있었다.

"그럼 같이 이 사건을 조사해보자. 포브스 씨를 만나는 것부터 시작해야 할 것 같아. 사건을 어떤 방향에서 수사해야 할지 결정하기 전에 우리가 알아야 하는 것들은 다 이야기해줄 거야."

"단서가 있다고 했었지?"

"음, 몇 가지 있지만 더 조사를 해봐야 쓸모가 있는지 알 수 있어. 가장 풀기 어려운 범죄는 동기가 없는 범죄야. 이번 건 동기가 있어. 이걸로 이득을 얻는 건 누구지? 프랑스 대사가 있고, 러시아 대사가 있고, 그 둘 중 하나에 조약문을 팔 사람이 있고, 또 홀드허스트 경이 있어."

"홀드허스트 경!"

"정치가는 그런 조약문이 사고로 파기되었으면 하는 상황에 빠질 수 있지."

"그렇지만 홀드허스트 경은 평판이 좋은 정치가인데?"

"그래도 가능성이 있어. 그걸 무시할 수는 없지. 오늘 그 명망 높은 분을 찾아가 보고 우리에게 해줄 말은 없는지 보자고. 그러는 동안 난 벌써 조사를 시작했지."

"벌써?"

"응, 워킹 역에서 런던의 모든 석간에 전보를 보냈어. 모든 신문에 이런 광고가 실릴 거야."

홈즈는 수첩에서 찢어낸 종이 한 장을 건넸다. 거기엔 연필로 이렇게 쓰여 있었다.

사례금 10파운드. 5월 23일 저녁 찰스 스트리트의 외무부 사무실 혹은 그 입구 근처에서 손님을 내려준 마차의 번호를 찾음. 베이커 스트리트 221B번지로 연락 바람.

"도둑이 마차를 타고 온 거라고 확신하는 거야?"

"아니라고 해도 해될 건 아무것도 없으니까. 그렇지만 펠프스 씨가 말한 대로 방에도 복도에도 숨을 곳이 없다면 누구든 밖에서 온 게 분명해. 그렇게 비가 오는 밤에 밖에서 왔는데 지나간 지 몇 분 안 됐는데도 리놀륨 바닥에 젖은 자국을 안 남겼다면, 그 사람이 마차를 타고 왔을 가능성이 높아. 그래, 마차였다고 추론해도 될 것 같아."

"그럴듯하네."

"이게 내가 말한 단서 중에 하나야. 이걸로 뭔가 풀릴지도 모르지. 그리고 물론 종이 울렸다는 사실도 있어. 이 사건에서 가장 특이한 것 중에 하나야. 왜 종이 울렸을까? 도둑이 허세를 부린 걸까? 아니면 도둑과 함께 있던 사람이 범죄를 막으려고 그런 걸까? 실수였을까? 아니면……?"

홈즈는 좀 전까지 그랬던 것처럼 다시 조용히 생각에 빠져들었다. 하지만 홈즈를 훤히 아는 내가 보기엔 무슨 새로운 가능성이 갑자기 떠오른 것 같았다.

우리가 종착역에 도착한 건 3시 20분이었다. 간이식당에서 급하게 점심을 먹고 우리는 바로 스코틀랜드 야드로 밀고 들어갔다. 셜록이 벌써 포브스에게 전보를 쳐놓아서 포브스가 우릴 기다리고 있었다. 포브스는 키가 작고 여우같이 생긴 남자였는데, 날카롭지만 붙임성은 전혀 없어 보였다. 우릴 대하는 태도가 자못 냉정했는데, 우리가 왜 왔는지를 듣고 나서는 더 했다.

"홈즈 씨가 어떻게 일하시는지 들은 적이 있습니다. 경찰이 제공하는 정보를 다 사용해서 사건을 해결하고는 경찰에 대한 신뢰를 무너뜨리죠."

포브스가 쏘아붙였다.

"그 반대입니다. 맡았던 53건의 사건 중에서 제 이름은 네 개에만 언급되었고 경찰이 49개 사건의 공을 가져갔어요. 이걸 모르셨던 걸 탓하진 않겠습니다. 당신은 젊고 경험이 없으니까요. 그렇지만 경찰로 성공하고 싶으시면 내 반대편이 아니라 나와 함께 일해야 할 겁니다."♦

홈즈가 말했다.

"한두 가지 조언을 들을 수 있으면 좋겠네요. 아직까진 이 사건에 별다른 진전이 없거든요."

수사관이 태도를 바꿨다.

"어떤 방식으로 수사하셨죠?"

"수위인 탄제이를 뒷조사했어요. 탄제이는 좋은 성적으로 군대를 떠났고, 불리한 증거는 전혀 안 나왔죠. 그렇지만 그 아내

♦ BBC 《셜록》 〈눈먼 은행원〉에서도 셜록이 디목 경위에게 성공하려면 자신의 조언을 따르는 게 좋을 것이라 말하는 장면이 나온다.

는 질이 안 좋아요. 드러난 것과는 달리 뭔가 알고 있는 게 있을 거라고 생각합니다."

"그 여자를 뒷조사해 보셨나요?"

"여자 조사관 한 명을 붙였어요. 탄제이 부인은 술을 잘 마시는데, 꽤 취했을 때 조사관이 두어 번 어울렸지만 아무것도 알아내지 못했어요."

"집에 빚쟁이들이 왔었다고 알고 있는데요?"

"네, 그렇지만 돈은 모두 갚았어요."

"그 돈은 어디서 났죠?"

"그건 문제가 없었어요. 탄제이의 연금이 나올 때였거든요. 둘에게 여유 자금은 없는 것으로 보입니다."

"펠프스 씨가 커피를 달라고 종을 울렸을 때 올라갔던 건 뭐라고 설명하던가요?"

"남편이 아주 피곤해해서 좀 쉬게 해주고 싶었다더군요."

"네, 얼마 뒤 수위가 의자에서 잠들어 있었으니 상황에 맞는군요. 그 여자의 품행 말고는 그 둘이 의심스러운 것은 없네요. 그날 밤 왜 서둘러 갔는지는 물어봤나요? 서둘러 가서 순경의 의심을 샀잖아요."

"보통 때보다 늦어서 빨리 집에 가고 싶었답니다."

"최소 20분 늦게 출발한 포브스 씨와 펠프스 씨가 더 먼저 집에 도착한 건 왜인지 물어봤나요?"

"그건 합승마차와 이륜마차의 차이라고 설명했습니다."

"집에 오자마자 부엌 뒷방으로 뛰어 들어간 이유는요?"

"거기에 빚쟁이에게 갚을 돈이 있었답니다."

"최소한 모든 질문에 답을 할 수는 있네요. 외무부 건물을 나오면서 누군가 만나거나 찰스 스트리트 주변에 어슬렁거리는 사람을 봤는지 물어봤나요?"

"순경 말고는 아무도 못 봤다고 했습니다."

"꽤 자세하게 조사하신 것 같네요. 그것 말고는 뭘 하셨죠?"

"직원 고로를 9주 동안 뒷조사했지만 아무 성과도 없었어요. 고로에게 불리한 건 아무것도 없어요."

"다른 건요?"

"더 따라갈 단서가 없어요. 아무 증거가 없거든요."

"왜 종이 울렸는지 설명해줄 가설이 있습니까?"

"솔직히 그건 전혀 모르겠어요. 누가 그랬는지는 모르겠지만 그렇게 자기를 드러내다니 뻔뻔한 사람인 것 같아요."

"네, 확실히 이상한 일이죠. 이렇게 정보를 주셔서 감사합니다. 그 남자를 잡게 되면 연락드리겠습니다. 왓슨 선생, 가자."

경찰서를 나오며 내가 물었다.

"이제 어디로 가는 거야?"

"현직 장관이자 미래 수상이 될 홀드허스트 경을 만나러 갈 거야."

우린 다행히 다우닝 스트리트의 사무실에 있는 홀드허스트 경을 만날 수 있었다. 홈즈가 명함을 올려 보내자 우린 곧바로 안으로 안내받았다. 이 정치인은 놀랄 만큼 예스러운 격식을 차려 우리를 맞이했다. 벽난로 양쪽에 놓인 고급스러운 안락의자 두 개에 우리를 앉히고는 자신은 우리 둘 사이의 양탄자 위에 섰다. 홀드허스트 경은 키가 크고 늘씬한 몸에 날카롭고 생각이 깊어 보이는 얼굴을 한 남자였다. 곱슬머리는 나이에 비해 일찍 여기저기 회색으로 세어 있었는데, 전체적으로 범상치 않은 느낌을 주었다. 진정으로 고귀한 귀족을 대표하는 것처럼 보였다.

"이름은 잘 알고 있습니다, 홈즈 씨. 물론 홈즈 씨가 찾아오신 이유도 모른 척할 수 없고요. 홈즈 씨가 관심을 가지실 만한 사건은 하나밖에 일어나지 않았으니까요. 여쭤봐도 된다면, 누구의 의뢰로 일하고 계시나요?"

홀드허스트 경이 미소 지으며 말했다.

"퍼시 펠프스 씨입니다."

홈즈가 대답했다.

"아, 불쌍한 제 조카요! 우리가 친척이기 때문에 펠프스를 보호하기가 더 힘들다는 걸 이해하실 겁니다. 이 사건이 퍼시 미래에 안 좋은 영향을 끼칠 것 같아요."

"그렇지만 그 조약문을 찾는다면요?"

"아, 그러면 물론 다르겠죠."

"홀드허스트 경, 묻고 싶은 것이 한두 가지 있습니다."

"제가 아는 건 얼마든지 대답해드리죠."

"그 조약문을 베끼라는 지시를 내리신 건 이 방에서였나요?"

"그렇습니다."

"그렇다면 누가 엿들었을 가능성도 거의 없겠네요?"

"불가능합니다."

"조약문 사본을 만들 거라고 누군가에게 말했던 적이 있나요?"

"전혀요."

"그건 확실합니까?"

"네, 확실해요."

"그럼 홀드허스트 경도 말한 적 없고, 펠프스 씨도 말한 적 없고, 이 일을 아는 사람이 둘 말고 없다면 그 방에 도둑이 들었던 것은 순전히 우연한 사고였겠네요. 기회가 오자 가져간 거고요."

정치가는 미소를 지었다.

"그건 제가 알 수 있는 부분이 아니네요."

홈즈는 잠시 생각에 잠겼다.

"홀드허스트 경께 묻고 싶은 아주 중요한 부분이 또 하나 있습니다. 제가 이해한 바로는, 경께서는 이 조약문이 알려지면 아주 심각한 문제가 발생할 수 있다는 걸 염려하셨다고요."

표정이 풍부한 장관의 얼굴이 어두워졌다.

"아주 심각한 문제죠, 정말."

"그런 문제가 발생했나요?"

"아직은 아닙니다."

"이 조약문이 프랑스나 러시아의 외무부 손에 들어간다면, 그 사실을 알 수 있을 거라 생각하십니까?"

"그럴 겁니다."

홀드허스트 경이 씁쓸한 표정으로 말했다.

"그렇다면 거의 10주가 지났는데 아무 소식이 들려오지 않았으니, 무슨 이유에서인지 조약문이 프랑스나 러시아 손에 들어가지 않았다고 생각해도 되겠군요."

홀드허스트 경이 어깨를 으쓱했다.

"홈즈 씨, 도둑이 조약문을 액자에 넣어서 벽에 걸어놓으려고 가져갔다고는 생각할 수 없지 않겠어요?"

"더 좋은 가격을 받으려고 기다리고 있을지도 모르죠."

"더 기다린다면 아무것도 받지 못할 텐데요. 몇 달이면 조약문이 공개될 겁니다."

"그것 정말 중요한 정보군요. 물론 가정해볼 수 있는 건 도둑이 갑작스러운 병에 걸렸다거나……."

"예를 들어 뇌염에 걸렸다거나요?"

장관이 홈즈를 힐끗 쳐다보며 물었다.

"그렇게 이야기하지 않았습니다. 홀드허스트 경, 우리가 이미 귀중한 시간을 너무 오래 뺏은 것 같습니다. 좋은 하루 보내시기 바랍니다."

"범인이 누구든 수사가 성공적이길 빕니다."

거물은 문을 나서는 우리에게 고개 숙여 인사했다.

화이트홀로 나오며 홈즈가 말했다.

"훌륭한 사람이야. 그렇지만 힘겹게 자기 위치를 지키고 있어. 풍족한 것과는 거리가 멀고, 여기저기서 압박을 받고 있지. 물론 눈치챘겠지만, 신발은 밑창을 갈았더라고. 왓슨, 이제 네 일을 할 수 있게 해줄게. 마차 광고를 보고 누군가 답을 해 오지만 않으면 오늘은 더 할 게 아무것도 없어. 하지만 내일은 나와 함께 워킹으로 가주면 정말 고맙겠어. 오늘 우리가 타고 갔던 기차를 타고 말이야."

그래서 그다음 날 아침, 난 홈즈를 만나 함께 워킹으로 출발했다. 홈즈는 그 광고에 연락이 온 건 없고, 사건과 관련해서 새로 알게 된 것도 없다고 했다. 홈즈는 마음만 먹으면 얼마든지 아메리칸 원주민처럼 완벽하게 무표정으로 있을 수 있어서 홈즈가 지금 이 사건을 낙관적으로 보고 있는지 아닌지 알 수가 없었다. 내 기억에 홈즈는 베르티용 식별법에 대해 이야기했고, 프랑스 지식인들에게 크게 감탄했다는 이야기를 했다.

우리가 도착했을 때, 헌신적인 간호사 해리슨 양이 아직도 우리 고객을 보살피고 있었지만 펠프스는 전보다 훨씬 나아 보였다. 그는 힘들이지 않고 소파에서 일어나 앉아 우리를 맞았다.

"무슨 소식이 있나요?"

그가 초조하게 물었다.

"예상했던 대로 보고할 만한 게 없습니다. 포브스 씨와 외삼촌을 만났고, 뭔가 단서를 얻을 만한 조사를 한두 가지 시작했어요."

홈즈가 말했다.

"그럼 실패라고 생각하시는 건 아니고요?"

"전혀요."

"그렇게 말씀해주셔서 정말 감사해요. 용기와 인내를 갖고 견디다 보면 진실이 꼭 밝혀질 거예요."

해리슨 양이 외쳤다.

"그럼 홈즈 씨가 말씀해주신 것보다 저희가 말씀드릴 게 더 많겠군요."

펠프스가 소파에서 고쳐 앉으며 말했다.

"그랬으면 좋겠다고 생각했습니다."

"네, 사건은 어젯밤에 일어났어요. 심각한 일이 될 뻔했지요."

그렇게 말하는 펠프스의 표정이 딱딱하게 굳더니, 눈에는 공포 비슷한 것이 서렸다.

"저도 모르는 사이에 무슨 끔찍한 음모의 한복판에 휘말린 것 같다는 생각이 들어요. 제 명예뿐만 아니라 제 목숨도 노리는 것 같아요."

"아!"

"말도 안 되는 소리 같겠죠. 제가 아는 한 저랑 원수진 사람은 없으니까요. 그렇지만 어젯밤에 일어난 일을 보면 달리 생각할 수가 없어요."

"어서 얘기해주세요."

"어젯밤에 처음으로 간호사 없이 잤어요. 몸이 많이 좋아져서 간호사가 없어도 괜찮을 것 같았죠. 그렇지만 밤새 불은 켜 놓았어요. 새벽 2시쯤, 얕게 잠들어 있었는데 어렴풋이 무슨 소리가 들려서 화들짝 잠이 깼어요. 쥐가 널빤지를 갉을 때 나는 소리 같았는데, 그렇겠거니 하고 소리를 들으면서 누워 있었죠. 그러다가 소리가 커지더니 갑자기 창문에서 날카롭게 딸깍하는 쇳소리가 들렸어요. 전 놀라서 일어나 앉았어요. 그게 무슨 소리인지 의심할 여지가 없었죠. 처음 건 내리닫이창의 창문 틈새 사이로 도구를 억지로 끼워 넣는 소리였고, 나중 소리는 잠금장치를 여는 소리였어요.

그러고는 10분 정도 아무 소리도 안 났어요. 그 소리에 제가 깼는지 보려고 기다리는 것 같았죠. 그러더니 창문이 아주 천천히 열리면서 삐걱대는 소리가 약하게 났어요. 전 더는 참을 수 없었어요. 제 신경이 예전 같지가 않거든요. 전 침대에서 벌떡 일어나서 덧문을 활짝 열었어요. 한 남자가 창문 앞에 웅크리고 있더군요. 남자가 번개처럼 사라져서 제대로 보진 못했어요. 남자는 무슨 망토 같은 것으로 얼굴 아래쪽까지 휘감고 있었는데, 확실한 것 하나는 손에 어떤 무기를 들고 있었다는 거예요. 긴 칼처럼 보였어요. 그자가 도망가려 몸을 돌릴 때 번쩍 빛나는 걸 분명히 봤어요."

"이거 정말 흥미롭네요. 그러고는 어떻게 하셨죠?"

홈즈가 말했다.

"제가 좀 더 회복됐다면 창문 너머로 그 남자를 따라갔을 겁니다. 하지만 제 상태가 상태인지라 전 종을 울리고 집안사람들을 깨웠어요. 시간이 좀 걸린 게, 종은 부엌에서 울리는데 하인들은 다 위층에서 자거든요. 그렇지만 전 소리를 질렀고, 그 소리에 조지프가 내려와서 다른 사람들을 깨웠어요. 조지프와 마부가 창문 밖 화단에서 발자국을 발견했지만, 최근에 날씨가 너무 가물어서 풀밭 위의 흔적은 따라가는 게 불가능했어요. 그렇지만 도로를 따라 쳐 있는 나무 울타리에 흔적이 있다고 그러더군요. 울타리를 타고 넘었는지 가장 위의 가로대가 부러져 있었다고 해요. 여기 경찰한텐 아직 아무 말도 안 했어요. 홈즈 씨 의견을 가장 먼저 듣고 싶어서요."

우리 고객의 이야기에 셜록 홈즈는 눈에 띄게 동요한 것 같았다. 홈즈는 자리에서 일어나 흥분을 주체하지 못하고 방을 왔다 갔다 했다.

"불행은 혼자 오질 않죠."

펠프스는 웃으며 말했지만, 어젯밤 일에 충격을 받은 것이 분명했다.

"겪을 만큼 겪으신 것 같네요. 저와 함께 집 주변을 걸으실 수 있겠어요?"

홈즈가 말했다.

"아, 네. 햇볕을 좀 쬐고 싶군요. 조지프도 함께 가고요."

"저도요."

해리슨 양이 말했다.

"유감이지만, 안 됩니다. 지금 앉아 계신 그대로 있어주시면 좋겠습니다."

홈즈가 고개를 가로저으며 말했다.

해리슨 양은 좀 불쾌한 듯한 얼굴로 자리에 앉아 있었다. 그렇지만 해리슨 양의 오빠는 우리와 함께 나섰다. 우리 넷은 정원을 돌아서 젊은 외교관의 창문 앞까지 왔다. 그곳 화단에는 그가 말한 대로 발자국이 있었지만 흐릿하고 형체가 불분명해 알아볼 수가 없었다. 홈즈는 잠시 발자국 앞에 멈춰 살피더니 어깨를 으쓱하며 일어섰다.

"이걸 보고 뭘 알아낼 수 있는 사람은 아무도 없을 것 같군요. 집을 둘러보면서 왜 하필 이 방으로 침입하려 했는지 알아보죠. 응접실이나 식당에 있는 창이 더 넓어서 침입하기에 더 좋았을 텐데 말입니다."

"그곳은 도로에서 더 잘 보입니다."

조지프 해리슨이 의견을 말했다.

"아, 네, 물론 그렇죠. 여기 문이 있네요. 그자가 이쪽으로 들어가려고 했을지도 모르겠어요. 이건 무슨 문이죠?"

"상인들이 드나드는 옆문이에요. 밤에는 물론 잠가두지요."

"전에도 이런 일이 일어난 적 있었나요?"

"한 번도 없었어요."

우리 고객이 말했다.

"집에 은 제품이나 도둑이 가져갈 만한 게 있나요?"

"값나가는 건 없습니다."

홈즈는 주머니에 손을 넣고 느긋하게 집 주변을 거닐었는데, 보통 때의 홈즈 같지 않았다.

"참, 얘기를 들으니 그 남자가 넘어간 울타리를 찾으셨다고요. 그걸 보러 갑시다!"

홈즈가 조지프 해리슨에게 말했다.

통통한 젊은 남자는 나무 울타리 가장 위 가로대가 부러진 곳으로 우릴 데리고 갔다. 작은 나뭇조각이 매달려 덜렁거리고 있었다. 홈즈가 조각을 떼어내 유심히 살펴보았다.

"어젯밤 이렇게 된 거라고 생각하십니까? 좀 오래된 것 같은데, 아닌가요?"

"뭐, 그럴 수도 있겠죠."

"반대편에 뛰어내린 흔적도 없어요. 아, 여기서는 단서를 찾을 수 없을 것 같아요. 다시 침실로 돌아가서 이야기해봅시다."

퍼시 펠프스는 예비 처남에게 기대어 아주 천천히 걸었다. 홈즈는 정원을 빠르게 가로질러 가더니 일행이 오기 전에 침실의 열린 창 앞에 서서 굉장히 심각한 어조로 말했다.

"해리슨 양, 지금 계신 곳에 하루 종일 계셔야 합니다. 하루 종일 무슨 일이 있어도 그곳을 떠나시면 안 돼요. 이건 아주 중요한 일입니다."

"물론이죠, 홈즈 씨가 그러라고 하신다면요."

해리슨 양이 놀란 얼굴로 답했다.

"자러 가실 때는 밖에서 이 방 문을 잠그고 열쇠를 가지고 계세요. 그러겠다고 약속해주세요."

"그럼 퍼시는요?"

"우리와 함께 런던으로 갈 겁니다."

"전 여기에 있고요?"

"펠프스 씨를 위해섭니다. 그를 위하는 일이에요. 빨리요! 약속해주세요!"

해리슨 양이 고개를 살짝 끄덕였다. 곧이어 다른 두 명이 다가왔다.

"왜 우울하게 거기 앉아 있어? 애니, 햇빛 아래로 나와!"

해리슨 양의 오빠가 외쳤다.

“아냐, 오빠, 고마워. 난 머리가 좀 아픈데, 방이 정말 시원해서 진정이 되는 것 같아.”

“이제 어떻게 하면 되죠, 홈즈 씨?”

우리 고객이 물었다.

“이 작은 사건을 조사한다고 중요한 사안을 잊어서는 안 되죠. 저희와 함께 런던으로 가실 수 있다면 제겐 큰 도움이 될 겁니다.”

“지금 바로요?”

“뭐, 하실 수 있는 한 최대한 빨리요. 한 시간 내라고 해두죠.”

“제가 정말 도움이 될 수 있다니 꽤 힘이 나는 것 같습니다.”

“아주 큰 도움이 될 겁니다.”

“오늘 밤 런던에서 머물렀으면 하시나요?”

“안 그래도 지금 여쭤보려 했어요.”

“그럼 간밤에 찾아온 친구가 절 다시 찾아와도 텅 빈 둥지만 보겠군요. 전부 홈즈 씨 손에 맡기겠어요. 그러니 어떻게 하면 되는지 정확하게 알려주세요. 절 돌봐줄 조지프가 함께 가는 게 좋을까요?”

“아, 아뇨. 아시다시피 제 친구 왓슨 선생이 의사입니다. 그 친구가 펠프스 씨를 돌봐줄 수 있어요. 괜찮으시다면 여기서 점심을 먹고 다 같이 시내로 떠나죠.”

모두 홈즈가 제안한 대로 하기로 했고, 해리슨 양은 홈즈가 청한 대로 구실을 대서 침실을 떠나지 않았다. 내 친구가 뭘 하려고 하는지 알 수가 없었다. 펠프스에게서 해리슨 양을 떼놓으려는 게 아니라면 말이다. 펠프스는 건강이 회복되고 있다는 것과 뭔가 행동을 할 생각에 크게 기뻐하며 우리와 함께 식당에서 점심을 먹었다. 하지만 홈즈는 우릴 더욱 놀라게 했다. 우리와 함께 역까지 가서 우리가 기차에 타는 걸 보더니, 자신은 워킹을 떠날 생각이 전혀 없다고 침착하게 이야기한 것이다.

"떠나기 전에 한두 가지 해결하고 싶은 문제가 있습니다. 펠프스 씨, 여기 안 계신 것이 오히려 절 도와줄 겁니다. 왓슨 선생, 런던으로 돌아가면 곧바로 여기 이분과 함께 베이커 스트리트로 마차를 타고 가서 내가 다시 갈 때까지 거기 있어줘. 둘이 학교 동창이라 다행이야. 이야기할 것이 많을 테니까. 펠프스 씨는 오늘 밤 손님방에서 자면 되고, 난 아침 먹을 때쯤이면 갈 수 있을 거야. 8시에 워털루 역에 도착하는 기차가 있거든."

"그럼 런던에서 우리가 할 조사는요?"

펠프스가 실망해서 물었다.

"내일 할 수 있을 거예요. 지금 당장은 여기서 할 일이 더 많다고 생각합니다."

기차가 승강장에서 멀어지는데 펠프스가 외쳤다.

"브라이어브래 사람들에게 내일 밤에 돌아올 것 같다고 이야기해주세요."

"전 브라이어브래로 돌아가지 않을 것 같습니다."

홈즈가 대답하며 역에서 쏜살같이 멀어지는 우릴 향해 명랑하게 손을 흔들었다.

펠프스와 난 돌아가는 길에 이야기를 해보았지만, 둘 다 일이 어떻게 돌아가는 건지 만족할 만한 대답을 생각할 수 없었다.

"어젯밤 도둑이 든 일에 대한 단서를 좀 찾고 싶은 모양이지. 그게 도둑이 맞으면 말이야. 개인적으로는 평범한 강도 사건이 아니라고 생각해."

펠프스가 의견을 냈다.

"그럼 네 생각은 뭔데?"

"내가 예민해져서 그렇게 생각하는 걸 수도 있지만, 난 뭔가 복잡한 정치적인 음모에 휘말린 게 분명해. 뭔가 내가 모르는 이유로 이 음모를 꾸민 사람들이 내 목숨을 노리고 있는 거야. 터무니없고 말도 안 되게 들리겠지만, 일어난 일을 봐! 도둑이 훔쳐 갈 게 없는 침실 문을 왜 깨고 들어오려 했겠어? 그리고 왜 손에 긴 칼을 들고 있었겠어?"

"도둑들이 잘 쓰는 쇠지렛대 같은 건 아니었고?"

"아, 아냐, 칼이었어. 칼날이 번쩍하는 걸 분명히 봤어."

"그런데 너에게 그렇게 적대감을 가질 이유가 뭐야?"

"아, 그걸 모르겠어."

"그래, 홈즈도 같은 의견이라면 오늘 홈즈 행동도 설명할 수 있지 않을까? 네 이론이 옳다고 했을 때, 어젯밤에 널 위협했던 남자를 찾는다면 조약문을 가져간 게 누군지 밝히는 데에도 큰 진전이 있는 셈이잖아. 너한테 적이 두 사람 있다고 생각하는 것도 이상해. 하나는 물건을 훔쳐 가고, 다른 하나는 목숨을 위협한다는 게."

"하지만 홈즈 씨는 브라이어브래로 가는 게 아니라고 했잖아."

"홈즈를 안 지 오래되었지만 분명한 이유가 없이 행동하는 사람이 아냐."

그러고는 우린 다른 것들에 대해 이야기했다.

나에게는 피곤한 날이었다. 펠프스도 오래 병을 앓은 후라 아직 몸이 약했고, 이런저런 일들을 겪다 보니 불안하고 짜증이 난 상태였다. 아프가니스탄이나 인도, 사회문제 이야기를 꺼내서 어떻게든 가라앉아 있는 펠프스의 주의를 끌어보려 했지만 헛된 일이었다. 펠프스는 계속 다시 잃어버린 조약문 이야기로 돌아와서 홈즈가 뭘 하는 건지, 홀드허스트 경은 이제 어떻게 할지, 아침에는 무슨 이야기를 듣게 될지 궁금해했고, 짐작하고 추측했다. 저녁이 되자 펠프스의 흥분이 심해져 힘이 들 정도였다.

"홈즈 씨를 절대적으로 신뢰해?"

펠프스가 물었다.

"그 친구가 놀라운 일들을 해내는 걸 봤어."

"그렇지만 이렇게 복잡한 사건을 해결했던 적은 없지?"

"아, 아냐. 네 사건보다 단서가 없는 사건도 해결한 걸 봤어."

"그렇지만 이렇게 중대한 문제들은 아니었겠지?"

"그건 모르겠어. 내가 알기로는 유럽의 왕실 쪽에서 커다란 사건을 세 개 의뢰했었어."

"그렇지만 왓슨, 넌 그 사람을 잘 알잖아. 불가해한 사람이라 어떻게 이해해야 할지 모르겠어. 그 사람도 희망이 있다고 생각할까? 이 사건을 성공적으로 해결할 수 있다고 생각하는 걸까?"

"그 친군 아무 말도 안 했어."

"그건 안 좋은 징조인데."

"그 반대야. 수사 방향이 안 잡힐 땐 그렇다고 얘기하는 편이야. 무슨 단서를 잡기는 했는데 아직 확실하지 않을 때가 가장 말이 없고. 그보다 이 친구야, 이렇게 조바심을 내서 좋을 게 없어. 제발 부탁이니까 이제 그만 자고 내일 무슨 일이 있든지 상쾌하게 맞이하자고."

나는 겨우 내 친구를 설득해 침실로 보낼 수 있었지만, 가뜩이나 흥분한 모습을 보니 쉽게 잠들 것 같지가 않았다. 그 기분에 전염이 되어 나도 밤새 절반은 이리저리 뒤척이며 이 이상한 사건에 대해 생각했다. 100가지도 넘는 추측들을 해보았지만, 점점 더 말도 안 되는 생각만 떠올랐다. 홈즈는 왜 워킹에 남은 걸까? 왜 해리슨 양에게 침실에 하루 종일 있으라고 했을까? 자신이 그 근처에 있을 거라는 걸 브라이어브래 사람들이 알지 못하도록 왜 조심한 걸까? 난 이 질문들에 답을 찾으려 머리를 쥐어짜다가 잠이 들었다.

내가 일어난 건 아침 7시였다. 곧바로 펠프스의 방으로 가봤더니 펠프스는 잠을 자지 못해서 초췌하고 진이 빠진 상태였다. 펠프스는 가장 먼저 홈즈가 도착했는지 물었다.

"온다고 한 시간에 올 거야. 그것보다 더 빠르지도 늦지도 않을걸."

내 말이 맞았다. 8시 조금 지나서 이륜마차가 빠른 속도로 문 앞에 와 서더니 내 친구가 내렸다. 창문에 둘이 서서 보니, 홈즈는 왼손에 붕대를 감고 있었고 얼굴은 굉장히 심각하고 창백했다. 홈즈는 집으로 들어왔지만 위층으로 올라온 건 조금 지나서였다.

"두들겨 맞은 사람 같아."

펠프스가 외쳤다.

난 펠프스 말에 동의할 수밖에 없었다.

"어쨌거나 이 문제를 풀 단서는 여기 시내에 있는 모양이야."

내 말에 펠프스가 신음을 흘렸다.

"어떻게 된 건지 모르겠네. 난 홈즈 씨만 돌아오면 다 잘될 거라 기대했어. 그렇지만 어제는 손에 저렇게 붕대를 감고 있지 않았잖아. 도대체 무슨 일이지?"

친구가 방에 들어서자마자 내가 물었다.

"홈즈, 설마 어디 다친 거야?"

"쳇, 그냥 덤벙대다 살짝 긁힌 거야. 펠프스 씨, 이 사건은 제가 지금까지 조사한 것 중 가장 어두운 사건인 건 분명하군요."

홈즈가 아침 인사로 우리에게 고개를 끄덕이며 말했다.

"홈즈 씨에게도 버거운 사건이 아닐까 걱정했습니다."

"정말 대단한 경험을 했습니다."

"그 붕대를 보니 무슨 일이 있었나 봐. 어떤 일인지 말해주지 않을 거야?"

내가 물었다.

"아침 먹고 나서, 친구. 오늘 아침 서리의 공기를 마시며 48킬로미터나 달려왔다는 걸 생각해줘. 내 마차 광고에는 아무 대답도 없었겠지? 뭐, 하는 일마다 성과가 있을 수는 없으니까."

식기는 다 놓여 있었고 막 종을 울리려는데 허드슨 부인이 차와 커피를 가지고 왔다. 몇 분 안 돼서 부인이 뚜껑을 덮은 접시 세 개를 가지고 왔고, 우린 다 같이 탁자 앞에 앉았다. 홈즈는 굶주려 있었고, 나는 궁금했고, 펠프스는 심하게 우울한 상태였다.

"허드슨 부인이 실력 발휘를 제대로 했네요. 부인이 할 줄 아는 요리는 많지 않지만, 아침 식사가 어때야 하는지는 스코틀랜드 여자처럼 잘 알죠. 왓슨, 넌 뭐야?"

홈즈가 닭고기 카레 요리의 뚜껑을 열며 말했다.

"햄이랑 달걀."

내가 대답했다.

“훌륭해! 펠프스 씨는 닭고기 카레나 달걀 중에 뭘 드시겠어요? 아니면 드시고 싶은 다른 걸 드시겠어요?”

“고맙습니다. 전 뭘 못 먹을 것 같아요.”

펠프스가 말했다.

“아니, 그러지 말고 앞에 있는 것 좀 드셔보세요.”

“고맙지만, 그다지 먹고 싶지가 않아요.”

“뭐 그럼, 절 도와주실 생각은 있으시겠죠?”

홈즈가 짓궂게 눈을 빛내며 말했다.

펠프스가 뚜껑을 여는데, 열자마자 소리를 지르더니 얼굴이 접시만큼이나 창백해졌다. 접시 한가운데에는 푸른빛이 도는 회색 종이가 동그랗게 말려 있었다. 펠프스는 그걸 집어 들고 집어삼킬 듯이 눈으로 훑어보다가 미친 듯이 춤을 추며 방을 돌아다녔다. 종이를 가슴에 꼭 안고 기쁨의 비명을 지르더니 결국 안락의자 위로 쓰러져 앉았다. 심하게 진이 빠지고 지쳐서 기절하지 않도록 브랜디를 입에 흘려 넣어주어야 했다.

“진정해요, 진정해! 이렇게 갑자기 놀라게 해드려서 죄송하지만, 내가 워낙 극적인 걸 좋아해서요. 왓슨 얘기를 들으면 알 겁니다.”♦

홈즈가 펠프스의 어깨를 두들기며 말했다.

펠프스는 홈즈의 손을 움켜쥐고 입술을 갖다 댔다.

"신의 축복이 있기를! 홈즈 씨는 제 명예를 지켜주셨어요."

"뭐, 제 명예도 걸려 있었던 거죠. 펠프스 씨가 맡은 일에서 실수하시는 것을 싫어하는 것처럼 전 사건 해결에 실패하는 것을 싫어합니다."

펠프스는 이 귀중한 문서를 외투 주머니 가장 깊숙한 곳에 넣었다.

"홈즈 씨, 아침 식사를 더 방해하고 싶지는 않지만 이걸 어디서 어떻게 발견하셨는지 궁금해 죽을 지경입니다."

홈즈는 커피를 한 모금 마시고 햄과 달걀로 시선을 돌렸다. 그러고는 파이프에 불을 붙이고 자기 의자에 자리를 잡았다.

"제가 수사를 어떻게 시작했는지부터 말씀드리고, 어떻게 찾았는지는 나중에 말씀드릴게요. 두 분을 기차로 보내고 나서 전 아름다운 서리 풍광을 즐기면서 리플리라는 이름의 작은 마을로 걸어갔습니다. 거기 여관에서 차를 마시고, 혹시나 해서 보온병에 물을 채우고 주머니에는 샌드위치 하나를 넣어두었지요. 전 거기서 저녁이 될 때까지 있다가 워킹으로 출발해서 해가 막 진 다음에 브라이어브래를 지나는 큰길에 도착했어요.

그러고는 도로에 아무도 없을 때까지 기다렸어요. 어느 시간

♦ BBC 《셜록》 〈핑크색 연구〉에서 마이크로프트가 존을 처음 만났을 때 셜록이 극적인 것을 좋아한다고 이야기한다. 시즌3의 첫 번째 에피소드 〈빈 영구차〉에서도 셜록은 자신이 살아 있다는 것을 존에게 밝힐 때 극적인 연출을 시도하지만, 존의 화만 돋우고 만다.

대든 지나다니는 사람이 많은 곳은 아니죠. 그러고는 울타리를 넘어서 정원으로 들어갔어요."

"아니, 정원 문이 열려 있었을 텐데요!"

펠프스가 외쳤다.

"네, 그렇지만 전 이런 데에 독특한 취미가 있거든요. 전 전나무 세 그루가 있는 곳을 골라서 그 뒤로 울타리를 넘었죠. 행여나 집 안에서 누가 절 볼까 봐요. 전 정원 안쪽 덤불 사이에 웅크리고 있다가 덤불에서 덤불로 기어갔어요. 제 바지 무릎이 어떻게 됐나 보세요. 그러고는 펠프스 씨 침실 창문 바로 맞은편에 있는 진달래 덤불까지 기어갔죠. 전 거기 웅크리고 앉아 어떻게 되어가는지 지켜봤어요.

펠프스 씨 방에 블라인드가 쳐져 있지 않아서 해리슨 양이 책상 앞에 앉아 책을 읽는 모습이 보였어요. 10시 15분이 지나서 해리슨 양은 책을 덮고 창문 덧문을 잠근 후에 자러 갔어요. 해리슨 양이 문을 닫는 소리를 들었고, 분명히 열쇠로 문을 잠갔을 거라 생각했어요."

"열쇠로요!"

펠프스가 외쳤다.

"네, 해리슨 양에게 자러 갈 때 밖에서 문을 잠그고 열쇠를 가지고 가라고 부탁했거든요. 해리슨 양은 제가 지시한 걸 토씨 하나 틀리지 않고 그대로 해줬어요. 해리슨 양이 도와주지 않았으면 지금 펠프스 씨 외투 주머니 안에 있는 조약문은 되찾지 못했을 거예요. 해리슨 양이 방을 나가고 불이 꺼졌고, 전 진달래 덤불 속에서 계속 웅크리고 있었죠.

맑은 밤이었지만 그래도 굉장히 지치는 일이었어요. 물론 운동선수가 경기장 바로 옆에서 큰 경기가 시작되기를 기다릴 때 같은 흥분은 있었죠. 그렇지만 시간은 굉장히 더디게 흘렀어요. 왓슨, 너와 내가 얼룩무늬 끈 사건을 풀려고 그 죽음의 방에서 기다렸을 때만큼 긴 시간이었을 거야. 워킹 시내에 있는 교회 시계가 15분마다 울렸는데, 몇 번이나 그 시계가 멈춘 거라고 생각했으니까요. 그렇지만 새벽 2시쯤 되었을 때, 마침내 잠금장치가 조심스럽게 열리면서 삐걱대는 열쇠 소리가 났어요. 조금 있다가 하인들이 드나드는 문이 열리더니 조지프 해리슨 씨가 달빛 아래로 나오더군요."

"조지프가요?"

펠프스가 외쳤다.

"조지프는 모자는 쓰고 있지 않았지만, 어깨에 검은 망토를 걸치고 있어서 무슨 일이 있으면 바로 얼굴을 숨길 수 있게 준비했더군요. 조지프는 벽의 그림자를 따라 발끝으로 걷다가 창문가에 와서는 날이 긴 칼을 창문틀 사이에 넣고 걸쇠를 풀었어요. 그러고는 창문을 열어젖히고 덧문 사이에 칼을 넣고 빗장을 올려 열었죠.

제가 있는 곳에서는 방 안 모습이 어떤지, 조지프가 어떻게 움직이는지 낱낱이 볼 수 있었어요. 조지프는 벽난로 위 선반에 있는 촛불을 두 개 밝히더니, 문 근처에 있는 카펫 한쪽 구석을 뒤집었어요. 그러더니 멈춰 서서 네모난 널빤지 하나를 들어 올리더라고요. 배관공들이 가스 파이프 연결 부분을 수리할 수 있게 남겨두는 그런 곳이요. 말하자면 이 널빤지는 그 아래 부엌으로 향하는 T 자 모양 파이프가 있는 곳이었죠. 조지프는 이 비밀 장소에서 작게 말린 종이를 꺼내더니 널빤지를 다시 맞춰 넣고 카펫을 원래대로 해놓은 다음 촛불을 껐어요. 그러고는 창문 밖에서 기다리고 있던 제 품 안으로 그대로 뛰어들었죠.

조지프 선생은 제가 생각했던 것보다 훨씬 더 사납더군요. 칼을 들고 저한테 덤비는데, 전 그자를 두 번 쓰러뜨리고 손등 위쪽이 베이고 나서야 제압할 수 있었어요. 몸싸움이 끝나자 눈에 살기가 등등한 채로 저를 노려보았지만, 이성적으로 설득하니 서류를 넘겼어요. 서류를 받고서는 그자를 놓아줬지만, 포브스 씨에게 오늘 아침에 자세한 사항을 전부 전보로 보냈어요. 포브스 씨가 사냥감을 잡을 만큼 민첩하다면 다 잘된 거죠. 그렇지만 제가 예상하는 대로 경찰이 도착했을 때 이미 그자가 도망친 뒤라면, 정부 입장에선 더 잘된 거겠죠. 홀드허스트 경도 그렇고 퍼시 펠프스 씨도 그렇고, 이 사건이 경찰 수사에 오르지 않기를 바랄 것 같은데요."

"맙소사! 그렇게 괴롭게 보냈던 10주 내내 도둑맞았던 조약문이 제 방에 있었다는 건가요?"

우리 고객은 숨을 몰아쉬었다.

"그랬더군요."

"그리고 조지프! 조지프가 범인, 도둑이었다니!"

"흠! 아무래도 조지프는 보기보다 숨기는 게 많고 더 위험한 사람인 것 같아요. 오늘 아침 들은 얘기로 짐작해보면, 주식에 손을 댔다가 돈을 많이 잃었고, 재산을 다시 모으기 위해서라면 무슨 일이든 다 할 태세였다더군요. 아주 이기적인 사람이라 기회가 오자 여동생의 행복도 펠프스 씨의 명예도 안중에 없었던 거죠."♦

퍼시 펠프스는 의자 깊숙이 몸을 기댔다.

"머리가 빙빙 돌아요. 홈즈 씨 말에 머리가 멍해요."

"펠프스 씨 사건에서 가장 어려웠던 점은 너무 증거가 많다는 것이었습니다. 중요한 사실들은 상관없는 단서들에 가려지고 숨겨져 있었어요. 앞에 놓인 이 모든 사실들 중에서 중요한 게 뭔지를 선별하고 순서대로 나열해서 이 대단한 사건을 재구성해야 했습니다. 전 펠프스 씨가 그날 밤 조지프와 같이 집으

♦ 범인이 피해자의 약혼자의 오빠라는 장치는 BBC 《셜록》 〈잔혹한 게임〉의 앤드루 웨스트 사건에서도 나타난다. 범인은 돈이 필요해 기밀이 담긴 USB를 앤드루에게서 훔치고, 그를 죽음에까지 이르게 한다. 그 범인의 이름도 조 해리슨이다.

로 가려고 했었다는 말을 듣고 진작부터 조지프를 의심했어요. 외무부 사무실 내부를 잘 아니까 돌아가는 길에 들렀을 가능성이 있다고 생각했죠. 그리고 누군가가 침실 안으로 들어오려고 했었다는 걸 들었을 때 확실히 알았습니다. 그 방에 뭘 숨겼을 사람은 조지프 말고는 아무도 없으니까요. 당신이 의사와 함께 돌아왔을 때 조지프를 나가게 하고 이 침실을 썼다고 이야기했잖아요. 특히 간호사가 처음으로 함께 잠들지 않았던 날 밤에 침입자가 나타났다는 걸 듣고는 제 의심이 전부 확신으로 바뀌었죠. 침입자가 집 안 사정이 어떻게 돌아가는지 알고 있었다는 거니까요."

홈즈가 예의 그 선생 같은 말투로 말했다.

"전 눈뜬장님이었네요!"

"제가 아는 한 이 사건의 전말은 이렇습니다. 사무실 구조를 잘 아는 조지프 해리슨은 찰스 스트리트 쪽의 문으로 들어와서 펠프스 씨 방으로 곧장 갔습니다. 펠프스 씨가 방을 나가자마자 들어온 거죠. 방에 아무도 없기에 바로 종을 울렸는데, 바로 그 때 책상 위에 놓인 서류를 본 겁니다. 한 번 흘깃 본 것만으로도 엄청난 가치를 지닌 정부 문건이 눈앞에 있다는 걸 알았을 겁니다. 그는 곧바로 그 문서를 주머니에 넣고 사라졌죠. 기억하시겠지만, 몇 분이 지나서야 잠에 취한 수위가 종이 울린 얘기를 했고, 그래서 도둑은 발각되지 않고 도망갈 수 있었습니다.

조지프는 바로 오는 기차를 타고 워킹으로 돌아갔고, 훔친 물건을 살펴보고 이게 정말 엄청난 가치를 지닌 물건이라는 걸 확인했죠. 그러고는 가장 안전하다고 생각되는 곳에 숨겨놓고 하루 이틀 지나서 프랑스 대사관이나 제값을 받을 만한 곳으로 가져갈 생각이었겠지요. 그때 펠프스 씨가 갑자기 돌아온 겁니다. 조지프는 예기치 못하게 자기 침실에서 나가게 됐고, 그때부터 이 방에는 항상 최소한 두 사람이 있었죠. 그 귀중한 문건을 도무지 찾을 기회가 없었던 겁니다. 조지프한테는 정말 미칠 듯이 갑갑한 상황이었겠죠. 그렇지만 드디어 기회가 왔다고 생각했어요. 조지프는 몰래 방에 들어와 물건을 훔쳐 가려 했지만 펠프스 씨가 깨어 있어서 실패했어요. 그날 밤 보통 때 먹던 수면제를 먹지 않았던 걸 기억하시죠?"

"기억합니다."

"아마도 조지프는 그 약이 잘 듣게 수를 썼던 것 같습니다. 그래서 펠프스 씨가 정신없이 자고 있을 게 분명하다 생각했던 거고요. 전 물론 조지프가 안전하다고 생각되면 다시 시도를 할 거라 생각했습니다. 그리고 펠프스 씨가 런던으로 떠나서 그가 원하던 기회가 생긴 거죠. 전 제가 없을 때 그가 선수 치지 않도록 하루 종일 해리슨 양에게 그 방에 있으라고 했어요. 그리고 조지프가 방해물이 없을 거라 생각하게 한 다음, 말씀드린 대로 전 보초를 선 거고요. 전 조약문이 방에 있을 거란 것은 짐작했지만 그걸 찾으려고 바닥이며 마룻널을 다 뒤집어엎을 생각은 전혀 없었어요. 그래서 조지프가 숨겨놓은 곳에서 그걸 찾도록 놔둔 거고, 덕분에 전 엄청나게 귀찮은 일을 하지 않아도 됐죠. 제가 더 풀어야 할 것이 남았나요?"

"조지프가 처음에 창문으로 들어온 이유는 뭐지? 문으로 들어가도 됐을 텐데?"

내가 물었다.

"문으로 들어가려면 침실을 일곱 개나 지나야 했을 거야. 게다가 창문으로 들어가는 게 정원으로 도망치는 것도 쉬웠지. 다른 것은요?"

"설마 조지프가 살인을 할 의도는 없었겠죠? 칼은 그저 도구로 쓴 거고요."

펠프스가 물었다.

"그랬을 수도 있죠. 제가 확실하게 드릴 수 있는 말은 전 조지프 해리슨이 자비를 베풀 거라고는 웬만해선 믿지 않는다는 겁니다."

옮긴이의 말

스스로 생각하기를 두려워하지 않는 이들에게

20세기 초 실험적인 모더니즘 사조를 이끌었던 작가 중 하나인 거트루드 스타인은 「걸작이란 무엇이며 그 수는 왜 적은가?」라는 에세이에서 추리소설이야말로 진정으로 모던한 형태의 소설이라고 말한다. 일상 속의 우리는 어떤 사건이 일어나면 그 사건이 얼마나 흥미로운지, 기괴한지, 잔인한지, 혹은 재미있는지에 대해 말하고 싶어 하기 마련이지만, 추리소설은 사건의 결말에서 출발하며, 그 사건을 분석하는 인간의 정신을 보여주는 것에 가깝다는 것이다. 충격적인 사건이 일어나면 그것에 대해 이야기를 하고 싶어 하는 것이 사람의 본성이라면, 추리소설은 주인공의 죽음으로 시작하여 사건 자체보다는 그 사건이 일어나기까지의 경위를 추적해 들어간다. 인간의 본성을 탐구하는 것에서 인간의 정신에 더 큰 관심을 보이게 된 20세기 초 문학과 예술의 한 갈래 경향을 볼 수 있다.

아서 코넌 도일의 셜록 홈즈 시리즈를 보더라도, 그 변화가 잘 나타난다. 도일이 가장 처음 쓴 『주홍색 연구』는 중간에 제퍼슨 호프와 존과 루시 페리어 부녀의 이야기를 문체를 바꾸어가며 길게 서술했지만, 점차 이러한 서사는 배경 혹은 간략한 설명으로 물러나고, 분석 그 자체, 자아의 외부에서 일어나는 일들을 정신이 얼마나 치밀하게 분석할 수 있는지에 초점을 맞춘다. 같은 작품에서 홈즈는 제퍼슨 호프가 현장에 남기고 간 두 개의 알약에 대한 자신의 추리가 맞는다는 것을 증명하면서, "알 수 없는 것과 기이한 것을 혼동해서는" 안 된다고 말한다. 기괴한 사건에 대한 막연한 공포나 초자연적인 것으로 보이는 현상에 대한 두려움의 근원을 이성적으로 분석해 알 수 없는 것과 기이한 것을 분간하라는 것이다. 홈즈는 19세기 후반에는 그저 기괴하거나 두려운 요소로 여겨졌던 부분들을 추론의 과학으로 설명해나가는데, 이러한 면에서 도일의 셜록 홈즈는 인간의 정신 그 자체를 상징한다고도 볼 수 있다.

21세기의 우리는 어떠할까. 19세기 말의 홈즈가 기괴함을 과학으로, 그로테스크함을 이성으로 설명했다면 21세기의 우리는 과학의 기괴함, 이성의 그로테스크함을 경험하고 있다. 범죄의 목적은 더는 명확하거나 단순하지 않으며, 범죄의 대상 또한 개인적인 영역을 넘어서 누구든지 피해자가 될 수 있다. 악의 형태도 한층 거대해지고 교묘해졌으며, 상상할 수 없는 방식으로 우리 주변에 스며들어 있다. 무차별한 테러나 증오범죄와 같이 확연하게 눈에 띄는 방식이 있는가 하면, 정치적인 세뇌, 불공평한 경제구조, 미디어 왜곡과 같이 명확한 실체가 없는 형태도 있다. BBC 드라마 《셜록》의 모리아티는 이러한 악의 정점에 서 있다 할 수 있다. "범죄 컨설턴트(consulting criminal)"를 자처하며 범죄자들의 네트워크를 만들고, 셜록과 '게임'을 즐기기 위해서 아무 관련 없는 사람들을 거리낌 없이 피해자로 삼는다. 그런가 하면 죽은 이후에도 미디어를 장악하고 셜록에게 "보고 싶었지?(Did you miss me?)"라는 메시지를 보내서 국가 전체를 두려움에 떨게 하기도 한다. 그러면서도 그저 "지루해서" 그런 악행을 저지른다고 하는데, 이와 비슷하게 시즌3과 시즌4에 등장하는 미디어계의 거물 찰스 오거스터스 마그누센, 기업인이자 자선사업가 컬버턴 스미스 등의 악인들 역시 권력과 부를 무기이자 방패 삼아 악행을 저지르지만 뚜렷한 동기는 찾을 수 없다.

절망적으로 느껴질 수도 있는 21세기에 대해 BBC 《셜록》은 한편으로 우리가 그러한 사회를 어떤 모습으로 살아가야 하는지 계속해서 질문을 던진다. 드라마 속의 악인들은 악행을 저지르면서도 법을 교묘히 이용해 처벌받지 않기도 하고, 반대로 셜록과 존은 법을 반드시 준수하지는 않지만 그들이 생각하기에 옳다고 생각하는 일을 행하기도 한다. 셜록 또한 스스로를 "고기능 소시오패스(high-functioning sociopath)"라고 설명하지만, 시간이 지날수록 도일의 홈즈에게는 제한적으로만 허락되던 감정이나 외로움, 사랑을 경험한다. 특히 존과 깊은 우정을 나누며 인간과 관계를 맺고 사랑을 이해하며 받아들이게 된다. 의미를 알 수도, 의미를 둘 수도 없는 악과 증오가 넘치는 세계에서 셜록은 점차 사람을, 관계를 닻으로 삼아 살아나가는 법을 배우는 것이다.

도일의 홈즈는 당시의 상식이나 규범에 따르기보다는 자신의 이성과 추론의 과학에 준거해 판단을 내리고 행동한다. BBC 드라마 속 셜록은 점차 인간과 관계에 가치를 두는 법을 배워나간다. (그런가 하면 「셜록」 시리즈에 등장하는 무수한 인물들 역시 저마다의 삶과 상황 속에서 어떤 가치를 기준으로 행동하느냐에 따라 어려운 상황에 처하거나 그릇된 판단을 내리기도 하고, 역경을 헤쳐나오기도 한다.) 그렇다면 우리는 어디에 가치를 두고 무엇을 선택할 것인가. 물론 우리는 더는 19세기 말의 홈즈처럼 이성과 추론의 과학만으로 무지와 악을 상대하지 못할지도 모른다. 21세기의 셜록처럼 언제나 인간에게서 답을 찾을 수 있는 것도 아닐지 모른다. 그러나 두 셜록 홈즈 모두 자신의 생각을 가지기를 두려워하지 않고, 그 생각대로 행동하기를 거리끼지 않았던 점만큼은 같다.

「셜록」 시리즈의 2권에 실린 단편 「보헤미아 왕실 스캔들」에서 홈즈는 자신의 추리에 놀라는 왓슨에게 "넌 보긴 하지만 관찰하지는 않"는다고 말한다. 이 책을 읽는 독자가 잠시나마 자신의 눈으로 관찰하고, 홈즈의 추리에 반론도 펼쳐가며 자신의 생각을 펼쳐보기를 연습할 수 있다면 더 바랄 나위가 없을 것 같다.

2017년 6월
최현빈

열림원 「셜록」 1권 『주홍색 연구』 구성

「셜록」 1권 수록 작품	BBC 《셜록》 관련 작품
주홍색 연구	**주요 관련 작품** 시즌1 ep1. 〈핑크색 연구(A Study in Pink)〉 **언급 작품** 시즌1 ep2. 〈눈먼 은행원(The Blind Banker)〉 시즌1 ep3. 〈잔혹한 게임(The Great Game)〉 시즌2 ep3. 〈라이헨바흐 폭포(The Reichenbach Fall)〉 시즌3 ep1. 〈빈 영구차(The Empty Hearse)〉 시즌3 ep3. 〈마지막 서약(His Last Vow)〉 시즌4 ep1. 〈여섯 개의 대처상(The Six Thatchers)〉 특별편 〈유령 신부(The Abominable Bride)〉
춤추는 사람 그림	**주요 관련 작품** 시즌1 ep2. 〈눈먼 은행원〉
오렌지 씨앗 다섯 개	**언급 작품** 시즌1 ep3. 〈잔혹한 게임〉 시즌3 ep2. 〈세 사람(The Sign of Three)〉 특별편 〈유령 신부〉
브루스파팅턴호 설계도	**주요 관련 작품** 시즌1 ep3. 〈잔혹한 게임〉 **언급 작품** 시즌1 ep1. 〈핑크색 연구〉 시즌1 ep2. 〈눈먼 은행원〉 시즌2 ep3. 〈라이헨바흐 폭포〉 시즌3 ep1. 〈빈 영구차〉 특별편 〈유령 신부〉
해군 조약문	**주요 관련 작품** 시즌1 ep3. 〈잔혹한 게임〉 **언급 작품** 시즌1 ep1. 〈핑크색 연구〉 시즌1 ep2. 〈눈먼 은행원〉 시즌3 ep1. 〈빈 영구차〉

셜록 1
주홍색 연구

초판 1쇄 인쇄 2017년 7월 13일
초판 1쇄 발행 2017년 7월 20일

지은이 아서 코넌 도일
옮긴이 최현빈

펴낸이 정중모
펴낸곳 도서출판 열림원
출판등록 1980년 5월 19일(제406-2000-000204호)
주소 경기도 파주시 회동길 121(문발동)
전화 031-955-0700
팩스 031-955-0661~2
전자우편 editor@yolimwon.com
홈페이지 www.yolimwon.com

기획 편집 심소영 유성원
제작 관리 박지희 김은성 윤준수 조아라
홍보 마케팅 김경훈 김정호 박치우 김계향
디자인 최정윤
「셜록」 기획 편집 김다미 문유진 **디자인** 형태와내용사이

ISBN 979-11-88047-15-4 (04840)
979-11-88047-16-1 (세트)

* 이 도서의 국립중앙도서관 출판예정도서목록(CIP)은 서지정보유통지원시스템 홈페이지(http://seoji.nl.go.kr)와 국가자료공동목록시스템(http://www.nl.go.kr/kolisnet)에서 이용하실 수 있습니다.(CIP제어번호: CIP2017015678)
* 책값은 뒤표지에 있습니다. 잘못된 책은 구입하신 곳에서 교환해 드립니다.

나는 지구에 돈 벌러 오지 않았다

이영광 산문집

나는 지구에 돈 벌러 오지 않았다

이불

시인의 말

작년 올해, 시가 안 되던 시간에 어지러이 적어두었던 단상들을 손질해서, 산문집이란 걸 낸다. 이래도 되나 싶었지만, 이래도 되겠지 생각해버렸다. 무른 글쟁이는 답답한 시절에 긁히기도 하고, 그래서 좀 비틀거리기도 하는 것 아니겠느냐고.

살고 있는 사람들이 귀해져 간다. 고통을 견디는 데, 고통을 피하는 데 바치기에도 인생 백 년은 턱없이 모자란 것일까. 그런 취생몽사일까. 평안이 죄가 되는 곳에서, 좀 살 것 같은 상태란 게 꿈에 떡 얻어먹듯 희한한 일이 아니라, 가끔 맞는 휴일 같았으면 좋겠다.

가객 안계섭 형의 취중진담에서 책의 제題를 빌려왔다. 감사드린다. 나중에 출판사 차리면 형 책 낼 거야, 하던 사람과의 어릴 때 약속을 이제 지키게 되어 다행하다.

잠언 — 箴言

사람을 살게 하는 건 어쩌면 온갖 찬란한 내일이 아니라
몇몇 희미한 옛날인지도 모른다.
아니, 고개 숙여 발등을 더듬는
바로 지금인지도 모른다.

꽃들은 자태와 향기를 그냥 준다. 겸허해진 인간은 빌려보고 빌려 쓰다 가리라 다짐하지만, 빌려 쓰다니…. 저도 몰래 벌써 거래를 하고 있는 것이다. 젖을 사서 먹듯.

조금 어리숙해 보여도 될 것 같고, 좀 못나도 될 것 같은 희미한 방심이, 어딘가 더 나은 사람이 되고 싶은 마음을 쿵쿵쿵…불러오고 있었다. 사람이 사람으로 인해 겪는 그 행복은, 이제 찾아오지 않을 것이다. 사랑만큼 사람을 방심하게 만드는 건 없다.

졸고 있는 낡은 의자는 목줄을 풀어줘도 달아나지 않는 네발짐승 같다. 처자식도 못 알아보는 치매 노인 같다. 우리는 몰라본다. 그래서 나는 의자 '옆'에 앉는다. 의자도 내 '옆'에 앉는다. 우리는 알아본다.

천사가 있다면 상한 정신 안에 살고 있으리라. 어렸을 적 우리 집에 얹혀살던 바보 고모는 언제나 왼쪽 신을 오른발에, 오른쪽 신을 왼발에 신고 다녔다. 종생토록 그 버릇 고쳐줄 수 없었다. 천사는 그 비척거리는 걸음으로 어린 나를 업고 다녔다.

15

말 많은 사람이 싫다. 말이란, 말을 잊어버리지 않을 만큼만 하면 된다. 잊을 만하면 상에 올라앉는 도토리묵같이. 깍두기보다는 조금 더 크고 두부 전보다는 살짝 작은, 침묵을 아껴 잘라 내놓은 듯한 도토리묵같이.

먼지 가득한 마음의 거실. 오래된 물건들에, 또 물건들 곁에 어른대는 시간의, 또 사람의 손길. 사라지는 건 없다. 언제나 여기 있었던 것들의 엄습과 산다. 잊을 수 없는 얼굴은, 아무리 떠올려도 다 떠오르지 않는 얼굴이다.

일곱 살에도 열일곱 살에도 스무 살에도, 아무 데서나 멍하게 넋을 잃고 앉거나 눕거나 섰을 때가 있었다. 서른에도 마흔에도 쉰이 돼서도 문득 걸음을 잊고 멍하게 멈춰 서는 때가 있다. 이런 때 떠오르는 물음은 오직 하나. "어디로 갈 것인가?"

온 데를 모르고 갈 곳도 모른다. 집을 사람을 숱한 길을, 가족을 친구를 적들을 한순간에 잃어버리는 순간이 찾아오는 것이다. 살아오고 살아가는 모든 시간이 가짜이고 새하얀 밤 같은 이 순간만이 진짜라는 느낌. 인간이 쉼 없이 어디론가 가고 또 오고, 만나고 헤어지고 다시 가는 것은 어디에도 갈 곳이 없다는 사실을 잊기 위한 것일 뿐이라는 느낌.

인간은 그렇게 너무도 무서운 시간에 사로잡힌다. 그리고 얼마간 사라졌다가 천천히, 다시 나타난다.

넌 참 많이 아는구나. 조금 몰라도 돼. 하급반이 돼라.

넌 참 아는 게 없구나. 아니야, 넌 사실 많은 걸 알고 있어. 우린 늘 모르는 것을 열심히 말하거든. 모르는 것을 알거든. 모르는 것이 우릴 아주 많이 알고 있거든.

사랑을 등에 업고는 어디든 갈 수 있다.
하지만 사랑을 가슴에 안고는 어디에도 갈 수 없다.
가슴은 내부니까.

사랑은, 온갖 물음을 다 담은 대답처럼 말한다.
나는 묻지 못한다.
온갖 대답을 다 담은 물음처럼 말한다.
나는 답하지 못한다.
사랑은, 제 사랑의 완전무장이 안 보인다.
언제나 완전 무장 해제만을 본다.
포기를 모른다.

여러 해 만에 학술논문 초고를 써서 어딜 보냈는데, 전전긍긍 좌불안석이다. 시 써서 보낼 땐 뭐, 좀 미진한 대로 어지간히는 됐겠지 하는 방심 상태였던 것 같다. 익숙지 않은 일의 뒤끝에 불안 불안해하다가 문득, 이런 생각이 들었다. 나는 익숙한 일을 정작 얼마나 알고 있나? 익숙한 일이야말로 가장 못 하는 일인 것 같다.

골상학이 뇌를 투시할 수 없듯이 관상학도 사람 운명을 다 들여다볼 수 없을 것이다. 이 유사과학들의 예측 담론에는 툭하면 빗나가는 대한민국 기상청의 일기예보 같은 데가 있다.

살다 보니 헤아리기 어려울 만큼 많은 사람 얼굴을 보게 됐지만, 사실은 사람을 본 것도 아니고 얼굴을 본 것도 아니고, 그저 그 얼굴의 표정들을 봐 왔다고 해야 할 것 같다.

어느 얼굴에나 천千의 표정들이 들어 있었지만,

어떤 얼굴엔 환한 표정들이 돛처럼 피어나고 어떤 표정들 아래엔 닻처럼 어둡게 얼굴이 잠겨 있었지만,

제일 안 잊히는 표정은 무표정이었다. 그 표정에는 얼굴도 마음도 운명도 없다. 그런데도 그 표정은 얼굴을 장악하고 무수한 표정들을 만들어 낸다. 어떤 무표정은 타인의 얼굴마저 장악하려 한다. 무표정은 무서운 표정의 준말 같다.

좋은 연기에는 어딘가 속임수 같은 데가 있다. 진심을 전하려면, 이것이 꼭 전부인 것은 아닙니다, 하는 느낌을 몸짓 표정 눈빛 침묵으로 바꿔 내야 한다. 진심은 형언하기 어려울 때가 많다. 저 자신도 모르는 마음이기 때문일 것이다. 말 가지고 안 되는 것이 있고 그걸 늘 볼 수 있다는 건 기쁜 일이다. 무대나 스크린에서만이 아니라 생활의 곳곳 발걸음 닿는 모든 곳에서 나는 그걸 본다. 말이 금지된 상태에서 보여줄 수 없는 감정을 보여 줘야 한다는 건 진짜를 가짜로, 그리고 그 가짜를 다시 진짜로 만들어 내는 기술 같다. 기술은 결국 마음일 테지만.

『신곡』의 여덟 번째 지옥은 지상에서 예언과 주술을 일삼던 자들이 가는 곳이다. 그들은 고개가 뒤로 돌아간 채로 젖과 성기를 털렁대며 영원히 장님처럼 어둠의 땅을 내달려야 한다.

하지만 건강을 위한답시고 강변을 뒤로 걷다 보면 이 보행을 벌이라 하긴 좀 어렵지 않나 하는 생각이 든다. 앞 못 보며 앞으로 걷는 순간순간이야말로 예언의 걸음걸음 아닌가. 지옥 어둠이 예언 천국 같아 웃음이 난다.

보내기도 잊기도 어려운 것들의 그늘이 드리운 송년회, 망년회들을 지나왔다. 올해는 도무지 앞이 보이질 않았으니 새해엔 눈이 빠지도록 뒤를 보며 걸어볼까? 몸은 다소 비틀거리더라도 등 뒤에 펼쳐진 기억의 벌판을 보며 걷다보면 외려 앞이 보이지나 않을까?

하지만 그런 생각에 잠깐 흐뭇해지자마자 쿠당탕 자빠졌다. 단테는 역시 단테고 지옥은 역시 지옥이로구나. 안 보이는 것을 보기 위해 안 보는 고통이여. 휴식 없는 예언질의 괴로움이여. 벌은 역시 벌이로구나.

책을 많이 읽어도 정신의 키가 안 자라는 사람들이 있는 것 같다. 이들은 대개 누굴 만나면 대화를 하지 않고 상대에게 제가 본 책을 읽어댄다. 타인은 책이 무언지 모르는 사람이라는 듯. 바로 그 책의 저자 앞에서 그러기도 한다. 쓴 사람보다 읽는 사람이 책 내용을 더 잘 알 수도 있다지만, 흔히 그런 건 아니다. 책을 먹고 책을 눈다고나 할까. 세상에 아름다운 배설물은 없다.

앎은 소중하다. 하지만 이들은 대체로, 아니 언제나, 모르지 않으려 한다. 모름을 무시하려 한다. 책은 더 잘 모르기 위해 읽는 것 아닐까. 모름을 공경하여 모름의 두려움을 이겨 내야 할 것 같은데. 지혜란 어두운 앎이라기보다 환한 모름인 듯하다.

신이 정말 있다면,
내 삶은 공포가 되겠지.
바로 모든 희망을 내려놔야 할 거다.
밥벌레의 유일한 희망은, 신이 없으리라는 것인가.
하지만 '신이 없는 삶'은 왜 괴로운 걸까.
괴로운데도 왜 매일 이렇게 잘 견뎌지는 걸까.

진심은 상대하기 어렵다. 그것은 다른 마음을 바보로 만들기 위해, 꼼짝달싹 못하게 만들기 위해 나타난다. 진심은 정신없는 마음이다. 진심에는 '자기'가 없다. 그래서 그것은 다른 마음을 제일 잘 여는 마음이다.

그러니 정말 어려운 것은 진심을 여는 일이다. 진심을 정신 차리게 하는 일이다. 물론 그러고 나면, 마음이 온통 부서지는 듯하다.

누군가 나에게 말했다.

그런 자세는 건강에 안 좋다.
그런 음식은 건강에 안 좋다.
그런 생각은 건강에 안 좋다.
그런 습관은 건강에 안 좋다.
그런 슬픔은 건강에 안 좋다.

…건강은 나에게 많이 안 좋다.

"이 사막에 나 혼자밖에 없는 줄 알았는데, 둘러보니 당신이 있었어요. 그래서 당신에게 결투를, 아니, 결혼을 신청하오…."

이런 소리를 낮잠 꿈에 얼핏 들은 것 같았는데, 둘러봐도, 아무도 없네.

어딘가 미흡해 보이는 사제를 많이 배운 신도들이 따르는 것은 분명한 앎을 넘어서는 어떤 다른 앎이 그에게 있다고 느끼기 때문일 것이다.

마음 깊은 곳에서 영혼의 해방감을 불러일으키는 낯설고 신비로운 무엇과 조우해본 이라면 누구나 그 존재를 자신과 다른 차원의 이름으로 부를 것 같다. 하느님이란 명칭도 그 여럿 가운데 하나일 것이다. 이름이란 섬광처럼 일었다 지는 고정점에 대한 기억의 형식일 뿐이다.

그 존재는 형언하기 어려운 자발적 복종심을 불러일으키는데, 복종 속에서 나의 영혼이 외려 확장되는 듯하니 이 영적 체험은 쉬운 말로 어떤 깊은 포기라 할 수 있을 것 같다. 깊은 포기는 깊은 얻음일 것 같다. 이 존재와의 만남의 체험에 언어도단의 신비가 어려 있어서 사도들은 때로 과장을 해온 것 아닌지?

나는 그것이 대단히 무섭고 엄청나게 자애롭고 전지전능한 무엇이라는 건 거의 믿지 않을 뿐만 아니라 잘 이해가 되지 않는다. 마음 깊은 곳에 내가 모셔 지닌 이를 뭘 그렇게까지? 이 과장 때문에 교회와 사원들이 먹고 사는 건지는 모르겠지만,

하느님이라 부르는 그 존재가 고독한 한 인간에게 줄 수 있는 행

복감은 이 별에 태어나 사는 일의 슬픔도 기쁨도 고마움도 아니고 아니, 그런 것이기도 하겠지만, 마음의 고양된 평화에 가까운 듯하다. 큰 것에 안겨 있는 작은 것의 기쁨이랄까. 그것은 안겨 있으면서 동시에 안고 있는 느낌이기도 하다.

구원에 대해선 말할 게 없다. 그것은 그 '만남'에 있지 먼 곳에 있지는 않은 듯하다. 만났으면 저마다 된 것이다. 종교가 현실도덕을 벗어나지도 지키지도 못하는 지점에 온갖 주화입마가 창궐하는 것 아닐까. 나보다 더 큰 것이 내 안에 있으므로 나는 작다. 작으므로 내려놓을 수 있다. 무릎을 꿇은 채 두 발로 설 수 있다.

고통,
슬픔,
자랑,
억울 따위에 관련된
인생의 어떤 과장질도
듣기 괴롭지만, 괜찮다.
모든 헤맴과 질주를, 인간의 경영을 종국엔 허무로 바꿔버리는
인생이라는 것보다 더 큰 과장이 애초에 있을까.

사는 데 악착같지 못하고 사납지 못하고 따지지 못하고, 계산하지 못하고 비굴하지 못하고 오연하지 못한 것 생각하면 억울했다. 죽고 싶었다.

하지만 금방 다시, 살 수 있었다.

크게 억울하지 않았다.

생은 불현듯 밝아졌다.

어리석지 못하고 답답하지 못하고, 저 버리는 부모 앞에서 방긋방긋 웃는, 금방 고아가 될 젖먹이처럼 바보 같지 못했을 때, 선량하지 못하고 선량할 수 없었을 때는 억울한 줄 몰랐다. 살 것 같았다.

하지만 곧, 죽고 싶어졌다.

억울했다.

생은 어두워졌다.

진심은, 늘 조금 늦게 오는 것 같다. 문제는 진심을 생의 모든 시간으로 확장시키질 못한다는 것이다.

돈 욕심 내지 않고, 지위에도 크게 연연하지 않고, 누구 편들지 않고 공평무사하게 살려고 했다. 가난한 글쟁이로 살아 왔다. 하지만 이거 다 연기 아녔나?

맞다. 얼굴 표정과 근육을 단속하며 연기해야 했던 때가 많았다. 하지만 이렇게 생각하기로 한다. 연기란 절박한 것이다. 연기할 때 사람은 비상하게 진실해진다. 화장실을 보면 진짜 똥이 누고 싶어지듯이. 연기는 표정을 꾸며대는 행위가 아니라 얼굴을 찾는 행위이다.

나는 아마 내 욕망을 남에게 들키는 게 두려울 때보다는 그걸 나에게 들키는 게 두려울 때 진짜 연기를 해야 했던 것 같다. 나를 속이는 게 훨씬 더 어렵다. 그래서 잠들든 취하든 입원을 하든 마지막엔 연기를 그치게 된다.

십육 년째 다니는 단골 만화방에 왔다. 땟국 흐르는 노숙 직전의 얼굴들이 여기저기 널브러져 있다. 심야권 오천 원. 라면. 삶은 달걀. 짜장면. 볶음밥. 이제 담배는 안 되고. 이틀씩 사흘씩 짐짝처럼 코 골며 뒤척이는 날품팔이들. 실업자들. 주정뱅이들. 거의 바닥이구나 싶은 감정이 사무칠 때면 찾던 나의 응급실. 이곳만큼 날 잘 구겨주던 곳이 없었다. 이곳만큼 날 잘 버려주던 곳이 없었다. 앞이 안 보이는 나를 똑똑히 보려고 스며들었다가 검은 링거를 수혈 받고 퉁겨져 나오면 그래봤자 그렇고 그런 뒷골목이지만, 이렇게 살아선 안 된다고, 아니 도대체 이렇게 살 수밖에 없다고 중얼거리곤 했다. 이곳만큼 나를 잘 받아주던 곳이 없었다. 잘 펴주던 곳이 없었다. 바닥을 만나야 내 바닥이 나타난다. 황폐한 것, 막막한 것이 인간을 수렁에서 건져준다.

많은 길을 걸었다.

가지 못한 길에 대한 아쉬움도 있었다.

하지만 걷다보면 다른 길의 삶도 대략은 짐작이 되는 것 같아
크게 아쉽지는 않았다.

나는 길의 주인이었던 적이 없었다.

걷다가 멈추다가 또 걷다가 잠들곤 했으나, 길은 언제나 저 혼자 걸어갔다.

나는 자주 길을 잃었지만 사실은 나를 잃은 것이었을 뿐
길이 나를 잃은 적은 없었다.

길은, 길의 것이었다.

나이 들어가는 일이 고적을 몰아온다.

이것이 회한이랴?

늙어가는 일도 그 옛날 젊어가던 일에 비하면
아무것도 아니다.

갖는 즐거움은 내려놓는 괴로움보다 더 괴로운 것이었다.

젊어봤으므로 늙을 수 있는 것이다.
문제는 '오지 않은 길'이다.
무언가 온다는 것, 아직 오고 있다는 것,
그게 늘 문제다.
하느님이 오고 있을지 누가 알랴?
죽은 애인이 웃으며 오고 있을지 누가 알랴?
죽은 애인의 애인이 울며 올지 누가 알랴?
나는 믿을 만한 게 못 된다.
지금 취해 잠들면 잠든 나를 태우고
말 없는 짐승처럼 또 한밤 내 달빛 아래 걸어갈
길을 믿는다.

젤 뭉클한 말은 아마 '괜찮아'라는 말일 거다. '괜찮아'는 대체 무슨 뜻일까. 나는, 괜찮지 않은데도 괜찮다고 말한다. 괜찮지 않은데도 모두들 괜찮다고 말할 때가 있을 것이다. 엄살쟁이인 듯도 하고 감정 표현에 솔직하기만 한 요즘 젊은 친구들도, 조금 괜찮지 않을 때가 아니라 정말 괜찮지 않을 때는, "괜찮아"라고 말할 것 같다. 정말 괜찮지 않은데 어떻게 괜찮지 않다고 말할 수 있겠나.

견딜 수 없는 것은 혼자 견딜 수밖에 없는 것이다. '괜찮아'라는 말에는 옆 사람이 잠들길 기다려 슬그머니 돌아눕는 다른 한 사람의 외로움, 독방에 숨은 또 다른 독방을 찾아 헤매야 하는 사람의 마음 같은 것이 묻어 있다.

오늘은 누군가에게 "괜찮지 않아"라고 말하지 못한 날이 아닌지? 한 열 번쯤 "괜찮아"라고 말해야 했던 날은 아닌지? 밤 깊어 혼자 집에 돌아온 강력한 '괜찮아'는, 찬 물이 쏟아지는 한겨울의 샤워실에 벗고 들어선 것 같은 상태이다.

우리나라 사람들이 요즘 책을 잘 안 읽는다는 기사를 봤다.

책을 안 읽으면, 시끄러워진다.
이상한 생각을 안 하게 된다.
이상하지 않은 생각도 안 하게 된다.
울 때 웃고 웃을 때 울게 된다.
입에 가시가 생겨, 사나워진다.
거칠게 말한다.
좋은 게 좋은 거다,
인생 뭐 있나, 떠들게 된다.
복잡한 건 다 그게 그거라고 생각하게 된다.
우기게 된다.
화가 난다.
했던 말을 자꾸 한다.
여럿이 모이면 혼자가 된다.

패거리가 있어야 안심이 된다.
생각만 한다.
생각을 생각하지 않는다.
누가 먼저 말할까 두렵다.
누가 물을까 두렵다.
묻기 싫다.
이상한 허무에 자주 빠진다.
멍하게 살다가 슬프게 죽게 된다.

학교 공부 열심히 하는 것과 책을 읽는다는 것이
똥과 변기만큼 가까울 것 같지만 사실은
사람과 귀신 사이만큼이나 멀다.
요즘 내 얘기. 머나먼 책.

의식이란 걸 얻는 과정에
동물이란 걸 버리지 못한 것,
이게 인간의 문제 같다.
인간이 되려 하면 동물이 으르렁거리고
동물이 되려 하면
그, 인간이란 것이 막는다.
인간 이상이 되거나
차라리 인간 이하가 됐으면 좋겠는데,
인간도 동물도 아닌 이상한 것이 돼버린다.

너무 많은 밤,
너무 먼 잠,
어쩌다 맨 정신으로 누운 술꾼은
너무하고 너무하고 너무한 시간에 싸여 뒤척이다가

아- 하고 기억해낸다.
제가 왜 술꾼이 되었던가를.

나를 알 수 없는, 내가 뜻대로 안 되는, 내가 무서운 하루가 또, 내게 왔다. 어떻게 살아야 하나…. 생각해내야 한다.

마감, 했다. 억지 산문 억지 논문 쓰느라 고운 봄 다 보내고, 노루 꼬리 같은 시 두 편을 막 일몰의 고개 너머로 떨이 하듯 넘겨 드린 것이다.

늘 느끼는 거지만 본업을 부업처럼 처리해야 할 땐, 아 그래, 이런 느낌으로 쓰는 거였지…하고 감각이 어렴풋 돌아올 만한 지점에서 주저앉고 만다. 이를 갈며, 펜을 놓게 되는 것이다.

내일이면 석탄일이다. 옆집 친구는 나보다 부처님을 더 좋아하고, 나는 부처님보다 친구를 더 좋아한다. 그녀는 지금 절집에 갔고 나는 술집에 나앉았다.

붓다나 예수의 행장을 읽을 때면 드는 생각. 이 양반들 대단하군. 거의 인간 이상이야. 하지만 인간들 가운데 희귀하게 인간 이상들이 난다는 거, 이거 진짜 축복 아닌감?

암튼, 마감했다.

이 밑도 끝도 없는 인생에서 지나친 의문과 회의, 우울과 허무는 때로 불필요한 것 같다. 이것들은 바로 그것, 의문과 회의와 우울과 허무의 생동을 방해한다.

사는 게 뭔지 알기 전에는 결코 살아 주지 않겠다는 식으로
나는 살아왔지만,
이건 공부가 뭔지 알기 전에는 학교 안 가겠다고 고집 부리는
어린아이와 다를 게 없었으니
아, 나는 애였다.
인생이 봐주길 바라며 혼자 팔짝거리는
약한 파이터였다.
링이 무서워서 시합 전에 일부러 제 몸을 다쳐버리는,
덜덜 떠는 복서였다.

위로받고 격려 받던 시절은 좋다.
비난받고 매도되던 시절도 좋다.
고통에 파이트머니가 있던 때는 다 좋다.
링에서 내려오고,
스파링파트너 시절도 끝나고,
혼자 섀도복싱을 해야 하는 때가 온다.
진짜로 싸워야 하는 때가 온다.

연연하지 않으면 어쩔 것인가.
마음의 손가락을 사방에 뻗어 봐도 걸 데가 안 보이는 답답한 곳에서
연연 말고 뭐가 있나.
연연이라는 이, 연약한 실 끊어버리라고
사제도 경전도 가르쳐대지만,
'말씀'은 언제나 가혹하다.
한 번도 옳지 않았던 적이 없는 옳음들이
질병처럼 괴롭힌다.
연연이라는 실날에 외려 불만이 있다.
외롭고 애타는 벼랑에 홀몸을 걸어 타고 오를 만큼
용기가 없다는 것.
연연 속에도 벌써 옳음이라는 바이러스가
들어와 있다는 것.
진짜 연연은 아주 드물다는 것.

담벼락 밑이나 엉성한 문짝 뒤편에, 그도 아니면 탱자나무 그늘이나 장독 뒤에 숨어 조바심에 침을 삼키며, 얼마나 들키지 않으려 했던가. 하지만 사실은 얼마나 들키고 싶었던가.

숨바꼭질이라는 이상한 놀이. 사라졌다가는 다시 나타나는 긴장 체험이 코흘리개의 성장에 무슨 도움이 되었을까. 들키면 죽는다가 맞는지 들키지 못하면 죽는다가 맞는지, 아직도 모르겠다. 완벽하게 숨을수록 코흘리개는 완벽히 고독에 들켜 있는 것이다.

잠적(하고 싶을)할 때마다 누가 좀 말리거나 찾아내 주었으면 좋겠다고 생각한다. 저도 모르게 가물가물 삶과 죽음을 번갈아 체험하던 예닐곱 살 버릇을 지우지 못해서일까.

더 이상한 건 술래다. 그는 아무도 없는 곳에 혼자 버려진 것이다. 숨은 눈들이 그를 주시할 때 술래는 완벽하게 들켜 있다. 하지만 숨은 눈의 임자들이 전혀 안 보인다는 점에서 그는 완벽하게 '숨겨져' 있다. 찾지 못하면, 아무도 나타나지 못한다. 아무도 나타나지 못하면 술래 또한 나타나지 못한다.

칠십억도 넘는 술래들.

누군가를 끝까지 미워해본 적이 없다.

끝에 가선, 포기하게 된다.

미워하는 내가 괴로워서 그랬던 것 같다.

원수를 사랑하는 것 말고는 방법이 없다는 걸

알 듯도 하다.

괴로워서 사랑하고 마는 것이 아니라 괴로움 속에서 더 큰 기쁨을 찾아내는 것이 사랑이겠지.

원수를 사랑하는 사람은, 두 개의 칼끝으로만 이루어진 칼을 든 사람일 것이다.

어떻게 쥐어도 피가 난다.

싫지 않은 것이 문제가 아니라 좋지 않다는 게 문제다. '싫지 않은 것'은 참아야 하고, '좋지 않은 것'은 참을 수 없다. 좋아야 한다.

진실은 네 마음 속에 있다
지울 수가 없다
너는 자꾸 사실만 말하자고 한다!

일도양단은 허망한 과격이다.
조금씩 썰어야 한다.
칼이, 마음을 천천히 지나가도록.

진심이란, 무언가를 속이는 마음이다.
속이고 싶은 마음이다.
속아버리고 싶은 마음이다.
제 마음을 꼭 먼저 속이고 나서야 밖으로 나오는 마음이다.

있을 유有는 여섯 획, 없을 무無는 열두 획. '있'은 여섯 획, '없'은 아홉 획. 없음이 더 많은 것인가. 삶보다는 죽음이 더 착잡한 것인가. 어둠 속의 뼈를 다 드러낸 흉부 엑스레이 사진처럼.

귀신도 피할 수 있고
망나니도 피할 수 있다.
숨고자 하면, 숨을 수 있다.

사랑은 실패를 모르는 사냥꾼이다.
그 화살에 적중당하면
다 들킨 채로 숨을 수밖에 없다.
마음의 어느 서랍을 열어도 파다하게 소문이 들어차 있어
숨을 곳이 없다.
이상한 연기를 한다.
화사한 자태를 가졌으면서도 자꾸 후줄근한 뒷모습을 보여주려 하는 공작처럼.

자기 알아달라고 아우성 하는 게 본래 인간이지만, 남이 자기 안 알아준다고 안달인 사람들은 대개 남을 잘 안 알아주는 것 같다. 또는 자기를 자기가 안 알아주는 것 같다. 알아주는 것보다는 알아보는 것이 더 중요한지도 모르겠다.

우린, 너무 살고 있다. 너무 서 있다. 죽여야 한다. 지는 것이 이기는 것보다 더 격렬하다. 내 꿈은 이기지 않는 것이라고 쉽게 말하곤 했지만 농담은 아니었다. 이 생은 애초에 져 있는 것이다.

용기란 약해질 수 있는 마음이다. 아래에 설 수 있는 태세다. 아래에서 위를 향해, 모두를 향해 말하는 행위다. “분노를 누르고, 당신의 칼을 도로 칼집에 넣는 용기를 보여주세요(셰익스피어, 『로미오와 줄리엣』).”

작년에 받아서 이제 읽는 책. 소설은 모르니까, 모르겠고…황정은 잘 쓴다. 들린 듯 비상한 몰입 속을 뽀얗게 통과하면서, 걸음마다 길을 잃으면서, 아름답고 박진감 넘치는 문장들을 "신나게 유쾌하게 존나게", 야만적으로 찍어낸다. 고통스러운 이야기지만, 웬지 『백의 그림자』보다 이 소설에 더 끌린다. 경쾌하고 지독하다. 제 정신과 세상의 "씨발적인" 상태를 쓰고 싶은데 잘 안 되는 자, 이 "씨발됨"에서 무언가 암시를 받아보시라. 소설가들은 좋겠다. 시인들은 욕 맘껏 못한다.

"그럴 때 그녀는 어떤 사람이라기보다는 어떤 상태가 된다. 달군 강철처럼 뜨겁고 강해져 주변의 온도마저 바꾼다. 씨발됨이다. 지속되고 가속되는 동안 맥락도 증발되는, 그건 그냥 씨발됨이라고 말할 수밖에 없는 씨발적인 상태다. 앨리시어와 그의 동생이 그 씨발됨에 노출된다."

황정은, 『야만적인 앨리스씨』 중에서

"저 다 해진 신에, 저 더러운 옷에 저 번쩍거리는 머리가 어떻게 어울린다고 저 불필요한 치장을 하나, 하고 처음에는 화도 내보았지만 자세히 생각하면, 불쌍한 저 아이가 저렇게 정중한 대우를 받고 사람 대우를 받는 것은 무허가 이발소밖에 더 있으랴 하는 측은한 감이 들고, 사랑이 얼마나 귀중한 것인가를 얼마나 까마득하게 잊어버리고 있는 우리들인가 하는 원시적인 겸손한 반성까지도 든다. 참 할 일이 많다! 불필요한 어리석은 사랑의 일이!"

김수영, 『무허가 이발소』 중에서

생각느니 남루를 남루라 여기지 않고, 남루를 잊고, 남루를 고귀한 것으로 아는 남루들이 필요하다. 제가 사랑인 줄도 모르는 사랑의 남루들이 필요하다.

비 내리는 저녁이면, 내 살이 쓸고 비볐던 살, 살들! 사랑도 아니고 그렇다고 사랑 아닌 것도 아니던, 까무룩 사랑이 돼버릴 것만 같던 순간의 살 냄새, 온기! 비 오는 유곽과 눈 내리는 역려에서, 피도 뼈도 내장도 없이, 아니 피, 뼈, 내장서껀 마음까지도 담고 엄습하던 살! 뜨겁고 곤하던 살!

우리 살의 시절은 아직 가지 않았지? 거리엔 온통 젊은 살들이, 침침한 눈을 뽑아가기라도 할 듯 폭주하지. 넌 오십 먹은 발정난 개 이상도 이하도 아니야. 그러니까 우린 아직 살이지?

어제 오늘 몇 가지 요긴한 것들을 잊어먹었다. 부친 물건이 방안에 있었고, 보냈다고 믿은 원고를 다시 독촉 받았고, 주머니엔 현금이 없고, 세상에나… 집필실에 닿았는데, 술을 안 사왔다. 오리 밖 슈퍼로 다시 가며, 술을 다 잊다니, 내가 벌써 이래선 안 되지, 해보지만 아프도록 손을 잡아 흔들며 인사하고 돌아서면, 그 사람 누구였더라? 하는 세월 속으로 걸어 들어온 것 부인하기 어렵다. 눈앞을 흐리다가 서서히, 뇌를 휘젓는 눈발들.

잘 잊는 건 무언가 다른 것에 정신을 빼앗겨서인 것 같다. 정신이 더 큰 기억 속에 들어가 있기 때문인 것 같다. 누구나 기억의 포로로 살아가기에 잘 잊는다는 건 결국 무언가 다른 걸 잊느라 힘에 부친다는 것. 망각은 큰 힘을 요구한다. 어쩌면 인간을 찢고 간 인연에 대해서도, 얼마나 사랑했니? 하는 회한보다 얼마나 잊었니? 하는 신음이 더 진심에 가까운 건지도 모른다.

“내가 지금 당신을 죽이지 않는 것은, 당신이 귀신이 되어 나타나 날 괴롭힐 것 같아서요.”

내가 말했다.

“아니, 그럴 리가 없어요. 당신이 날 죽일 수 있는 사람이라면, 나는 귀신이 돼도 당신한테만은 나타나지 못할 거예요. 자기를 죽인 이에게 나타날 만큼 용기 있는 귀신은 없어요.”

그가 말했다.

“당신은 날 달래고 싶어 하는군요.”

내가 말하고,

“그럼요. 이럴 땐 무조건 달래는 수밖에 없어요. 난 당신이 내 앞에 나타나는 일이 정말 벌어지리라고는 꿈에도 생각 못했거든요.”

그가 말했다.

화들짝 놀라서, 잠에서 깨어났다. 물로 입을 헹구었다. 이럴 땐 달래는 수밖에 없다.

이건 고행이야.

마시고 싶어 마시는 게 아냐.

좀 내버려 둬.

고독은 행패를 부리지 않아.

사랑에게 사랑을 얻으러 갔다. 드리러 갔다. 사랑은 내 사랑을 사양한다. 엎드려, 사랑의 구걸을 거절한다. 거지처럼. 구걸을 왕처럼 높여준다. 사랑보다 낮아질 수 없는 사랑의 왕이 어두운 골목길에 허깨비같이 서 있다.

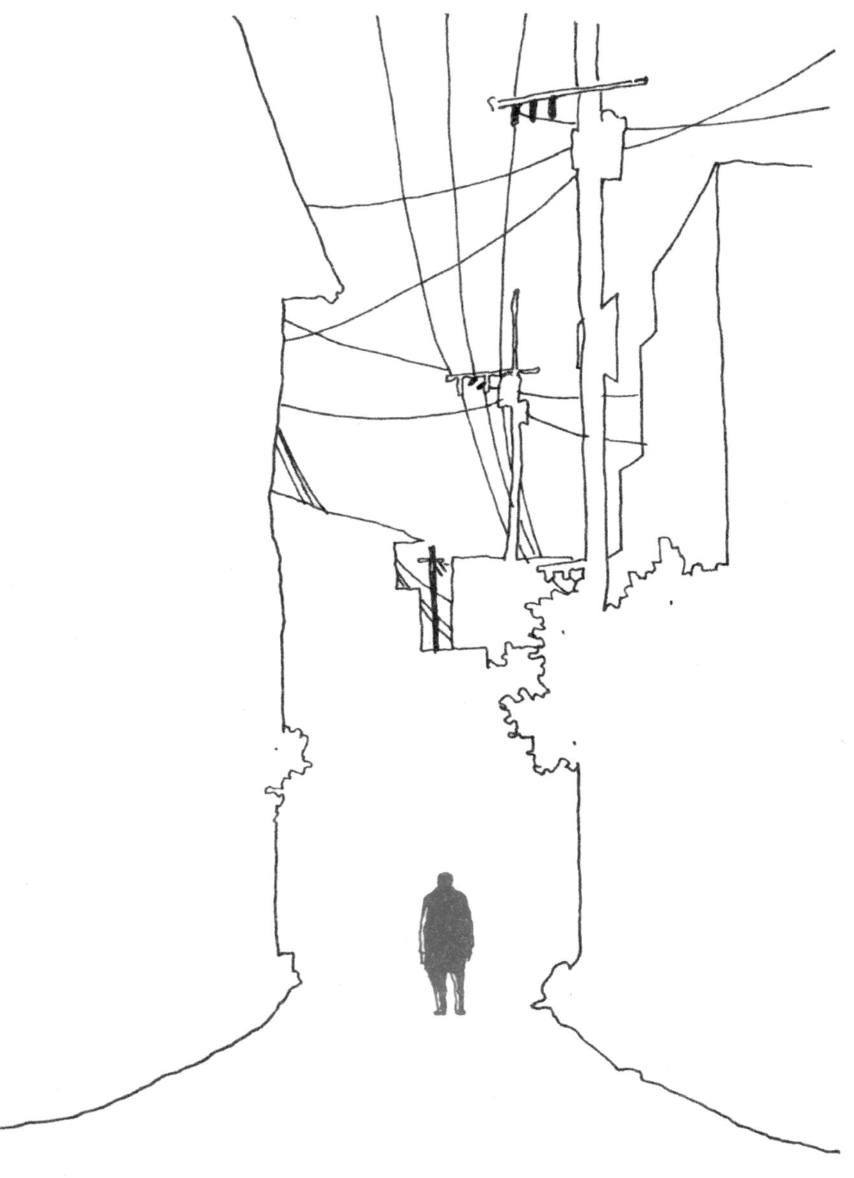

의문으로 가득 찬 사람을 만나면 행복하다. 대답으로 가득 찬 사람을 만나는 건 끔찍하다. 더구나 단 하나의 대답을 가진 경우엔.

가난을 선택하려 하는 건 가난이 더 많은 말을 걸어오기 때문이다. 더 어두운 데서 알려주기 때문이다. 무능을 선택하려 하는 건 무능이 유능보다 더 많은 걸 가졌다고 믿기 때문이다. 믿음까지는 아니더라도 납득이 되기 때문이다. 무능이 되지 못하면 만질 수 없는 감정이 있다. 무능이 없으면 발음이 안 되는 진실이 있다. 현실이 모든 걸 알려준다. 무능의 목을 조르지 않는 유능이 없고, 무능의 피를 빨지 않는 유능이 없다. 유능은 무능의 패륜 자식이다. 유능은, 어떤 불능이 되어간다.

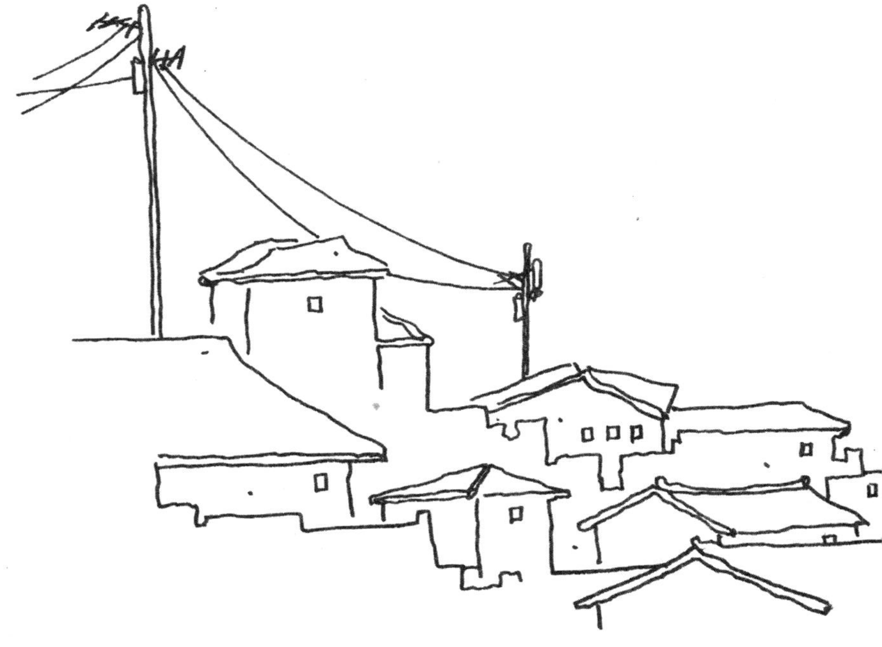

이렇게 많은 우리 인간들이 한 줌도 안 되는 인간 하느님들에게 짓밟히고 있구나, 밑에서 굶으며 생각하면,

몇 되지도 않는 우리 인간 하느님들이 저렇게 많은 인간 따위들 때문에 갖은 고생을 하는구나, 위에선 먹으며 생각한다.

살 만큼 살고 죽을 만큼 죽어본 듯한 젊은 얼굴들이 늘어간다.
체계 말단의
알바들.
살 만큼 살고 죽을 만큼 죽어본 듯한
어린 얼굴들이 늘어간다….
이것은 사회가 아니다.

치부를 숨기듯 영예를 숨기는 이들이 있는가 하면, 영예를 자랑하듯 치부를 자랑하는 이들도 있다.

자기 PR이라니,

그러고 수줍어서 어떻게 다니나.

나 잘 해요, 나 좀 봐줘요, 나 쓸모 있어요…이것은 노예의 목소리가 아닌가.

죽고 싶은 것, 그것이 삶이다
살고 싶은 것, 그것이 죽음이다

연탄을 주세요.
연금을 주세요.
박스를 주세요.
늙고, 아픕니다.
살아 있습니다.

악한 정치의 결과이기도
원인이기도 한.

포기가 습관이 된다고?

습관이야말로 포기다.

내일 할 일이 오늘 한 일과 다를 바 없다는 것, 다음 걸음이 이번 걸음과 다르지 않으리라는 것, 다음 걸음에 대해 생각 안 해도 된다는 것,

그게 포기다.

이렇게 매일 습관적으로 끼적이는 것이야말로

포기다.

한 번쯤 하늘을 찌를 듯이 오만하게,

포기해보고 싶다.

제 욕심의 노예가 되어 있는 인간의 상태는 흔히 볼 수 있는 것이다. 해탈이란? 그것과는 '반대의 것'의 노예가 되는 것. 신의 종은 영예인 것 같다.

양 옆구리에 한 칼씩, 살점을 떼이고도
뼈를 드러낸 채 저 왔던 물속으로
헤엄쳐 들어가는 바닷고기처럼,
육신을 쥐어짜이고 싼 술에 젖어 다시
아침에 나왔던 골목으로
돌아 들어가는 인간의,
그림자가 흐느적거린다.
그의 유구한 적은, 살을 주고 뼈를 베는 짓 따위는 하지 않는다.
그저 살을 바르고
피를 뽑아 간다.
살을 내주고도 뼈를 자를 줄 모르는 인간의
뼈만 놓아준다.
날이 밝으면 다시 마른 뼈에 누덕누덕
살을 붙이고 나오너라,
킬킬거린다.

죽는다는 건 목숨을 내놓는 일이 아니라 죽음을 회수 당하는 일이란 생각. 생의 어느 순간에도 인간은 암중에 죽음의 간섭을 느끼는 것이니, 이 막후의 죽음이 생의 소유가 아니라 생이 죽음의 소유물이라는 생각도 물론 진부하긴 하지만, 오래 부서지지 않는 생각에는 뭔가가 더 들어 있는지도 모른다. 생명의 비밀스런 주머니에 누군가가 몰래 찔러 넣어준 죽음이라는 비상금은 시한폭탄이나 다름없다. 그것은 폭발을 향해 초 단위로, 하지만 하염없이 살아가는 물건 아닌가. 살아 있는 죽음. 로봇은 움직이는데 태엽은 안 보이듯 폭탄은 째깍거리는데 뇌관은 어디 있나. 생명은 움직이지만 뇌관이든 태엽이든 생명장치는 생명을 모른다. 차갑다. 목숨은 그러니까, 죽음이라는 뇌관을 끌어안고 한사코 안 놓으려는 가련한 화약 뭉치일지도. 죽음을 꺼내 가면 모든 게 그만인데도 목숨은 너무 들떠 있고 너무 태연하지 않나. 리모콘을 든 손이 언제 그걸 눌러 터뜨릴지도 모르면서. '언제'만 모르면서 목숨은, 꼼지락거린다.

구름. 구름…. 구름이 좋다. 구름이란 우리말이 좋다. 클라우드가 뭐냐 말이야. 볼케가 뭐냐 말이야. 구름엔 구름답게 양성모음이 없다. 구름은 밝은 음성모음의 느낌. 비행기가 싫다. 구름 위를 지나는 모든 비행이 싫다.

구름은 멀리 올려다보는 것. 그렇게 하느님이 설계해 놓은 것. 슬픔이기도 기쁨이기도 한 것. 덧없는 꿈이기도 부푼 꿈이기도 한 것. 어둠이기도 밝음이기도 한 것. 있음인 듯 없음인 듯한 것. 구름만큼 날 매혹한 게 없었다.

구름이 없었다면 이곳 아닌 다른 곳이라곤 상상도 못했을 것이다. 무를 탑재하고도 유유히 무의 검문을 비껴 다니는 내 사랑스런 하늘의 악령. 뭉게구름. 변신구름. 그냥 구름.

죄 짓고도 떳떳한 이들이 있는가 하면, 지은 죄 없이 초라한 이들도 있다. 희미하게나마 스스로 후자에 가깝다고 생각해야 살 수 있다고 생각하지만, 어느 결에 전자가 돼버릴지도 모른다. 희미한 것 가지고는 안심이 안 되는 것이다. 아니, 나는 아마 분명히, 전자일 것이다.

이해가 안 되는 문장은 그냥 외워버리는 버릇. 이상한 두근거림을, 울렁거림을, 어지러움을 선사하는 널 이해하고 싶지 않다. 그냥 외워버리고 싶다.

남자는 다 도둑놈에 바람둥이라 믿고 있는 여자를 유혹하는 일은 불가능해 보인다. 하지만 그 불가능은 자주 가능이 된다. 여자는 다 허영덩어리에 날라리라 여기는 남자를 유혹하는 일은 불가능해 보이지만, 그 불가능 역시 가능이 된다. 여자들은 어제의 그 여자들이고 남자들도 다 어제의 그 남자들이기 때문이다. 하느님은 고맙게도, 세상을 흔해빠진 것으로 만들어주셨다. 어떻게든 살아가라는 뜻이겠지.

이십대 초에 과격 운동권이었던 친구 놈이 툭하면 뱉던 말: “이건 사는 게 아냐. 그냥 꿈틀거리는 거지.” 그의 꿈틀거림이 삶이 됐는지는 모르겠지만, 솔직히 살아 있다는 느낌이란 것 자체가 늘 희박한 건지도 모른다. 어쩌면 살아 있지 않다는 느낌보다 더 확실한 살아 있다는 느낌은 없는 건지도 모른다. 하지만 그 느낌이 불러오는 두려움이 사람을 다시 일으켜 꿈틀꿈틀 살아가게 하는지도….

몸보다 성기가 더 커지고
하체가 전체인 것 같은 날.
이것이 하나뿐이란 걸 다행이라 여기자.

담배를 얻어가며 선생은 말했다.
"끊는 게 아니야. 그냥 참는 거야."

자살자는 아마도 끝내 자기를 죽이지 못하는 자일 것이다. 죽이고 싶어 하는 자와 죽이고 싶은 것의 내적 분리. 죽이는 순간 제가 죽고 마는 이 아이러니는 그가, 제가 아닌 어떤 것을 죽일 뿐이라는 사실, 헛손질을 하고 만다는 사실을 알려준다. '제가, 제가 아닌' 불일치는 어떤 결여의 상태와 '없음'의 존재를 암시하는데, 그는 결국 이 '없음'을 죽이지 못하는 것. 허망이기도 무無이기도 신이기도 할 이것은, 이제 피 흘리며 거꾸러진 몸을 떠돌거나 물끄러미 바라보고 있겠지. 역으로, 이것에서 눈 돌리면 인간은 먹고 누고 떠드는 산 주검에 불과하지 않을까.

수술하고 몸이 나은 사람들이 이따금
이유 없이 울 때가 있다고 한다.
마음은 마취가 안 되는 것이다.
몸도 다 마취가 안 되는 것이다.

모르는 것이 남아 있을 때, 나는 이해한 것 같다.

너를 잊었다. 그 사실을 평생 잊지 못했다.

칼이 올라오는 길. 걸어가시오.

무골호인 같은 사람이라 하더라도 좀 세게 눌러대거나 밀어붙이면, 어떤 저촉이 만져진다. 인간의 무른 몸이 그러하듯 모든 유연에는 뼈가 들어 있다. 살도 가죽도 사실은 고마운 것이다.

나도 내가 대충 살고 말리라는 걸 안다.
노후를 걱정하고 있지 않느냐 말이다.

나는 말이야, 지구 병원에서 나아서 떠날 거다.

감시 — 感時

感時: 두보의 시 「춘망(春望)」의 한 구절
"감시화천루(感時花濺淚)"에서 따옴.
'시절을 애상히 여기다'의 뜻.

저물어 집에 돌아와서는
구두를 벗어 던지고 제 발을 슬퍼하는 사람이 있고,
부르튼 발을 벗어 던지고 구두를 슬퍼하는 사람도 있을 것이다.
발이 더 수고했나 구두가 더 수고했나, 헷갈려서
갸우뚱거리는 사람도 있겠지.

해가 뜨면 다시 발은 구두에 들어가고
구두는 또 발을 입에 물고 말없이 걸을 것이다.
마른 땅도 진땅도 디딜 것이다, 가리지 않고
즐거운 곳에도 무서운 곳에도 같이 갈 것이다.

일요일엔 밥 안 나오는 〈토지문화관〉의 늦은 저녁이다. 슬리퍼 끌고 배 채우러 왔다. 삼계탕이 나오길 기다리며 신문을 뒤적거리다가 누군가에 대한 기사를 보고, 아- 이 사람 아직 살아 있었구나… 놀라고 다행스러워 하는 마음이 된다. 허기는 사람을 착하게 만들어준다. 그러다 또, 누군가 먼 데서 내 소식을 전해 듣고, 아- 그 사람 아직 살아 있었구나… 놀라길 바라는 실없는 마음이 되어본다. '다행'까지는 바라지 않는다. 그만한 용기는 없다. 이렇게 뭘 바라지 못하는 순간이, 무시로 날 주저앉히는 이, 겁이 좋다.

아버지는 평생 이씨로 불리었으나, 돌아가신 뒤엔 갑자기 이공으로 드높여졌다. 아마 좋아하고 계실 것이다. 할머니를 어마마마라 부르던 분이니까.

창작수업이라 이따금 결석해도 괜찮다고 할 땐 쭈뼛거리며 출석하더니, 들어오라고 할 땐 종적 없는 나의 학생들아. 특히나 김공, 박공, 허공들아. 종강이 가까워온다. 다음 주에도 안 돌아오시면, 국물도 없다. 투표라도 똑똑히 했다면 정상을 참작하겠다만.

덜렁덜렁 가방을 메고 삼십 년 전처럼 혼자 고향엘 왔다. 어젠 아버지 제사를 모셨다. 돌아간 분 기일과 남은 분 병환이 이따금씩 우리 형제들을 불러 모으는 아슴아슴한 세월이다. 병은 도통 모르겠지만 간병엔 선수가 됐다는 누님의 농담. 엄마가 의사 말이라곤 안 들어서 걱정이라는 형님의 진담. 급하면 거꾸러진 병을 업고 병원으로 뛰던 그때들을 생각하는 중이리라. 병을 앞세우고 어린 고아들처럼 십 수 년 병원을 쫓아다녔다.

기중 더 배워 냉랭한 나는, 병원 따라다니는 세월 기울면, 목숨을 조금 돋우어 병을 따라 가리라 생각해본다. 병의 젖을 빨다가 병의 품에 잠들리라 이를 깨물어본다. 두 주 전에 퇴원해서, 집이라고 돌아와 뼈로 웃는 당신을 보면, 목 아래가 다 서늘하지만.

이 방은 마흔두 해 전 내가 호롱불 아래 엎드려 몽당연필에 침 묻혀가며 숙제하던 그 방이다. 이제 더 뭐가 될지 알 수 없게 돼버렸지만, 저물기 전에 또 뜬세상에 나가 못다 한 숙제를 마저 해야 한다.

"어쩌다 혈육이 모이면 반드시 혈압이 오르던 고향"

졸시, 「버들집」 중에서

늦잠 자고 일어났더니 아무도 없다. 다 떠나고, 독거노인 어머니마저 폐렴으로 병원에 갔다. 이제 혈육들 모여도 정상 혈압에 가까워진, 서서히 피 내음이 가시는 빈집을 어슬렁거려본다.

회벽의 얼룩들. 시래기 타래. 사라진 축사…곁에 섰던 귀신은 낮에는 없고. 어디선가 들리는 펌프질 소리, 숟가락질 소리, 쉼 없는 바람소리. 앓는 인간들의 상태를 먼 밤하늘로 타전하던 집의 낮은 숨소리. 여기선 늘 살 것도 죽을 것도 같았지.

이곳은 식어가는 피의 옹달샘. 내게 못 견딜 추위가 있었던가 싶다가도, 고향은 남의 동네 같고 빈집은 남의 집 같네. 그래도 여기 오기 전엔 갈 곳이 있었는데.

병원에서 지내는 날이 더 많아진 어머니를 졸라 결코 작아지지도 사라지지도 않겠다는 약속을 받아냈다. 인형처럼 야윈 어머닌 약속이 뭔지도 모른다. 우린 약속이란 건 해본 적도 없으니까. 그런데도 평생을 같이 살았다. 설렁설렁 설렁탕을 먹다가, 약속이라도 한 듯 함께 웃었다.

안동은 어렸을 때 보내져서 열두 해 동안 학교를 다닌 곳이다. 제2의 고향이랄까. 내게는 야릇한 버릇이 하나 있는데, 그것은 명절을 쇠고 난 다음 그곳에 들러 이삼 일 쯤 혼자 지내다 올라오는 것이다.

다녔던 학교들을 찾아가 어슬렁거린다거나, 십이 년 간 열두 번도 더 옮겨 다녔던 기억을 더듬어 옛 자취방들을 돌아본다거나 하며, 이런저런 기억의 장소들을 찾아다니는 일. 그러니까 일 없는 거닒이 이때 주로 하는 일이다.

그 장소들은 대개 크게 바뀌어 있거나 사라졌다. 학교는 개비도 되고 이사도 갔다. 자취방들은 두어 곳을 빼면 대부분 다른 것이 되어 있다. 아파트가 들어서서 옛 동네의 흔적조차 찾아볼 수 없는 경우도 있고, 그래서인가 어디가 어딘지 몰라 길을 잃기도 한다.

교복 차림으로 골방에 들어앉아 소주를 마시던 '구시장'의 후줄근한 찜닭집들은 전국구의 느낌으로 휘황해졌다. 철없는 데이트를 일삼던 '맘모스 제과'는 그 자리에 다른 모습으로 앉아 있고, 사십 년 넘어 버티던 단골 만화방 '길인서점'은 이제 간판을 내린 듯하다.

나는 이것들을, 때로 변심한 애인을 보듯 때로 떠났다가 다시 돌아온 애인을 보듯 멍하니 더듬거리면서, 찜닭이 맞는지 닭찜이 맞는지 여전히 모르겠지만 그날 그때가 더 좋지 않았나 중얼거린다. 옛날의 그것들이 정말 좋은 것이어서가 아니라 그때의 나에게 그것들이, 좋은 줄도 모르게 좋았기 때문일 것이다.

옛날의 장소나 물건들에 대한 답답한 그리움을, 새로이 즐비하게 들어선 좋은 것들-찻집, 술집, 기타 편의 시설들 또는 휘황한 거리 자체에서 달래보기도 한다. 그러면서, 고향에서 떠도는 이방인의 고독 같은 걸 즐기기도 조용히 앓기도 한다. 서른 해가 되도록 이걸 왜 어쩌지 못하는 걸까. 그저 좋기만 했던 걸까.

나에겐 그다지 즐겁지 않은 일인데도 그 고독의 뿌리를 스스로 캐내고 싶어 하는 어떤 욕망이 있는 거라고 죽 생각해 왔다. 이유는 모르겠다. 어려서 집 떠나 살면 누구에게도 말할 수 없는 일들이 생긴다. 그것이 무엇일까? 무엇이었을까? 아무리 애써 봐도 기억해낼 수가 없는 것이다. 그런 것을 겪은 것이다.

스마트폰 속에 사는 늙은 문자를 찾는 일.

스마트폰 속 칠백 리 아래 오지에 내가 가둬놓은 늙은 목소리를 찾는 일.

숫자판만 누르면 되는 일.

일주일 만에 더 늙은 사람이 되었을까봐 누르기 무서운 일.

일주일 만에 더 늙어버린 목소리가 더 반갑게 들려올까봐 누르지 못하는 일.

팔백 리 구백 리, 천 리 밖으로 멀어져가며 들려오는 듯한 목소리일까 봐,

술 먹지 말라는 목소리를 술 많이 먹은 목소리로 속이려다 자꾸 들켜서,

못 누르는 일.

이것은 용기가 필요한 일.

하지만 아직 술 먹기 전이니까, 숫자판을 열고 저녁처럼 어두워만 가는

귀 하나를 찾아낼 거다.
그리고 이렇게 소리칠 거다.
어머니. 어머니. 엄마.

오랜만에 로또를 샀다. 식구들 생일을 조합해서 번호를 골랐다. 1등 되면 인생 펴겠다는 생각이 왔다. 당첨금을 막 나눠줘야겠다는 생각이 왔다. 그 생각을 쥐어박으면서, 1등 되면 인생 망칠 거라는 생각이 왔다. 여럿 가운데 여럿이 되지 못하고 하나가 되는데, 어떻게 인생이 펴랴.

당첨번호는 식구들이 세상을 뜰 날짜들의 조합처럼 알 수 없는 것이다. 오지 않았으면 하는 숫자들이 찾아오는데, 어떻게 인생이 펴랴.

그날 시내 술집과 여관은 여전히 붐볐지만
아무도 그날의 신음소리를 듣지 못했다
모두 병들었는데 아무도 아프지 않았다
이성복, 「그날」 중에서

이미 클래식이 된 저 구절이 다시 떠오르는 봄날 저녁이네. 이 나라는 대체 어딜 어떻게 수술 당한 걸까. 무슨 '뽕'을 맞은 걸까. 나는 내가, 내 나라라는 적진에서 사는 것만 같다. 사라진 나라에서 살고 있는 것만 같다.

표절이 화제라니, 패러디나 해볼까.

오늘 시내 술집과 모텔은 여전히 붐볐지만
아무도 오늘의 헛소리를 듣지 못했다
모두 미쳤는데 아무도 정신을 잃지 않았다.

"내가 살아 있다는 것,
그것은 영원한 루머에 지나지 않는다."

최승자, 「일찍이 나는」 중에서

루머는 사실 확인이 안 된 말이다. '천안함'도 '세월호'도 다 루머다. 뭐 하나 제대로 밝혀진 게 없다는 점에서. 이 루머들은, 우리 사회가 '사실'이란 것에 합의할 용기가 없다는 사실을 알려준다. 사실에 합의하지 못할 때 그것은 어떻게든 밝혀내야 할 진실의 문제로 전환된다.

하지만 어떤 루머는 사실을 스치고 진실을 머금고 바람에 실려 퍼져 나간다. 여기, 그 기미를 미리 감지한 시인은 이상한 자학을 일삼는다. '내 생은 루머에 불과하다'고 신음했을 때, 그녀는 아마도 자신과 공동체의 등 뒤에 너울거리는 거대한 괴물의 그림자를 느꼈을 것이다. 그리고 그 공포를 이기고 불어오는 어떤 낯선 목소리를 들었을 것이다.

시인은 이 세월에 우리가 살아 있다는 것이 그저 루머에 불과한 게 돼버리리란 걸 알고 쓴 것만 같다. 나도 세상도 대체 살아 있다는 증거가, 실감이 없는 것이다. 제 생을 풍문에 부치는 도저한 허무주의의 바탕에는 존재를 희생하고서라도 확인해야 할 진실의 얼굴이 있었을진대, 지금 우리는 그녀가 보았던 어떤 진실에 불과하지 않나. 하지만 진실이어서, 진실이기 때문에…진실에 불과하지 않다.

이럴 땐 참 실력 있는, 실력이 모자라면 진심이라도 넘치는 정부를 가지고 싶다. 무능도 무책임도 죄 아닌가. 강의도 하고 문상도 다녀왔는데, 뉴스 보다가 마시다가 뉴스 보다가 마시다가만 하게 된다. 죄업이 몸에 쌓이는 느낌이다.

잠깐 어제 타계한 마르께스 생각을 했다. 십오 년 전 멕시코시티 한적한 도심에서 앞서 가던 웬 구부정한 할아버지를 보고 곁에 있던 사람이, "저 할아버지 누군지 알아?" 물었다. "모르겠는데?" 했더니, "응, 마르께스야." 했다. 할아버지, 어찌나 웃음이 푸근하던지. 그냥 꾸벅, 인사만 한 게 살짝 후회된다. 사인이나 받아둘 걸 그랬나. 그는 여든일곱. 아이들은 열일곱. 저 중엔 어쩌면 미래의 마르께스들도 있을 텐데.

술이 떨어졌네. 새벽 두시 반인데, 비틀비틀 술 사러 갔다. 'GS 마트'의 젊은 친구에게 물었다. "이제 어렵겠지?" 그 친구가 글썽이며 말했다. "그렇죠. 사흘이나 지났잖아요?" 왜 거길 들어갔는지 잊어먹고 나와서는 다시 길 건너 마트로 갔다. "이제…어렵겠지?" 카운터의 역시 젊은 친구가 내 눈을 똑바로 보며 대답했다. "살아들 있을 거예요. 아직 사흘밖에 안 지났잖아요?" 그렇군, 그래. 아직 사흘밖에 안 지났지. 아아, 그래….

난 살아 있어요. 하지만 날 닮은 이, 조용한 아이는 누구죠? 손톱이 빠졌어요. 친구들도 다 살아 있어요. 하지만 친구들과 똑같이 생긴, 이 아이들은 대체 누구죠? 손가락이 부러졌어요. 말을 안 해요. 엄마 아빠, 나는 누구예요? 우리는 도대체 누구예요?

종편의 유병언 도배질을 보고 있다. 시체에 발기된 상태로 어디까지 가려는 걸까? 버려져 썩어가는 시신을 두고 시를 쓴 적도 있지만, 그보다 더한 참상은 없었던 것 같은데, 이들은 즐기는 것 같다. 웃고 떠든다. 끔찍한 네크로필리아!

우리에겐 왜 이유가 없습니까. 왜 우리에게만 이유가 없습니까. 이유란 대체 무엇입니까. 이유는 정치입니까. 이유는 안녕입니까. 이유는 망각입니까. 우리는 왜 우리 몸에서 쫓겨났습니까. 왜 우리 몸에서 터져 나왔습니까. 우리의 죽음엔 왜, 대답이란 게 없습니까. 봄꽃이 봄에 피는 것 같은 대답은 어디 있습니까. 가을에 가을 잎이 지는 듯한 대답은 어디 있습니까. 우리는 그저 물음입니까. 이 어둡고, 무섭고, 이상한 삶은 무엇입니까. 죽었는데, 우리는 왜 자꾸 말을 합니까.

세월은 흐르다 젖다 가벼이 사라지는 건 줄 알았는데, 그 힘없이 덧없는 것이 어느 땐 인간이 제 팔을 껍질을 벗기는 기분으로 씻게 만든다. 막막한 저녁, 막막한 아침을 하늘의 새가 똥을 떨어뜨리듯 선사하기도 한다. 톱이 톱날을 햇빛에 드러내듯 나무 그림자가 창에 번뜩이고, 개가 으르렁거리듯 전화기가 울고, 나는 그것이 빚 독촉인지 여론조사인지 어느 먼 곳의 집단적 부음인지 모르고…, 누웠다. 전화벨은 총성. 나는 시체. 하지만 힘없는 세월이 먼저 일어나 속삭인다. 그래선 안 돼. 울고 웃고 노래하는 시체로 살아가야 해.

"여러분의 아픔과 고통의 몇 백 배 유병언의 재산을 몰수해서 여러분들에게 더 큰 이익이 돌아가도록…." 대한민국 〈엄마부대 봉사단〉 빨간 샤쓰 아줌마의 말씀이란다. 〈어버이 연합〉의 여성 밀리터리 버전답게 명칭도 골 때린다. 어머니라는 인간의 입이라면, '여러분들 고통의 몇 백 분의 일에도 미치지 못할'이라고 우선 산수를 해야 했지 않을까. 슬픔의 심연에서 돈 냄새를 맡아대는 이 음란한 무의식을 어찌할까.

저 말에 분노하는 마음들을 이해한다. 하지만 저 말은, 나는 아픔이 무언지 모릅니다로, 나는 아프지 않습니다로, 아픔이란 게 대체 어디에 있단 말입니까로, 아프게 변환될 수 있다. 그녀들은 자기도 모르는 사이에 어딘가를 심하게 수술당한 것이다. 저 아픔 없는 아픔들을 무시하거나 배제하거나 말살할 수 있을까. 같은 하늘을 이고 살 수 없다는 분노 가지고는 이 재앙을 수습할 수 없을 것이다. 그러고 싶겠지만 그럴 수 없다. 병은 제거해야 할 것이 아니라 치료해야 하는 것이다. 그렇게 생각하지 않으면 모두의 살 길 자체가 없어진다.

어디를 둘러봐도 사개는 어긋나 있다. 아플 줄 모르는 아픔들이, 제가 병인 줄 모르는 병들이 횡행한다. 우리는 이걸 잘 알고 있었고, 잘 알고 있다. 그런데도 새삼 놀라고 분노한다. 놀란 체한다는 비난도 아니고 분노가 속절없다는 탄식도 아니다. 우리가 너무 깊은 어둠에 늘 빠져 있다는 것, 그리고 너무 자주 이 사실을 망각하고 있다는 느낌을 말하고 싶어서이다.

세상은 생각보다 훨씬 더 어두운 곳이다. 우리의 방심이 그 사실을 잊으려 하는 순간마다 '세계의 밤'의 검은 장막이 엄습하는 것. 손쉬운 희망을 가지지 않는 것, 셈본 공식대로 셈하지 않는 태세가 필요하다. 더 많은 근심, 더 많은 의심, 더 많은 두려움과 더 깊은 분노가 필요하다.

아마도 글쟁이에게는, 지금 아파서 아파하는 아픔들에게 어떻게든 글이라는 약 같지 않은 약을 들고 한 발짝씩 다가서려는 안간힘이, 너무 센 진통제를 주사 받아 아플 줄 모르는 아픔들에게도 글이라는 독 같지 않은 독을 들고 나아가려는 안간힘이 필요한 것 같다.

'쟁이'들에게 모든 순간은 백척간두이다. 그리고 그 중 어떤 순간에 하느님의 선물처럼 진일보가 이루어지기도 하겠지. 백척간두

진일보가 비로소 도달하는 그곳은 어디인가? 우리가 일상이라 불러온, 자잘하고 수선스럽고 말도 많고 탈도 많고 울음도 웃음도 많은, 너무 평범해서 눈물겨울 바로 그곳이다. 일상이라는 것에 도달하기 위해서도 숱한 밤을 헤매야 한다.

해변의 키 작은 풀잎들이 말했다. "심연에서 올라왔수다!" 물어 보았다. "꽃들은 어디쯤 오고 있나요?"

오늘은 종일 하느님 흉내를 내었다. 고개 숙여 슬픈 일들을 생각하고, 고개 들어 먼 곳의 기쁜 악마들을 미워했다. 밤에는 밤길을 혼자 걸어야 한다. 꿈에는 꿈길을 멀리 걸어야 한다.

어제는 좀 과음했다. 눈을 붙이지도 않고 학교를 갔다. 세 시간 수업 한 시간 반만 하고, 학생들 데리고 나가 밥 먹었다. 작년 오늘 수업했던 바로 그 강의실에서, 같은 시간에 비슷한 내용을 떠들고 있는 내 모습을 내가 참기 어려웠다.

그날, 나는 다 구조했다는 방송만 믿고 안심하고 강의실에 들어가, 검색 끝에 어두워진 학생들 얼굴을 이해하지 못하고 철없이 농담도 하였다. 그 기억이 떠오르자, 3층 강의실에서 뛰어내리고 싶었다.

영화「다이빙 벨」을 상영하지 말라고
문체부와 부산시가
압력을 가하는 모양이다.
국고 지원 끊겠다는 둥
멀쩡한 영화제 하나 없앨 기세다.
국고 지원 액수가 19억 남짓이라니,
까짓 거, 오천만이 40원씩만 내면 되겠다 싶다가도
그런 일은 오천 년 역사에 한 번도 없었다는 생각이….
웃기는 건,
반대하는 이들이나 돈 끊겠다고 협박하는 이들이나 정작
「다이빙 벨」이 뭔 내용인지 모른다고.
본 적도 없다고.

바야흐로 유령의 시대다.
죽어간 사람이건 영화건 뭐건

나 여기 있어요, 하지도 않는데
도둑들은 자꾸 제 발이 저리는 거다.

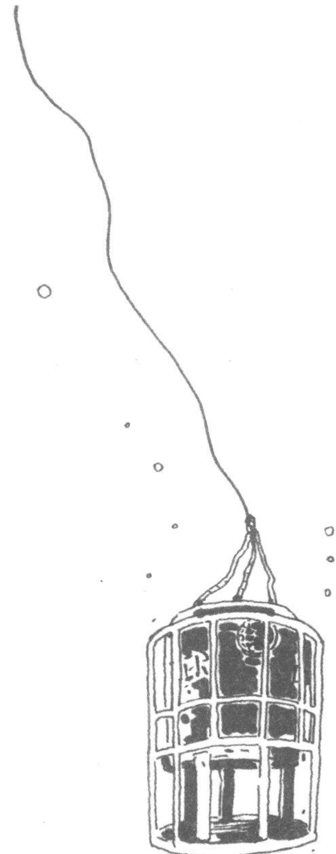

나는 가슴이 무너졌어요.
나는 얼굴이 썩어갑니다.
당신만 아세요.
열일곱 살이에요.
(...)
파랑새 꿈꾸는 버드나무 아래로....

여의도에 벚나무가 많듯 왕숙천변엔 버드나무가 많다. 버드나무가 연록의 손길을 드리우기 시작하는 사월 천변을 걷다가 문득, 저 모양으로 노래를 바꿔 부르고 있는 날 발견하고 화들짝 놀랐다.

하지만 수양버들이라는 나무에 대해서라면 조금 즐거운 마음이 되어 말할 수 있다. 휘늘어지고 간드러져 나긋나긋한 이미지에 사랑과 이별의 상징을 다 가진 이 나무의 푸른빛에 대해서라면, 강가에서 혼자 슬며시 웃을 수도 있다.

주변의 활엽수 중에서 수양버들보다 더 일찍 잎이 나고 더 늦게까지 푸른 나무는 본 적이 없다. 단풍이 지고 눈발이 날리는 십이월 가까운 날에도 수양버들은 악착같이 제 빛깔을 지켜 낸다.

부드러운 것이 강한 것을 이긴다고 하지만 수양버들의 경우엔 그 푸른빛을 두고 말해야 할 것도 같다. 파랑새는 못 보았다. 대신 가장 부드럽고 가장 오래 푸를 나무 아래로, 열일곱 살들이 온다.

용인에 불시착한 김에 터미널 곁에 사는 박해람 시인을 불러냈다. 시집 출간 축하도 할 겸 점심을 같이 했다. 그는 짬뽕, 나는 짜장. 그리고 둘이서 소주 세 병. 그는 여전히 씩씩한 호주가다. 서울로 올라와 광화문 광장에 들러 헌화. 죄 많고 벌 없는 땅.

살아 있다는 거 별 거 아니다. 산 것들 중에 죽은 것들도 많다.

레테의 물을 마시지 않는 이상 망각의 능력은 생기지 않는다. 그러므로 기억은 우리를 놓아주지 않을 것이다. 살려주지 않을 것이다. 억지로 기억하려 해서 기억이 된 것이 아닌 그 기억은, 아무리 잊으려 해도 잊히지 않는 어떤 망각과도 같은 것일 테니까.

어제 〈세월호〉 희생자들을 애도하는 〈304 낭독회〉에서 한 열네 살짜리 중학생이 말했다. "진실을 밝히는 것이 왜 싸움이 되어야 하는지 나는 모르겠다.(박진휘)" 칼에 찔린 듯 가슴이 아팠다. 하지만 그 말에 깊이 위로받았다. 그 아이는, 싸움 없이는 한 발짝도 진실에 다가설 수 없는 현실에, 저도 몰래 벌써 손을 대고 있었다. 그래서 또 마음이 아팠다.

내 차례를 기다리며, 그 아이가 얼른 자라서 이 나라의 대통령이 되었으면 좋겠다고 생각했다. 아니, 지금 당장 이 나라의 대통령이 되었으면 정말 좋겠다고 생각했다.

그러나 잎이 지던 4월에서
그러나 눈 내리던 7월까지
시중에는 아무도 보지 못했다
아무도 못 보았고 못 본 체했다
잎이 지는 4월에서
눈 내리는 7월까지
앞바다에 왜 혈흔이 떠 있는가
앞바다에 왜 혈흔이 지워지지 않는가

황지우, 「몬테비데오 1980년 겨울」 중에서

간밤엔 동자승처럼 예쁘게 늙어가는 선생님 모시고 한잔 하고, 늦잠 자고, 또 다른 선생님 뵈러 헐레벌떡 경복궁엘 나왔다. 나왔는데, 약속은 내일이란다. 나, 요즘 정말 왜 이러지?

찻집에 앉아 내다보니, 거리는 따스하고 푸르고 환하다. 뽀얗고 달가운 초여름 공기로 샤워를 끝낸 오색의 길. 아이들을 데리고 놀러 나온 엄마들, 팔짱 낀 연인들, 울긋불긋 아웃도어 룩 차림으로 배낭 메고 산에 가는 사람들. 저렇게 바깥은 흐드러졌는데,

지구 반대쪽 나라들인 아르헨티나, 칠레, 우루과이의 7-80년대는 어쩌면 우리의 그때와 그렇게도 닮았던 것인지. 시인은 닮음 속에 어떤 '같음'을 숨겨놓았는데, 어떤 이는 그것을 보고 일어나고, 어떤 이는 닮음에서 '다름'을 보고 잠들었다. 그래도 우루과이는 게릴라 출신 대통령의 선정도 있었지. 이 나라의 남녘 바다엔 여전히 "혈흔"이 떠다닌다.

송장 나간 방도 걸레질 하고 이불 펴면 또 그냥 잠자리가 되는 법이라지만, 이렇게 피 냄새가 옅어져 가도 되나. 내가 이렇게 피 냄새를 못 맡아도 되나. 나는 아무래도 태평성대에 사는 것 같다. 어느 이상하고 가물가물한 낙원으로 유배 온 듯하다. 그것도 남들보다 하루 먼저.

해변은 제단이 되었다
바다 가운데 강철로 된 검은 허파가 떠 있었다

신철규, 「검은 방」 중에서

"위로받아야 할 사람과 위로할 사람이 한 사람"인 저주받은 '해변의 제단'을 보면 "눈이 심장과 바로 연결된 것처럼 쿵쾅거"린다고, 시인은 안간힘으로 적는다. 덧붙일 말이 없다.

가끔 손가락을 목에 집어넣어 허파를 인양하고 싶을 때가 있다. 그걸 눈으로 보고서야, 숨을 쉴 것 같을 때가 있다.

가족 잃은 사람들이 울며 아우성하는 앞을, 무언가가 지나갔다. 지나가기 위해 다른 몸들을 무수히 방패막이 하고, 너무도 태연히 웃으며 걸어갔다.

제왕이 지나갔다고도 재앙이 지나갔다고도 말할 수 있을 것이다. 왜 지나쳤을까? 어떻게 지나칠 수 있었을까? '왜'가 환기하는 사실 차원이 미구의 결과라면, '어떻게'는 원인의 층위를 암시하는 것 같다. 이유야 어떻든 '무언가'에게는 그 '워킹'을 수행할 수 있는 '능력'이 있었던 것이다.

그 치명적인 능력의 비인간적 성격, 그러니까 어떤 근본적인 무능력을 나는 그 보행에서 보았다. 지금 이 땅에서는 가장 고통스러운 절규일 "살려주세요"를, '무언가'는 보고도 안 보면서 굳세게 지나갔다. 아프지 않은, 안 아플 수 있는 병이 걸어갔다고 해야 할까. '무언가'는 어떤 '원인'의 냄새를 풍긴다.

지금은 한 고독의 병실이 만인의 감옥이 되어가는 시절인 듯하다. 이상한 병원이다. 환자 손에 칼이 들려 있다.

어처구니없는 사고로 자식을 잃은 아버지를 여당 정치인이 명예훼손으로 고소했다. 찔린 데를 또 찔린 아버지는 의연해 보이지만, 그의 심장은 한참 동안 뛰지 않았을지도 모른다.

숨 쉬는 게 삶이고 숨 멈추는 게 죽음이다. 숨을 참을 수 없듯 삶은 참을 수 없는 것이다. 그래서 살아가고 살아지는 것. 참을 수 있는 것은 죽음이다. 그래서 삶을 참는 대신에 죽음을 참는 것이 인간 아닐까. 참고 있는 그것을, 간신히 참아지는 아버지의 그것을 참을 수 없는 것으로 몰아가려는 듯한 손길들이 너무 많다.

기던 아이들이 어느 날 일어나 걸음을 뗄 때의 환호와 박수를 떠올리면 감동스럽다. '큰 나라 섬기다 옥좌에 거미줄 치'기 일쑤였던 이 나라는 언제 두 발로 설까. 한사코 네 발로 기려 하는 이상한 짐승들이, 큰 짐승 앞에선 꼬리 흔들고 큰절 하고 할짝거리다가, 두 발로 걸으려 하는 동족을 보면 도처에서 사납게 물어뜯는다.

바둑은 따라 두기를 허용한다. 소위 '흉내바둑'이라 부르는 수법이다. 백돌을 쥔 기사가 흑번 기사의 착수를 대각선상에서 똑같은 수순으로 따라 놓는 것이다. 바둑 세계에서 이것은 약자의 전술적 선택인데, 바둑판이 한계가 있는 공간이므로 제가 유리할 때쯤 해서 흉내를 멈춰야 한다. 삼십여 년 전 한국 바둑의 이인자였던 서모 기사가 일인자 조모 기사를 상대로 흉내바둑을 두었던 유명한 일화가 있다. 그는 상대의 현란한 초반 운영을 따라잡아야 했던 것이다.

문학은 이런 식의 흉내를 허용하지 않는다. 그것은 표절로서 강력히 금지된다. 바둑은 둘이서 겨루는 승부이므로 기사들은 반칙 이외의 온갖 수단 방법을 동원하여 상대를 이기려 한다. 문학은 혼자 내는 승부다. 승패 없는 승부다. 눈앞에 상대가 없으므로 애초에 무얼 흉내 낼 일이 없는 것이다. 작가가 섭렵한 텍스트들은 내면으로 흘러들어가 그를 여러 모로 변화시키고 정신과 표현을 북돋우지만, 그 책을 책상 앞에 놓고 넘겨가며 옮길 수는 없는 노릇이다. 대부분의 작가들에게 표절은 따라서 어떤 불가능한 '기적'이다.

작가들이 진정으로 두려워하는 것은 그를 매혹시킨 힘 센 텍스트들이 행사하는 '무의식적' 영향이다. 내가 쓴 이 문장이 내 것인가 남의 것인가 판단이 안 설 때 그는 칼날 위를 걷는 기분에 휩싸이는 것이다. '의식적' 표절은 몰염치이다. 표절을 두려워하지 않는데 그것을 인정할 용기가 생겨날까? 최근의 표절 소식을 접하고, 아마 대부분의 작가들은 영문을 몰라서, 또는 경악해서 무슨 말을 할 수가 없었을 것이다. 아니, 대체 어떻게 하면 그런 기적을 다 일으킨담?

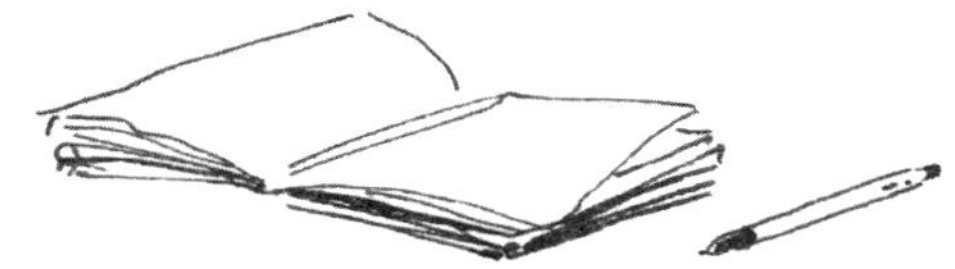

"살고자 하면 죽고, 죽고자 하면 살 것이다."
이 말이 맞는지,
"죽고자 하면 죽고 살고자 하면 살 것이다."
이 말이 맞는지 잘 모르겠다.
전자는 군대용어고,
후자는 사회용언데
왠지 후자의 피 냄새가 더
짙은 듯하다.

살려고 발버둥 쳐야 간신히 살 수 있고, 죽으려 하면 대번에 죽는다. 이 사회는 가혹하다. 아니, 이 사회는, 지금 보고 듣고 겪는 것보다 훨씬 더 가혹하다. 결국엔 저 군대용어를 가져와야 할 만큼.

살고자 발버둥치는 일을 크게 한 번 내려놓지 않으면, 한 번 죽고자 하지 않으면, 모두에게 살 길이 없어질 것이다.

원주 〈토지문화관〉에 또 가고 있다. 장석남 시인이 술판 설계중이라고 전화를 했다. "홍용희 형도 와 있소. 열시쯤 봅시다." 신입을 환영하는 고참 같네.

그러다 잠깐 『토지』 생각. 용이가 임이네한테 늦게 본 아들이었지만 월선이를 더 따르던 홍이가 떠오른다. 홍이는 요즘 같으면 파일럿 쯤 될 '도락꾸' 기사였는데, 그 애인이 장이 아니었던가 싶다. 장이가 결혼한 후였나, 하여튼 몰래 만나러 갔다가 들켜서 중인환시리衆人環視裡에 사납게 매맞고 망신을 당했었지.

환이며 윤보며 병수며 주갑이며 몽치며, 내가 좋아하는 인물들이 부지기순데, 심지어 양현이 애인 영광이도 있고만 웬 홍이 장이냐고? 홍용희와 장석남이 기다린다고 하니까.

영화 「일 포스티노」에는 이런 인상적인 대화가 나온다.

"선생님, 어떡하죠? 전 사랑에 빠져버렸어요."

"거기엔 약이 있다네."

"아니에요, 약은 필요 없어요. 저는 계속 아프고 싶어요."

섬마을 임시 우체부 마리오 루폴로는 여관집 처녀 베아트리체 룻소에게 빠져 저런 이상한 상태가 된다. 사랑의 순간이 곧 시의 순간인데, 이런 변주도 가능하지 않을까?

선생님, 어떡하죠? 저는 '앎'에 빠져버렸어요. 거긴 약이 있다네. 아니요, 저는 계속 모르고 싶어요.

이런 변주는 또 어떨까?

선생님, 어떡하죠? 저는 '삶'에 빠져버렸어요. 거긴 약이 있다네. 아니요, 저는 계속 죽고 싶어요.

정현종 시인의 시 「자연에 대하여」는, "자연은 왜 위대한가" 묻고, "왜냐하면/ 그건 우릴 죽여주니까" 답하는 짧은 시다. "죽여주니까"는 삶 속에 아름답게 똬리 튼 죽음에 대해 일러준다. 정말 살고 싶은 상태에 닿으려면 죽고 싶을 만큼 생 에너지를 끌어 모아야 하나? 정말 좋은 것은 죽고 싶어질 만큼 좋은 거라는 뜻이겠지. 깊은 데로 들어가면, 삶과 죽음은 날카롭게 구분되지 않는다.

삶이란 도처에 널린 거지만, 앎은? 앎을 더 깊은 모름에 나날이 대질시키는 일은 괴롭다. 하지만 행복하다. 배부른 나의 입에 모름이라는 성찬을 넣어주려고 하느님이 곁에서 발을 동동 구르고 계시는 것만 같다. 낮술을 먹고 꽃그늘에 지나가는 개와 사람들을 보면, 역시 나는 '모름'이 좋고 '죽음'이 좋다. 약이 필요 없는 것들, 처음부터 약이 없는 것들이 좋다.

"그러한 나의 반역성을 조소하는 듯이 스무 살도 넘을까 말까 한 노는 계집애와 머리가 고슴도치처럼 부수수하게 일어난 쓰메에리의 학생복을 입은 청년이 들어와서 커피니 오트밀이니 사과니 어수선하게 늘어놓고 계통 없이 처먹고 있다."

김수영, 「시골 선물」 중에서

열광이 필요한 곳에선 침묵이 거슬릴까봐 운동 경기장이나 공연장엔 거의 안 간다. 이와는 달리 정숙해야 할 곳에서 소란을 떠는 꼴엔 어느 땐 화가 치민다. 나는 수업에서도 자는 놈은 놔두고 떠드는 놈은 째린다. 광장에선 외치고 실내선 좀 속삭이는 게 맞지 않나.

밥집도 영화관도 찻집도 버스간도 시장바닥이 됐다. 남녀노소가 다 시끄럽다. 시장은 시장이라 소란이 당연하지만, 어째 갈 곳이 없을 만큼 곳곳이 소음의 지뢰밭일까. 인간들이 죄다 제 옆에 다른 인간이 없다고 생각하는 것 같다. 모두 저 혼자다. 시끄러운 고독들.

그러나 갈 곳이 없다. 어디 먼 데로 떠날 돈도 없고. 밤중에 나무가 운다거나 물고기들이 떼로 뭍에 나와 죽는다거나 역병이 돈다거나, 망국의 조짐은 예부터 숱하게 많지만, 내 보기에 주변을 전혀 돌보지 않는 "계통 없"는 소란보다 더 확실한 망국의 조짐은 없는 듯하다. 단식하는 유가족들 앞에서 먹어대는 인간들도 제 곁에 사람이 없는 고독한 소란이다. 소란에 분노하다 보면 이렇게 격렬하고 파괴적인 상념에 시달리게 된다. 그러다 힘없이 쪼그라든다.

내 사는 남양주 진접이 공기 맑고 조용해서 좋던 시절은 갔다. 끼니를 걸러도 좋았고 취해 쓰러져도 좋았고 도둑으로 오해받아도 좋았지만, 소음은 당최 못 견디겠다. 소음을 이기기 위해 내가 더 큰 소음이 될 수는 없다. 십칠 년 살아 온 동네서 이제 떠야겠다고, 그래서 조용한 고독이 되자고 오늘 무작정 결심했다.

'판정'이 있다는 것 자체가 복싱이 스포츠란 증거다. 맹수들의 대결이나 무사들의 승부는 어떻게든 결판이 난다. 한쪽이 전의를 상실했을 때.

파퀴아오가 왜 더 세게 몰아부치지 않았을까?나 메이웨더는 저걸 권투라고 하나? 하는 불만은 이해가 가지만, 그게 복싱이라는 '스포츠'다. 즉, 룰 속의 대결이라는 것.

주니어플라이급에서부터 무려 여덟 체급이나 올린 파퀴아오는 발군의 스피드와 테크닉, 부지런한 움직임과 연타 능력으로 중량급의 숲을 뚫었지만, 웰터급 수준에서 '하드 펀처'는 아니다. 그는 가장 약한 하드웨어의 소유자인 것이다.

그러니 최고의 방어 스킬에 역시 현란한 몸놀림과 카운터 능력을 가진 메이웨더가 부담스러울 수밖에 없었다. 또 메이웨더가 원래 펀치가 약한 것도 아니다. 이기기 위해 선택한 스타일이 극단적인 아웃복싱인 것.

다시, 복싱은 스포츠다. 룰은 권투의 아버지고 복서의 하느님이다. 복서가 제 하느님을 찢고 나오는 건 이를테면, 예전에 무적의 타이슨이 공포와 분노에 젖어 홀리필드의 귀를 물어뜯은 경우 같은 거다. 물론 룰을 어기면 시합이 중단되고 승부에 진다.

결국 메이웨더가 판정의 승리자이고 복싱이라는 스포츠의 강자다. 하지만 어딘가 얄밉고 짜증스러운 건 어쩔 수가 없다. 룰을 지배한 인간들의 어처구니없는 행태가 생각나고, 법과 공권력이라는 철벽에 막힌 우리의 답답한 모습이 '파퀴아오스러워서' 씁쓸한 오후다.

시끄러운 거 못 참고 분노 조절이 안 되고, 목표의식이 희박해지고 우울해지고, 불안감에 손쉬운 좌절감에 건망증에 집중력 장애에, 신체 활력이 없어지고 성욕이 줄고, 상처 회복이 잘 안 되고….

이게 다, 남성 갱년기 증상이었구만! 갱년기, 갱년기라…테스토스테론 감소 현상이라 이거지. 나만 특별히 그런 줄 알았네. 나, 원, 참! 나만 별종인 줄 알고 내심 좀 즐겼는데 아, 세상 모든 사오십대가 다 명랑 발랄하고 나 혼자만 우울했으면 좋겠구만. 근데, 나는 옛날부터 이랬던 것 같은데……. 그래서 결국, 한평생 갱년기 스타일?

살 만한 인간들은 다시 살고 싶어 하고 괴로운 인간들은 다시 태어날까 봐 떨지만, 어쨌든 죽음은 모두에게 두려운 것이다. 죽음의 공포가 내세와 윤회를 낳은 것이니,

요컨대 윤회는 진리의 발견이 아니라 도취의 발명.

이상하지 않나? 죽자는 다짐은 늘 되는데
살자는 다짐은, 죽어도 안 된다는 거.

〈토지〉의 강쇠가 툭하면 뱉던 말: "세상에 이름 난 놈들, 그 놈들 다 야바우라."

한 생 유명 무명에 무슨 차이가 있으랴만,

세상의 명망가들은 망명지를 꿈꾸지 않는다.

사람이 아니라는 듯 떵떵거리면서
사람도 아닌 것이 되어가는 사람들이 있고
사람이에요, 발버둥 치면서
사람이라는 것에 도달하지 못하는 사람들이 있다.
출근할 곳 없는 사람들이 늘어가고
퇴근할 곳 없는 사람들은 더 늘어간다.

만원을 내니까 슈퍼 아줌마가 '레종' 블랙 두 갑과 천원 한 장을 내준다. 나도 웃고 그녀도 웃었다. 밀거래 하는 사람들처럼.

노골적인 대국민 약탈이라는 느낌을 받으며, 담배를 피워 문다. 걱정 마라. 니들이 아무리 오늘을 죽이고 다녀도 어디엔가는 내일이 남아 있을 것이다.

금연에 성공한 이들은 되도록 피할 것이다. 내가 실패의 빌미가 되어 모진 그들이 이런 기분을 맛봐서는 안 되니까.

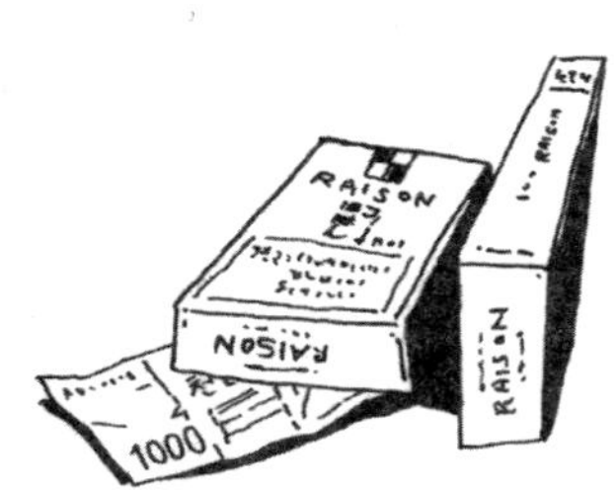

초등학교 다닐 때 숙제 안 하고 학교에 갈 때면, 담임선생이 갑자기 몸이 탈나서 입원이라도 해버렸으면 하는 마음이었다. 지리멸렬이 된 성적표를 들고 하교할 때는, 인정사정없는 빚쟁이가 집에 찾아와 아버지가 멀리로 도망이라도 가버렸으면 하고 바란 적도 있었다. 나이 들면 이런 기억들이 한밤중 꿈속에까지 찾아온다. 대체 무엇이 내 머릿속에서, 제 마음대로 생각이란 걸 해버렸던 걸까.

의학적으로 큰 문제가 없다면, 정신이 돌아온 이등병 본인의 말이 맞을 것이다. 일곱 명이 하나를, 게다가 뒤통수를 각목으로 때려 식물인간으로 만드는 일은, 제대한 지 이십오 년이 된 육군병장에게도 전율을 안겨준다. 사실이라면, 식물인간이 된 후임병이 제발 깨어나지 않기를 그 일곱은 얼마나 바랐을 것인가. 군 수사당국은, 지휘계통의 인간들은, 병원은 또 그 깨어나지 않는 젊은이가 아예 숨이라도 거둬주길 바라지 않았을 것인가.

맞은 이나 때린 이들이나 몰래 덮으려 한 이들이나 놀라 자빠지려 하는 우리나 다 지옥에서 살고 있다. 혹 그 중에 죄의식의 수렁이 있다면 그곳이야말로 진짜 지옥일지도….

십 년쯤 전에 아침 숙취 상태에서, 몸이 안 좋아 피우던 담배를 끄고 소파에 앉은 채로 심각하게 금연을 고민한 적이 있다. 더 피우다간 죽을 것 같은 느낌이 들어서였던 것 같다.

두어 시간 담배도 잊고 깊이 고심했다. 했는데, 담배를 끊으면 진짜 죽고 말 것 같은 공포감이 밀려왔다. 초강력 태풍이 동네를 집어삼키고, 핵전쟁이 터지고, 운석들이 곳곳에 떨어지는 지옥도가 그려졌다. 내가 귀신 형상을 하고 비명을 지르며 밤거리를 헤매 다니는 아수라장이 펼쳐졌다.

그 뒤로 나는, 살기 위해 담배를 피운다. 담배는 내 목숨이다. 돈은 문제가 아니다. 담뱃값이 백만 원으로 뛰어도 절대 안 끊는다. 돈이 없으면 구걸할 것이며, 꽁초를 주울 것이며, 산간을 헤매며 대마를 채취할 것이다.

하지만 나는 담배연기 싫어하는 이들 앞에선 안 피운다. 위층에서 담배연기 땜에 두 번 내려왔다고 꼭대기 층으로 이사 온 골초다. 건강 따위 가지고 목숨한테 깐죽거리는 자들이 있는 한, 줄이고 줄여서라도…끊어지지 않을 것이다.

오천원짜리 돼지머리 국밥에 소주 두병을 마시고 낮부터 취해서, 웬 일인지 그 만 천원을 안 내려고 버티는, 혼자 장사하는 할머니한테 한참을 야비하게 행패 부리는 주정꾼을 나무라서 내보냈다. 밤이 되니 내가 잘못했다는 생각이 든다. 그가 오늘 실연했는지, 그의 누가 죽었는지, 해고당했는지, 정말 만 천원이 없었던 건지 몰랐지 않나. 나는 요즘 너무 겁이 없다. 내가 뭘 좀 안다고 생각하는 모양이다.

굴욕은 '을'의 것이라지만,

'갑질'은 내가 인간이란 사실에 대한 원초적인 굴욕감을 불러일으킨다.

인간이란 것이 창피하다,

인간이 저렇게까지 자기를 '베릴' 수 있구나 하는 느낌으로

사람 얼굴을 돌연, 불덩어리로 만들어버린다.

그래서 뭘 어째야 하나 하는 생각이 들기도 전에 먼저,

인간을 인간 아닌 어떤 곳으로 끌고 가버린다.

그곳이 어느 땐 모든 곳이어서

탈출할 수가 없다는 느낌.

나는 갑질을 안 하나? 그럴 리가? 갑의 새끼로,

갑의 새끼의 새끼로, 새끼의 새끼의 새끼로,

한없이 조그만 갑질을 한다.

어디에도 을이 있다.

약한 자는 눈알이 벌게져서 더 약한 자를 찾아다닌다.

굴욕스럽게, 찾아다니지 말자.
나에게서 스톱하고,
술이나 한잔.

인간이 되는 것을 두려워 말고 오직 인간임을 두려워해야 한다.

시화—詩話

아무리 찾아봐도 할 말을 찾을 수 없을 만큼
할 말이 있는 사람이
시를 쓴다.

언제나 깊고 멀고 높은 곳에서 쏘아오는 알 수 없는 빛이 있다. 쓰는 일, 사는 일은 이 빛을 만나고 마음에 모시는 일. 이 빛의 참됨과 바름과 아름다움이 삶을 비추고 시를 일러준다. 그러니 마음의 깊은 데로 내려가는 일과 먼 데로 나아가는 일과 높은 데로 오르는 일이 다 하나이다. 빛을 찾아 가는 길엔 왜 언제나 어둠이 있는 걸까? 이 괴로움도, 이미 마음에 파문을 일으키는 그 빛에 비추어 보아야 한다. 그러면 어둠과 빛이 또한 다른 게 아님도 알게 되겠지. 어둠은 눈을 감은 빛이요, 빛은 눈을 뜬 어둠이리라.

개성이 뭐가 중요한가. 제각기 개성 내세우다 깨지는 자리도 부지기순데. 문제는 개성 이전 아닐지? 개성이 되기 전에 먼저 오는 것. 무섭게 오는 것. 개성을 끌어안고 양육하며, 개성 없는 얼굴로 오는 것. 개성들의 얼굴 없는 어미로 이미, 늘 와 있는 것.

시는 삶보다 작다. 하지만 시가 삶에 육박하거나 홀연 그것을 능가하는 듯한 순간이 있다. 이 이상한 도약을 받아들이지 않으면 시는 쓰기 어렵다.

시를 쓰려면 정확한 문장을 써야 한다. 그래야 '다른 문장'을 쓸 수 있다. 반듯하고 흠 없는 문장은 정확한 문장이 아니다. 그렇다고 일부러 비튼 문장도 시의 문장은 아닌 듯하다. 시의 문장은 어떤 '최대한의 문장'이다. 그것은 한사코 문장이 되지 않으려고 몸부림치는 문장에 가깝다. 영원히 달아나는 문장이고 문장이기를 포기하려 하는 문장이다. 사로잡히지 않는다는 것은, 말을 종이 위에 눌러놓아도 꿈틀거린다는 뜻.

시는 일종 무장해제의 경험이다. 시인은 제 정신의 어느 행로에 선가 자신 없게 아는 사람으로서가 아니라 자신 있게 모르는 사람으로서 쓴다. 이 용기 이외에 달리 무엇을 시라 부를까. 앎에 무장해제 당하지 않는 앎을 앎이라 할 수 없듯이 모름에 무장해제 당할 줄 모르는 모름은 모름이 아닌 것. 시는 제가 모름이란 사실을 결코 알지 못하는 어떤 순결한 모름의 상태에서 솟아난다.

좋은 작품에는 몸이 밧줄에 묶였다가 풀려나는 것처럼 애타는 긴장이 맺혔다가 서글프게 풀리는 듯한 부분이 있다. 그런 문장들에는, 작가가 그걸 적는 순간에 애인의 결별 선언을 들은 사람 같은 상태가 되어 절망 속을 헤매다 간신히 탈출해 나왔다는 느낌이 들어 있다. 어부가 고기를 낚듯 그는 그저 말을 건지려 했을 뿐일지 모르지만.

어떤 글엔 드물게, 어떤 글엔 자주 무정한 애인이 가차없이 결별을 고한 흔적들이 비친다. 결별은 견딜 만한 게 못 된다. 하지만 어떻게든 그는 견뎌 낸 것이다. 견딜 수 없는 것을 견뎌 낸 사람의 문장이, 읽는 이를 무언가 견딜 수 없을 것 같은 상태에 빠뜨린다.

어느 자리에서건 말 많은 사람은 참기 어렵다. 하지만 말 없는 사람은 아예 참을 수가 없다. 말보다 침묵이 더 괴로운 것은 침묵하기가 원래 말하기보다 더 어려운 일이기 때문인 듯하다. 침묵을 스치지 않고 나온 말, 침묵에 고여 보지 않고 급히 나온 말들은 음향에 가까워진다. 그것은 제 마음에도 잘 살지 못하는 말이므로 밖으로 나오자마자 머물 데가 없어 사방으로 흩어져버린다.

다변이 무람없고 느슨한 의욕이라면 침묵은 정신의 험악한 모험이다. 침묵이 무수한 말들을 떠올렸다 죽이고 떠올렸다 죽이는, 활동이라는 점에서 그러하다. 하지만 침묵이 끝내 죽이지 못한 말은 바깥으로 뱉어지면, 어떤 식으로든 주위를 침묵시킨다.

어떤 시인들은 여기 있으면서도 여기 없는 사람처럼 말한다. 그 때 그는 사라진 사람이다. 시의 감동은 바로 그가 사라진 이 공백에서 나온다. 정확히는 이 공백에 불현듯 들어서는 말, 공백이 온힘을 다해서 불러오는 말에서 온다.

이 말들엔 정념을 쇄신하는 정념, 인식을 낯설게 하는 인식, 감각을 다시 벼려낸 감각이 묻어 있는 듯하다. 제가 무슨 말을 하는지 잘 모르고 중얼거리는 듯한, 이 말들을 위해 그는 정신을 잃고 제 존재의 자리를 내주어야 했던 것이리라. 그는 멀리 나갔다 돌아온 사람처럼, 멀리 들어갔다가 나온 사람처럼 문득, 정신이 들어 말한다. "내가 이런 말을 했다고?"

공기놀이의 마지막 단계는 공기알들을 손등에 올렸다가 공중에 던져 받아내는 것이다. 이때 높은 점수를 얻으려면 그냥 덥석 움켜쥐지 말고, 높은 데서 몇 개의 돌을 먼저 낚아챈 다음 내려오는 나머지 돌들을 아래에서 받아내야 한다. 이 '꺾기'의 순간에는 롤러코스터를 탈 때와도 같은 흥분과 현기증이 일어난다. 팔과 어깨의 율동을 따라, 또는 그 율동을 만들어내느라 몸 전체가 앉은 채로 들썩거리는 것이다. 좋은 문장들을 만날 때면, 또는 잘 설계된 글의 극적인 반전에 접할 때면 이런 흥분과 현기증이 찾아온다.

말하기 어려운 것을 말하려 하는 시가 있고
말할 수 없는 것을 말하려 하는 시가 있다.
좋은 시는 대개 이 둘 중 하나지만
나는 두 번째를 선호한다.
이 선호는 내게는 거의 결정적인 것이다.

조금 천천히 말해도 됐을 텐데. 조금 작게, 낮게 말해도 괜찮았을 텐데. 그러면 내가 희미해지도록 쿵쾅쿵쾅, 세게 네 말을 들을 수도 있었을 텐데.

문학은 들을 테면 들어보라고 떠벌리는 일이 아니라 먼 곳의 희미한 말을 초조하게 들으려 하는 일. 그 말들이 날 몰라볼까봐 조바심 내며 귀 기울이는 일. 내가 문학을 조금만 더 알았더라면 그 말들을 더 잘 듣고 더 잘 잊지 않게 되었을 텐데.

생각 없이 슬프고 괴로움도 없이 화부터 내는 인간에게 언제나 성능 좋은, 고요한 귀가 생기려나. 내일도 수업 모레도 수업…아는 거 아는 체하는 일 지겨워라.

상대를 명확히 한정하는 건 필요한 일이다. 하지만 시에는 복서로 하여금 링 한복판에서 자꾸 제 코너를 돌아보게 만드는 것 같은 어떤 멈칫거림이 있다. 말리는 손이 있다. 그것은 병원 곁을 지나게 되면 갑자기 마비 증세를 일으키는 환자의 경우와 비슷한, 원인 불명의 증상 같은 것이다.

시는 그의 모든 적을 흐리고, 적 앞에서 눈 감는다. 시는 그렇게 무방비 상태를 선언한다. 그것은 어쩌면 절박하고 대책 없는 피신 같은 것이다. 시의 적은 이를테면, 박근혜도 그의 나쁜 측근들도 아니다. 그들을 태운 막돼먹은 정치도 아니고 그것을 움직이는 괴물 같은 자본주의도 아니다.

시의 적은 억지로 말하자면, 시의 내부에 있다. 총성과 함께 튀어 나가려는 스프린터를 출발선에 주저앉혀버리는 무력無力의 손길 같은 것. 그래서 그의 질주를 미칠 듯한 슬로모션으로 바꿔놓는 안 보이는 힘이 있는 것 같다.

시의 망막에 뿌옇게 먼지를 끼얹는 이 내부의 방해자를 나는 '시의 하느님'이라 부른다. 그 하느님이 온통 가로막기에 시는 늘 전심 전력의 목소리를 뱉어낼 수밖에 없는 것. 그 캄캄한 탄도 속 어딘가에 구원이 있을 것이다…있을까?

시가 곧 비유는 아니겠지만 어느 만큼은 그런 것 같다. 비유엔 직관과 상상력이라는 안 보이는 전기가 흐른다. 옳은 소리, 확실한 논리의 사다리 타기는 이와 별 관계없고. 시의 비유는 수학 공식이나 바둑의 정석과 비슷한 것이다. 적용하면 문제를 풀게 해주거나 따라 하면 어쨌든 초반의 진형을 짤 수는 있게 해주는 것.

공식의 도출 과정을 모르면 문제를 풀 수는 있어도 문제를 만들 수는 없다. 정석의 결정 과정을 모르면 꼼수를 깰 수도 없고 중반전을 구상할 수도 없다. 시도 그러하다. 시는 현실의 문제를 해결한 적이 없다. 문제를 만들어낼 뿐이다. 문제없이, 해결되어 있는 현실이늘 문제 아니었나?

바나나를 빈손에, 뱀을 대님에, 비닐하우스를 깨달음에 빗대는 정신의 활동을 뭐라 설명할까. 내 생각에 그건 어떤 착각이자 오인이다. 착오의 순간에는 발열이 생긴다. 이 발열 속에서 무심하던 사물과 무감각한 주체의 의식이 깨어나는 것이다. 착각에 의한 이적수利敵手를 이적수耳赤手라 하듯 착오의 자각이 '마음의 귀'를 화끈 달아오르게 만드는 것이다. 그래서 학생들더러 자꾸 착각하라고, 약간 정신분석적으로 권한다. 그럴듯하게, 생생하게 착각하는 것이 시라고.

자꾸 착각하는 정신이 온전한 정신은 아닐 것이다. 하지만 바른 것을 비뚤게 보는 것과 비뚤어진 것을 바로 보는 건 다르다. 바로 보기 위해 착각이, 어떤 착란이 필요하다. 비유란 그런 것 아닐까?

가끔 인정에 못 이겨서, 어리석어서 내 발등을 내가 찍을 때가 있다. 산문 둘, 심사평 하나, 시 두 편, 논문 하나를 일주일 안에 써내야 한다. 게으름 천국의 산 너머에 먼 포성이 울리더니, 급기야 총성이 뒷산자락에서 나고 있다. 요령을 부리느냐 전투를 벌이느냐. 그것이 문제로다.

꿈에 아주 죽이는 시를 한 편 썼다. 이걸로 한 군데는 마감이다 생각하며 웃다가, 혼자 감동해서 눈물을 찔끔거렸다. 그랬는데… 꿈에서 한 번, 잠에서 한 번, 도합 두 번을 깨고 나니 두어 줄밖에 남질 않았다. 화장실 다녀오니 그마저 사라져버렸다. 개꿈이었나. 꿈이 믿을 게 못 되는 게 아니라, 꿈을 이 무자비하게 환한 곳에 불러올 수 없기 때문이겠지.

"나는 그 방에서 여자의 조바심을 마치 칼을 들고 달려드는 사람으로부터, 누군지가 자기의 손에서 칼을 빼앗아주지 않으면 상대편을 찌르고 말 듯한 절망을 느끼는 사람으로부터 칼을 빼앗듯이 그 여자의 조바심을 빼앗아주었다. 그 여자는 처녀는 아니었다."

김승옥, 「무진기행」 중에서

저 첫 문장에서 느껴지는 전율을 어느 선생님은, "작품 전체의 힘이 한순간에 모이고 다시 풀리는 이 장면은 나의 존재의 중핵을 건드린다(김인환, 「스투디움과 풍크툼」, 『의미의 위기』)"며, 풍크툼의 인상적인 사례로 꼽은 적이 있다.

농담을 조금 섞어 말하자면, 나는 저 길고 힘센 문장의 꽁무니에 대롱대롱 매달린 두 번째 문장에 꽂힌다. 1964년엔 저렇게 써야 했다. 하지만 지금은 아마 어떤 작가도 저 자리에 저런 문장을 놓지 못할 것이다.

21세기 작가라면 최소한 "그 여자는 처녀였다"고 쓸 것이다. 그래야 소설 문장이 된다. 옛날의 작고 희미한 문장이 알려주는 가치관, 습속의 변화. 그래서 저 문장이 갑자기 짐승 꼬리처럼 빳빳이 일어나며 던지는 낙차의 느낌은 나에게 앞 문장과는 다른 충격을 선사한다. 이것은 비평가를 찌르는 풍크툼이 아닐지?

소설은 그렇다 치고 시는 다른 문장을 쓰고 있나? 여전히 '그녀는 처녀가 아니었네'라 읊고 있지 않나? 하늘 아래 새로운 것은 없다지만 새로 난 문장들은 어디 있나? 처녀 아닌 처녀들은 어디 있나?

쓸 수 있는 시란 것도 사실은 얼마 남지 않은 건지 모른다.
어떤 이는, 평생 마실 술의 양이란 게 대략 정해져 있는 법이니
아껴 먹어라, 늙어서도 같이 마시자, 따뜻이 말하지만
시인들이란 원래 만나면 서로
오래 살라고 '욕'하기보다는 얼른 죽으라고 '축복'하는 족속들.
뭐가 더 남았을까?
어려운 말로 쉽게 말하기?
쉬운 말로 어렵게 말하기?
하여간 깊이, 조금 더 깊이,
생을 사랑하되 목숨을 바들바들
아끼진 말기.

내가 생각이란 걸 안 할 수 있는 인간이란 걸 분명히 알게 되었다. 이게 문제가 되는 건 언제나 젤 중요한 것, 진심이나 진실 같은 것일수록 생각하지 않는 듯하기 때문. 왜 생각을 안 하나? 이유도 분명히 알게 되었다. 힘들기 때문에….

평생 써온 시들 가운데 제일 긴 것을 잡지에 보내고 난 뒤끝이다. 생각하지 않는, 한사코 생각하려 하지 않는, 생각할 능력이 없는 나를 확인했다. 무언가를 못 보았고, 듣지 못했고, 말하지 못했다.

물론 '생각하기'란, '생각을 잊은 상태에서 생각하기', '생각하지 않으면서 생각하기'란 뜻으로 하는 말이다. 이게 기본이자 필수인데늘 잘 못한다. 머리로만 알면 무슨 소용 있나. 방법이 있으면 뭐 하나. 대충 칼 휘두르는 척하다 대충 부상 입고 대충 야전병원에 실려와 누운 '나이롱' 환자 같다.

덜 괴로우니까, 잠도 안 오는 거다.

무려 이십오 년 만에 집회 시 쓰고 있다. 오십 고개에 뭔 불운이람? 키key가 안 맞는다. 일주일 간 한 거라곤 그저 발성 연습뿐. 이제와 생각하니, 집회 시는 굉장히 어려운 거였다. 어려워서 어떤 이들은 쉽게 썼고 어려워서 어떤 이들은 쓰기 싫어했던 거다. 그러니 옛날의 나는 그 모양이었지. 쓰고 나서 부끄러웠던 건 '집회'시 자체 때문이 아니라 내가 집회'시'를 제대로 못 썼기 때문이었다. 하지만 나이를 곱으로 먹어도 어려운 건 어려운 거다. 나잇값은 해야 하는데. 나에겐 지금 '집회시'라는 게 필요하다. 어떤 '창작'이 필요하다. 사실은…늘 해오던 것과 하나도 다를 게 없는 것이다.

술만큼 글쓰기에 방해가 되는 것도 없다. 술만큼 글쓰기에 도움이 되는 것도 없다. 자정에 술이 떨어진다는 건, 그 시각에 옛 애인이 한 오 년만에 집 앞에 나타나 전화를 걸어오는 것과 전혀 다를 게 없는 사태다. 사태란, 어쩔 수 없는 인간의 상태 같은 거지. 하지만 인간은 다 무덤이 되지 않나. 그러니 글이고 뭐고 원래 나는 한낱 핑계에 불과하다. 무덤엘 갔는데, 핑계란 게 없다고 못 들어오게 하면 그 사태는 대체 어떡한단 말인가. 사태란, 어쩔 수 있는 인간의 상태지. 어쩔 수 있는 것이고말고. 그런데 비가 마구 쏟아지는, 과감하고 싶지 않은 밤이구나. 우산이 어디 있더라?

쓴 사람이 읽어야 한다고 해서 주말엔 광화문에 선언시 읽으러 간다. 이게 얼마만이냐. 흰 털이 무성한 나이에 솔직히 썩 내키지는 않는다. 예전엔 몰랐는데, 이제 왜 그런지 알 것도 같다. 억지로 하는 일은 물론 아니다. 그럴듯한 입장과 의지가 없어서도 아니다. 이런 낭독 자리엔 무의식이 숨 쉴 곳이 너무 없는 것이다. 머뭇거림, 더듬거림, 취기 같은 모호한 에너지가 모자란 것이다….

"형의 시가 점점 무서워지는 것 같아요."

지난 주 어느 자리에서 평론가 송종원이 이렇게 말했다. 기쁘다가, 우울해졌다. 시도 때도 없이 예의도 조심도 없이 찾아오는 오십 고개의 우울. "아니야. 나는 무서워하고 있어." 갱년기라니까.

"양심이 없으면 더듬지도 않아요." 이건 며칠 전 이원 시인이 국숫집에서 한 말. 얼른 메모해두었다. "장님이 (더듬더듬) 꽃을 꺾는 모습"(이건 경희대 학생 고민근이 쓴 시의 한 구절)은 감동스럽다. 양심을 확신할 수 없는 이들이여, 장님처럼 더듬어라. 더듬음이 양심이란 걸 만들어줄지도 모른다.

한 번도 살아보지 못하고 죽으면 어떡하지?

가끔 부끄러운 짓을, 아주아주 부끄러워하며 저지른다. 저지른 놈의 목을 한참 조르다보면 다시 내가, 나라는 것이 눈을 뜬다.

내가 시단을 떠난다면 아마 이런 이유들일 것이다. 나도 나름 바보라 생각했는데 이곳에선 하위권이었다. 그들이 바보로 태어나 바보가 되려고 얼마나 눈물겹게 애쓰는가 생각할 때마다 부끄러웠다. 또 하나는, 나도 나름 선량하다 생각했는데, 역시나 하위권이었다는 것. 나는 도저히 이곳에서 석차를 올릴 수가 없다. 너무 센 학교에 들어온 것이다.

있는 재능 없는 재능을 의심해가며 쓰다 보면, 더러 작은 이름 적은 보상을 얻기도 하는 이 가난한 동네에서 내가 좋아하는 이들은, 별로 가진 게 없는데도 더 가질 게 없다는 표정으로 웃고 있는 이들이다. 내가 가장 좋아하는 사람들은, 처음부터 지고 들어가는 사람들이다.

시에서 기대되는 상당 부분, 때로 당위적으로 요청되는 것들은 대개 시에서는 이차적인 요소들이다. 시는, 이미 무언가를 말한 경우가 많다. 주석에 대한 강박이 생기면 시는 깨진다. 끓는 용광로에서 억지로 쇳조각을 건져낼 필요가 있을까.

시의 말은 언제나 말이 끊어진 곳에서 태어난다고 믿어왔다. 말 가지고는 안 되는 곳, 더 이상 기댈 말이 없는 언어의 막다른 골목이 시의 출발점이므로 시인은 의식과 무의식, 정신과 몸의 불분명한 접경에서 들려오는 목소리들에 귀 기울이지 않을 방도가 없다. 그러니 시를 쓴다는 건 침묵의 메아리를 따라 내려가 마음의 어둠에 명멸하는 빛을 건져 오는 일과 비슷하다. 쟁기에 매인 것이 시가 아니라 시인인 형국이기에, 그가 수세적 정열로 이 과정에 참여할 수밖에 없기에, 시는 낯선 더듬거림이거나 뜻밖의 단말마이거나 말이 안 되는 말인 때가 많은 것. 개인의 실존적 곤경이건 공동체 삶의 어둠이건, 비참의 탄식에 눌려 말문이 막힌 곳이야말로 시인에게는 언제나 새 말이 태어나지 않으면 안 되는 곳이다. 모든 시대와 역사에서 이 둘은 이런 의미에서 둘이 아니라 하나가 아닐까. 시는 침묵의 미궁에 빠진 영혼이 어쩔 수 없어 토하는 모든 종류의 신음과 절규를 지지하지 않을 수가 없다.

시는 말로 전달되지 않고 눈으로 전해지는 마음에 견줄 수 있다. 눈으로 마음을 주고받는 가운데 온갖 때 묻은 말이 다른 걸로 변하는 것이다.

사랑의 결정적인 순간에 우리가 무언가를 더듬더듬 힘겹게 말하려 하면, 그/그녀는 이미 다 알아듣고, 내 입술에 손가락을 대지 않나. 쉿! 말하지 마…. 말은 침묵으로, 침묵은 사랑으로 바뀐다.

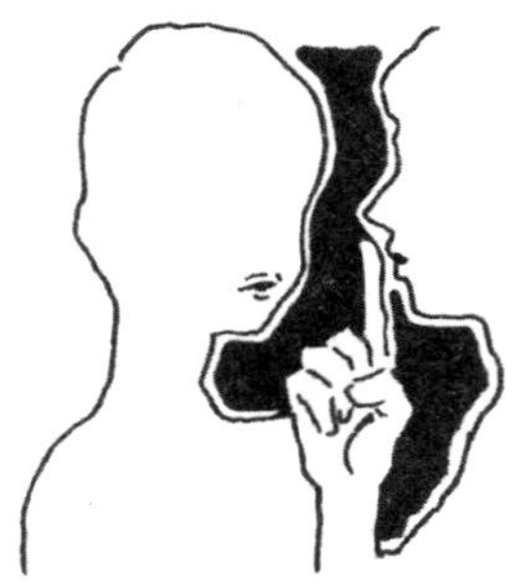

시는 비유의 발명이기보다는 비유 이전의 어떤 모호한 절박감에 비유 없이 더 충실해지는 것. 그래서 나온 말. 말해지지 않은 말들의 힘, 하지 않은 말들의 힘을 믿어야. 여백은 말이 숨은 곳, 숨은 말이다. 여백엔, 공행엔 말들의 시체가 살아 숨 쉰다.

체험은 시가 아니다. 체험을 가능하게 해주는 체험이 시다. 감정은 시가 아니다. 감정을 바로 그 감정으로 만들어주는 감정이 시다. 말은 시가 아니다. 말을 틀어쥐고 있다가 어느 기진한 순간에 놓아주는 말이 시다.

하고 싶은 말이 아니라 하고 싶지 않은 말을 하라. 아니면 하고 싶지 않은 말에 대한 말을 하라. 발설되면 큰일 나는 말. 잠깐이라도 놀라게 되는 말. '발설'은 그 자체로 큰일이다. 감정과 생각이 그득히 고여 우물에 물이 넘치듯 하는 상태라는 건 시 쓰기에서는 새빨간 거짓말이다. 시는 고갈 상태에서야 비로소 말을 시작하는 어떤 말이다. 말라붙은 우물 바닥을 파헤치다 보면 손톱에 묻어나는 소량의 물기가 시에 더 가깝다. 시는, 끈질기게 모면하려 하는 것에 대한 끈질긴 말이다.

죽은 뒤 입에서 장미다발이 나와 버린 수도사.(톨스토이) 이런 장면은 사실적으로 처리하기 어렵다. 무언가 흐릿하게, 비현실적으로 그려야 한다. 그러니까 신비를 그려야 한다. 시 쓸 때도 이래야 할 때가 있다. "살의 일로써 살의 일로써 미친 사내에게는"(서정주, 「선덕여왕의 말씀」)의 리듬을 사진으로 찍을 수 있을까. "누님께서 더욱 아름다웠기 때문에 가을이 왔습니다"(고은, 「사치」)를 영상으로 옮길 수 있을까. 나는 이미지를 크게 신뢰하지 않는다. 이미지가 지상의 역驛 표지라면 '시'는 지하의 선로이거나 터널 속을 질주하는 어둠일 것이다. 이미지는 그것들에 사로잡혀 있거나 그것들을 전달한다.

그런데, 신기하지. 이미지를 연습시키다보면, 막 입문한 어린 학생들의 말도 터널 속의 시를 불러올린다는 게.

바둑에선 '선착의 효'를 인정하여 흑번이 백번에게 여섯 집 반을 덤으로 내놓게 한다. 하수들의 막 바둑은 만방이 수시로 나서 덤이란 게 별 의미가 없지만, 프로들의 승부는 한두 집 차이로 갈리는 경우가 많다. "피 말리는 반집 싸움"이라거나 "눈 터지는 계가 바둑"이란 이를 두고 하는 말이다. 알다시피 반집은 바둑판에 없는 것이다. 반상에 존재하지도 않는 그것을 눈이 터져라 찾아 헤매는 기사들의 승부는 말문이 막힌 곳에서 말을 찾으려 하는 글쟁이들의 몸부림과 닮았다. 허공을 손으로 더듬는다는 점에서 그러하다.

그러나저러나 〈토지문화관〉 집필실에 머물려고 원주엘 가고 있다. 두어 달 뭣 좀 해볼 작정이었는데 갑작스레 강의를 두 개나 맡게 됐다. 남양주서 원주를 왔다 갔다 해야 하니, 칠월 한 달은 그냥 집에서 수업 준비하느니만 못하게 되었다. 바둑도 인생도 일수불퇴니 물릴 순 없는 노릇. 인생 행마는 비틀거리는데 버스는 신이 나서 달리고 있다. 두엄 지고 장에 가는 기분이다.

말을 줄였기 때문에 능숙해 보인다. 말을 줄이는 건 우선 불필요한 말은 빼고, 더 적합한 말을 찾는 일이다. 그 다음은 말들의 결합과 배열에 창조적 변형을 가해 구조적으로 압축시키는 것. 말과 침묵의 합이 시의 말이다. 뭔가 다 말하지 못했다는 느낌을, 다 말했다는 믿음으로 참아야 한다. 다 말했다는 느낌을, 결코 다 말하지 못했다는 의구심으로 참아내야 한다. 그 말들은 오래 남는다. 정말 할 말이 생기면 시 쓰는 이는 더듬게 된다. 그 더듬거림은 낯선 외국어를 처음 배우는 사람의 것이라기보다는 어려서 알던 모국어를 오랜 세월 뒤에 새로 기억해내야 하는 이민자의 그것에 가까운 듯하다. 그는 더 잘 더듬거리려고 애쓰는 이상한 말더듬이다.

보편적 가치의 당위를 역설하는 걸로는 시가 잘 안 된다. 우리의 현실을 얽어매고 있는 배후의 현실, 체계는 추상의 괴물이다. 그것은 보이지도 들리지도 만져지지도 않는다. 개념과 논리의 그물 대신에 시는 구체적인 체험의 아수라장에 자신을 내던진다. 꿈꾸고 이루어야 할 세상의 모습이 분명치 않아 지금 이곳의 모습에 기초하여 그려볼 수밖에 없고, 다른 세상의 가능성의 씨앗 또한 여기 이곳에 깃들어 있을 수밖에 없으므로 시는 우선 현재의 삶의 모습과 형편에 주목하는 것 같다. 이 세상은 생각보다 더 나쁜 곳인가? 이 세상은 생각보다는 더 괜찮은 곳인가? 시는 이 두 물음 사이를 곤하게 오간다.

창작은 연기다. 연기하듯 감정을 잡는 것이 중요하다. 가면을 쓰고 말하는 진실, 가면을 써야 말할 수 있는 진실이 있는 것이다. 말을 둘러싼 조건, 상황이 그러하다. 그래서 연극이 있고 소설이 있고 시가 있다. 작품은 우선 시인의 것이지만 화자는 시인이 아니다. 요컨대 시는 짧은 연극에 가깝다. 맨얼굴로 다 벗을 수 있는 인간은 없다. 가면을 씀으로써 인간은 더 벗는다. 그게 아니더라도 최소한 벗기는 한다. 그러니까 가면은 시인을 그가 아닌 다른 이로 바꿔주는 장치이고, 말은 가면이 하는 것이다. 그는, 이상하게 말한다. 그리고 그 말 너머로 사라진다.

그럴까? 가면을 쓰면 오히려 할 수 없는 말이 있지 않나? 가면 때문에 못하는 말이 있지 않나? 어쩌면 가면에 구멍을 내는, 그 틈으로 또 다른 말을 새어나가게 하는, 가면 속의 가면이 있는 것 같기도 하다.

방법을 가지고 쓰는 것이 아니라 정말 쓰고 싶어 하면 손이 움직인다. 대상이, 상황이, 문제가 길을 알려준다. 가난한 어머니가 별 재료 없이도 어떻게든 음식상을 차려 내듯 글쓰기란 백지 위에 펜으로 어떻게든 뭘 적어 내는 것이다. '어떻게든'은 눈물겨운 것이다. 방법은 실행 속에 있다. "바둑이란, 나무 판에 돌을 올려놓는 것이다(서봉수)."

예술파와 투시파. 감각과 감각의 착란. 감각이 지극해지는 곳과 감각이 무너지는 곳. 나보다 더 큰 나가 있고 이 세계보다 더 큰 세계가 있으므로 그곳으로 간다. 모른다는 이유 하나만으로. 감각파는 가서 흔들리고 투시파는 흔들린 채 간다. 어느 경우든, 그곳에 이미 가 있는 정신의 상태가 필요하다.

시가 안 되는 지점을 꼭 통과할 것. 시라고 알고 있던 것이 무너지는 지점을 통과할 것. 말과 뜻이 동시에 흐릿해지고, 시의 얼굴과 인간의 얼굴이 한꺼번에 위태로워지는 순간이 있다.

배운 걸 잊을 것. 하지만 그보다는 잊는 걸 배울 것. 잊음을 배울 것. 그것은 마취 없이도 네가 알지 못하는 사이에 네 심장을 꺼낼 수 있는 것이야. 의지가 빛나는 순간은 어디에도 의지할 데가 없을 때이다.

무언가를 잊어버린 사람처럼, 무언가가 갑자기 기억난 사람처럼 자꾸 딴소리를 할 것. 어딘가에서 뒤집을 것. 예상을 뒤엎을 것. 조심하는 사람이 깜빡, 사고를 내듯이.

적중은 부정확이다. 그 순간엔 떨림이 있다. 그러니 조금 빗맞혀야 한다. 적중은 멍한 것이다. 적중을 낳은 사수의 상태 역시 그러했으므로. 마지막 장을 덮었는데 주인공들 이름이 생각나지 않는 러시아 소설을 읽을 때처럼.

이해받기 위해 시를 쓰는 건 아니다. 인정받기 위해 쓰는 것도 아니다. 그러면 아예 펜을 들 수가 없어진다. 나 죽으면 무슨 소용이 있나 하는 허무주의가 삶에서 부끄러움을 빼앗아간다. 허무주의엔 사랑이 없다. 이 가장 큰 적이 시인들 곁에 늘 똬리를 틀고 앉아 있다. 죽어서 남의 입에 오르내리는 허망은 피할 수 없는 일이지만, 남의 입에서조차 사라진다면 그건 더욱 허망한 일이다.

시는 왕왕 수단이 아니라 목적이 돼야 한다. 위로가 아니라 외로움이어야. 필요해서 가져와 쓰는 물건이 아니라 필요를 따질 겨를 없이 움켜쥐고 마는 어떤 것이다. 그것은 외로운 만남이다. 무수한 인간들 가운데 둘이 만나 사는 게 아니라 세상에 둘만 남았기에 돌입하는 동거 같은 것이다.

학생들 글을 보면, 참 울긋불긋 새들새들 감상적이다. 감상을 엄히 다루라고 주문을 한다. 어떻게 하면 되냐고 물어오면, 자기도 모르는 사이에 울며 쓰고 있다면(인간은 쉽게 울지 않는다) 그게 감상을 엄하게 다루고 있는 상태라고 대답한다. 버리기보다는 가지라고 한다.

센티멘털은 거북하지만 그 안엔 벌써 슬픔과 고독의 씨앗이 수태되어 있다. 미숙하고 감상적인 문장을 만날 때 내가 슬퍼지거나 외로워지는 걸 보면 그런 것 같다. 감상을 버리려 해도 잘 안 되는 데는 이유가 있는 것이다. 그래서 시 쓰기는 일종 탈의의 기술이니 잘 벗어야 한다고 야시시한 농담을 하기도 한다. 슬픔의 알몸을 잘 흐느낄 줄 알아야 한다는 얘긴데. 잘 전달되었으면 좋겠는데.

가끔 시 수업에서 이렇게 겁을 준다. “여러분들은 지금 온갖 장난으로 가득하지만 결코 장난을 용납하지 않는 곳에 벌 받으러 들어왔습니다. 무수히 방심을 요구하지만 절대 방심을 허락하지 않는 곳에 좋아라고 발을 내디뎠습니다. 이제 곧 후진도 안 됩니다. 이곳에 갇히겠습니까?” 겁먹은 얼굴도 있고, 피식 웃는 얼굴도 있고, 무표정도 있다. 내가 찾는 것은 진짜로 겁먹은 얼굴이다.

술 많이 취한 성난 젊은이가 골목길을 비척거리며, "다 죽어버릴 거야!" 소리쳤다. 전봇대를 붙잡고 웩웩 토한 다음, 또 소리쳤다. "씨바, 다 죽어버릴 거야!"

'죽여 버릴 거야'가 '죽어버릴 거야'로 잘못 발음되어 나오는 실수의 순간이 마음 아프다. 무작정 세상을 향하던 칼끝이 돌연 저 자신을 정통으로 겨눌 때, 그의 진심은 의식의 희미한 방심상태를 뚫고 저도 몰래 고통스런 얼굴을 드러낸다. 시의 말도 그렇게 나타나는 것이리라.

삶은 자살의 바다에 무시로 깃털을 스치는 위태로운 비행 같은 것이다. 인사불성인 그가 제일 생생하게 살아있다는 생각이 들었다. 그렇게 모두들 정신 없는 몸으로 시를 쓰고 있는 것이다.

두세 달 시를 쉬고 있다. 시가 안 온 것이 아니라 맞이할 만한 상태가 전혀 못 되었던 것 같다. 바빴고, 몸이 나빴지만, 아마도 '세월호' 추도시에 매달리다 못 쓰고 나자빠진 후유증도 있었던 것 같다. 예전에 '용산'이나 '천안함'을 두고 쓸 때도 비슷했는데, 몇 달씩 걸려서 간신히 마치기는 했었다.

아마 더 오래 걸릴 수밖에 없겠지. 쓸 수 없을지도 모른다. 이 쓰기는 역시나 나로선 가늠이 안 되는 슬픔의 깊이와 고통의 강도, 그리고 몸의 기억력과 어떤 종류의 무참한 상상력의 발동에 관련돼 있을 터이다. 헤매다 깜빡깜빡 정신이 돌아올 때 뭔가 말이 떠오르기도 하겠지. 오래 울면 비어져 나오는 그런 말.

나는 가끔 내가 유령 담당이라는 느낌이 들 때가 있지만, 사실 그것들은 산 사람과 크게 다르지 않다. 울고 웃고 말한다는 점에서. 그것은 살아 있을 뿐만 아니라 죽지 않는 어떤 것이다. 그런데 내게는 이들의 목소리가 잘 들리지 않는다. 역시나 더 캄캄한 귀가 필요한 것이다.

습작시절에 싫어했던 말은, "이것도 시냐?"였다. 그 말을 거의 그대로 후배들한테 물려준 적도 있었던 것 같다.

학생들 시를 두고 그렇게 말하지는 않는다. 대신 '시 비슷하다'고 한다. 이 말은, 지금으로선 시가 됐다고 보기 어렵지만 어딘가 시가 될 가능성은 있어 보인다는 뜻이다. 비판이기도 격려이기도 한 것이다.

이 아리송한 말이 고스란히 나에게 되돌아오는 것 같을 때도 있다. 뭐라고 질문을 받았는데 할 말이 생각 안 나 우물쭈물할 때면, "당신 시는 시 비슷하다!"고 학생들이 일제히 쏘아붙이는 듯한 눈길을 느끼는 것이다. 물론 내가 아주 가짜는 아닐 거라고 중얼거리기는 한다. 중얼거리지만,

조금만 삐끗하면 뭐든 그저 시늉만 하다 가는 인생이 되고 만다는 건 더 잘 안다. 날은 춥고, 도통 다음 문장이 안 떠오르는 밤이다.

어려서 내가 제일 싫어했던 말은 "인간이 돼라"는 말이었다. 이해할 수 없는 말이었기 때문이다. 인간이 왜 또 인간이 돼야 해? 부모건 교사건 선배건 툭하면 사람 되라는 말을 하는, 바로 그 사람들과 같은 사람은 되고 싶지 않았다.

시보다 먼저 인간이 돼야 한다는 말도 그닥 좋아하지 않는다. 인간이 되려고 시를 쓰는 건 아니다. 인간을 의문으로 만들기 위해 쓴다면 모를까. 인간이 되는 길은 다른 데도 많다. 시인은 시라는 것이 되려고 시를 쓰면 될 것이다.

그런데, 이건 비밀인데…시를 쓰다 보면 어느 결엔가 자꾸 좋은 인간이 되고 싶어 하는 나를 볼 때가 있다. 물론 그 좋은 인간이 어떤 인간인지 설명은 못하겠다. 아마도 '바른 인간'은 아닌 듯하고, 어떤 '다른 인간'인 듯하다.

다시 태어나면 정말 미친 듯이 쓰고 싶다는 어느 선배 시인의 말을 간밤에 들었다. 동감이다. 하지만 이렇게 고쳐 생각하기로 했다. 나는 이미 다시 태어나 쓰고 있다. 이것이 마지막 생이다.

마음이 약해질 땐 좀 건방진 생각이 필요하다.

구멍 숭숭 난 가을. 막 산 느낌. 밤에는 이제 으슬으슬하다. 빈 들을 헤매는 자들, 노래하느라 기진맥진한 만국의 베짱이들에게 한 잔 권할 때가 왔다. 노래 못 해도 좋다, 얼어 죽지만 말아다오…. 아니 뭐, 얼어 죽어도 할 수 없고. 아니, 그냥 다들 얼어 죽으시길.

단골 밥집에 밥 먹으러 갔는데, 좀 모자라 보이는 내 또래 남자가 갑자기 "뭐 하는 사람이에요?" 물었다. 사장님이 대신 대답해주었다. "시인이에요. 시 쓰는 분." 그 친구가 다시 물었다. "그거 좋아요? 좋아서 하는 거예요?"

그의 웃는 눈이 참 맑고 선량해 보여서 솔직하게 대답해주었다. 좋아서 하는 일인지 싫은데도 억지로 하는 일인지는 잘 모르겠지만, 좀 힘에 부칠 때가 있다고. 그 친구가 알 듯 모를 듯한 한마디를 덧붙였다. "헤헤. 재미있는 사람이네." 그도 나도 소주를 두 병씩 마셨다.

어쨌든 나, 힘은 부치지만 재미있는 사람이다.

"그것이 어째 없을까...?"

"모본단 저고리가 하나 남았는데..."

현진건, 「빈처」 중에서

먹고 사는 것만으로는 안 된다.
살고 먹어야 한다.
하지만 그게 점점 더 어려워진다는 것.
먹고 살려 하면 살고 먹기가 어려워지고,
살고 먹으려 하면 먹고 살기가 힘들어진다.

어머니는 소학교를 간신히 졸업한 분인데, 벌써 오래 전에 한글을 거의 잊어버렸다. 군에서 받아본 어머니 편지는 딱 초등학교 일학년생들 위문편지 같았다. 지금은 그나마 다 잊어버려서, 책 냈다고 들고 가 보여드리면, 장님이 점자를 읽듯 어루만지기만 한다.

어머니 아들도 크게 다르지 않다. 언젠가는 영자신문을 읽다가 'regard'가 뭔지 몰라 사전을 검색했다. 'turtle'을 한참이나 'Tolstoy'로 착각하기도 했다. 옛날엔 영어책 읽는 거 좋아했는데, 이렇게 될 걸 뭐 하러 그렇게 열심히 단어들을 외워댔을까.

아는 게 많은 사람도 모르는 것에 대해선 대강 침묵할 수밖에 없다. 글쟁이는 늘 모름을 상대해야 하니 똑똑한 머리를 어떻게든 죽이고 멍청해지자. 그래서 반벙어리처럼 답답해져버리고 말자. 한 글자 한 글자를 발명하듯 쓰자. 이것이 나의 창작론이었는데, 정말로 기억력이 왕창 쇠퇴해버렸다!

명색이 먹물인지라 낱말들이 생각 안 나 더듬거릴 때면, 놀이터 같은 데 가서 혼자 앉아 있고 싶어진다.

뭘 쓰고 있다. 쓰고 싶지 않은 것, 찢어버리고 살라버리고 싶은 걸 반년 째 쓰고 있다. 이것에 대해서라면 누가 먼저 써서, 나의 이것을 좌절시키고 폐기시켜 주었으면 싶은 그런 걸 쓰고 있다. 써낼 수 없는 것이므로 나 아닌 누군가가 꼭 써주었으면 싶은 그것을 붙잡고 있다. 에드워드를 학수고대하는 톰 캔티 같다. 왕자여, 거지를 구해주오.

초등학교 5학년 때부터 중2 때까지 동네 만화대본소의 무협지를 다 읽었다. 고전을 읽어야 할 시기에 사마외도에 들었던 것. 이게 인생의 해악이 됐다는 생각이 든다. 연필을 깎아야 할 때 장풍을 쏘고 싶은 인간이 된 것이다.

비현실이 현실이었다. 정사 신 부분이 찢겨져 나가거나 누렇게 정액이 묻어 떡이 진 그 클리셰를 빨아먹은 것이다. 중세의 환상 무대, 게다가 남의 나라를 배경으로 펼쳐지는 무협은 과대망상과 에고이즘을 부추기는 키치다.

난 그 책들에 상처 입었다. 나이 들어 고전을 읽다보면, 고전이 고전 같지 않을 때가 있다. 건성건성 훑게 되는 것이다.

"존재해선 안 되고 지켜봐야 한다. 우린 삶과 어리석은 행복에 대한 굴욕적인 사랑에 빠져 있어(토마스 만, 「토니오 크뢰거」)." 건강하고 무신경한 생활인의 삶에 대한 만의 착잡하지만 병색을 띤 시선은 때로 날 미소 짓게 만든다. 뭔가 적중당한 느낌이다. 하지만 이쪽은 이쪽대로 어쨌든 존재의 주소를 찾아야 한다. 행위의 보상이 행위 자체에 이미 주어져 있는 것, 그것이 시 쓰기다. 그래서 굶어도 불만이 없는 것. 시업詩業이 괴로운가. 불만이 없다고 생각해야 한다고 열심히 중얼거릴 때는 괴로울 것이다. 하지만, 행복하다. 행복은 외로운 것이다. 중얼거리지 않는 것이다.

미당 얘기만 하면 욕먹는 분위기가 있는 것 같다. '의식이 없다'는 거다. 친일 부역에 최악의 독재자를 찬양한 인사가 어떻게 이런 예술적 성취를 남겼을까 의아해하는 목소리가 있는가 하면, 이런 빼어난 시를 쓴 시인이 어떻게 그런 행적을 보였을까 안타까워하는 목소리도 있다.

문제는, 악행을 저지른 자의 시는 가치가 없다거나 제멋대로 살아도 시만 좋으면 괜찮다는 식의 극단론이리라. 전자의 자신 없고 거친 비난, 후자의 역시 자신 없고 맹목적인 상찬은 때로 허망한 느낌을 준다. 비난도 찬사도 그의 텍스트와 싸울 만큼 싸우고 나온 것이어야 하지 않을까. 미당에 대한 단호하고 부드러운 비판, 여유 있고 고뇌 어린 상찬을 듣고 싶다. 미당을 읽을 때면 자주 이런 고심을 하게 된다. 그의 시대라면, 또는 나의 현실에서 나는 얼마만큼 쓰고 얼마만큼 살아낼 수 있는가. 그래서 그는 나의 교사이자 반면교사지만, 어떤 자리에서는 순식간에 수세에 몰리게 된다.

'의식이 없다'는 말은 혼미한 삶을 나무라는 이들의 전가의 보도

일 텐데, 따지자면 그 말은 원래부터 시의 것이다. 그것은 시인에게서 시가 태어나는 순간의 상태이기 때문이다.

논술문을 쓰게 해보면 학생들은 대략 세 부류로 나뉜다. 생각을 정돈하고 나서 쓰는 사람, 쓰면서 생각하거나 생각하면서 쓰는 사람, 그리고 쓰고 나서 제가 뭘 썼나 생각하는 사람. 물론 첫째 부류가 제일 바람직하고 셋째 부류가 제일 바람직하지 못하다.

그런데 시 쓰기에서는 사정이 반대가 되는 경우가 많다. 첫째가 삼등이고 셋째가 일등이 되는 것이다. 섬광이 떠다니는 영감의 바다에선 차근차근 생각할 겨를이 없는 것이다.

재능이란 불만족이다. 불만족을 잘 견디는 능력. (골똘히) 생각하지 마라. 생각하면, 늦다. "골똘히 생각하기에는 그는 너무 깊은 곳에 들어가 있었던 것이다(토마스 만, 「힘든시간」)." 깊은 곳에서 오래 견디는 것. 만족을 모르는 것. 예술가는 이기적이어야 한다.

그래서 그는 최선의 방식으로 자기를 괴롭히려 한다. "술을 먹으면서도 몸을 아끼며 먹어선 안(김수영)" 된다. 실수하지 않으려고 술을 먹어선 안 된다. 목적은 그렇게 명확한 것이 아니다.

오늘 하루는 술을 쉬자, 다짐하고 있었는데 운도 없지, 이 책을 만나고 말았다. 『소년이 온다』. 슬프고 괴로운 몰입으로 헐떡이며 읽었다. 며칠 전 〈시민행성〉이 개최한 낭독회에서 저자 한강은, "저는 그냥 견디는 걸 잘 해요"라고 말했었다. 이 소설의 가장 아픈 부분에도 이 말이 나온다. 내 생각에, 고통을 잘 견디는 인간은 없다. 견딜 수 없는 것을 견디려 하는 인간의 어떤 상태가 있을 뿐이다.

"옛날은 가는 게 아니고/ 이렇게 자꾸 오는 것이었다(이문재, 「소금창고」)." 자꾸 만 열다섯 살 "소년이 온다". 그 소년은 사실이라면 1965년생, 나와 동갑이다. 조금만 더 마시고 자야겠다.

어렸을 때 문학 한다는 십대들을 보면, 조숙한 듯 조로한 듯 어딘가 애늙은이 같은 데가 있었다. 반면에 내가 좋아하는, 장년이나 노년에 이른 어떤 시인들을 보면 말이나 행동거지에 어린애 같은 데가 많다. 철이 안 든 것 같다. 반로환동返老還童이라고나 할까. 젊었든 늙었든 이들은 어딘가 규범의 먼 외곽지대를 서성인다.

젊어 늙던 시절은 갔다. 이젠 늙어서도 힘 내어 젊어야 할 때가 왔다. 돈을 피하고 도를 피하고 모든 종류의 진리의 말씀들을 피하고, 술이 됐든 연애가 됐든 패가망신이 됐든, 독을 찾아 나서야 한다고 생각한다. 포기를 포기하는 순간 시는 그를 떠날 터이니. 철들면, 끝난다.

"'옛날에 손금이 나쁘다고 판단 받은 소년이 있었다. 그는 손바닥에 좋은 손금을 파가며 열심히 노력했다. 마침내 그는 성공했다.' 조는 그런 이야기에 가장 감동하는 친구였다."

김승옥, 「무진기행」 중에서

스무 살에 이 문장들을 읽었을 땐, 손금은 무엇이고 노력은 무엇이며 성공은 무엇인가를 한참 생각했던 것 같은데, 대답을 찾았으므로 이렇게 살고 있다. 사실은 아직도 대답을 못 찾아서 이렇게 헤매고 있다.

이야기를 읽는 데 그쳤으면 '조'처럼 될 수도 있었겠지. 하지만 '이야기의 이야기'를 읽어버렸던 거지. '이야기의 이야기'란 허구가 가진 진실의 다른 이름. 그래서 사는 게 이상해졌다. '빠꾸'가 안 된다.

"재수 없게 대한민국이란 나라에 태어났네" 하는 인터넷 댓글을 오늘만 열 개도 더 읽은 것 같다. 아그들아, 그럴 땐 소설을 읽어라.

'조'의 친구가 돼봐라. 그럼 그가 '좆'밖에 없다는 걸 알게 될 거다. 여기서, 잘 살아야 한다. 저런 소설들이 나오는 땅에서 책도 안 읽고 사는 니들은 재수 좋은 거다. 이렇게 말해주고 싶었다.

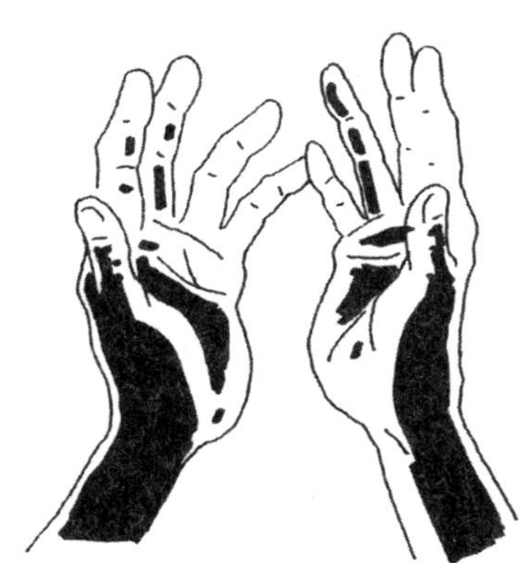

일본만화 「기생수」는 인간의 뇌를 차지하고 인간을 잡아먹는 기생 생물에 대한 이야기다. 기생 생물은 숙주가 죽으면 같이 죽을 수밖에 없는 불완전한 생명체지만, 압도적인 전투 능력과 인간 못지않은 지능을 가졌다. 주인공에게 들어온 기생 생물 '오른쪽이'는 실수로 오른팔에 기생하게 된 녀석이다. 이 둘이 지혜와 힘을 합쳐 다른 기생 생물들과 대결을 벌이는 이야기가 흥미롭다.

둘은 처음에는 낯설어하고 싫어하고 다투기도 하지만, 정체성의 혼란을 넘어, 종의 차이를 넘어 일심동체에 가까운 팀웍과 애정에 도달한다. 이 과정에서 미성숙한 주인공은 '오른쪽이'의 지혜와 판단력을 흡수하여 성장하고, '오른쪽이'는 자신에게는 없는 인간의 감정, 이를테면 연민이나 사랑, 우정 같은 걸 배우며 제 냉혹한 동물성을 성찰하게 된다.

이걸 읽다가, 조금은 엉뚱할지 몰라도 이들의 관계가 작가와 비평가의 관계와 비슷하다는 생각이 들었다. 텍스트에 의존할 수밖에 없는 비평과 비평에 귀 기울이는 텍스트. 숙주의 뇌를 차지하여 몸체를 조종하는 기생 생물의 폭력 같은 비평은 비평이 아닐 것이다. 비평 없이 존재하는 텍스트는, 사태를 모르고 기생 생물들에게 잡아먹히는 인간들의 모습에 가깝다.

주인공과 '오른쪽이'의 기묘하고 아름다운, 그리고 창의적이고 생산적인 공생은 텍스트와 비평, 작가와 비평가의 만남이 어떠해야 하는가에 대해 성찰의 기회를 제공해준다. 하나이면서 둘이고 둘이면서 하나인 주인공의 캐릭터는 어쩌면 문학 자체일 것이다.

플라톤이 미친 시인과 제작자 시인을 구분했듯이 나의 어떤 스승도 투시자 시인과 예술가 시인을 나누었다(김인환, 「스투디움과 풍크툼」, 『의미의 위기』). 모르는 말을 받아 적는 이들과 아는 말을 벼려 내는 이들을 다르게 보았던 것이리라.

우리나라 무당들은 강신무와 세습무, 명도와 심방의 넷으로 나뉘는데, 크게는 앞의 둘로 설명한다. 강신무는 여러 신을 받으므로 굿을 할 땐 마당마다 옷을 갈아입는다. 세습무는 내린 신이 없기에 그냥 일상복에 가까운 차림일 때가 많다. 강신무는 접신을 늘 구현할 수 있으므로 특별한 장치나 고난도의 기예가 필수적이진 않다. 반면 세습무는 신에 접하기 위해 특별한 도구, 이를테면 신대나 오래 갈고 닦은 기예-춤과 음악을 동원한다. 중부의 굿보다 남부의 굿이 예술적 세련에서 더 두드러지는 까닭이다.

나는 강신무와 투시자와 '미친 시인'의 격렬한 세계에 꽤 오래 끌렸지만, 요즘은 다소 혼란스럽다. '영빨'은 유한하고 기예의 수련에는 끝이 없다고 느끼기 때문이다. 투시자건 예술가건 결국은 모름을 상대할 수밖에 없지 않나 하는 생각이 들기도 한다. 모르는 말은 일면 앎의 코드로 번역되어야 하고, 아는 말의 벼림이 지극한 곳에선 늘 모르는 말이 태어나지 않는가. 신이 안 내린 무당도 그 애절하고 정성스러운 제의 가운데 결국은 신탁을 모신다.

모름을 가지지 못한 자는 온갖 발버둥으로, 미지의 느낌 속으로 가서 무너질 수밖에 없다. 들림과 착란과 변신의 에너지가 잦아든 시간이 와도 그는 미치려 애쓰며, 한없이 노래와 춤을 갈고 닦으려 한다.

읽는 사람도 모르고 쓰는 본인도 모르는 시가 무슨 시냐. 알 만한 분들도, 모르는 이들도 자주 이런 소리를 한다. 지지하기 어려울 뿐만 아니라 근본적으로 반대하고 싶은 생각이다. 시인에게 진정 필요한 것은 모르는데도 자기를 흔드는 말을 뱉어낼 수 있는 용기이다.

시가 그저 아는 말들의 전시라면 교과서 열심히 읽고 사업계획서나 제품설명서 잘 만들고, 인사 잘 하고 경조사 꼬박꼬박 챙기는 사람들이 쓰고 읽으면 그만일 것 같다. 도덕책을 읊고 다니면 될 일이다. 하지만 아픔 모르는 벌레가 되기보다 발버둥치는 인간이 되려 하는 이라면, 상처도 받기 전에 겁에 질려 위로를 찾아 헤매어서는 곤란하지 않을까?

옥석은 가려야겠지만 모를 말들 속에 시의 진짜 얼굴이 들어 있는 것 같다. 이 모르는 말들은 앎의 자발적 정지상태가 불러오는 이상한 말이고 낯선 말이고, 그래서 미칠 듯한 말이다. 시의 진정한 앎은 모름이다. 알면 왜 미치겠는가. 고통이 머리로 다 알아진다면 인간이 왜 앓겠는가. 신음은 이해할 수 없는 말이다. 하지만 신음보다 더 인간의 고통을 또렷이 전해주는 말을 들어본 적이 없다.

명백한 전언과 손쉬운 교훈과 포장된 '힐링healing'보다 더 문학에 해가 되는 건 없을 것 같다. 힐링은 본래 '허팅hurting'인 것이다. '시팔이'라는 희한한 말도 들어봤지만, 쉬운 시가 다 나쁘랴만, 쉬운 시 쉽게 써서 편안히 팔러 다니는 이들이 있다면, 오히려 단순치 않은 인간의 문제와 어렵게 싸우며 어렵게 더듬거리는 이의 노고를 잊지 말아야 할 것 같다. 탁발승의 탁발이 가능한 것도 수도승의 수도가 있기 때문이다. 우리가 서 있을 수 있는 것은 무언가에 기대어 있기 때문이다.

시를 어떻게 쓰면 되냐고 여쭤보면, 나의 선생님들은 이런 알 듯 모를 듯한 말씀을 하셨다. "모를 때 써라. 알면 못 쓴다." 아마 지식과 개념이 들어찬 머리가 자유로운 상상, 직관의 움직임을 방해한다는 뜻이었을 것이다.

수십 년 시를 공부하고 가르치고, 또 쓰기까지 한 분들의 시집에서 좀체 시를 찾지 못할 때가 있는 걸 보면 저 말이 맞는 것 같다. 이와는 반대로, 어쩌다 백일장 같은 데서 깜짝 놀랄 만한 글을 쓴 아이가 있어 불러서 물어보면, 시에 대해 거의 모르는 경우가 있다. 그걸 보면 역시 저 말이 맞는 것 같다.

하지만 요즘 들어선 반쯤만 맞다고 생각한다. 전자의 시집에 시가 된 시가 아주 없는 것도 아니고, 개념과 논리에 의지한 사유가 시에 육박하는 사례도 드물지 않기 때문이다. 그리고 백일장의 그 아이는 사실 시가 뭔지 알고 있다. 다만 제가 시를 안다는 사실 자체를 모르고 있을 뿐인 것. 다시 말해, 제 앎을 풀어 낼 설명의 언어를 아직 가지지 못했을 뿐.

글이란, 알아야 쓰는 것이다. 다만 이런 단서를 달고 싶다. 배우고 읽고 써서 알되 잘 잊을 것. 잘 알기는 하되 더 잘 모를 것. 머리가 잊어도 앎은 몸속에, 그러니까 무의식 속에 들어앉아 쓰는 이의 정신을 건드리거나 암중에 조종한다. 잘 잊고 있는 상태는 어떤 비상한 몰입 상태를 끌어오는 것 같다.

그러니 결국 시란, 앎이라는 모름, 모름이라는 앎이 우리 온정신을 움직여 쓰는 것이다. 의식이 모르는 말을 받아 적는다는 창작론도 얼마간은 이와 연관이 있을 듯하다.

시가 뭡니까, 이런 시절에 왜 시 같은 걸 씁니까? 하는 물음에 가끔 고사를 들어 이렇게 대답한다.

옛날 중국 송나라에 성질 급한 농부가 있었다. 어느 날 곡식이 더디 자라는 걸 못 참아 벼 포기를 조금씩 뽑아 올려놓고선 집에 돌아가 수고했노라 자랑했다. 다음날 그 아들이 들에 나가보니 벼가 다 말라 있었다. 성급히 키우려다 오히려 망친다는, '조장助長'이란 말의 유래다.

또, 옛날 중국 기杞나라에 걱정 많은 사람이 있어, 하늘이 무너져 몸 둘 곳 없어질까 봐 끼니도 잊고 근심에 잠겨 살았다. 대체 하늘이 무너지고 땅이 꺼지면 어찌하려고 사람들은 저리 태연하기만 하단 말인가 하고. 군걱정의 어리석음을 경계하는 '기우杞憂'라는 말의 유래가 된 이야기다.

세상엔 너무도 많은 송인宋人들이 있다. 욕망엔 눈이 없으므로 어둠 속에서 더 날뛰게 되는 걸까? 나나 당신은 늘 송인이 되어 황급히 뛰어다니고, 얻기 위해 애쓰는 것은 물론 더 얻기 위해 해치고 빼앗아도 된다는 패악을 권유받으며 살고 있지 않느냐고 말한다.

굳이 비교하자면, 시인은 기나라 사람과 비슷하고 시는 기우와 닮은 것 같다. 기인杞人을 사로잡은 원인 모를 두려움은 일종 백색 공포 같은 데가 없지 않지만, 문학의 근심이 이와 아주 다르진 않다고 대답한다.

사실과 정보를 섭렵한다고 해서 현실의 전모를 알 수 있는 건 아니다. 머리부터 발끝까지 썩어 문드러지지 않은 데가 없는 곳에 약자로 내던져져 있다는 생각에 빠지는 순간, 나와 내 동족의 운명에 대하여 '기우'라는 이름의 정체 모를 불안과 공포가 엄습해 오는 것을 누구나 겪지 않는가.

그리고 마지막으로 이렇게 말한다. 시는 이 막막한 외로움, 공포와 크게 다른 것이 아니다. 시인들은 기쁨을 노래할 때도 막막해하는 족속이다. 송인의 세계에서 기인의 모습으로 살려는 이가 어쩌면 시인일 것이다. 그리고 그가 그렇게 사는 것은 아마도, 병들기 위해서가 아니라 낫기 위해서일 것이라고 말한다. 말하기는 한다.

난 사실 행복한 사람이었다. 웃음 많은 인간이었다. 기질적으로 밝게 태어난 것이다. 그런데 '우울족'이 된 것은, 고통이나 슬픔이나 불행이라는 재료를 매만져 형질 전환시키는 일을 업으로 선택했기 때문인 것 같다. 이것들이 도처에 가득했으니까.

하지만 이것들은 아주 다루기 어려운 질료이다. 다루는 자의 정신을 휩쓸어 저에게 동화시켜버리려 한다. 행복한 인간이 불행의 숙주가 되는 것은 어딘가 공평해 보이지만, 그는 왜 제 작업에 제 기질을 바치게 되는 걸까?

불행만큼 끌리는 것이 없었던 것 같다. 불행을 언어로 만질 때, 나는 조금 흥분상태가 된다. 물려받은 재산을 주색잡기에 쏟아 붓는 탕아 같다. 채찍질이 없는데도 괜히 신이 나 용약하여 속력을 내는 경주마 같다. 겅중겅중 뛰고 싶어진다. 행복을 말로 불러오진 못해도 그러고 있는 나의 어딘가가, 어쩐지 행복하기 때문이다. 울면서 웃기 때문이다.

그리고 이런 말들은 모두가 알듯이 또는 모르듯이, 살짝 오버페

이스를 한다. 질주가 더는 불가능해졌을 때, 늙은 그는 어느 싸구려 관광지에서 따각따각 낡은 마차를 끌며 탄식할 것이다. 이것은 내가 고른 삶이 아니었구나. 내가 모르는 목소리가 날 골라 부려먹었던 것이로구나….

허물어진 얼굴을 양손에 받쳐 들고 서서
오, 아무 인생이 없는 기쁨이여
김안, 「미제레레」 중에서

시는, '오, 아무 기쁨이 없는 인생이여'라는 흔한 탄식을 중요한 순간에는 채택하지 않는다. 조금 이상하게, 조금 엉뚱하게 말한다. 그래서 그것보다 더 말한다. "인생"의 개입에 의해 줄어든 인간의 기쁨이 내게도 있었다. 인생을 모르던 때가 더 기뻤다는 생각이 얼굴을 두 손에 파묻게 할 때도 있다. 나이 들면 저도 몰래 얼굴 가죽은 두꺼워지지만, 우리가 이 세계의 비참에 대해 어떤 "협의"와 "패악"을 온전히 벗을 수 있을까. 그건 그렇고, 참 신통하군. 그저 "인생"과 "기쁨"의 자리를 바꿔놓았을 뿐인 듯한데, 저렇게 힘센 문장이 태어나다니.

저녁이 몰아오는 고독, 아침 숙취의 괴로움. 이 둘만큼 시 쓰기에 필요한 건 없다고 간밤에 어떤 시인이 말했다. 동의할 수밖에.

봐야 한다, 안 보일 때까지.
보지 말아야 한다, 보일 때까지.

본다는 건 볼록렌즈로 빛을 모아 불을 일으키는 것과 비슷하다.

그리고 내가 많이 아프던 날
그대가 와서, 참으로 하기 힘든, 그러나 속에서는
몇 날 밤을 잠 못 자고 단련시켰던 뜨거운 말:
저도 형과 같이 그 병에 걸리고 싶어요

황지우, 「늙어 가는 아내에게」 중에서

타인에게서 제 거울상을 귀신같이 찾아내는 자아의 능력은 시인의 재능도 되지만 한계가 되기도 할 것 같다. 제가 보는 사람이면서 동시에 보여져야 할 사람이기도 하다는 걸 잊어버릴 수 있기 때문이다. 병을 앞에 두고 나으려고만 할 수 있기 때문이다.

그러니 찾기보다는 타자의 주체성 속으로 어떻게든 들어가 보는 것이 필요할 듯하다. 타자가 될 수는 없더라도 더불어 앓을 수는 있을 것 같은 곳까지. 더불어 앓는 건 어떻게 가능한가. 우리 모두가 아프기 때문이다. 더불어 앓는 것이 왜 필요한가. 우리 모두가 사실은, 누군가의 병과 같은 "그 병에 걸리고 싶"어 하기 때문이다. 앓고 있는 그는 나이다.

이곳에 온 지도 오십 년이 되었는데, 나는 아직 아프지 않은 사람을 본 적이 없다.

좋은 시는 상반된 이해관계의 소유자, 정치적 적대자들의 마음까지를 움직일 수 있어야 한다는 말을 들었다. 이해관계와 정치를 다루지 않는다는 전제가 필요하지 않을까.

요즘 시들 엉망이라는 말에 대하여, 시란 건 정말 아무나의 취미가 돼버렸다는 한탄에 대하여 가끔, "시를 쓰면 된다"고 힘없이 말한다. "뭔 헛소리야?" 하면, '시'를 쓰면 된다, 그 '시라는 것'을 쓰면 된다고 더 힘없이 말한다.

정확한 것을 부정확하게 말하는 것은 오류지만,
부정확한 것을 정확하게 말하는 것은 폭력이다.
정확한 것을 정확하게 말하는 것이 능력이라면,
부정확한 것을, 부정확하게 정확히 말하는 것은
어떤 '다른 능력'일 것이다.

안 되면 괴로워하고, 되는 듯하면 좋아라 하며 시를 써왔지만, 언제나 넋을 잃을 때가 가장 좋았다. 제 작업의 가장 중요한 순간에 정신을 잃고 만다는 건 사실 시인의 곤란이기도 하다. 인간들의 공동체에서 함께 살려면 최대한 정신을 가누어야 하니까. 정신을 잃는 것은 시의 윤리이고, 정신을 차리는 건 삶의 윤리일 텐데, 이 둘이 하나 되는 어느 순간에 시의 새로운 말들이 태어나지 않을까.

마음이란 걸 가졌기에 인간은 누구나 장애를 앓고 있다. 날때부터 인간은 때가 묻게 마련이다. 나는 지구에 돈 벌러 오지 않았다. 나라는 장애자가 시를 의지하여 어떤 '깨끗한 더러움'의 상태에 닿기를.

Yes, I can't.

「이 도서의 국립중앙도서관 출판예정도서목록(CIP)은 서지정보유통지원시스템 홈페이지(http://seoji.nl.go.kr)와 국가자료공동목록시스템(http://www.nl.go.kr/kolisnet)에서 이용하실 수 있습니다.(CIP제어번호: CIP2015032881)」

나는 지구에 돈 벌러 오지 않았다

1판 1쇄 발행 2015년 12월 18일
1판 2쇄 발행 2018년 12월 14일

지은이 이영광
펴낸이 김정한
책임편집 김정한
디자인 류지혜

펴낸곳 어마마마
임프린트 이불

출판등록 2010년 3월 19일 제 300-2010-35호
주소 03081 서울특별시 종로구 율곡로 191-1, 3층 (연건동, 디그낙빌딩)
문의 070. 4213. 5130 (편집) 02.725.5130 (팩스)

ISBN 979-11-950446-8-9 03810
정가 13,000원

* 이불은 어마마마의 문학 전문 브랜드입니다
* 잘못된 책은 바꾸어 드립니다